हिंदी में अशुद्धियाँ

[अशुद्ध और शुद्ध हिंदी सहित]

हिंदी में अशुद्धियाँ

[अशुद्ध और शुद्ध हिंदी सहित]

रमेश चंद्र महरोत्रा

राधाकृष्ण प्रकाशन

ISBN : 978-81-8361-456-6

हिंदी में अशुद्धियाँ

पहला संस्करण : 2000
सातवाँ संस्करण : 2021
This book is printed on **Print on Demand** Technology : 2026

मूल्य : ₹995

प्रकाशक
राधाकृष्ण प्रकाशन प्राइवेट लिमिटेड
जी-17, जगतपुरी, दिल्ली-110 051

शाखाएँ : अशोक राजपथ, साइंस कॉलेज के सामने, पटना-800 006
पहली मंजिल, दरबारी बिल्डिंग, महात्मा गांधी मार्ग, प्रयागराज-211 001
1, अनमोल सोराबजी संतुक लेन, धोबी तलाव, मरीन लाइंस, मुम्बई-400 002
वेबसाइट : www.radhakrishnaprakashan.com
ई-मेल : info@radhakrishnaprakashan.com

HINDI MEIN ASHUDDHIYAN
by Ramesh Chandra Mahrotra

आमुख

किसी भाषा का मानक रूप 'विकासोन्मुख आदर्श रूप' होता है, इसलिए वह यथार्थ में पूरा-पूरा उपलब्ध कभी नहीं हुआ करता। हिंदी के एकमेव राष्ट्रीय रूप की प्राप्ति लक्ष्य के रूप में तो सही है, पर उसकी व्यवहार में स्थापना संभव नहीं है। इस कारण, दुविधाएँ उपस्थित होने पर विश्लेषक को कभी-कभी बीच में खड़ा रह जाने, अथवा कोई एक रास्ता 'चुन डालने' की अनुमति विद्वज्जनों से लेनी ही पड़ती है। न हमारे कोश पूरे हैं, न व्याकरण—और यही लक्षण है मनुष्य के ज्ञान की अपूर्णता का; और यही प्रमाण है शोध की दिशाएँ सर्वदा खुली रहने का। आगे दिए गए कुछ ही उदाहरणों से यह सिद्ध हो जाएगा कि 'पूर्ण भाषाई एकरूपता' या 'एकनिष्ठ मानक रूप' के विषय में साधारण बात भी कभी-कभी कितनी अधिक दुविधाजनक हुआ करती है।—'पड़ोसन' और 'पड़ोसिन' में से किसे शुद्ध अथवा अशुद्ध कहें !—'बग़ीचा' के पक्ष में संस्तुति करना ठीक है या 'बाग़ीचा' के !—सभी जानते हैं कि 'हिंदुओं' और 'हिन्दुओं' में से किसी एक में 'त्रुटि' बताना बहुतों की दृष्टि में अपने को मूढ़ सिद्ध कर देना है।—'पीकर' और 'पी कर' में अधिक सही होने का झगड़ा बरसों से चला आ रहा है।—'कलाएँ; बहुएँ; निबें' के सादृश्य पर 'कुतिएँ' को भी 'कुतियाँ' से कम मानक नहीं माना जाता।—हिंदी की सर्वसमावेशी अभिरचना तथा देवनागरी की शक्ति-संपन्नता में वृद्धि को ध्यान में रखकर वर्णों के नीचे की बिंदी को महत्त्व दिया जाना अनुचित नहीं है।—'होंठ' की तुलना में 'होठ' को (या 'ओठ' को) तथा 'झोपड़ी' की तुलना में 'झोंपड़ी' को मानक मानने में कभी विकास का और कभी बहुप्रचलन का (और शायद कभी चयन-मात्र का) सहारा लेना पड़ेगा।—यदि 'Wash her weeping eye and head with cold water' को 'उसकी रोती हुई आँख और सिर ठंडे पानी से धो' का अनुवाद माना जाता है, तो इसमें प्रयुक्त 'धो' या तो तुकारात्मकता के कारण या 'दो; लो' से सादृश्य के कारण या ओकार के बाद 'ओ' के लोप के कारण 'धोओ' नहीं है, जबकि 'बोओ; रोओ; सोओ' में दूसरा 'ओ' स्पष्ट रहता है। (बाईस में से ग्यारह बोलियों के भाषियों ने 'धो' का प्रयोग किया है और शेष ग्यारह ने 'धोओ' का।)

किसी-किसी उदाहरण को देखकर हास्यास्पद लगेगा कि यह बचकानी अशुद्धि भी क्या कोई सूचक करते होंगे, पर हिंदी-भाषियों का क्षेत्र इतना विशाल

है कि हम मानक हिंदी पर क्षेत्रीय प्रभावों से संबंधित न जाने कितने तथ्यों से अवगत नहीं हैं। इस संदर्भ में निवेदन है कि प्रस्तुत कार्य का एकोएक उदाहरण तथ्यात्मक और वस्तुपरक है, चाहे वह बचकाना होने के कारण कितना ही उपेक्षणीय हो और चाहे आश्चर्यजनक होने के कारण कितना ही अविश्वसनीय हो। इन उदाहरणों को सर्वत्र वर्णानुक्रम में व्यवस्थित करके प्रस्तुत किया गया है।

यह प्रबंध राष्ट्रीय शैक्षिक अनुसंधान और प्रशिक्षण-परिषद् द्वारा अनुदानित शोध-परियोजना के परिणामों पर आधारित प्रतिवेदन का संशोधित और परिवर्धित रूप है, जिस पर आगरा विश्वविद्यालय ने उत्तम शोध के स्वर्ण-पदक के साथ डी.लिट्. की उपाधि भी लेखक को प्रदान की है।

–रमेश चंद्र महरोत्रा

कृतज्ञता-ज्ञापन

मैं आभारी हूँ डॉ. विद्यानिवास मिश्र के प्रति (उनके मार्ग-दर्शन हेतु), डॉ. महावीरसरन जैन के प्रति (उनके सहयोग हेतु), श्री भगवानधर दीवान और श्रीमती उमा महरोत्रा के प्रति (जिन्होंने कनिष्ठ शोध-अधिछात्रों के रूप में मेरी सहायता की), तथा अपने सूचकों के प्रति। मैं डॉ. रवींद्रनाथ श्रीवास्तव तथा डॉ. शिवेंद्रकिशोर वर्मा के प्रति भी आभारी हूँ (जिन्होंने इस कार्य को बेहतर वनाने के लिए मुझे अनेक आलोचनापूर्ण और ठोस सुझाव दिए)। इसके बाद एक ऐसे 'सर्वज्ञ' के प्रति भी आभार प्रदर्शित करना मेरा कर्तव्य है, 'जैसों' की स्तुति के बिना विघ्न नहीं कटा करते। अंत में डॉ. श्याम प्रकाश के प्रति मुझे 'अलग से' कृतज्ञता ज्ञापित करनी है (जिन्हें मैंने इस कार्य के दौरान बार-बार कष्ट दिया)।

विषय-सूची

सैद्धांतिक पीठिका

भूमिका और पृष्ठाधार

एफ़.डी. सस्यूर (1916) से प्रारंभ होकर आधुनिक भाषाविज्ञान की प्रारंभिक चार दशाब्दियों तक व्यापक और आच्छादक रूप में चलनेवाले संरचनात्मक भाषाविज्ञान के युग के बाद रचनांतरण व्याकरण की और फिर समाजभाषाविज्ञान की धाराएँ सामने आईं। भाषाविज्ञानियों का नोअम चॉम्स्की (1957) के नेतृत्ववाला रचनांतरण व्याकरण का पोषक वर्ग भाषा को नितांत अमूर्त, सार्वभौमिक, एवं समाज-निरपेक्ष नियमों की क्षमता मानकर भाषा के मूल को ध्वनि, रूप और वाक्य में नहीं, मानव-मस्तिष्क में ढूँढ़ता है, और भाषा-विशिष्ट व्याकरण में नहीं, सर्वभाषा-व्याकरण में विश्वास करता है। इस वर्ग के अनुसार समाज या परिस्थिति-सापेक्ष भाषा की विविध शैलियाँ भाषा की आदर्श प्रकृति के विकृत रूप होती हैं और भाषा के प्रति सामाजिक दृष्टि मानव की सहजात वृत्तियों की शुद्ध अवस्था को दूषित करती है। दूसरी ओर, भाषाविज्ञानियों का विलियम लेबाव (1966), जोशुआ ए. फ़िशमन (1968), और जॉन जे. गंपर्ज़ (1972) के नेतृत्ववाला समाजभाषावैज्ञानिक वर्ग भाषा को मूलतः समाज की वस्तु मानते हुए यह प्रतिपादित करता है कि भाषा शैलीमुक्त हो ही नहीं सकती, क्योंकि वह अपने व्यक्त रूप में सदैव समाज एवं परिस्थिति-संदर्भित होती है। इस वर्ग के अनुसार भाषा समरूपी न होकर विविध सामाजिक परिस्थितियों के अनुरूप अपने व्यक्त रूप में भेदों और उपभेदों से युक्त विषमरूपी होती है तथा 'एक व्याकरण' या समरूपी भाषा-व्यवस्था की धारणा को वह अपने कल्पित रूप में ही सामने लाती है। भाषा-विशेष का व्याकरण वस्तुतः भाषा-भेदों के व्याकरणों का समूह होता है। (कृष्णकुमार गोस्वामी 1975 : 89; गोपाल शर्मा 1976 : i; रवींद्रनाथ श्रीवास्तव 1976 : 14-15)।

प्रस्तुत प्रबंध के कार्यारंभ के समय उपर्युक्त द्वितीय वर्ग के भाषाविज्ञानियों, अर्थात् समाजभाषाविज्ञानियों, के विशेष रूप से उल्लेखनीय समकालीन कार्य इस प्रकार थे—1971 में विलियम ब्राइट द्वारा संपादित 'सोशियोलिंग्विस्टिक्स' (1966) का पुनर्मुद्रण हुआ। 1972 में विलियम लेबाव की 'सोशियोलिंग्विस्टिक पैटर्न्स' प्रकाशित हुई; 1971 और 1972 में जोशुआ ए. फ़िशमन द्वारा संपादित 'एडवांसेज़

इन दी सोशियोलॉजी ऑफ़ लैंग्वेज' के क्रमशः भाग एक और भाग दो प्रकाशित हुए; 1972 में जे.बी. प्राइड एंड जैनेट होम्ज़ द्वारा संपादित 'सोशियोलिंग्विस्टिक्स' नामक पुस्तक प्रकाश में आई; और 1972 में ही जॉन जे. गंपर्ज़ एंड डेल हाइम्ज़ द्वारा संपादित ग्रंथ 'डायरेक्शंस इन सोशियोलिंग्विस्टिक्स' का प्रकाशन हुआ। यद्यपि उस समय तक समाजभाषावैज्ञानिक कार्य तीव्र गति से चल निकला था तथा 'परिवर्तन की आंतरिक संरचना को भाषाविज्ञान-संबंधी अध्ययनों से हटाया नहीं जाना चाहिए (विलियम लेबाव 1972 : xiv)'[1] या 'बोलीगत और शैलीगत परिवर्तन सदा भिन्न-भिन्न सामाजिक अर्थ वहन करने के लिए प्रवृत्त होंगे (जे.बी. प्राइड एंड जैनेट होम्ज़ 1972 : 7)'[2]—जैसी कुछ समाजभाषावैज्ञानिक मान्यताएँ स्थापित हो चुकी थीं (देखिए—असंदिग्ध रूप से मान्य पाँच विशेषताएँ, रवींद्रनाथ श्रीवास्तव 1976 : 19-21), पर जॉन जे. गंपर्ज़ एंड डेल हाइम्ज़ (1972 : vi) ने तब तक की अस्थिर वस्तु-स्थिति का संकेत इस प्रकार किया था—'समाजभाषाविज्ञान' शब्द का सुगम प्रचलन समान समस्याओं, सामग्री के स्रोतों, अथवा विश्लेषण की पद्धतियों पर मूलभूत मतैक्य को विपरीत प्रतिबिंबित नहीं करता है। इसके विपरीत, अधुनातन प्रकाशनों से उतनी ही कार्य-पद्धतियाँ उद्‌घाटित होती हैं, जितने इस क्षेत्र में कार्य करनेवाले हैं।'[3] जोशुआ ए. फ़िशमन (1972 अ : 216-17) ने भी उस अस्थिर स्थिति को इस प्रकार सामने रखा था—'समाजभाषाविज्ञान ऐसा शब्द है, जो जल्दी ही पुराना पड़ गया है, शायद इसलिए कि यह सिद्धांत, पद्धति, सामग्री और प्रयोजन में उपलब्ध क्रियाशील अंतरों पर परदा डालता है, जो सतह के नीचे एक-दूसरे से होड़ लगाते हैं।'[4] तभी जॉन जे. गंपर्ज़ एंड डेल हाइम्ज़ ने यह भी स्वीकार किया कि सामान्य नियम बनाने के लिए आवश्यक अनुभवाश्रित सामग्री का तब तक अभाव था। 'हमारे पास अनुभवसिद्ध जानकारी की कमी है, जिस पर सामान्यीकरण बनाए जाने चाहिए (वही, vii)।'[5] ऐसी स्थिति में इस प्रस्तावित कार्य हेतु हिंदी के सभी प्रमुख बोली-क्षेत्रों से अनुभवाश्रित सूचनाओं का एकत्र किया जाना पहली आवश्यकता थी। इतनी बोलियों की आधार-शिला पर किया गया इस

---

1. 'The internal structure of variation should not be removed from linguistic studies.'
2. Dialectal and stylistic variation will always tend to convey different social meanings.'
3. The ready currency of the term 'sociolinguistics' does not reflect fundamental agreement on common problems, sources of data, or methods of analysis. On the contrary, the recent publications reveal almost as many methods of operation as there are workers in the field.'
4. 'Sociolinguistics is a term that has quickly become old, perhaps because it *masks* the active differences in theory, method, data and purpose that compete with each other underneath the surface.'
5. 'We lack the empirical information on which generalizations must be built.'

प्रकार का यह पहला काम है, जिसमें अनुभवाश्रित सामग्री को विविध–बोलीवार, सूचकवार, वर्तनीवार, व्याकरणवार, अर्थवार, व्यतिक्रमवार, त्रुटिवार, उपत्रुटिवार, बोली-समूहवार, बोली-वर्गवार (उपभाषावार), और प्रमुख त्रुटिवार–वर्गों में विभाजित करके प्रस्तुत किया गया है।

इस प्रबंध पर आइनर हॉगेन (1971 : 66) के निम्नलिखित कथन विशेष रूप से लागू होते हैं–'वर्णनविज्ञानी के रूप में, एक भाषाविज्ञानी लेखन में वास्तविक वर्तमान व्यवहार के परिशुद्ध विवरण जुटा सकता है···बोली-भूगोलविद् के रूप में वह विभेद और ऐक्य-संबंधी जानकारी एकत्र कर सकता है···वह अपनी शोध के परिणामों को व्याकरण में, और शब्दकोश में साकार रूप में दे सकता है।'[1] प्रबंध-लेखन में निर्वाह उपर्युक्त दृष्टि से वर्णनवेत्ता एवं बोलीभूगोलवेत्ता के रूप में ही हुआ है तथा व्याकरण के विभिन्न अंगोपांगों से संबंधित तत्त्वों पर आधारित व्यतिक्रमों की क्रमबद्ध एवं वर्णानुक्रमबद्ध प्रविष्टियों के साथ शब्दकोश-जैसा ग्रंथ ही तैयार किया गया है।

विलियम ब्राइट (1971 : 11) ने आगे दिए गए उद्धरण में तीन बातों पर बल दिया है। एक, समाजभाषाविज्ञानियों का संरचनात्मक भाषाविज्ञान से संबंध होना; दो, 'स्वच्छंद परिवर्तन' कहे जानेवाले परिवर्तनों का वस्तुतः 'स्वच्छंद' न होकर व्यवस्थित सामाजिक परिवर्तनों से संबंधित होना; और तीन, भाषाई विभेदों का अध्ययन समाजभाषाविज्ञान का मूल लक्ष्य होना। 'यद्यपि समाजभाषाविज्ञानी अपने उपागम का बहुत-कुछ संरचनात्मक भाषाविज्ञान से हासिल करते हैं, पर साथ ही साथ वे···प्रकट करते हैं कि स्वच्छंद परिवर्तन या अनेकरूपता वास्तव में 'स्वच्छंद' नहीं होती। भाषा-संबंधी 'अनेकरूपता' यथार्थतः समाजभाषाविज्ञान की विषय-वस्तु है।'[2] प्रस्तुत कार्य के बारे में उपर्युक्त संदर्भ में यह बताया जाना अभीष्ट है कि इसमें सम्मिलित किए गए विभेद उनके प्रयोक्ताओं के न तो सामाजिक-आर्थिक-राजनीतिक स्तर-भेद या वर्ग-भेद पर आधारित हैं, न जाति-भेद पर आधारित हैं, न धर्म-भेद पर आधारित हैं, न उम्र-भेद पर आधारित हैं, न लिंग-भेद पर आधारित हैं, और न प्रयोजन-भेद पर आधारित हैं। मानक हिंदी में इन विभेदों के लिए उत्तरदाई हैं–(1) स्थानीय बोलियों के भेद (मातृबोलियों के अल्पाधिक अनिवार्य प्रभाव के कारण), तथा (2) शिक्षा के स्तर में भेद (मानक हिंदी के राष्ट्रीय स्वरूप

---

1. 'As descriptivist, the linguist can provide accurate descriptions of actual present-day practice in writing.... As a dialect geographer he can gather information about variety and unity.... He can embody the results of his research in a grammar, and a dictionary.'
2. 'Although sociolinguists derive much of their approach from structural linguistics, at the same time they...show that free variation or diversity is not in fact 'free'. Linguistic 'diversity' is precisely the subject matter of sociolinguistics.'

की अल्पाधिक दुर्बल शिक्षा के कारण)। पहले प्रकार के विभेद अपने-अपने बोली-क्षेत्र से और स्थान-भेद से संबंधित होंगे, जबकि दूसरे प्रकार के विभेद किसी भी क्षेत्र के प्रयोक्ता कर सकते हैं। शिक्षा के स्तर में भेद का गृहीत आधार रहा—सूचक का पूर्वमाध्यमिक या उच्चतर माध्यमिक या पूर्वस्नातक स्तर का होना। उपलब्ध तथ्यों के प्रमाण पर बाईस में से ग्यारह बोलियों के पूर्वमाध्यमिक स्तर के सूचकों ने सर्वाधिक (शेष दोनों स्तरों के सूचकों की तुलना में अधिक) व्यतिक्रम किए, पाँच बोलियों के उच्चतर माध्यमिक स्तर के सूचकों ने सर्वाधिक व्यतिक्रम किए, और शेष छह बोलियों के पूर्वस्नातक स्तर के सूचकों ने सर्वाधिक व्यतिक्रम किए। इससे एक तो सामूहिक निष्कर्ष यह निकलता है कि लिखित हिंदी के प्रयोक्ता पूर्वमाध्यमिक स्तर तक अपेक्षाकृत अधिक दुर्बल रहते हैं और दूसरा निष्कर्ष यह निकलता है कि प्रयोक्ताओं की भाषाई परिपक्वता की सामान्य सीमा उच्चतर माध्यमिक स्तर है, क्योंकि पूर्वमाध्यमिक स्तर से वहाँ तक पहुँचने में प्रयोक्ता अच्छी प्रगति दिखाते हैं, जबकि उसके बाद पूर्वस्नातक स्तर के प्रयोक्ता कोई उल्लेखनीय प्रगति नहीं दिखाते। उपर्युक्त के अलावा शिक्षा के स्तर में गुणात्मक भेद के आधार पर यहाँ-वहाँ कहीं के भी छोटे-बड़े सूचक बहुत बार एक-से व्यतिक्रम इसलिए करते हैं कि उन्हें मानक हिंदी-लेखन-संबंधी भाषाई और संबंधित इतर तथ्य (जैसे मुद्रण और टंकण की दृष्टि से देवनागरी की प्रकृति) ठीक से नहीं सिखाए जाते।

मानक हिंदी की विविध क्षेत्र-व्यापी अनेकरूपता के अध्ययन से संबंधित इस कार्य की तह में निम्नलिखित विशिष्टताएँ भी विद्यमान हैं, जिनसे यह 'भाषा-नियोजन' की सीमा में पहुँच जाता है—(1) यह लिखित भाषा से संबंधित है। 'हमें लेखन को प्राथमिक और वाक् को गौण मानना ही पड़ेगा (आइनर हॉगेन 1971 : 53)।'[1] (2) यह औपचारिक लेखन से संबंधित है। 'भाषा-नियोजन प्रारंभतः भाषा की अनौपचारिक शैलियों की अपेक्षा औपचारिक शैलियों का हवाला देता है (वही, 55)।'[2] (3) यह मानदंडात्मक या आदेशात्मक लेखन से संबंधित है। 'मानदंडात्मक या आदेशात्मक भाषाविज्ञान को भाषा के प्रबंध या कार्य-साधन के एक प्रकार के रूप में समझा जा सकता है, जिसके लिए भाषा-नियोजन पूर्वानुमानित है (वही, 51)।'[3] विनफ्रेड पी. लेमन (1972 : 247) ने समाजभाषाविज्ञानियों के इस भाषासुधारवादी क्रिया-कलाप का इस प्रकार उल्लेख किया है—'समाजभाषाविज्ञानी सर्वप्रथम भाषा-संबंधी कमियाँ निर्णीत कर सकते हैं और संभवतः संशोधन भी सुझा सकते हैं।'[4]

---

1. 'We shall have to consider writing primary and speech secondary.'
2. 'Language planning refers primarily to the formal rather than the informal styles of language.'
3. 'Normative or prescriptive lingustics may be regarded as a kind of management or manipulation of language, which presupposes language planning.'
4. 'Sociolinguists can first determine the linguistic inadequacies and possibly even suggest correctives.'

इस प्रबंध की दीवारें उपर्युक्त समाजभाषावैज्ञानिक 'संलग्नताओं' के साथ खड़ी की गई हैं, जिसके लिए किसी पूर्व-स्थापित प्रारूप या बने-बनाए नमूने का अनुसरण न करते हुए कार्य के लक्ष्य और आवश्यकता के अनुसार सामग्री-स्वरूप और संकलन-प्रक्रिया आदि का एक भिन्न मार्ग अपनाया गया है। ये भिन्नताएँ आगे की पंक्तियों में निबद्ध हैं।

सामग्री-स्वरूप और संकलन-प्रक्रिया

जान जे. गंपर्ज़ (1972 : 23-25) के अनुसार समाजभाषावैज्ञानिक अध्ययन के लिए सामग्री का आधार 'स्वाभाविक वार्तालाप' होना चाहिए। प्रस्तुत कार्य की सामग्री न तो 'स्वाभाविक' है और न 'वार्तालाप' पर आधारित है। वह पूरी तरह सोच-विचारकर लिखी गई बहुत सावधान और 'अस्वाभाविक' सामग्री है तथा बातचीत से बचकर पूरी तरह 'लिखित' है। उसके संकलन के समय प्रत्येक सूचक से आग्रह किया गया था कि वह खूब समझ-बूझ कर अधिक से अधिक 'शुद्ध हिंदी' लिखे—ऐसी हिंदी लिखे, जिसे छपी पुस्तकों में ऊँचे स्तर का माना जाता है। गंपर्ज़ ने यह भी लिखा है कि अन्वेषक को 'सामूहिक साक्षात्कार' पर ध्यान केंद्रित करना चाहिए। प्रस्तुत कार्य में 'सामूहिक' नहीं, सर्वत्र कम से कम तीन-तीन 'एकांकी' सूचकों द्वारा लेखन कराया जाना लक्ष्य रहा था तथा 'साक्षात्कार' जैसी चीज़ भी सामग्री-संकलन के लिए नहीं, बस सूचक की अर्हताएँ आँकने के लिए (संकलन-कार्य के पहले) की गई थी। गंपर्ज़ ने मूलभूत ईकाई के रूप में वाक्य को नहीं, 'वाक्-वृत्त' को मान्यता दी है (वही, 16-17); देखिए—वाक्-वृत्त[1] (डेल हाइम्ज़ 1972 : 56; जे. बी. प्राइड 1974 : 54-60)। इस कार्य में वाक्-वृत्त का भी उपयोग न करके गद्यांश में व्यवहृत या अकेले-अकेले वाक्यों को मूलभूत इकाई माना गया है और वाक्य की ही सीमा में प्रयुक्त विभिन्न भाषाई विभेदों का विश्लेषण किया गया है। यह कार्य तो 'मातृबोली' की सामग्री पर भी आधारित नहीं है, क्योंकि 'लिखित मानक हिंदी' किसी की मातृबोली नहीं है। (तुलना कीजिए—गेराल्ड केली 1971 : 300, 'मानक हिंदी का वक्ता कोई भी नहीं है।'[2]) गंपर्ज़ की अगली बात 'संदर्भ' के संबंध में है, जिसके बिना विभेदों का अध्ययन संभव नहीं है। प्रस्तुत कार्य में बाईस में से कोई एक मातृबोली और उसका पृथक् भौगोलिक क्षेत्र, तथा सूचकों का तीन भिन्न शिक्षा-स्तरों में से किसी एक का होना अलग-अलग संदर्भों की भूमिका अदा कर रहे हैं। विलियम लेबाव (1966—जान जे. गंपर्ज़ 1972 : 12 द्वारा विवेचन) ने न्यूयॉर्क नगर में अँगरेज़ी के अपने उत्कृष्ट श्रेणी के अध्ययन में वार्तालाप को भिन्न-भिन्न प्रकार के औपचारिक और अनौपचारिक संदर्भों में लेखबद्ध करने के लिए सामग्री-संकलन-प्रविधियाँ अभिकल्पित

---

1 Speech Event.

2 'No one is a speaker of standard Hindi.'

की थीं। इस कसौटी पर प्रस्तुत कार्य की सीमा और भिन्नता इस प्रकार है—'वार्तालाप का न होना' और 'केवल औपचारिक संदर्भ का होना'। सूचक से सामग्री अध्ययन-कक्ष के-से वातावरण में ली गई (बल्कि लगभग परीक्षा-भवन के समान), क्योंकि उसे अपने घर से अनुवाद करके और ग़द्यांश लिखकर लाने की छूट नहीं दी गई, बल्कि उसका परीक्षा-भवन में निरीक्षण-जैसा करते हुए उससे सब-कुछ अपने सामने लिखवाया गया।

यहाँ 'परिस्थिति का संदर्भ' के विषय में कुछ लिखा जाना प्रसंग के प्रतिकूल नहीं है। जे. आर. फ़र्थ के परिस्थिति के संदर्भ (1964 : 182) की अवधारणाओं पर आंशिक रूप से निर्भर स्कॉटलैंड के भाषा-सर्वेक्षण से यह तथ्य सर्वप्रथम उजागर हुआ था कि जहाँ कहीं शिक्षा का प्रसार अधिक है, वहाँ स्कूलों आदि की मानक भाषाओं के साथ स्थानीय बोलियाँ सहअस्तित्व में रहती हैं (जॉन जे. गंपर्ज़ 1972 : 11)। प्रस्तुत अध्ययन के कार्य-क्षेत्र पर यह बात ड्योढ़े ज़ोर के साथ लागू होती है, क्योंकि हिंदी-क्षेत्र में स्थानीय बोलियों के साथ-साथ स्कूलों आदि में दो-दो मानक भाषा-रूप प्रचलित हैं—एक, जिसे सामान्य प्रयोक्ता (सूचक) 'लिखता' है (इसी को प्रबंध में 'व्यतिक्रमित मानक हिंदी' कहा गया है; और दूसरा, जिसे वह प्रामाणिक पुस्तकों में 'पढ़ता' है (इसे प्रबंध में 'मानक हिंदी' कहा गया है)। यह बाद वाला मानक भाषा-रूप 'आदर्श रूप' या 'राष्ट्रीय रूप' कहा जाता है, यद्यपि यथार्थ में और व्यवहार में इसके भी पूर्णतः 'एकरूप' होने की संभावना नहीं रहती (केवल कार्यकारी आवश्यकता के कारण इसे 'प्रायः विवादेतर' मान लिया जाता है)। तुलना कीजिए—'एकरूपता केवल मात्रा और दिशा के रूप में प्रस्तुत की जाती है, पूरी तरह से निरीक्षणीय तथ्य अथवा पूरी तरह से अंगीकृत धारणा के रूप में नहीं (पी. एस. रे. 1963 : 60)।'[1]

जोशुआ ए. फ़िशमन (1972 आ : 8 तथा 1976 : 8) ने समाजभाषाविज्ञान की सामग्री के लिए 'स्वाभाविक बोलना (अथवा स्वाभाविक लिखना)' आधार लिखा है, जबकि प्रस्तुत कार्य की 'नियंत्रित सामग्री' तथा 'अनियंत्रित सामग्री' दोनों ही 'स्वाभाविक' और 'स्वतःप्रेरित' न होकर एक प्रकार से 'कृत्रिम' और 'बहिर्प्रेरित' हैं। फ़िशमन के अनुसार, 'समाजभाषाविज्ञान को बहुत व्यापक रूप में भाषाविज्ञान के संदर्भगत क्षितिजों को विस्तृत करने के साधन के रूप में देखा-समझा गया है—वाक्यांश से परे, वाक्य से परे, उच्चार से परे, वाक्-कृत्य (देखिए—डेल हाइम्ज़ 1972 : 56-57), वाक्-वृत्त और वाक्-घटना तक)'[2] लेकिन जैसा ऊपर संकेत दिया

1. 'Uniformity is given only as degree and direction rather than as completely observable fact or as completely acknowledged intention.'
2. 'Sociolinguistics has been viewed, very largely, as a means of widening the contextual horizons of linguistics, beyond the phrase, beyond the sentence, beyond the utterance, to the speech act, the speech event and the speech occasion'

जा चुका है, प्रस्तुत कार्य में समूची भाषाई घटना और विभेदों की दिशा वाक्य की सीमा में ही देखी और आँकी गई है, चाहे वह वर्तनी के किसी पहलू से संबंधित हो, चाहे किसी वाग्भाग या व्याकरणिक कोटि से उसका संबंध हो, और चाहे किसी शब्द के या मुहावरे के अर्थ से उसकी संबद्धता हो।

सामग्री लिखित भाषा पर आधारित होने और सूचकों के हाथों से ही लिखी जाने के कारण उसका संकलन प्रधानाध्यापकों और प्राचार्यों आदि की सहायता से सीधे डाक द्वारा भी किया जाना असंभव नहीं था, किन्तु उससे वस्तुपरकता, यथार्थता, और प्रामाणिकता के बारे में संदेह रह सकता था, इसलिए क्षेत्र पर पहुँचकर पूर्वनिर्धारित अर्हताओं से युक्त सही सूचक के चयन पर बहुत बल दिया गया।

सूचक से सामग्री-संकलक के निरंतर प्रत्यक्ष संपर्क के बावजूद सामग्री-लेखन का कार्य संकलक द्वारा नहीं किया गया। लेखन का कार्य सूचक के ही हाथ से करवाने के पीछे यह दृढ़ धारणा रही कि ग़लत अभिलेखन की संभावना ही न रहे। इसी प्रकार, सूचकों को पारिश्रमिक देने के पीछे यह विचार रहा कि वे अपना कार्य बेगार समझकर न करें।

किसी विशेष बोली के मातृभाषी को अन्यों की तुलना में विशेष सुविधा न प्राप्त हो जाए, इसके लिए नियंत्रित सामग्री को किसी भी 'मातृबोली' (अथवा 'मानक हिंदी') के माध्यम से संकलित नहीं किया गया और एकरूपता बरतते हुए उसके लिए 'समान माध्यम' अँगरेज़ी को अपनाया गया (यद्यपि यह अँगरेज़ी हिंदी के गढ़े हुए वाक्यों से बहुत सीमा तक शब्दशः अनूदित होने के कारण यथाशब्द-जैसी रही; पर जैसी भी रही, सबके लिए एक-जैसी रही)।

ऊपर समाजभाषावैज्ञानिक अध्ययन के लिए प्रयुक्त की जानेवाली सामग्री-संकलन-प्रक्रिया से अंतर बताते हुए प्रस्तुत अध्ययन की सामग्री-संकलन-प्रक्रिया के बारे में विवरण दिया गया। यों सामग्री-संकलन-प्रक्रिया चाहे प्रश्नावली और साक्षात्कारवाली हो (समाजविज्ञानी की), चाहे प्रत्यक्ष निरीक्षण और निष्कर्षवाली हो (मानवजातिविज्ञानी और वर्णनात्मक भाषाविज्ञानी की) दोनों ही में अपनी कमियाँ हैं—पहली में इस आधार पर कि प्रश्नावली आदि में किन बातों को प्रथम स्थान दिया गया है और दूसरी में प्राप्य सामग्री के सीमित या अभावग्रस्त रह जाने के कारण, क्योंकि अन्वेषक सर्वत्र एकदम उपस्थित नहीं हो सकता (जे. बी. प्राइड, 1972 : 294)

मानक हिंदी की परिकल्पना

विलियम ए. स्टीवर्ट (1970 : 534) ने 'मानकीकरण' की परिभाषा इस प्रकार दी है—'प्रयोक्ताओं के समुदाय के भीतर 'शुद्ध' प्रयोग की परिभाषा करनेवाले मानदंडों के औपचारिक समुच्चय का संहिताबंधन और स्वीकृति)।'[1] औपचारिक मानकीकरण

1. The codification and acceptance, within the community of users, of a formal set of norms defining 'correct' usage'.

में भाषा का व्यवहार संहिताबद्ध कर दिया जाता है। संसार की बहुत ही कम भाषाएँ इस प्रकार मानकीकृत हैं। दूसरी ओर, अनौपचारिक मानकीकरण में भाषा के व्यवहार को कुछ भाषाई प्रयोगों की दिशा में उच्च सामाजिक प्रतिष्ठा के साथ किसी सीमा तक नियमित या सामान्य कर लिया जाता है। दोनों प्रकार के मानकीकरण में लक्ष्य प्रयोगों में अधिकाधिक एकरूपता लाना होता है, पर पहले में आदेश-पालन जैसी कठोरता रहती है, जबकि दूसरे में समझौते-जैसी नरमी रहती है। हिंदी अनौपचारिक मानकीकरण के दौर में चल रही है, पर सरकार और विशिष्ट संस्थाओं (जैसे नागरी प्रचारिणी सभा, हिंदी साहित्य सम्मेलन, आदि) द्वारा व्याकरणों और शब्दकोशों आदि के माध्यम से (देखिए—जोशुआ ए. फ़िशमन, 1976 : 229) उसे संहिताबद्ध करने के प्रयास निरंतर जारी हैं।

सिद्धांततः किसी भाषा के सार्वभौम मानक रूप की मान्यता और प्रयोग के बारे में निर्णय पर पहुँचना तब तक संभव नहीं है, जब तक भारी दबाव, ज़बरदस्ती, भय, और दंड, आदि का आश्रय न लिया जाए। स्वाभाविक परिस्थिति और प्राकृतिक गति में भाषाई प्रयोगों के विषय में मतभेद होंगे ही, क्योंकि समाज और परिस्थितिसापेक्ष होने के कारण विभेद भाषा की व्यक्त प्रकृति में ही निहित हैं। भाषा का सर्वनिष्ठ मानक रूप केवल मन के भीतर रह सकता है, उसका बाहर अस्तित्व नहीं होता। बाहर तो मानक हिंदी के लिए कितने ही दावेदार मिलेंगे कि उनकी ही हिंदी मानक है, अन्यों की नहीं। लेकिन व्यापक रूप में देखने पर इन छुटपुट व्यक्तिगत दावों और क्षेत्रीय मतभेदों के बावजूद मानक हिंदी समूचे हिंदी-प्रदेश की दृष्टि से 'अनेकता में एकता' स्थापित करनेवाला अधिकाधिक हिंदीबोलीभाषियों द्वारा स्वीकृत और प्रतिष्ठित भाषा-रूप है। यह रूप हिंदी की बाईसों बोलियों के क्षेत्र को बोधगम्य संलाप के लिए परस्पर जोड़े हुए है। वहाँ के स्कूलों-कॉलेजों में यही पढ़ा और पढ़ाया जाता है तथा इसी में अध्ययन-अध्यापन किया जाता है। मानक हिंदी का यह रूप 'स्थिर' होते हुए भी 'लचीला' है। मानक भाषा की प्रकृति के विषय में यह 'लचीलेपन के साथ स्थिरता' (पॉल एल. गारविन, 1959 : 28-31 तथा 1964) कोई अनोखी बात नहीं है। उसमें संरचनात्मक एकरूपता (स्थिरता) और प्रयोगात्मक बहुरूपता (लचीलापन) के दोनों गुण विद्यमान होते हैं। 'यह परिभाषा किसी भी भाषा-मानदंड की है...यद्यपि जीवित भाषा का मानदंड प्राधान्यपूर्वक स्थिर और एकरूप होता है, पर वह अपने प्रयोक्ताओं के लिए लचीलेपन और अनेकरूपता की परिवर्तनशील गुंजाइश रखता है (आइनर हॉगेन, 1971 : 59)[1] इस लचीलेपन के कुछ उदाहरण प्रस्तुत प्रबंध के 'आमुख' में तथा अनेक अन्य उदाहरण 'विश्लेषण-पद्धति' (परिच्छेद 1.8) में दिए गए हैं।

---

1. 'It is the definition of any language norm...while a living language norm is predominantly stable and uniform, it provides for its users a varying margin of elasticity and diversity.'

पी. एस. रे (1963 : 61) के अनुसार, 'भाषा के 'पथ-प्रदर्शक' कहे जानेवाले प्रयोक्ताओं का एक छोटा उपवर्ग होता है; वे अनुकरण किए जाने योग्य समझे जाते हैं और इसलिए 'प्रतिष्ठा' रखते हैं।'[1] इसी प्रकार, मॉरिस लेरॉय (1967 : 95) के अनुसार, 'प्रयोक्तागण अपनी भाषा को उन व्यक्तियों की भाषा के निकटतर लाने के लिए परिवर्तित कर सकते हैं, जिन्हें वे आदर्श समझते हैं। सामान्य सिद्धांत के रूप में, वे उनका अनुकरण करते हैं, जो संदेहमुक्त प्रतिष्ठा रखते हैं।'[2] ये प्रतिष्ठा-संपन्न पथ-प्रदर्शक या 'लीड' कौन होते हैं ? ये होते हैं—प्रमुख रूप से शासन, प्रतिष्ठित भाषा-प्रचार-संस्थाएँ, सांस्कृतिक-धार्मिक समूह और कलाकार-वर्ग, लेखक-मंडल, शिक्षक-गण, और टेलिविजन, आदि। यहाँ प्रश्न है कि मानक हिंदी के संबंध में 'लीड' का क्या मतलब है। यद्यपि गेराल्ड केली (1971 : 300) के इस कथन में पर्याप्त वज़न है कि 'स्थानगत निष्ठाएँ हिंदी-भाषियों को इस प्रश्न पर विभाजित कर देती हैं कि 'मानक हिंदी' किससे बनती है।'[3] तथापि इतना सभी मानते हैं कि मानक हिंदी, हिंदी की बोलियों के विभाजन के अनुसार पश्चिमी खंड की पश्चिमी हिंदी के अंतर्गत आकारबहुला बोलियों—कौरवी, हरियाणी, दक्खिनी (हरदेव बाहरी, 1970 : 68) में से प्रधानतः कौरवी (खड़ी बोली) पर आधारित है (कैलाशचंद्र भाटिया, 1975 : 82)। सुनीतिकुमार चटर्जी (1980 : 4) ने इस बात को 'पश्चिमी उत्तर प्रदेश और पूर्वी पंजाब की बोली पर आधारित' कहकर समझाया है। राहुल सांकृत्यायन की 'कौरवी' 'खड़ी बोली' के बराबर है और किशोरीदास वाजपेयी की 'कौरवी' की दो धाराएँ हैं—(1) खड़ी बोली—मेरठी; (2) बाँगरू या हरियाणवी (कैलाशचंद्र भाटिया 1975 : 83-84)। इस खड़ी बोली का ही एक साहित्यिक (बल्कि लिपिगत) रूप 'उर्दू' है और दूसरा 'हिंदी' है। " 'देहली' से मेरठ है ही कितनी दूर ! देहली हिंदी का केंद्र है; घर है और सब भाषाओं की यह 'देहली' है। दिल्ली हिंद का केंद्र, हिंदी का केंद्र (किशोरीदास वाजपेयी, 1959 : 147)।" 'राजकीय भाषा आयोग ने भी हिंदी के लिए उसके अधिक संस्कृत या अधिक फ़ारसी शब्दावली से युक्त दो भेदों पर ध्यान देते हुए 'दिल्ली मानक' की संस्तुति की (गेराल्ड केली, 1971 : 300)।'[4] अतः यह मानक रूप 'हिंदी' या उर्दू न होकर वस्तुतः 'हिंदी-उर्दू' है (जिसे सभी भाषाविज्ञानी समझते हैं, जबकि बहुत-से बड़े-बड़े हिंदी-साहित्यकार भी 'उर्दू' से खुला परहेज़ करते हैं)। मानक हिंदी के इस

---

1. 'There is a small sub-set of users of the language called the 'lead', who are regarded as imitation-worthy and therefore have 'prestige'.
2. 'The users may modify their language to bring it closer to that of people they consider as models. As a general principle, they imitate those who have a certain prestige.'
3. 'Local loyalties split Hindi speakers on the question of what constitutes 'standard Hindi'
4. 'The Official Language Commission also recommended 'Delhi standard' for Hindi noting its two varieties with more Sanskrit or more Persian vocabulary.'

स्वरूप (हिंदी-उर्दू) को भारत सरकार तथा भाषाविज्ञानियों के हिंदी-प्रकाशनों में निरंतर प्रसरित रूप में देखा जा सकता है। केंद्रीय हिंदी निदेशालय के प्रकाशनों में एक ओर यदि संस्कृत के तत्सम शब्द मिलते हैं, तो दूसरी ओर, मिसाल के तौर पर, 'नुक़सान', 'सज़ा', दफ़्तरी', आदि में वर्णों के नीचे बिंदी तक छपी मिलती है (देखिए–विश्व हिंदी सम्मेलन अंक, 1975 : 69)। भारत सरकार द्वारा लिखवाए गए व्याकरण 'ए बेसिक ग्रामर ऑफ़ मॉडर्न हिंदी' में भी हिंदी में 'क़, ख़, ग़, ज़, फ़' की सत्ता को जगह-जगह स्वीकार किया गया है (देखिए–आर्येंद्र शर्मा, 1972 : 2, 10-11, 29-30, 214)। इसी प्रकार, दिल्ली से प्रकाशित 'नालंदा विशाल शब्दसागर (नवलजी, 1950)' में ही नहीं, बनारस से प्रकाशित 'वृहत् हिंदी कोश (कालिका प्रसाद, आर. सहाय, एवं एम. श्रीवास्तव 1952)', तथा हिंदी साहित्य सम्मेलन के 'मानक अंग्रेज़ी-हिंदी कोश (सत्यप्रकाश एवं बलभद्र प्रसाद मिश्र, 1971)', आदि में भी उदाहरणार्थ, 'क़लम' 'क़ब्ज़ियत', 'ख़त्म', 'काग़ज़', 'फ़ायदा', इत्यादि हज़ारों शब्दों को इन बिंदी-युक्त वर्णों से लिखा गया है। उपर्युक्त चर्चा केवल यह सिद्ध करने के लिए की गई है कि हिंदी में उर्दू भी शामिल है।

मानक हिंदी के अध्येता और प्रयोक्ता चाहे किसी भी हिंदी-बोली-क्षेत्र के हों, वे 'लीड' के लिए पश्चिमी हिंदी के ऊपर संकेतित रूप की ओर ही देखते हैं। नवम हिंदी साहित्य सम्मेलन, बम्बई के अध्यक्ष जगन्नाथ चतुर्वेदी ने कहा था–'पश्चिमी हिंदी का लिंग ही परिनिष्ठित हिंदी में मान्य है (कैलाशचंद्र भाटिया, 1975 : 81)।' लिखित मानक हिंदी की अन्य गण्य प्रमुख विशेषताएँ इस प्रकार हैं–संज्ञा, संबंधवाचक सर्वनाम और 'का', विशेषण, और क्रिया में लिंग-वचन के अनुसार परिवर्तन; संज्ञा (कर्तृवाचक संज्ञा और क्रियार्थक संज्ञा भी), सर्वनाम, विशेषण (वर्तमानकालिक कृदंत-विशेषण और भूतकालिक कृदंत-विशेषण भी), तथा 'का' का आवश्यकतानुसार विकारी रूप में भी प्रयुक्त होना; 'ने' का प्रयोग; भविष्यत् काल में 'ग्'-रूपों का प्रयोग; विभिन्न आदरार्थक रूप; एवं आकारांत-बहुलता। यों बड़े वैयाकरणों की बातों में काफ़ी दम होता है, क्योंकि वे भाषाई प्रयोगों के विषय में अपेक्षाकृत अधिक सावधान और सतर्क रहते हैं, पर उनकी भी कोई ऐसी बात मानक भाषा द्वारा ग्राह्य नहीं हो पाती, जिसको स्वीकार करना अन्य जन पसंद नहीं करते। किशोरीदास वाजपेयी (1958 : 406, 413) द्वारा प्रयुक्त भविष्यत् कालवाची 'गा, गे, गी' को पृथक् 'शब्दों' के रूप में मानक हिंदी भाषियों ने स्वीकार नहीं किया।

संसार की भाषाओं का सर्वेक्षण करते हुए सी. ए. फ़र्ग्यूसन (1962 : 23-27) ने उन्हें दो आयामों में वर्गीकृत करने का प्रस्ताव रखा–(1) उनके मानकीकरण की मात्रा, तथा (2) उनका लेखन में उपयोग। फ़र्ग्यूसन के स्टैंडर्ड 0 का तात्पर्य है कोई उल्लेख्य मानकीकरण न होना, स्टैंडर्ड 1 का मतलब है भाषा का एक से अधिक प्रकारों में मानकीकृत होना, और स्टैंडर्ड 2 से आशय है छोटे-मोटे परिवर्तनों या

विभेदों के साथ एक ही सर्वस्वीकृत प्रकार का विद्यमान होना। रूपों में अल्पतम परिवर्तनवाली आदर्श स्थिति भाषा के ऐसे काल्पनिक और 'विशुद्ध' रूप की होगी, जिसमें हर शब्द के लिए एक ही वर्तनी हो, हर अर्थ के लिए एक ही शब्द हो, और सारे उच्चारों के लिए एक ही व्याकरणिक साँचा हो (आइनर हॉगेन, 1976 : 107)। फ़र्ग्यूसन ने मानक भाषा के रूप में 'हिंदी-उर्दू' नाम देकर इसे स्टैंडर्ड 1 में रखा है। अशोक आर. केलकर (1968 : 2) ने तो 'हिंदी-उर्दू' को मिलाकर 'हिर्दू' प्रयुक्त किया है। हिंदी और उर्दू की छोरवर्ती शैलियाँ आरोपित शैलियाँ हैं, जबकि हिन्दुस्तानी आधारभूत शैली है। (रवींद्रनाथ श्रीवास्तव, 1975 आ : 77)। यदि मानक हिंदी के प्रयोक्ता संस्कृतनिष्ठ 'उच्च' हिंदी और फ़ारसी-अरबीनिष्ठ 'शुद्ध' उर्दू का एकतरफ़ा आग्रह छोड़कर हिन्दुस्तानी या सामान्य हिंदी में संस्कृत और फ़ारसी-अरबी दोनों से आगत शब्दावली का खुला प्रयोग करते चलें, तो यह अमल हिंदी और उर्दू के बीच की अभाषावैज्ञानिक खाई को पाटने की दृष्टि से भी एक बड़ा क़दम होगा और उसके फलस्वरूप उपलब्ध उस 'सर्वसमावेशी' मानक रूप से हिंदी को 'डायग्लोसिया' (देखिए—सी. ए. फ़र्ग्यूसन, 1959 : 325-40 तथा 1964; वी. रा. जगन्नाथन, 1976 : 85-101) से अधिक जटिल 'ट्रायग्लोसिया' (कृष्णकुमार गोस्वामी, 1975 : 92 तथा 1976 : 106) की स्थिति से भी मुक्ति मिल सकेगी (द्रष्टव्य है—'किसी मानक भाषा के विकास का पूर्वकथन करना या उस पर नियंत्रण रखना 'डायग्लोसिया' की स्थिति में विशेषतः कठिन है।'[1]—जे. बी. प्राइड, 1974 : 37) एवं फ़र्ग्यूसन का वरेण्य स्टैंडर्ड 2 भी स्थापित हो सकेगा। मानक हिंदी का इस प्रकार का एक नमूना यहाँ उद्धृत है, जिसके लेखक केंद्रीय हिंदी संस्थान के, और केंद्रीय हिंदी निदेशालय, भारत सरकार, के भी निदेशक रह चुके हैं—'फिर और आयोगों की रिपोर्टें आईं और खास तौर से जब मुदालियार-आयोग की रिपोर्ट आई और उस पर अमल हुआ, तो भाषा-शिक्षण पर (उसके स्वरूप और संरचना पर) ज़ोर ही नहीं दिया बल्कि (गोपाल शर्मा, 1975 : 61)।' इसी प्रकार, मध्य प्रदेश के सर्वाधिक लोकप्रिय हिंदी साप्ताहिक 'वक्ता' के वर्ष 14, अंक 45 के पृष्ठ 8 से लिया गया मानक हिंदी का एक ऐसा नमूना यहाँ द्रष्टव्य है—'दूसरे किसी देश में एक ही प्रतिष्ठान में ऐसा होने पर तहलका मच जाता, मगर यहाँ तो दो-चार नहीं, बल्कि कुल अदद इक्यावन प्रतिष्ठानों की यह हालत है, जो बेशक एक 'विश्व-कीर्तिमान' है।' इस सर्वसमावेशी रूप में फ़ारसी-अरबी, संस्कृत, और अँगरेज़ी आदि सभी से आए हुए शब्दों को सम्मान प्राप्त है। 'राजभाषा में अपेक्षित काग़ज़-पत्र', 'आवश्यक मसौदा', 'मंजूरी सूचित करना', 'मिसिल प्रस्तुत करना', 'हस्ताक्षरों के लिए फ़ाइल पेश करना', आदि न जाने कितने रूप भाषाई सहनशीलता तथा सम्मिश्र शैली के रूप में विकसित हुए हैं (ठाकुरदास, 1976 :

1. 'The development of a standard language is particularly difficult to predict or control in a situation of 'diglossia' '

137)।' इस हिंदी से जिस प्रकार, उदाहरणार्थ, 'हलक़ा', 'ख़ाना', 'ग़ौर', 'ज़माना', 'फ़न', आदि में उर्दू की बिंदी को तथा, उदाहरणार्थ, 'हॉल' आदि में अँगरेज़ी के 'ऑ' को नहीं छोड़ा गया है, उसी प्रकार इसके शब्दों में संस्कृत के हल् और विसर्ग आदि को बना रहने दिया गया है। मानक हिंदी के कोशों और व्याकरणों में 'संवत्' और 'दुख'-जैसे सभी तत्सम शब्दों को हल् और विसर्ग के साथ ही लिखा जाता है—यद्यपि तद्भव रूप में लिखा जाने पर 'भगवान्', जगत्', आदि कुछ शब्दों से हल् को तथा 'शनैः', 'दुःख' (आर्येंद्र शर्मा, 1972 : 11, 214), आदि कुछ शब्दों से विसर्ग को हटा लिया जाता है। 'सर्वसमावेशी' से तात्पर्य यह है कि मानक हिंदी की जायदाद में त्रिशैलियों—हिंदुस्तानी, उर्दू, हिंदी—का एकीकरण करनेवाला सभी-कुछ समाविष्ट है। (तुलना कीजिए—चन्द्रप्रभा (1976 : 30) द्वारा विवेचित हिंदी की सर्वसमावेशी अभिरचना।) इस सिलसिले में भाषाविज्ञानियों की विचार-पद्धति सार्वलौकिक रहती है, जबकि तथाकथित 'साहित्यिक हिंदी' में दृष्टि प्रायः संकीर्ण रहती है। दिल्ली आदि के इस सार्वभौमिक, 'स्वायत्त और जीवंत' (जोशुआ ए. फ़िशमन, 1976 : 229-31) मानक को सारा हिंदी-प्रदेश (बल्कि अंशों में पूरा देश और विदेश) 'पढ़' रहा है, बिहार या राजस्थान आदि किसी भी क्षेत्र का स्थापित लेखक अपने कर्तृत्व के 'प्रकाशन' के लिए इस्तेमाल कर रहा है, तथा पश्चिम में मारवाड़ी-क्षेत्र से लेकर पूर्व में मैथिली-क्षेत्र तक और उत्तर में मंडेआली-क्षेत्र से लेकर दक्षिण में दक्खिनी-क्षेत्र तक और दक्षिण-पूर्व में छत्तीसगढ़ी-क्षेत्र तक, सभी को पारस्परिक बोधगम्यता से बाँधते हुए, राष्ट्रीय मानक हिंदी के रूप में समझा जा रहा है। प्रस्तुत अध्ययन का यही 'नॉर्म' है।

व्यतिक्रम और संबंधित कार्य

'नॉर्म' से हटे हुए प्रयोग व्यतिक्रम हैं। 'व्यतिक्रम' शब्द की सार्थकता नॉर्म की उपस्थिति में ही है। 'मानदण्ड के बिना व्यतिक्रम अर्थहीन हैं, स्वच्छंद परिवर्तन मात्र रह जाते हुए (आइनर हॉगेन, 1971 : 64)।'[1] शुद्धि-अशुद्धि का प्रश्न भी नॉर्म और व्यतिक्रम का ही प्रश्न है। यह प्रश्न शुद्ध विज्ञान का न सही, पर अनुप्रयुक्त भाषाविज्ञान के दायरे में ज़रूर आता है। 'भाषा में शुद्धता भाषाविज्ञान-संबंधी समस्या है (वही, 51)।'[2] व्यतिक्रम कम होने या नहीं होने का मतलब है भाषा का अधिकाधिक एकसार होना। भाषा के एकसार होने की ज़रूरत क्यों है, उससे लाभ क्या है, इसके पक्ष में जॉयसी ओ. हर्त्सलर (1966 : 183) ने बहुत से कारण दिए हैं, जिनका संबंध समाज के प्रायः सभी वर्गों तथा जीवन और ज्ञान के प्रायः सभी पहलुओं के विकास से है।

बच्चा भाषार्जन के समय बहुत-सी अशुद्धियाँ या 'ग़लतियाँ' करता है। उसके

---

1. 'Without a norm, deviations are meaningless, becoming mere free variation.'
2. 'Correctness in language is a linguistic problem.'

उन कच्चे भाषा-परिवर्तनों को 'व्यतिक्रम' नहीं कहा गया है। 'बच्चों के अपूर्ण भाषा-अधिगम की साक्षी, भाषाई परिवर्तन के स्पष्टीकरण के रूप में देना तब तक अर्थशून्य है, जब तक कि वह अधिगम की विफलताओं का कोई 'प्रतिदर्श' साथ में न सुझाता हो (यू. वाइनराइख़, डब्ल्यू. लेबाव, एंड एम. आई. हर्ज़ग, 1968 : 109)।'[1]

व्यक्ति के द्वारा धोखे से हो जानेवाली ऐसी व्यक्तिगत प्रकार की अशुद्धियों या 'चूकों' (देखिए—'चूक', 'भूल', और 'त्रुटि' में अंतर, भोलानाथ तिवारी एवं कैलाशचंद्र भाटिया, 1980 : 87-93) को भी 'व्यतिक्रम' की संज्ञा नहीं दी गई है, जिन्हें वह स्वयं सावधानी के समय नहीं किया करता।

प्रस्तुत अध्ययन के लिए किसी बोली के तीन भाषियों में से किसी अकेले सूचक के लेखन में जमी-जमाई अशुद्धियों या 'भूलों' को भी 'व्यतिक्रम' नहीं माना गया है, क्योंकि उन्हें वह अपने निजी अनाड़ीपन या बेतरतीब अज्ञान के कारण किया करता है और उसकी उन अशुद्धियों से क्षेत्र-विशेष के एकाधिक व्यक्तियों की हिंदी में उनके नियमित रूप से प्रविष्ट हो जाने का प्रमाण नहीं पूरा होता।

उपर्युक्त तीन प्रकार की अशुद्धियों (नामशः ग़लतियों, चूकों, और भूलों) के विपरीत तीन सूचकों में से कम से कम दो के द्वारा की गई एक ही प्रकार की अशुद्धियों या 'त्रुटियों' के प्राप्त होने पर कुछ विश्वास अवश्य जमता है कि वे अशुद्धियाँ पर्याप्त सीमा तक उन सूचकों की मातृबोली के व्याघात के कारण अथवा व्यवस्थित शिक्षा के अभाव-जैसे किसी अन्य सामाजिक कारण से हो रही हैं और उनके पीछे कोई पैटर्न, कोई व्यवस्था, कोई नियम अवश्य काम कर रहे हैं। ये ही 'व्यतिक्रम' हैं (जिन्हें त्रुटियों और उनके अंतर्गत उपत्रुटियों में बाँट दिया गया है, जैसे 'इ-संबंधी त्रुटि' और उसके अंतर्गत 'शून्य की जगह इ' और 'इ की जगह ई' उपत्रुटियाँ)। ज़ाहिर है कि बोली-विशेष के तीनों सूचकों द्वारा की गई, अधिकाधिक बोलियों के भाषियों द्वारा की गई, तथा अधिक आवृत्तिवाली अशुद्धियाँ अधिक 'सामान्यीकृत' व्यतिक्रम होंगी।

भाषा के प्रति वफ़ादारी से राष्ट्रीयता की मनोवृत्ति व्यक्त होती है (जोशुआ ए. फ़िशमन, 1976 : 331), जबकि बोली के प्रति वफ़ादारी से क्षेत्र के प्रति प्रेम और लगाव दृष्टिगत होता है। बोली के प्रति वफ़ादार होकर भी व्यक्ति अपनी भाषा के मानक रूप के साथ अनन्यता या एकात्मता का भाव रख सकता है। लेकिन चेतन या अवचेतन मन से अपनी मातृबोली के प्रति वफ़ादारी का विशेष आग्रह होने से अपनी मानक भाषा में मातृबोली के व्याघातवाले व्यतिक्रम उत्पन्न हो जाते हैं। हिंदी-प्रदेश के बाईसों सामग्री-संकलन-स्थलों में शिक्षा-दीक्षा, पत्राचार, और

---

1 'Invoking children's incomplete language learning as an explanation of language change is vacuous unless it suggests at the same time a 'pattern' of learning failures'.

राजकार्य के माध्यम, तथा समाचारपत्र-पत्रिकाओं के व्यवहार-प्रसार, आदि से सिद्ध हो जाता है कि हिंदी के प्रति भाषा-अनन्यता सर्वत्र विद्यमान है। (तुलना कीजिए—'राजस्थानी तथा बिहारी को हिंदी के अन्तर्गत रखने का आधार भाषाई अस्मिता है। कल यदि राजस्थानी अथवा मैथिली के बोलनेवाले हिंदी के साथ अपने को एकात्म नहीं कर पाते, तो ये भाषाएँ भिन्न हो जाएँगी—सतीश कुमार रोहरा, 1976 : 17-18)।' प्रस्तुत कार्य के सभी (छियासठ प्रमुख और तेरह गौण) सूचकों ने अपने को हिंदी-'भाषी' और मानक हिंदी (या परिनिष्ठित हिंदी या उच्च हिंदी) का जानकार कहा—और सामाजिक प्रतिष्ठापूर्ण गौरव के साथ कहा। दूसरी ओर, उन्हें मातृबोली-वफ़ादारी के विरुद्ध इस प्रकार के कथनों से सावधान भी किया गया कि 'अधिक से अधिक शुद्ध हिंदी लिखनी है'; 'घर में बोली जानेवाली बोली का प्रभाव न पड़ने पाए'; 'जैसा पुस्तकों में पढ़ते हो, वैसा ही लिख़ना'। यदि सूचकों की बोली-वफ़ादारी या बोली-निष्ठा मानक हिंदी के ऊपर तब भी बची रहती है, तो वह वर्तनी, व्याकरण, और अर्थ तीनों ही क्षेत्रों में बचनी चाहिए और तीनों ही प्रकार के व्यतिक्रम सामने आने चाहिए; लेकिन पारस्परिक बोधगम्यता की मात्रा व्यतिक्रमों की संख्या को किसी सीमा तक अवश्य नियंत्रित करती है। बोली-वफ़ादारी का आधिक्य तभी तक टिक पाता है, जब तक बोधगम्यता आड़े नहीं आती; अर्थात् व्यतिक्रमों की छूट बस बात के बोधगम्य बने रहने तक रहती है। बात बिगड़ने पर अधिक सावधानी बरतनी पड़ती है; बात बन जाने और बनी रहने पर असावधानी का पलड़ा भारी रहता है, अर्थात् व्यतिक्रम अधिक होते हैं। यही कारण है कि भाषी अर्थ के विषय में अधिक सावधान रहता है, व्याकरण के बारे में उतना अधिक सावधान नहीं रहता, और वर्तनी के मामले में काफ़ी लापरवाही बरत लेता है। इसी प्रकार, उदाहरण के लिए, एक व्याकरणिक तत्त्व की तुलना में दूसरा व्याकरणिक तत्त्व व्यतिक्रम की दिशा में अधिक आसानी से मुड़ सकता है। जैसे, मानक हिंदी में क्रिया के काल से संबंधित व्यतिक्रम कोई भी बोलीभाषी नहीं करता (क्योंकि उससे संदेश की बोधगम्यता में प्रखर बाधा पड़ेगी), जबकि संज्ञा आदि के लिंग से संबंधित व्यतिक्रम कितने ही विभिन्न बोलीभाषी बड़े सहज भाव से करते रहते हैं (क्योंकि उससे संदेश के बोधगम्य होने में व्यवधान नहीं पड़ता, बस मानक-हिंदी-समाज की नज़र में कुछ ऐसी हँसी की-सी बात हो जाती है कि जैसे पुरुष को स्त्री या स्त्री को पुरुष कह दिया गया हो)। इस प्रकार भाषा-अस्मिता और बोली-निष्ठा का संबंध पारस्परिक बोधगम्यता से है तथा बोधगम्यता का संबंध व्यतिक्रमों से है।

इसका संकेत ऊपर दिया जा चुका है कि यदि 'नॉर्म' और आदेशात्मक भाषाविज्ञान की बात न की जाए, तो 'व्यतिक्रम' शब्द का प्रयोग कोई अर्थ नहीं रखता। वैसी स्थिति में सभी कुछ 'परिवर्तन' के अंतर्गत है, और भाषा-संबंधी सभी प्रकार की विविधताएँ भाषा-विभेदों की श्रेणी में हैं। परिवर्तनों और विभेदों से युक्त

विभिन्न भाषा-प्रकारों के बारे में यद्यपि विनफ्रेड पी. लेमन (1972 : 243) की चेतावनी है कि 'भाषा के भेदों के बारे में प्रायः कोई भी कथन ख़तरनाक होता है।'[1] फिर भी परिवर्तनों के नित्य नए अध्ययन सामने आते जा रहे हैं, जैसे—सी. जे. एन. बेली (1973), सी. जे. एन. बेली एंड आर डब्ल्यू. शूय (1973), पीटर ट्रडगिल (1974 आ), पैंसिलवेनिया वर्किंग पेपर्स ऑन लिंग्विस्टिक चेंज एंड वैरिएशन (1975), आर. डब्ल्यू. फ़ैसोल्ड एंड आर. डब्ल्यू. शूय (1975), डी सैंकॉफ़ एंड एच. जे. सीडरग्रेन (1976), बेन जी. ब्लाउंड एंड मैरी सैंचेंज (1977), आर. डब्ल्यू. शूय एंड आर. डब्ल्यू. फ़ैसोल्ड (1977), आर. के. एस. मेकॉले (1978), डी. सैंकॉफ़ 1978)। लेकिन इसके साथ ही परिवर्तनों के विशुद्ध वैज्ञानिक अध्ययनों के विपरीत व्यावहारिक उपयोगिता के कारण ऐसी उक्तियाँ भी अपना अर्थ नहीं खो रही हैं—'लिखित भाषा को आवश्यकता होती है...चिकित्सीय प्रभाव की (आइनर हॉगेन, 1971 : 56)।'[2] इस संदर्भ में 'परिवर्तन' को 'नॉर्म' तथा 'व्यतिक्रम' में विभाजित करके व्यतिक्रमों से युक्त मानक हिंदी के प्रकारों को 'व्यतिक्रमित हिंदियाँ' ही कहना उपयुक्त होगा। इस तरह के त्रुटि-संबंधी और उपचारात्मक अनेक लेख केंद्रीय हिंदी संस्थान की शोधपत्रिका 'गवेषणा' में समय-समय पर प्रकाशित हुए हैं, पर उनमें से अधिकतर लेख 'अहिंदी-भाषियों की' हिंदी सीखने-सिखाने की समस्याओं से (1966), उनकी कठिनाइयों और समाधान से (अनित्यदास 1963, बँगला; के. वासवान 1963, मलयालम; महावीर सरन जैन 1964, तमिल; रामेश्वर प्रसाद 'सीतेश' 1966, उड़िया; जयकृष्ण विद्यालंकार 1971, कश्मीरी), तथा उनकी हिंदी-वर्तनी की त्रुटियों के विश्लेषण से (किशोरीलाल शर्मा 1971, उड़िया; पी. विजयराघव रेड्डी 1973 अ, गुजराती; पी. विजयराघव रेड्डी 1973 आ, मलयालम; पी. विजयराघव रेड्डी 1974 अ, मणिपुरी; पी. विजयराघव रेड्डी 1974 आ, कन्नड़) संबंधित हैं, हिंदी सीखने में 'बोली-भाषियों की' कठिनाइयों से संबंधित लेख बहुत कम हैं (जगदेव सिंह 1967; आर. पी. सक्सेना 1977)।

---

1. 'Almost any statement about varieties of language is perilous.'
2. Written language needs...the therapeutic effect.

1

प्रस्तुति

प्रस्तुत पुस्तक में हिंदी भाषा की क्षेत्रीय मानक हिंदी सहित बाईस बोलियों के मातृभाषियों द्वारा लिखी जानेवाली मानक हिंदी में प्राप्त व्यतिक्रमों पर दृष्टि डाली गई है। व्यतिक्रमों से तात्पर्य है त्रुटियाँ और उपत्रुटियाँ। 'त्रुटि' और 'उपत्रुटि' का अंतर उदाहरणों की सहायता से यों समझा जा सकता है कि यदि 'चंद्रबिंदु-संबंधी' त्रुटि है, तो उसके अंतरगत 'चंद्रबिंदु का आगम' या 'चंद्रबिंदु के स्थान पर अनुस्वार' या 'चंद्रबिंदु के स्थान पर न्' या 'चंद्रबिंदु का लोप' उपत्रुटि है।

1.1. अध्ययन का लक्ष्य

हिंदी भाषा की विविध बोलियों के मातृभाषी एक-सी मानक हिंदी नहीं लिखते। स्थानीय बोलियों के अल्पाधिक अनिवार्य प्रभाव तथा मानक हिंदी के राष्ट्रीय स्वरूप की अल्पाधिक दुर्बल शिक्षा से उनके अनेक रूप हो गए हैं। इसीलिए क्षेत्र-विशेष में प्रयुक्त की जानेवाली मानक हिंदी को कभी-कभी, उदाहरणार्थ, छत्तीसगढ़ी हिंदी, भोजपुरी हिंदी या मारवाड़ी हिंदी-जैसा नाम दे दिया जाता है। मानक हिंदी से विविध दिशाओं में हुए व्यतिक्रमों के माध्यम से उपर्युक्त अनेकरूपता का उद्‌घाटन और दिग्दर्शन करना इस अध्ययन का प्रमुख लक्ष्य रहा है। इसमें यह खोजने की चेष्टा की गई है कि—

(1) हिंदी भाषा की किस-किस बोली के मातृभाषी मानक हिंदी लिखते समय किन-किन भाषायी व्यतिक्रमों के शिकार बन जाते हैं;

(2) उन व्यतिक्रमों की अन्य बोलियों के मातृभाषियों द्वारा किए जानेवाले व्यतिक्रमों के साथ तुलनात्मक स्थिति क्या है;

(3) हिंदी की विभिन्न बोलियों के भाषियों द्वारा किए जानेवाले कुल व्यतिक्रमों का अलग-अलग स्तरों पर गणनात्मक दृष्टि से क्या महत्त्व और वर्ग-वैशिष्ट्य है; तथा

(4) व्यतिक्रमों के प्रकारों और उनकी सामूहिकता के आधार पर 'व्यतिक्रमित मानक हिंदियाँ' मानक हिंदी से कितनी-कितनी दूर हैं।

1.2. कार्य की सीमाएँ

मानक हिंदी का एकमेव राष्ट्रीय स्वरूप निर्धारित करना स्वयं में एक दुःसाध्य कार्य है, किन्तु उसका अमूर्त रूप क्या है, यह स्थूल रूप से सभी जानते हैं। इस परियोजना के आधार के लिए 'आदर्श मानक हिंदी' हिंदी के वैयाकरणों और भाषाविज्ञानियों की पुस्तकों में व्यवहृत मानक हिंदी के प्रायः विवादेतर स्वरूप को स्वीकार किया गया है।

इस कार्य में वैयक्तिक व्यतिक्रमों को स्थान नहीं दिया गया है, अर्थात् केवल ऐसे व्यतिक्रमों को सम्मिलित किया गया है, जो भिन्न-स्तरीय तीन सूचकों में से कम से कम दो के द्वारा किए गए हैं। जैसा कि परियोजना के शीर्षक से ही स्पष्ट है, उच्चरित हिंदी को सीमा से बाहर रखा गया है। व्यतिक्रम त्रिविध लिए गए हैं—वर्तनी-संबंधी, व्याकरण-संबंधी, और अर्थ-संबंधी। लिपि-संबंधी व्यतिक्रमों पर दृष्टि निक्षेप नहीं किया गया है। शैली-संबंधी और अनुवाद-संबंधी व्यतिक्रमों को भी दूर से ही प्रणाम कर दिया गया है। यों तो व्यतिक्रम 'बड़ों' और 'बड़े-बड़ों' की हिंदी में भी मिल जाते हैं, पर चूँकि उनकी नींव छात्र-जीवन में ही पड़ती है, इसलिए सामग्री संकलन के लिए छात्र-जीवन के पूर्वमाध्यमिक, उच्चतरमाध्यमिक, और पूर्वस्नातक अंशों को चुना गया है।

1.3. कार्य की उपयोगिता

इस कार्य से एक ओर समूचे हिंदी-प्रदेश के हिंदी-भाषी छात्रों की लिखित मानक हिंदी के क्षेत्रीय स्वरूपों की जानकारी प्राप्त हुई है, और दूसरी ओर उनकी मानक हिंदी में उपलब्ध व्यतिक्रमों का सोदाहरण विवरण प्राप्त हुआ है। इन व्यतिक्रमों को दूर करके मानक हिंदी के राष्ट्रीय स्वरूप को यथासंभव एकमेव रखने में सहायता मिलेगी। भाषायी प्रयोगों में एकरूपता बहुत बड़ी बात है।

भिन्न-भिन्न मातृभाषियों की पृष्ठभूमिवाले बच्चों को एक ही प्रकार से, और लिखित हिंदी के सभी पक्षों पर एक-सा बल देकर, पढ़ाया जाना न तो आवश्यक है और न उचित ही। प्रस्तुत अध्ययन से उद्घाटित तथ्यों के आधार पर विशिष्ट मातृबोली-भाषियों की आवश्यकता के अनुसार संबंधित लक्षणों पर विशेष बल देते हुए विभिन्न प्रकार की हिंदी-पाठ्यपुस्तकें बनाई जा सकती हैं। वस्तुतः बच्चे, और बड़े भी, प्रायः यह तब तक नहीं जानते कि उनकी मातृबोली के कौन से तत्त्वों का उनकी मानक हिंदी में प्रवेश हो गया है, जब तक उन्हें इसकी जानकारी न दी जाय। ऐसे तत्त्वों की सूची और उनके उदाहरण छात्रों के लिए निश्चित रूप से उपादेय सिद्ध होंगे, क्योंकि उनकी सहायता से वे अपनी मातृबोली के संभव अनचाहे प्रभाव से बच सकते हैं। इस अध्ययन के आधार पर मानक-हिंदी के अध्यापन के लिए भाषा-परीक्षणात्मक तथा भाषा-उपचारात्मक सामग्री का निर्माण किया जा सकता है।

1.4. बोलियाँ और सामग्री-संकलन-स्थल

इस कार्य के लिए हिंदी भाषा की बोलियों को पाँच उपभाषा-वर्गों में रखते हुए सामग्री-संकलन-स्थलों का चुनाव किया गया। भाषाविज्ञानियों में विद्यमान हिंदी भाषा की व्यापकता और सीमितता, उसमें उपभाषा-वर्गों की संख्या, तथा उनसे बोलियों की संबद्धता आदि से संबंधित विवाद पर सम्मानपूर्ण दृष्टि डालते हुए हिंदी की निम्नलिखित बाईस बोलियाँ स्वीकार की गईं–

पश्चिमी हिंदी वर्ग में 8 बोलियाँ–(1) क्षेत्रीय मानक हिंदी, (2) कौरवी, (3) बाँगरू, (4) ब्रज, (5) कन्नौजी, (6) बुंदेली, (7) निमाड़ी, (8) दक्खिनी।

पूर्वी हिंदी वर्ग में 3 बोलियाँ–(1) अवधी, (2) बघेली, (3) छत्तीसगढ़ी।

पहाड़ी हिंदी वर्ग में 3 बोलियाँ–(1) कुमाउँनी, (2) गढ़वाली, (3) मंडेआली।

राजस्थानी हिंदी वर्ग में 5 बोलियाँ–(1) मेवाती, (2) ढूँढाड़ी, (3) मारवाड़ी, (4) हाड़ौती, (5) मालवी।

बिहारी हिंदी वर्ग में 3 बोलियाँ–(1) भोजपुरी, (2) मगही, (3) मैथिली।

यहाँ 'मानक हिंदी' के दो प्रयोगों को स्पष्ट कर देना आवश्यक है। उपर्युक्त पश्चिमी हिंदी को 'आठ बोलियों में दी गई एक बोली के रूप में मानक हिंदी 'क्षेत्र-विशेष की मानक हिंदी' है, जहाँ मातृबोली के रूप में इसके अतिरिक्त किसी अन्य बोली का व्यवहार नहीं होता। दूसरा प्रयोग मानक हिंदी के विविध बोली-क्षेत्रों में विभिन्न मातृबोलियों के साथ-साथ होनेवाले व्यवहार से संबंधित है, जो उपर्युक्त पाँचों उपभाषा-वर्गों के क्षेत्रों को जोड़े हुए है। मानक हिंदी का यही रूप एक स्थिर राष्ट्रीय स्वरूप की दिशा में बढ़ता हुआ हिंदी भाषा का सबसे प्रतिष्ठित बोली-रूप है।

सामग्री-संकलन के लिए प्रत्येक बोली-क्षेत्र से एक-एक प्रतिनिधि-स्थान चुना गया, जो बोली-विशेष के मानक रूप के प्रयोग के लिए प्रतिष्ठित है। यह स्थान गाँव की तुलना में नगर इसलिए उचित माना गया कि लिखित हिंदी का प्रयोग और उपयोग अपेक्षाकृत नगरों में अधिक होता है। बोली-विशेष के मानक रूप का प्रतिनिधित्व करनेवाले नगर एक से अधिक होने की स्थिति में चयन 'निरुद्देश्य आधार' पर किया गया। इसी प्रकार, नगरों से स्कूलों और कॉलेजों के चुनाव में भी निरुद्देश्य आधार बरता गया। तदनुसार बाईस बोलियों के मातृभाषियों से निम्नलिखित बाईस नगरों से सामग्री संकलित की गई–

बोली	**सामग्री-संकलन-स्थल**
क्षेत्रीय मानक हिंदी	मुरादाबाद
कौरवी	मेरठ
बाँगरू	जींद

ब्रज	मथुरा
कन्नौजी	इटावा
बुंदेली	झाँसी
निमाड़ी	खंडवा
दक्खिनी	गुलबर्गा
अवधी	रायबरेली
बघेली	रीवाँ
छत्तीसगढ़ी	रायपुर
कुमाउँनी	नैनीताल
गढ़वाली	नरेंद्रनगर
मंडेआली	शिमला
मेवाती	अलवर
ढूँढ़ाड़ी	जयपुर
मारवाड़ी	पाली मारवाड़
हाड़ौती	कोटा
मालवी	इंदौर
भोजपुरी	बलिया
मगही	गया
मैथिली	दरभंगा

बोलियों का ऊपर दिया गया क्रम जमाने में क्षेत्रीय मानक हिंदी की ओर से बढ़ती हुई वर्गों और बोलियों की भौगोलिक एवं पूर्व-स्थापित या संभावित भाषाई दूरी का स्थूल आधार रखा गया है। उपभाषा-वर्गों में पश्चिमी हिंदी की ओर से बढ़ते हुए पूर्वी हिंदी, पहाड़ी हिंदी, राजस्थानी हिंदी, और बिहारी हिंदी को रखा गया है, तथा एक-एक वर्ग के भीतर क्रमशः विविध बोलियों को अनुक्रमित किया गया है।

1.5. सूचक-समुदाय और प्रतिनिधि-सूचक

अध्ययन-दृष्टि ऐसे हिंदीभाषियों की लिखित मानक हिंदी के व्यतिक्रमों पर रही है, जो मातृबोली के रूप में उपरांकित बाईस बोलियों में से किसी एक का व्यवहार करते हैं। अर्थात् इस कार्य के सूचक-समुदाय में ऐसे हिंदीभाषी सम्मिलित नहीं हैं, जिनकी भाषाई संपदा में लिखित मानक हिंदी का समावेश नहीं है तथा जो केवल उपर्युक्त बोलियों के प्रयोक्ता हैं (मानक हिंदी के नहीं)। इस प्रकार, सूचक-समुदाय में सभी सूचक हिंदी भाषा ही के दो रूपों के ज्ञाता हुए—एक, अपनी क्षेत्रीय बोली के; और दूसरे, लिखित मानक हिंदी के। ये सूचक समूचे हिंदीभाषा-प्रदेश के विविध

बोली-क्षेत्रों में वहाँ की सर्वप्रमुख जनसंख्या के रूप में व्याप्त हैं।

चूँकि मानक हिंदी हिंदी-राज्यों में प्रायः सभी विद्यार्थियों को 'प्रथम भाषा' की भाँति पढ़ाई जाती है, इसलिए यह प्रत्याशित है कि स्कूल जानेवाला विद्यार्थी पूर्वमाध्यमिक स्तर तक पहुँचते-पहुँचते उसमें एक विशिष्ट अध्येय स्तर उपलब्ध कर लेता है, और जब वह उच्चतर माध्यमिक स्तर की अंतिम कक्षा में पहुँचता है, तब उसमें कुछ परिपक्वता आ जाती है। उसके बाद विद्यार्थी के स्नातक-स्तरीय होने पर अपेक्षा की जाती है कि उसका लिखित मानक हिंदी पर पूर्ण नियंत्रण हो जाना चाहिए। इस आधार पर उपर्युक्त सूचक-समुदाय में से प्रत्येक सामग्री-संकलन-स्थल में स्कूलों-कॉलिजों में अध्ययनरत निम्नलिखित स्तरों के तीन प्रमुख सूचकों का चयन किया गया—

(1) पूर्वमाध्यमिक स्तर (क-सूचक),
(2) उच्चतर माध्यमिक स्तर (ख-सूचक),
(3) पूर्वस्नातक स्तर (ग-सूचक)।

इस प्रकार, कुल प्रमुख सूचकों की संख्या छियासठ रही। परीक्षण आदि में आवश्यकता पड़ने पर तेरह गौण-सूचकों से भी सहायता ली गई।

प्रतिनिधि-सूचकों के लिए अपनी मातृबोली का प्रयोक्ता होने के साथ-साथ उस बोली के क्षेत्र का निरंतर निवासी होना भी अनिवार्य रखा गया, जिससे उसकी लिखित मानक हिंदी पर अन्य क्षेत्रीय बोली या भाषा के प्रभाव की संभावना न रहे। प्रत्येक प्रतिनिधि-सूचक के लिए एक अर्हता यह भी रखी गई कि उसने हिंदी को अनिवार्य विषय के रूप में पढ़ा हो तथा जिसको अँगरेज़ी का कार्यकारी ज्ञान हो। सामान्यतया कक्षा के द्वितीय श्रेणी के मध्यस्थ छात्र या छात्रा को सूचक बनाया गया, क्योंकि आनुपातिक दृष्टि से प्रथम श्रेणी के विद्यार्थी से आशा की जाती है कि वह 'सामान्य' व्यतिक्रमों को नहीं होने देगा तथा तृतीय श्रेणी का विद्यार्थी अपेक्षाकृत अधिक 'वैयक्तिक' व्यतिक्रमों से ग्रस्त होगा।

1.6. आधार-सामग्री और संकलित सामग्री

व्यतिक्रमों और उनकी प्रकृति से संबंधित तथ्यों के संकलन के लिए अनियंत्रित सामग्री के रूप में प्रत्येक प्रतिनिधि-सूचक के मानक हिंदी में एक सहस्र शब्दों का स्वतंत्र लेखन करवाया गया (जिसके अंतर्गत सूचक ने स्वेच्छा से लेख या कहानी या पत्र या यात्रावर्णन लिखा) तथा नियंत्रित सामग्री के रूप में उससे एक सौ दिए हुए अँगरेज़ी-वाक्यों का मानक हिंदी में अनुवाद करवाया गया। सूचक को वाक्य अँगरेज़ी में देने का कारण सभी सूचकों को 'समान अवसर' देना था। किसी भी सूचक को इन वाक्यों के मानक हिंदी-रूप का अपनी ओर से आभास नहीं दिया गया, अन्यथा वह अपनी मानक हिंदी को जाने-अनजाने यथानुसार संशोधित कर सकता था। ये सौ परीक्षण-वाक्य क्षेत्र-कार्य पर जाने से पूर्व तैयार किए गए थे,

जिनकी तह में ऐसे अधिकाधिक संभव भिन्न लक्षणों का समावेश किया गया था, जो मानक हिंदी के प्रायः सभी प्रकार के वर्तनी-प्रकारों, व्याकरणिक तत्त्वों और रचनाओं आदि का प्रतिनिधित्व कर सकें। साथ ही, इन वाक्यों को गढ़ते समय हिंदी की प्रत्येक बोली से मानक हिंदी के व्यतिरेकी बिंदु छाँटकर मानक हिंदी की उन विशेषताओं पर विशेष बल दिया गया था, जो हिंदी की विभिन्न बोलियों में उपलब्ध नहीं हैं। इस कार्य के लिए हिंदी के शब्दकोशों, भाषाविज्ञानियों और वैयाकरणों की हिंदी भाषा-संबंधी पुस्तकों (जिनमें मानक हिंदी तथा हिंदी-बोलियों से संबंधित पुस्तकें सम्मिलित हैं), और भारत के महापंजीयक, भाषा-विभाग, की क्षेत्रकार्य-पुस्तिका से पूरी सहायता ली गई। तत्पश्चात् मानक हिंदी में बनाए गए इन वाक्यों को विविध स्तरों के पाँच विद्यार्थियों की अनुवाद-क्षमता की कसौटी पर परख-परखकर सरल अँगरेज़ी में बदल दिया गया। इन परीक्षण-वाक्यों के मानक हिंदी-रूप और अँगरेज़ी-रूपांतर इस प्रकार हैं :

1. पंडितजी ! मैं दुःख के साथ शहर चलता हूँ।
   Panditji ! I move to the city with sorrow.
2. आप इस दफ्तर के मैनेजर हैं, आपके साथ मैं टहलता हूँ।
   You (hon.) are the manager of this office, I walk with you (hon.)
3. वह लोभी कुतिया को गाड़ी पर बैठाता है।
   He makes the greedy bitch sit on the cart.
4. अपना पाँचवाँ बेटा स्वभाव से बड़ा मीठा है।
   Our own fifth son is very sweet by nature.
5. उनकी लड़की तेरी सास है।
   His (hon.) daughter is your (sing.) mother-in-law.
6. गाँधीजी कोई उच्च आदर्शोंवाला स्कूल देखना चाहते हैं।
   Gandhiji wants to see a school of high ideals.
7. मोहन का स्वास्थ्य सोहन के से अच्छा है।
   Mohan's health is better than that of Sohan.
8. भला आदमी लाभ-हानि से नहीं डरता है।
   A gentleman does not fear from profit and loss.
9. घोड़े के एक पूँछ होती है।
   A horse has one tail.
10. अब चालाक कौआ मिठाई के साथ उड़ नहीं सकता है।
    Now the clever crow cannot fly with the sweets.
11. गरमी की ऋतु में लू चलती है।
    The hear-wave blows in the summer season.

12. चक्की पर छाछ गिरना बुरा है।
Falling of buttermilk on the grinder is bad.
13. सफल लड़की के माथे पर घाव है।
There is a wound on the successful girl's forehead.
14. छत पर फीका दूध गिर रहा है।
The unsweet milk is falling on the roof.
15. चंद्रमा आकाश में नहीं चमक रहा है और घोड़ा राह में है।
The moon is not shining in the sky and the horse is on the way.
16. घर की सड़क और नहर वहाँ जाती है।
The road of the house and the canal are going there.
17. मेरे दादा बाजार में तितली और भौंरा देख चुके हैं।
My father's father has seen the butterfly and black-bee in the market.
18. एक सौ उन्नीस मेंढ़क और हिरन इस अँधेरे कमरे में रहे हैं।
There have been one hundred nineteen frogs and deer in this dark room.
19. शायद एक सुअर सड़क की ओर गया हो।
Perhaps one pig may have gone towards the road.
20. बौने का हाथ भाप से जल गया है।
The hand of dwarf is burnt with steam.
21. उसकी आँखों में डर दीखता है।
The fear is seen in her eyes.
22. उस आदमी से जाया नहीं जाता।
Going is not done by that man.
23. आपके नाना की सूखी आँखों में आँसू भरे हैं।
Tears are filled in the dry eyes of your (hon.) mother's father.
24. मेज़ की दराज़ में कमीज़ और गेंद रखी हैं।
A shirt and a ball are kept in the drawer of the table.
25. ये छोटे-छोटे घर तुड़वाने हैं।
These small houses are to be destroyed.
26. संदूक शाम को मेरे द्वारा भेजा गया है।
The box has been sent by me in the evening.

27. क्या इस छोटे पेड़ की कीमत छः रुपये है ?
Is the price of this small tree Rs. six ?
28. भाइयो ! गधे को जीभ क्यों दिखाते हो ?
Brothers ! Why do you show the tongue to a donkey ?
29. बत्तख की कीमत कितने पैसे है ?
How many paise is the cost of this duck ?
30. आप किसकी तनख्वाह के बारे में पूछ रहे हैं ?
About whose salary are you asking ?
31. साधु की बहन को झोपड़ी के पास आग जलानी है।
The sadhu's sister is to burn fire near the hut.
32. कीचड़ के लड्डू का ख्याल होली के त्यौहार पर आना ही है।
The idea of a 'laddoo' of mud has to come on the festival of Holi.
33. उसकी नाक और ओठ दिखवाने जाना है।
He has to go to get the nose and lips to be shown.
34. बड़ी ईंट इस तरह रखो कि वह गिरे नहीं।
Keep the big brick in such a way that it may not fall.
35. उसकी रोती हुई आँख और सिर ठंडे पानी से धो।
Wash her weeping eye and head with cold water.
36. उतना काम करो जितनी तुममें शक्ति हो।
Do as much work as is the strength in you.
37. तुम मुझे अपना यह चिल्लाना मत सुनाओ।
Do not make me hear this crying of yours.
38. तुम जाओ ! वे रोड से सोडा, पत्र, फूल, टब, और ढक्कन ला रही हैं।
You go; they (fem.) are bringing soda, letter, flower, tub, and cover by the road.
39. हकीकत यह है कि चमारिनों और धोबिनों ने पेड़ों से चौथाई करोड़ रुपए कमाए।
The fact is that the lady-cobblers and washer-women earned a quarter crore of rupees from the trees.
40. संभव है कि तुम शून्य नम्बर पा लो।
It is possible that you might get zero number.
41. मैंने एक महीने बाद ठाकुर साहब को उनतालिस पैसे दिए।
I gave thirty-nine paise to Thakur Sahib after a month.

42. हमने इससे ऊँची ईंट और गुच्छा भेजा।
We sent the higher brick than it and a bunch.

43. तू उनके अच्छे लड़कों के साथ चला।
You (pej.) moved with their good boys.

44. तुम स्वयं अपने असबाब के लिए गए।
You (pl.) went for your own luggage.

45. आप उसके गुण देख नहीं सके।
You (hon.) could not see her qualities.

46. उसने हमारे सबसे तगड़े घोड़े को लात लगवाई।
He caused to be kicked our strongest horse.

47. दूध से भूख मिटाकर वह शांति से बैठा।
He sat peacefully after satisfying the hunger with milk.

48. दशरथ कीर्ति के जन्म पर हनुमान के साथ चले।
Dashrath moved with Hanuman on the birth of Kirti.

49. पिछले साल संवत् 2029 में मुंशी ने जरूरत से ज्यादा स्नान करके ठंड खा ली।
The munshi caught cold by taking bath more than necessary last year in Samvat 2029.

50. वकील ने मुझे नित्य प्रातः और सायं हँसाया।
The lawyer made me laugh daily in the morning and evening.

51. लड़के ने विशेष ताला देखा।
The boy saw the special lock.

52. 'गरुड़' ने बादलों में उड़ते समय लड़ाकू वायुयान 'प्राण' को नष्ट कर दिया।
Garud destroyed fighter Pran while flying in the clouds.

53. वह एक मन चावल ननद को देने के लिए ऊपर नहीं गई।
She did not go upstairs to give one maund rice to the husband's sister.

54. त्यौहार पर गरीब बुढ़िया को पचास पैसे मिले।
The poor old woman got fifty paise on the festival.

55. उन्होंने घोड़ों को हाथ से घास दी।
They gave grass to the horses with the hand.

56. हमारे साथियों ने दिल्ली का मकबरा एक छेद में से देखा।
Our companions saw the tomb of Delhi through a hole.

57. ये लड़कियाँ बाजार से अच्छी साड़ियाँ लाईं।
These girls brought good sarees from the market.
58. वहाँ से कुतियाँ, घोड़ियाँ और हाथी भाग गए।
The bitches, mares, and elephants ran away from there.
59. तू वन नहीं जा रही थी।
You (pej. fem.) were not going to the forest.
60. वह मेरे पानी से अपना मुँह, हाथ, और जीभ साफ कर रही थी।
She war cleaning her mouth, hand, and tongue with my water.
61. पुरुष स्त्रियों को देखते हुए जा रहे थे।
The men were going looking at the women.
62. श्याम ने बच्चे को पहाड़ी से धक्का दिया था।
Shyam had pushed the child from the hill.
63. दादी, साले, और देवर ने नरम कपड़े से अपने नाक-कान साफ़ किए थे।
The father's mother, wife's brother, and husband's younger brother had cleaned their noses and ears with a soft cloth.
64. नाव में चावल भरकर वे सब चले गए थे।
Having filled the rice in the boat all of them had gone.
65. राजाओं की आवाज़ इस दवा से अच्छी हुई।
The voice of the kings war cured by this medicine.
66. दूसरों को धोखा देने के लिए खूबसूरत पुतले बनाए गए।
The beautiful effigies were prepared for deceiving others.
67. ओह ! सहाय की उस दिन छह रोटियाँ सड़ गई थीं।
Oh ! Sahay's six breads had been rotten that day.
68. माताएँ बोलीं, 'क्या ऐसा ईंधन सबसे अच्छा है ?'
The mothers spoke, 'Is such fuel best ?'
69. उसने मुझसे पूछा, 'क्या तुम्हीं सुख के हकदार हो ?'
He asked me, 'Are only you entitiled for happiness ?'
70. सन् उन्नीस सौ तिहत्तर के स्वतंत्रता-दिवस पर लक्ष्मी को किस बात के रुपऐ मिले ?
For what purpose Laxmi got rupees on the Independence Day of the year 1973 ?

71. क्यों ? ज्ञान की बहनें लम्बी थीं क्या ?
Why ? Were Gyan's sisters tall ?
72. मैं सोचने लगा कि क्या गंध मोती और पानी से आ रही है।
I began thinking whether the smell was coming from the pearl and water.
73. अकबर बादशाह को बाकी डाकुओं को बुलाना था।
Emperor Akbar was to call the remaining robbers.
74. मुझे तुझे चार या छह रुपए व्याकरण की पुस्तक के देने थे।
I had to give rupees four or six to you for the book of grammar.
75. रावण का लड़का मेघनाथ बोला, 'रोओ मत।'
Meghnath, the son of Ravan, spoke, 'Don't weep.'
76. पड़ोसी श्रीचंद लकड़ी से बने मकान से बोला, 'नाटक से तृतीय दृश्य पृथक् कर दो।'
The neighbour Srichandra spoke from the wooden house, 'Separate out the third scene from the dramma.'
77. यदि बाप ने बेटे से कई गाने गाने को कहा होता, तो उसने उन्हें गा दिया होता।
If the father had asked his son to sing many songs, he would have sung them.
78. मैं स्वयं आऊँगा और हम एक साथ चलेंगे।
I will come myself and we will go together.
79. हम उसके कंधे, पीठ, और जाँघ में दर्द देखेंगी।
We (fem.) will observe pain in his shoulder, back, and thigh.
80. तुम गोविंद की स्तुति से संतोष पाओगे।
You will get satisfaction from the prayer of Govind.
81. जाइए ! वह स्टेशन ठीक वक्त पर पहुँचेगा।
Go (hon.) ! He will reach the station at right time.
82. मकान-मालिक को आधा घंटा नहीं लगेगा।
The house-owner will not take half an hour.
83. दो कुम्हार बारह बजे जाएँगे।
Two potters will come at twelve O'clock.
84. हल्का काला बैल प्यासा होगा।
The light black ox will by thirsty.

85. मेरी पड़ोसन की इतनी अच्छी गायें साग खाएँगी।
My lady-neighbour's so good cows will eat vegetable.

86. परसों लौहार के घर में युद्ध होगा।
There will be a fight in the blacksmith's house day after tomorrow.

87. कोई उनसे यह कह नहीं देता।
Nobody would tell it to him.

88. हर्षवर्धन यंत्र बनाकर बड़ा यश पा रहा होगा।
Harshvardhan will be getting much glory by making a machine.

89. औरत उसका बदला हुआ नाम और उम्र पूछेगी।
The woman will be asking his changed name and age.

90. वे आज उन किताबों में से एक पढ़ रहे होंगे।
They would be reading one of those books today.

91. भैंस हरी घास और आटा खा चुकी होगी।
The buffalo will have eaten the green grass and the flour.

92. वह पशु पहाड़ से उतरा होता।
That animal would have come down from the mountain.

93. दुल्हन मालिन के साथ बड़े बाजार भेजी जाएगी।
The bride will be sent to the big market with the ladygardener.

94. हमारा घर शहर से दूर गाँव में सड़क पर बनाया जाएगा।
Our house will be constructed on the road in a village far from the city.

95. क्या चार तोले सोने से बहू खुश हो जाएगी ?
Will the bride become happy with four tolas of gold ?

96. किसान सफेद और मटमैले रंग के बकरों को लातों से क्यों पीटेगा?
Why the farmer will beat the white and dust-coloured goats with the legs ?

97. तुम्हारे बाग का आम बहुत मीठा कैसे होगा ?
How will be the mango of your garden very sweet ?

98. भूखे भिखारी को साधु के लिए बाल और पाँच पत्थर इकट्ठे करने पड़ेंगे।
The hungry beggar will have to collect the hair and five stones for the sadhu.

99. जगमगाती शराब व्यक्ति की उम्र बढ़ाएगी।
The glittering wine will increase one's age.
100. यदि वे यहाँ हों, तो मैं भी यहाँ रहूँगा।
If they be here, I will also be here.

उपर्युक्तानुसार प्रत्येक बोली के (प्रमुख और गौण प्रतिनिधि-सूचक) मातृभाषियों से विश्लेषण-हेतु कम से कम तीन सहस्र शब्दों के लेखादि तथा तीन सौ अनूदित वाक्य प्राप्त हुए। तदनुसार हिंदी भाषा की बाईस बोलियों के मातृभाषियों की मानक हिंदी से कुल व्यतिक्रम छाँटने के लिए सम्पूर्ण संकलित सामग्री कम से कम छियासठ सहस्र शब्दों के लेखादि तथा छह सहस्र छह सौ अनूदित वाक्यों की रही।

1.7. क्षेत्र-पद्धति

सामग्री-संकलन का कार्य रायपुर से आरंभ किया गया तथा आगे उसे शेष इक्कीस स्थानों से तीन यात्रा-चक्रों में पूरा किया गया। रायपुर के सूचकों से सामग्री प्रमुख अन्वेषक की अर्थात् मेरी और दोनों कनिष्ठ अनुसंधान-छात्रों की उपस्थिति में ली गई। शेष बोलियों के लिए एक अधिछात्र ने पहले यात्रा-चक्र में क्रमशः मेरठ, मुरादाबाद, जींद, नरेंद्रनगर, शिमला, नैनीताल, मथुरा, और झाँसी से; दूसरे यात्रा-चक्र में अलवर, जयपुर, पाली मारवाड़, कोटा, इंदौर, खंडवा और गुलबर्गा से; तथा तीसरे यात्रा-चक्र में इटावा, रायबरेली, बलिया, दरभंगा, गया, और रीवाँ से सामग्री संकलित की। क्षेत्र से वह अधिछात्र सामग्री डाक से भेजता जाता था तथा दूसरा अधिछात्र मेरी सहायता से उसमें व्यतिक्रम चिह्नित करता जाता था। सामग्री के शंकास्पद अंशों के परीक्षण और संशोधन, एवं अपेक्षा से आश्चर्यजनक रूप से इतर निष्कर्षों की पुष्टि या खंडन के लिए मैथिली, मगही, मालवी, कौरवी, और दक्खिनी के सूचकों से सहायता ली गई।

अभीष्ट अर्हताओं से युक्त सूचकों का चयन करने में शालाओं और महाविद्यालयों के प्रधानाध्यापकों और प्राचार्यों से सहायता ली गई। सूचक को साथ बैठाकर उसमें परिचय-पत्रक भरवाने के बाद अँगरेज़ी के परीक्षण-वाक्यों का हिंदी-अनुवाद उसके हस्तलेख में लिखवाया गया। यदि अँगरेज़ी के शब्द-विशेष आदि को समझने में उसे कठिनाई हुई, तो उसे उसका मानक हिंदी-रूप न बताकर वाक्यों में भावार्थ समझा दिया गया। शब्दादि सोचने-खोजने का काम सूचक ने स्वयं किया। तत्पश्चात् उसकी इच्छित विधा में उसके मनचाहे विषय पर आवश्यक मात्रा में गद्यात्मक सामग्री लिखवाई गई। सूचकों को उनके कार्य का पारिश्रमिक दिया गया और बिना अपवाद के सभी को इस कार्य का लक्ष्य सामग्री-संकलन का कार्य आरंभ होने के पूर्व ही विस्तार से समझाना पड़ा। इससे एक लाभ यह हुआ कि हर सूचक ने पूरी निष्ठा के साथ अपनी समझ में अधिक से अधिक शुद्ध मानक हिंदी लिखी।

1.8. विश्लेषण-पद्धति

सर्वप्रथम समग्र सामग्री में से बोलीवार और सूचकवार व्यतिक्रमों को छाँटकर स्लिपों पर लिखने का कार्य किया गया। प्रत्येक व्यतिक्रम के लिए एक पृथक् स्लिप बनाई गई, जिस पर व्यतिक्रम के स्पष्टीकरण-हेतु संबंधित शुद्ध रूप तथा वाक्य क्रमांक अथवा लेखादि का संदर्भ भी दिया गया। सभी बोलियों के सभी सूचकों के सभी व्यतिक्रमों की कुल स्लिपों की संख्या आठ सहस्र एक सौ चौवालीस रही। इन स्लिपों को एक-एक बोली के सूचकों द्वारा किए गए एक-जैसे व्यतिक्रमों का आधार लेते हुए परस्पर मिलाया गया और ऐसे व्यतिक्रमों की सारे उपलब्ध उदाहरणों-सहित तालिकाएँ बनाई गईं, जो तीन में से कम से कम दो सूचकों द्वारा किए गए थे। तदनुसार केवल एक-एक सूचक द्वारा किए गए व्यतिक्रमों को 'व्यक्तिगत व्यतिक्रम' मानकर निष्कासित कर दिया गया। अर्थात् प्रस्तुत परियोजना के लिए मातृबोली-विशेष के प्रभाव से संभावित्त व्यतिक्रम वे ही माने गए, क-ख-ग, क-ख, क-ग, अथवा ख-ग सूचकों ने सामूहिक रूप से किए, तथा ऐसे व्यतिक्रमों को अस्वीकार कर दिया गया, जो क अथवा ख अथवा ग सूचक ने अकेले-अकेले किए। कुल व्यतिक्रमों को त्रुटियों और उपत्रुटियों में क्रमांकित करके (यथा 1. और 1.1.) वर्तनी, व्याकरण, और अर्थ के अनुक्रम में क्रमशः वर्णक्रम वाग्भागों-कोटियों आदि के अनुसार आयोजित कर लिया गया।

एक ही वस्तु या भाव के लिए प्राप्त ऐसे एकाधिक रूपों को (संप्रति अभीष्ट एकमेवता के अभाव के कारण) व्यतिक्रमों को सीमा से बाहर माना गया, जो मानक हिंदी के शब्दकोशों, व्याकरण-ग्रंथों, और साहित्यिक कृतियों में विकल्प के रूप में सामान्यतया सही (या भिन्नरूपी) स्वीकार किए जाते रहे हैं, जैसे (वर्तनी-संबंधी) उनतालिस, उनतालीस, उनचालिस, उनचालीस; गदहा, गधा; ठंडा, ठंढा; छः, छह; तनख़ा, तनख़ाह, तनख़्वाह; दिखता, दीखता; दुलहन, दुलहिन, दुल्हन; पड़ोसी, पड़ौसी, पड़ोसन, पड़ौसन, पड़ोसिन, पड़ौसिन; बतक, बतख, बत्तक, बत्तख, बदक; मालन, मालिन; मेंढक, मेंढ़क; लुहार, लोहार; सर, सिर; साहब, साहेब; हलका, हल्का; हरिण, हिरण; (व्याकरण-संबंधी) कठिनाइयाँ, कठिनाइएँ (इसी प्रकार, कुतियाँ, घोड़ियाँ, दवाइयाँ, लड़कियाँ—एँ के साथ भी); 'गेंद' और 'सिगरेट' आदि पुल्लिग भी और स्त्रीलिंग भी; एवं (अर्थ-संबंधी) 'घर' और 'मकान', तथा 'काँच' और 'शीशा' मुक्त-भेद में भी प्रयुक्त।

व्यतिक्रम होते हुए भी न माने गए शब्दों का एक ढेर ऐसे एकाकी प्रयोगों का है, जिन्हें सामान्य स्तर पर वर्गबद्ध किया जाना संभव नहीं था, उदाहरणार्थ 'ईंट' के लिए 'इट्टी'; 'कुतियाँ' के लिए 'कुतनियाँ'; 'चमारिन' के लिए 'चमरीन' 'चमरिया'; 'तिहत्तर' के लिए 'तीहोत्तर, तीहोत्र'; 'संदूक' के लिए 'सनूक'; इत्यादि। इसी प्रकार उदाहरणार्थ, 'असबाब' के लिए 'सामान', 'ताला' के लिए 'कुफल',

'बोने' के लिए 'गिड्डे', 'मेंढक' के लिए 'वेंग', 'लोहार' के लिए 'त्रखान', 'सिंचाई' के लिए 'पटाव', आदि प्रयोगों को महत्व नहीं दिया गया।

जो व्यतिक्रम किसी प्रकार स्वीकार किए जा चुके व्यतिक्रम पर आधारित रहे, उनकी गणना अलग से नहीं की गई, जैसे 'घास दिया' में 'घास' में लिंग-संबंधी व्यतिक्रम मान लेने के बाद 'दिया' में व्यतिक्रम नहीं माना गया। इस बात को विविध वाग्भागों के साथ लागू देखने के लिए सामग्री में से ये उदाहरण द्रष्टव्य हैं—(क) गर्जन हुई, बड़ी डर लगी, रुपए कमाई हैं, संदूक भेजी जा चुकी है, जगह मिलता, पुस्तक छप रहे हैं; (ख) अपनी मुख, किसके तनख्वाह, अपने नाक, अपने पत्नी, उसके पीठ; (ग) हरा घास, बड़े ईंट, चमकीला शराब; (घ) के बताए हुए व्रत, रोते हुए आँख।

अर्थ-संबंधी व्यतिक्रमों से तात्पर्य था ऐसे प्रयोगों का होना, जिनका मानक हिंदी में अर्थ-प्रचलन न हो, जैसे 'किताब बुलाना (मँगाना)', 'बस की ठोकर (टक्कर)', या 'संभ्रांत महिला' के अर्थ में 'बाई' का प्रयोग। परियोजना में इस प्रकार के व्यतिक्रम बहुत कम प्राप्त हुए हैं, जैसे 'बैल' के लिए 'साँड़' का, या 'गंध' के लिए 'सुगंध' का प्रयोग। ऐसे उदाहरणों में कभी-कभी अनुवाद-दोष का संदेह हो उठता है, जैसे 'मट्ठा' या 'छाछ' के लिए 'पनीर' लिख देना।

व्यतिक्रमों को त्रुटियों और उपत्रुटियों में विभक्त करना अनिवार्य समझा गया। त्रुटियाँ प्रवृत्ति की द्योतक हैं और उपत्रुटियाँ एक ही प्रवृत्ति की विविध दिशाओं की द्योतक। उदाहरण के लिए, अल्पप्राणीकरण-संबंधी व्यतिक्रम यदि त्रुटि है, तो ख् से क्, घ् से ग् और ढ् से ड् होना आदि उसके अंतर्गत उपत्रुटियाँ हैं। इसी प्रकार, संज्ञा के वचन में व्यतिक्रम एक त्रुटि है, और एकवचन से बहुवचन में और बहुवचन से एकवचन में व्यतिक्रम होना उसके अंतर्गत उपत्रुटियाँ हैं। भाषा-शिक्षण में अलग-अलग प्रवृत्तियों को (त्रुटियों को) सिखाने में अधिक समय लगेगा, अपेक्षाकृत एक ही त्रुटि की विविध उपत्रुटियों को सिखाने में।

संपूर्ण उपत्रुटि-व्यवस्था को सरलतम ढंग से केवल स्थानापन्नता के माध्यम से समझाया जा सकता है। यदि शून्य के स्थान पर किसी तत्त्व के और किसी तत्त्व के स्थान पर शून्य के स्थानापन्न होने को क्रमशः आगम और लोप कहा जाए, तो उपत्रुटियों के तीन भेद आगम, आदेश, और लोप हो जाते हैं, अर्थात् (1) जहाँ कुछ भी नहीं होना चाहिए था, वहाँ किसी तत्त्व का प्रयोग कर दिया जाना (आगम), जैसे शून्य के बदले चंद्रबिंदु (0/ ँ); (2) जहाँ एक तत्त्व के स्थान पर दूसरे तत्त्व का प्रयोग कर दिया जाना (आदेश), जैसे चंद्रबिंदु के बदले अनुस्वार (ँ/ ं); तथा (3) जहाँ किसी तत्त्व के स्थान पर कुछ भी प्रयुक्त न करना (लोप), जैसे चंद्रबिंदु के बदले शून्य (ँ/0)। भाषा-शिक्षण की दृष्टि से उपर्युक्त भेदों को सरल और अधिक उपयोगी मानते हुए समीकरण, विषमीकरण, ह्रस्वीकरण, दीर्घीकरण, घोषीकरण, अघोषीकरण, विपर्यय, आदि शब्दों के प्रयोग की आवश्यकता नहीं के

बराबर समझी गई है।

विभिन्न बोलीभाषियों के विविध व्यतिक्रमों के तुलनात्मक और समाहृत अध्ययन के लिए 15 उपभाषावार और बोलीवार, 9 सूचकवार, 3 व्यतिक्रमवार, तथा 1 समेकित पत्रक भी बनाए और भरे गए, जिनके आधार पर प्रत्येक हिंदी-बोली के क्षेत्र की मानक हिंदी की अपनी स्थिति तो स्पष्ट हुई ही, उसके अन्य मानक हिंदी रूपों से संबंध भी खुलकर सामने आ गए।

2

बोलीवार और सूचकवार व्यतिक्रम

कुल व्यतिक्रम तीन प्रकार के ही हो सकते हैं—(1) वर्तनी-संबंधी, (2) व्याकरण-संबंधी, (3) अर्थ-संबंधी। प्राप्त व्यतिक्रमों में वर्तनी के व्यतिक्रम सर्वाधिक हैं; व्याकरण के उससे कम हैं; और अर्थ के सबसे कम हैं। कारण स्पष्ट है कि इन तीन में भाषाई बाधा डालने की क्षमता का क्रम इसका ठीक उल्टा है। अर्थात्, यदि वर्तनी में गड़बड़ हो, तो प्रायः बोधगम्यता में अधिक झंझट सामने नहीं आएँगे; यदि व्याकरण में अधिक गड़बड़ हो, तो बोधगम्यता पर पर्याप्त प्रभाव पड़ेगा; और यदि अर्थ में अधिक गड़बड़ हो, तो बोधगम्यता बहुत अधिक छिन्न-भिन्न हो जाएगी। निष्कर्षतः विविध बोली-भाषियों की मानक हिंदी में अर्थ-संबंधी सामान्य एकरूपता है, व्याकरण-संबंधी पर्याप्त अनेकरूपता है, और वर्तनी-संबंधी अत्यधिक विरूपता है।

सभी बोलीभाषियों द्वारा समाहित रूप से की गई 44 त्रुटियाँ प्राप्त हुईं। इन त्रुटियों की 111 उपत्रुटियाँ हैं। प्राप्त कुल त्रुटियों में 26 त्रुटियाँ वर्तनी-संबंधी हैं, जिनकी 67 उपत्रुटियाँ हैं; 15 त्रुटियाँ व्याकरण-संबंधी हैं, जिनकी 36 उपत्रुटियाँ हैं; तथा 3 त्रुटियाँ अर्थ-संबंधी हैं, जिनकी 8 उपत्रुटियाँ हैं। इन्हें 'व्यतिक्रम' शब्द का प्रयोग करके निम्नानुसार लिखा जाएगा—

वर्तनी-संबंधी व्यतिक्रम	26	:	67
व्याकरण-संबंधी व्यतिक्रम	15	:	36
अर्थ-संबंधी व्यतिक्रम	3	:	8
कुल व्यतिक्रम	44	:	111

111 उपत्रुटियों में केवल 7 आगम-संबंधी हैं तथा 9 लोप-संबंधी हैं। शेष 95 मामले आदेश-संबंधी हैं।

आगे समस्त त्रुटियों और उनके अंतर्गत उपत्रुटियों की सूची दी जा रही है (/ = 'के स्थान पर'; यथा, 0 / ँ को पढ़ेंगे 'शून्य' के स्थान पर चंद्रबिंदु')—

वर्तनी-संबंधी

1. चंद्रबिंदु-संबंधी

1.1. 0 / ँ (आगम)

1.2. ँ / ं

1.3. ँ / न्

1.4. ँ / 0 (लोप)

2. अनुस्वार-संबंधी

2.1. 0 / ं (आगम)

2.2. ं / न्

2.3. ं / म्

2.4. / 0 (लोप)

3. विसर्ग-संबंधी

3.1. : / 0 (लोप)

4. हल्-संबंधी

4.1. ् / 0 (लोप)

5. अ-संबंधी

5.1. 0 / अ (आगम)

5.2. अ / आ

5.3. अ / उ

5.4. अ / 0 (लोप)

6. आ-संबंधी

6.1. आ / अ

7. इ-संबंधी

7.1. 0 / इ (आगम)

7.2. इ / ई

8. ई-संबंधी

8.1. ई / इ

9. उ-संबंधी

9.1. उ / ऊ

10. ऊ-संबंधी

10.1. ऊ / उ

11. ए-संबंधी

11.1. ए / ऐ

12. ऐ-संबंधी

12.1. ऐ / ए

13. ओ-संबंधी

13.1. ओ / औ

14. औ-संबंधी

14.1. ओ / औ

15. नीचे बिंदी-संबंधी (ड़, ढ़ को छोड़कर)

15.1. क़् / क्

15.2. ख़् / ख्

15.3. ग़् / ग्

15.4. ज़् / ज्

15.5. फ़् / फ्

16. क्-संवंधी (क़्, क्ष् सम्मिलित)

16.1. क़् / ख्

16.2. क्ष् / छ्

17. ज्-संबंधी (ज्ञ् सम्मिलित)

17.1. ज्ञ् / ग्य्

17.2. ज्ञ् / ग्य्, गिय्

18. प्रतिवेष्टन-उत्क्षेपण-संबंधी

18.1. ड् / ड़्

18.2. ड़् / ड्

18.3. ढ़् / ण्

18.4. ढ् / ड़्

18.5. ढ् / ढ़्

18.6. ढ़् / ढ्

19. ण्-न्-संबंधी

19.1. ण् / न्

19.2. न् / ण्

20. ब्-व्-संबंधी

20.1. ब् / व्

20.2. व् / ब्

21. य्-संवंधी

21.1. 0 / य् (आगम)

21.2. य् / 0 (लोप)

22. र्-संबंधी

22.1. र् / ऋ

22.2. ईर् / ऋ

23. ऊष्म-संवंधी

23.1. श् / ध्

23.2. श् / स्
23.3. ध् / श्
23.4. ध् / स्
23.5. स् / श्
23.6. स् / ध्

24. ह्-संबंधी
    24.1. ह् / 0; ह / 0 (लोप)
    24.2. अह / आ
    24.3. अह / ओ
    24.4. अह् / 0 (लोप)
25. अल्पप्राणीकरण-संबंधी
    25.1. ख् / क्
    25.2. घ् / ग्
    25.3. छ् / च्
    25.4. ठ् / ट्
    25.5. ढ् / ड्
    25.6. ढ़् / ड़्
    25.7. थ् / त्
    25.8. भ् / ब्
26. द्वित्व-संबंधी
    26.1. व्यंजन / द्वित्व
    26.2. द्वित्व / व्यंजन

व्याकरण-संबंधी

27. संज्ञा लिंग-संबंधी
    27.1. संज्ञा पुल्लिग / स्त्रीलिंग
    27.2. संज्ञा स्त्रीलिंग / पुल्लिग
    27.3. संज्ञा स्त्रीलिंग प्रत्यय-अन, -इन / -इनी
28. संज्ञा वचन-संबंधी
    28.1. संज्ञा एकवचन / बहुवचन
    28.2. संज्ञा बहुवचन / एकवचन
    28.3. संज्ञा बहुवचन + ने / एकवचन + 0
    28.4. संज्ञा पुल्लिग बहुवचन प्रत्यय -0 / -ए (आगम)
    28.5. संज्ञा स्त्रीलिंग बहुवचन प्रत्यय -एँ / -इयाँ;
    -या → -एँ / -एँ ; -ई → इयाँ / -इयाँए

29. संज्ञा कारक रूप-संबंधी
    29.1. संज्ञा मूल + 0 / विकारी + ने
    29.2. संज्ञा विकारी / मूल
    29.3. संज्ञा विकारी + ने / मूल + 0
    29.4. संज्ञा संबोधनार्थक -ओ / संबोधनार्थक -ओं
30. सर्वनाम वचन संबंधी
    30.1. सर्वनाम बहुवचन / एकवचन
31. सर्वनाम कारकरूप-संबंधी
    31.1. सर्वनाम विकारी / मूल
    31.2. सर्वनाम विकारी + ने / मूल + 0
    31.3. सर्वनाम विकारी कर्म / अभिकर्ता
    31.4. सर्वनाम विकारी / संबंधरूपीय विकारी
32. सर्वनाम निजवाचकता-संबंधी
    32.1. सर्वनाम संबंधकारकीय निजवाचक / पुरुषवाचक
33. विशेषण लिंग-संबंधी
    33.1. विशेषण स्त्रीलिंग / पुल्लिंग
34. विशेषण वचन-संबंधी
    34.1. विशेषण एकवचन / बहुवचन
35. विशेषण कारकरूप-संबंधी
    35.1. विशेषण विकारी / मूल
36. क्रिया लिंग-संबंधी
    36.1. क्रिया स्त्रीलिंग / पुल्लिंग
37. क्रिया वचन-संबंधी
    37.1. क्रिया एकवचन / बहुवचन
    37.2. क्रिया बहुवचन / एकवचन
    37.3. क्रिया पुल्लिंग बहुवचन प्रत्यय -ए / -एँ
38. क्रिया-काल-प्रत्यय-संबंधी
    38.1. क्रिया पुल्लिंग मध्यम पुरुष भविष्य-प्रत्यय -ओगे / -ओगो
39. क्रिया वृत्ति-संबंधी
    39.1. क्रिया संकेतार्थ / भविष्य निश्चयार्थ
    39.2. क्रिया आज्ञार्थ -0 / -ओ (आगम)
    39.3. क्रिया आदरार्थ / सामान्य
    39.4. क्रिया सामान्य / आदरार्थ
40. क्रिया धातुरूप-संबंधी
    40.1. क्रिया द्वितीय प्रेरणार्थक / प्रथम प्रेरणार्थक

41. परसर्ग-संबंधी

41.1. ने / 0 (लोप)

41.2. को / में

41.3. के / की, को

41.4. पर / में

41.5. में / पर

अर्थ-संबंधी

42. संज्ञा अर्थ-संबंधी

42.1. संज्ञा जातिवाचक / जातिवाचक

42.2. संज्ञा जातिवाचक / व्यक्तिवाचक

42.3. संज्ञा जातिवाचक / जातिवाचक वाक्यांश

42.4. संज्ञा भाववाचक / विशेषण

42.5. क्रियार्थक संज्ञा / भाववाचक

43. विशेषण अर्थ-संबंधी

43.1. विशेषण / विशेषण

43.2. विशेषण / संज्ञा

44. मुहावरा-संबंधी

44.1. संज्ञा-क्रिया / संज्ञा-क्रिया

अगले अध्यायों में हिंदी की बाईस बोलियों के भाषियों की समस्त त्रुटियों-उपत्रुटियों का विवरण दिया गया है। व्यतिक्रमों के उदाहरणों में तिर्यक् रेखा के बाईं ओर अपेक्षित मानक रूप तथा दाईं ओर सूचकों द्वारा वस्तुतः लिखित रूप दिया गया है।

आगामी बाईस अध्यायों में से प्रत्येक के अंत में सूचकवार व्यतिक्रमों का सारणियों में विवरण प्रस्तुत किया गया है। इनमें बोली-विशेष के तीनों सूचक व्यतिक्रमों की दृष्टि से एक-दूसरे से तुलनीय हैं तथा तीनों ही सूचकों द्वारा किए गए व्यतिक्रम उस बोली के भाषियों द्वारा किए जानेवाले अधिक महत्त्वपूर्ण व्यतिक्रम हैं।

2.1. क्षेत्रीय मानक हिंदी-भाषियों की मानक हिंदी में व्यतिक्रम

क्षेत्रीय मानक हिंदी-क्षेत्रवाले सूचकों की मानक हिंदी में 44 : 111 में से 10 : 13 व्यतिक्रम मिले।

वर्तनी-संबंधी

1. चंद्रबिंदु-संबंधी

1.2. ँ /

गाँधीजी / गांधीजी

विद्याएँ / विद्याएं

सँवारने / संवारने

1.3. ँ / न्

अँधेरे / अन्धेरे

2. अनुस्वार-संबंधी

2.1. 0 /

ओठ / ओंठ

होठों / होंठों

3. विसर्ग-संबंधी

3.1. : / 0

दुःख / दुख

9. उ-संबंधी

9.1. उ / ऊ (केवल र के साथ)

गरुड़ / गरूड़

11. एं-संबंधी

11.1. ए / ऐ

प्रेस / प्रैस

फेंककर / फैंककर

योग्यताएँ / योग्यताऐं

15. नीचे बिंदी-संबंधी (ड़, ढ़ को छोड़कर)

15.2. ख़् / ख्

बत्तख़ / बत्तख

15.4. ज़् / ज्

दराज़ / दराज

मेज़ / मेज

15.5. फ़् / फ्

सफ़ेद / सफेद

20. व्-ब् संबंधी

20.2. व् / ब्

दबाव / दबाब

वास्तविक / बास्तविक

व्याकरण-संबंधी

29. संज्ञा कारकरूप-संबंधी

 29.4. संज्ञा संबोधन—ओ / संबोधनार्थक—ओं

 भाइयो ! गधे को जीभ क्यों दिखाते हो ? / **भाइयों** ! गधे को जीभ क्यों दिखाते हो ?

39. क्रिया वृत्ति-संबंधी

 39.1. क्रिया संकेतार्थ / भविष्य निश्चयार्थ

 यदि वे यहाँ हों, तो मैं भी यहाँ रहूँगा। / यदि वे यहाँ होंगे तो मैं भी यहाँ होऊँगा।

अर्थ-संबंधी

42. संज्ञा अर्थ-संबंधी

 42.5. क्रियार्थक संज्ञा / भाववाचक संज्ञा

 तुम मुझे अपना यह चिल्लाना मत सुनाओ। / तुम मुझे अपनी यह चिल्लाहट मत सुनाओ।

क्षेत्रीय मानक हिंदी-मातृभाषियों ने अपनी मानक हिंदी में विभिन्न भाषाई लक्षणों में व्यतिक्रम आगम, आदेश, लोप की शब्दावली में क्रमशः नियमानुसार दिखाए—

आगम—वर्तनी—अनुस्वार का

आदेश—वर्तनी—चंद्रबिंदु (दो दिशाओं में), उ, ए, ख़्, ज़्, फ़् एवं व् का।

व्याकरण—संज्ञा संबोधनार्थक—ओ एवं क्रिया संकेतार्थ का।

अर्थ—क्रियार्थक संज्ञा का।

लोप—वर्तनी—विसर्ग का।

सूचकवार व्यतिक्रम-विवरण

व्यतिक्रम-क्रमांक	व्यतिक्रम-स्वरूप	क	ख	ग	क ख ग
1.2.	ँ / ं	—	हाँ	हाँ	—
1.3.	ँ / न्	हाँ	—	हाँ	—
2.1.	0 / ं	—	हाँ	हाँ	—
3.1.	: / 0	हाँ	हाँ	हाँ	हाँ

9.1.	उ / ऊ	हाँ	हाँ	—	—
11.1	ए / ऐ	हाँ	—	हाँ	—
15.2.	ख़् / ख्	हाँ	हाँ	हाँ	हाँ
15.4.	ज़् / ज्	हाँ	हाँ	हाँ	हाँ
15.5.	फ़् / फ्	हाँ	हाँ	हाँ	हाँ
20.2.	व् / ब्	—	हाँ	हाँ	—
29.4.	संज्ञा संबोधनार्थक—ओ / संबोधनार्थक—ओं	हाँ	हाँ	हाँ	हाँ
39.1.	क्रिया संकेतार्थ / भविष्य निश्चयार्थ	हाँ	हाँ	हाँ	हाँ
42.5.	क्रियार्थक संज्ञा / भाववाचक संज्ञा	हाँ	—	हाँ	—
योग	10 : 13	8 : 10	8 : 10	9 : 12	4 : 6
वर्तनीगत	7 : 10	5 : 7	6 : 8	6 : 9	2 : 4
व्याकरणगत	2 : 2	2 : 2	2 : 2	2 : 2	2 : 2
अर्थगत	1 : 1	1 : 1	0 : 0	1 : 1	0 : 0

2.2. कौरवी-भाषियों की मानक हिंदी में व्यतिक्रम

कौरवी-क्षेत्रवाले सूचकों की मानक-हिंदी में 44 : 111 में से 27 : 39 व्यतिक्रम मिले।

वर्तनी-संबंधी

1. चंद्रबिंदु-संबंधी
   - 1.3. ँ / न्
     - अँधेरे / अन्धेरे
   - 1.4. ँ / 0
     - ढूँढने / ढुढने
     - पाँचवाँ / पाँचवा
2. अनुस्वार-संबंधी
   - 2.4. / 0
     - अनेकों / अनेको
     - आँखें / आँखे
     - कर्मचारियों / कर्मचारियो
     - कष्टों / कष्टो

क्यों / क्यो
घरों / घरो
झोंपड़ी / झोपड़ी
ट्रेनिंग / ट्रेनिग
दोनों / दोनो
नहीं / नही
नींद / नीद
नींव / नीव
नौकरों / नौकरो
पुरखों / पुरखो
पेड़ों / पेड़ो
बादलों / बादलो
भैंस / भैस
मूर्खों / मूर्खो
में / मे
मेंढक / मेढक
मैंने / मैने
लाखों / लाखो
लोगों / लोगो
वहीं / वही
शब्दों / शब्दो

3. विसर्ग-संबंधी

3.1. : / 0

दुःख / दुख

4. हल्-संबंधी

4.1. / 0

संवत् / संवत

5. अ-संबंधी

5.1. 0 / अ

अंतर्गत / अन्तरगत
क़िस्म / किसम
खुश्क / खुशक

6. आ-संबंधी

6.1. आ / अ

पाजामा / पजामा

महाराज / महराज

7. इ-संबंधी

7.2. इ / ई

अधिकारियों / अधिकारीयों
उदित / उदीत
कीर्ति / कीर्ती
क्योंकि / क्योंकी
खिड़की / खीड़की
गर्मियों / गर्मीयों
घोड़ियाँ / घोड़ीयाँ
चमारिनों / चमारीनों
छुट्टियाँ / छुट्टीयाँ
दवाइयाँ / दवाईयाँ
धोबिन / धोबीन
नागरिक / नागरीक
पक्षियों / पक्षीयों
मुश्किल / मुश्कील
रोटियाँ / रोटीयाँ
सहानुभूति / सहानुभूती
सिविल / सिवील
सीढ़ियों / सीढ़ीयों
स्त्रियों / स्त्रीयों

8. ई-संबंधी

8.1. ई / इ

की / कि
कीचड़ / किचड़
क़ीमत / किमत
जीवन / जिवन
परीक्षा / परिक्षा
पीटा / पिटा
बीघे / बिघे
महीने / महिने
ही / हि

9. उ-संबंधी

9.1. उ / ऊ

गरुड़ / गरूड़
युवकों / यूवकों
रुक / रूक
रुकी / रूकी
रुपये / रूपये
साधु / साधू

10. ऊ-संबंधी

10.1. ऊ / उ
ऊँचे / उँचे
घूमने / घुमने
ढूँढ़ने / ढुढने
दूध / दुध
दूसरों / दुसरों
पूँछ / पुँछ
पूछ / पुछ
पूछा / पुछा
पूरे / पुरे
पूर्ण / पुर्ण
पूर्वी / पुर्वी
फूल / फुल
भूखा / भुखा
रूपरेखा / रुपरेखा
लड़ाकू / लड़ाकु
शुरू / शुरु
संदूक / संदुक
हूँ / हुँ

11. ए-संबंधी

11.1. ए / ऐ
नेपाल / नैपाल
प्रोजेक्ट / प्रोजैक्ट
भेजे / भैजे
सेना / सैना

14. औ-संबंधी

14.1. औ / ओ
बौने / बोने

15. नीचे बिंदी-संबंधी (ड़, ढ़ को छोड़कर)

15.1. क़् / क्

क़मीज़ / कमीज

क़ीमत / कीमत

हक़दार / हकदार

15.2. ख़् / ख्

ख़ुशी / खुशी

ख़्याल / ख्याल

बत्तख़ / बत्तख

15.3. ग़् / ग्

ग़रीब / गरीब

बाग़ / बाग

15.4. ज़् / ज्

क़मीज़ / कमीज

चीज़ / चीज

ज़िंदगी / जिन्दगी

बाज़ार / बाजार

मेज़ / मेज

15.5. फ़् / फ्

दफ़्तर / दफ्तर

सफ़ेद / सफेद

17. ज्-संबंधी (ज्ञ् सम्मिलित)

17.1. ज्ञ् / ग्य्

ज्ञान / ग्यान

18. प्रतिवेष्टन-उत्क्षेपण-संबंधी

18.1. ड् / ड़्

पंडितजी / पंड़ितजी

18.2. ड़् / ड्

उड़ाते / उडाते

कपड़े / कपडे

करोड़ / करोड

खिड़की / खिडकी

खोपड़ी / खोपडी

गाड़ी / गाडी

गीदड़ / गीदड

घोड़ियाँ / घोडियाँ
घोड़े / घोडे
छोड़ूँगा / छोडूँगा
झोपड़ी / झोपडी
दौड़ / दौड
पड़ोसी / पडोसी
पहाड़ी / पहाडी
पेड़ / पेड
बड़ी / बडी
लड़का / लडका
लड़ाकू / लडाकू
सड़क / सडक
हड़ताल / हडताल

18.6. ढ़् / ढ्
चढ़ / चढ
पढ़ाई / पढाई
बढ़ा / बढा
बढ़िया / बढिया
बुढ़िया / बुढिया

19. ण्-न्-संबंधी

19.1. ण् / न्
प्राण / प्रान

20. ब्-व्-संबंधी

20.1. ब् / व्
अब / अव
नंबर / नंवर
बचपन / वचपन
बहनोई / वहनोई
बाज़ार / वाजार
बात / वात
बारह / वारह
बीचोबीच / वीचोवीच
बीता / वीता
बुद्धि / वुद्धि
शब्दो / शव्दो

21. य्-संबंधी

21.2. य् / 0

स्वास्थ्य / स्वास्थ

24. ह्-संबंधी

24.1. ह् / 0

उन्हें / उनें

24.2. अह / आ

वगैरह / वगैरा

24.3. अह / ओ

यह / यो

24.4. अह / 0

सहानुभूति / सानुभूति

सहायक / सायक

25. अल्पप्राणीकरण-संबंधी

25.6. ढ़् / ड़्

पढ़ / पड़

सीढ़ियों / सीड़ियों

26. द्वित्व-संबंधी

26.1. व्यंजन / द्वित्व

कोठों / कोठ्ठों

खुरपे / खुरप्पे

बचपन / बचपन्न

हथियार / हत्तियार (अल्पप्राणीकरण के बाद)

व्याकरण-संबंधी

28. संज्ञा वचन-संबंधी

28.2. संज्ञा बहुवचन भूल / एकवचन भूल

हक़ीकत यह है कि चमारिनों और धोबिनों ने पेड़ों से चौथाई करोड़ रुपए कमाए। / यह सच है कि **चमारीयाँ** और **धोबीन** पेड़ों से एक चौथाई करोड़ रुपया कमाती हैं। (7.2 भी देखिए।)

28.5. संज्ञा स्त्रीलिंग बहुवचन प्रत्यय—एँ / -इयाँ

हक़ीकत यह है कि चमारिनों और धोबिनों ने पेड़ों से चौथाई करोड़ रुपए कमाए। / असलियत में **चमारिनियाँ** और

धोबिनियाँ पेड़ों से चौथाई करोड़ रुपया कमाते हैं।
(36.1 भी देखिए।)

31. सर्वनाम कारक-रूप संबंधी

31.3. सर्वनाम विकारी कर्म / अभिकर्ता
मुझे / मैंने किसान के घर जन्म लेने के बाद भी शहर की ज़िंदगी अधिक पसन्द आने लगी।

36. क्रिया लिंग-संबंधी

36.1. क्रिया स्त्रीलिंग / पुल्लिग
हक़ीक़त यह है कि चमारिनों और धोबिनों ने पेड़ों से चौथाई करोड़ रुपए कमाए। / असलियत में चमारिनियाँ और धोबिनियाँ पेड़ों से चौथाई करोड़ रुपया **कमाते हैं।**

37. क्रिया वचन-संबंधी

37.3. क्रिया पुल्लिग बहुवचन प्रत्यय -ए / -एँ
हक़ीकत यह है कि चमारिनों और धोबिनों ने पेड़ों से चौथाई करोड़ रुपए कमाए। / यह सही है कि चमारी और धोबिन ने चौथाई करोड़ रुपये पेड़ों से **कमायें।**

39. क्रिया वृत्ति-संबंधी

39.1. क्रिया संकेतार्थ / भविष्य निश्चयार्थ
यदि वे यहाँ हों, तो मैं भी यहाँ रहूँगा। / यदि वे यहाँ **होंगे,** मैं भी यहाँ रहूँगा।

39.3. क्रिया आदरार्थ / सामान्य
जाइए, वह स्टेशन ठीक वक़्त पर पहुँचेगा। / आप जाओ, वह ठीक समय पर स्टेशन पहुँच जाएगा।

अर्थ-संबंधी

42. संज्ञा अर्थ-संबंधी

42.1. संज्ञा जातिवाचक / जातिवाचक
मैं सोचने लगा कि क्या गंध मोती और पानी से आ रही है। / मैंने सोचना शुरू किया जब सुगंध पानी और मोती से आ रही थी।

कौरवी-क्षेत्र के हिंदी-भाषियों ने अपनी मानक हिंदी में विभिन्न भाषाई लक्षणों में व्यतिक्रम आगम, आदेश, लोप की शब्दावली में क्रमशः निम्नानुसार दिखाए—

आगम—वर्तनी— अ का।

आदेश—वर्तनी— चंद्रबिंदु, आ, इ, ई, उ, ऊ, ए, औ, क़्, ख़्, ग़्, ज़्, फ़्, झ़्, ड़्, ड़्, ढ़्, ण्, ब्, अह (दो दिशाओं में), ढ़्

(अल्पप्राणीकरण), एवं व्यंजन से द्वित्व का।

व्याकरण— संज्ञा बहुवचन मूल, संज्ञा स्त्रीलिंग बहुवचन प्रत्यय—एँ, सर्वनाम विकारी कर्म, क्रिया स्त्रीलिंग, क्रिया पुल्लिग बहुवचन प्रत्यय -ए, क्रिया संकेतार्थ, एवं क्रिया आदरार्थ का।

अर्थ— संज्ञा जातिवाचक का।

लोप—वर्तनी— चंद्रबिंदु, अनुस्वार विसर्ग, हलु, यु, ह्, एवं अह् का।

सूचकवार व्यतिक्रम-विवरण

व्यतिक्रम-क्रमांक	व्यतिक्रम-स्वरूप	क	ख	ग	क ख ग
1.3.	ँ / न्	—	हाँ	हाँ	—
1.4.	ँ / 0	हाँ	हाँ	हाँ	हाँ
2.4.	ं / 0	हाँ	हाँ	हाँ	हाँ
3.1.	: / 0	हाँ	—	हाँ	—
4.1.	् / 0	हाँ	हाँ	हाँ	हाँ
5.1.	0 / अ	हाँ	हाँ	हाँ	हाँ
6.1.	आ / अ	हाँ	—	हाँ	—
7.2.	इ / ई	हाँ	हाँ	हाँ	हाँ
8.1.	ई / इ	हाँ	हाँ	हाँ	हाँ
9.1.	उ / ऊ	हाँ	हाँ	हाँ	हाँ
10.1.	ऊ / उ	हाँ	हाँ	हाँ	हाँ
11.1.	ए / ऐ	हाँ	—	हाँ	—
14.1.	औ / ओ	—	हाँ	हाँ	—
15.1.	क़् / क्	हाँ	हाँ	हाँ	हाँ
15.2.	ख़् / ख्	हाँ	हाँ	हाँ	हाँ
15.3.	ग़् / ग्	हाँ	हाँ	हाँ	हाँ
15.4.	ज़् / ज्	हाँ	हाँ	हाँ	हाँ
15.5.	फ़् / फ्	हाँ	हाँ	हाँ	हाँ
17.1.	ज्ञ् / ग्य्	हाँ	हाँ	हाँ	हाँ
18.1.	ड् / ड़्	हाँ	हाँ	—	—
18.2.	ड़् / ड्	हाँ	हाँ	हाँ	हाँ
18.6.	ढ़् / ढ्	हाँ	हाँ	हाँ	हाँ
19.1.	ण् / न्	हाँ	हाँ	—	—

20.1.	ब् / व्	हाँ	हाँ	हाँ	हाँ
21.2.	य् / 0	हाँ	–	हाँ	–
24.1.	ह् / 0	–	हाँ	हाँ	–
24.2.	अह / आ	हाँ	हाँ	–	–
24.3.	अह / ओ	–	हाँ	हाँ	–
24.4.	अह् / 0	हाँ	हाँ	–	–
25.6.	ढ़् / ड़्	हाँ	–	हाँ	–
26.1.	व्यंजन / द्वित्व	हाँ	हाँ	हाँ	हाँ
28.2.	संज्ञा बहुवचन / एकवचन	–	हाँ	हाँ	–
28.5.	संज्ञा स्त्रीलिंग बहुवचन प्रत्यय–एँ / इयाँ	–	हाँ	हाँ	–
31.3.	सर्वनाम विकारी कर्म / अभिकर्ता	हाँ	–	हाँ	–
36.1.	क्रिया स्त्रीलिंग / पुल्लिंग	हाँ	–	हाँ	–
37.3.	क्रिया पुल्लिंग बहुवचन प्रत्यय–ए / –एँ	–	हाँ	हाँ	–
39.1.	क्रिया संकेतार्थ / भविष्य निश्चयार्थ	हाँ	–	हाँ	–
39.3.	क्रिया आदरार्थ / सामान्य	हाँ	–	हाँ	–
42.1.	संज्ञा जातिवाचक / जातिवाचक	हाँ	हाँ	हाँ	हाँ
योग	27 : 39	24 : 32	19 : 30	26 : 35	13 : 19
वर्तनीगत	21 : 31	20 : 27	16 : 26	10 : 27	12 : 18
व्याकरणगत	5 : 7	3 : 4	2 : 3	5 : 7	0 : 0
अर्थगत	1 : 1	1 : 1	1 : 1	1 : 1	1 : 1

2.3. बाँगरू-भाषियों की मानक हिंदी में व्यतिक्रम

बाँगरू-क्षेत्रवाले सूचकों की मानक हिंदी में 44 : 111 में से 19 : 26 व्यतिक्रम मिले।

वर्तनी-संबंधी

1. चंद्रबिंदु-संबंधी

1.2. ँ / ं

अँधेरे / अंधेरे

1.4. ँ / 0

आँखें / आखे
दूँगा / दूगा
पहुँच / पहुच
पाँचवाँ / पाँचवा, पाचवाँ
फँसाने / फसाने
बनूँगा / बनुगा
लूएँ / लूए
वहाँ / वहा

2. अनुस्वार-संबंधी

2.1. 0 / ं
मैट्रिक / मैंट्रीक
होठ / होंठ

2.4. ं / 0
आंखें / आखे
इन्होंने / इन्होने
उन्होंने / उन्होने
क्यों / क्यो
ख़बरें / ख़बरे
झोंपड़ी / झोपड़ी
देखेंगे / देखेगे
मैंने / मैने
लोगों / लोगो

5. अ संबंधी अ / 0
गलत / गल्त
नरक / नर्क

7. इ-संबंधी

7.2. इ / ई
आर्थिक / आर्थीक
कीर्ति / कीर्ती
कोहनियों / कोहनीयों
चिड़िया / चिड़ीया
चोरियाँ / चोरीयाँ
जाति / जाती
ज़िंदगी / जीन्दगी
पट्टियाँ / पट्टीयाँ

मैट्रिक / मैंट्रीक
रोटियाँ / रोटीयाँ
साथियों / साथीयों
हानि / हानी

8. ई-संबंधी

8.1. ई / इ
अधीनता / अधिनता
कठिनाई / कठिनाइ
कीजिए / किजिए
नीचे / निचे

9. उ-संबंधी

9.1. उ / ऊ
उम्र / ऊम्र
उर्दू / ऊर्दू
गरुड़ / गरूड़
गुरु / गुरू
पुरुष / पुरूष
प्रभु / प्रभू
मुँह / मूँह
रुकावट / रूकावट
रुपए / रूपए
साधु / साधू

10. ऊ-संबंधी

10.1. ऊ / उ
पूछा / पुछा
पूरा / पुरा
पूर्णिमा / पुर्णिमा
बनूँगा / बनुगा
भूमिका / भुमिका
लागू / लागु
सूत्रपात / सुत्रपात

15. नीचे बिंदी-संबंधी (ड़, ढ़ को छोड़कर)

15.1. क़ / क्
क़मीज़ / कमीज
क़ीमत / कीमत

15.3. ग़् / ग्

ग़लत / गल्त

बाग़ / बाग

15.4. ज़् / ज्

क़मीज़ / कमीज

ज़िंदगी / जीन्दगी

दराज़ / दराज

बाज़ार / बाजार

मेज़ / मेज

15.5. फ़् / फ्

सफ़ेद / सफेद

साफ़ / साफ

18. प्रतिवेष्टन-उत्क्षेपण-संबंधी

18.6. ढ़् / ढ्

पढ़ / पढ

बढ़ाएगी / बढाएगी

बूढ़ी / बूढी

19. ण्-न्-संबंधी

19.1. ण् / न्

प्राण / प्रान

20. ब्-व्-संबंधी

20.1. ब् / व्

बहुत / वहुत

बावा / वावा

मुसीबतों / मुसीवतों

सुबह / सुवह

23. ऊष्म-संबंधी

23.5. स् / श्

सहाय / शहाय

26. द्वित्व-संबंधी

26.1. व्यंजन / द्वित्व

कुतियाँ / कुत्तियाँ

व्याकरण-संबंधी

28. संज्ञा वचन-संबंधी

 28.1. संज्ञा एकवचन / बहुवचन

 गरमी की ऋतु में लू चलती है / **लूएँ** गरमी के मौसम में चलती हैं।

29. संज्ञा कारक रूप-संबंधी

 29.2. संज्ञा विकारी / मूल

 दादी, साले, और देवर ने नरम कपड़े से अपने नाक-कान साफ किए थे / दादी, **साला** और देवर ने एक नरम कपड़े से अपने नाक और कान साफ़ कर लिए थे।

31. सर्वनाम कारकरूप-संबंधी

 31.3. सर्वनाम विकारी कर्म / अभिकर्ता

 इनके पिता ने इनको / **इन्होंने** रुपए व्यापार करने के लिए दिए। उनको / **उन्होंने** यह जाँचना था कि उनमें से कौन बुद्धिमान और शक्तिशाली है।

 उसने कहा, 'तुम्हें / **तूने** अंदर नहीं आने दूँगा।'

 31.4. सर्वनाम विकारी / संबंधरूपीय विकारी

 मुझको / **मेरे** को एक कहावत याद आती है।

37. क्रिया वचन-संबंधी

 37.1. क्रिया एकवचन / बहुवचन

 मेज़ की दराज़ में क़मीज़ और गेंद रखी है / एक कमीज और गेंद मेज की दराज में रखे हैं (लिंगांतर भी।)

 घर की सड़क और नहर वहाँ जाती है / घर की सड़क और छोटा नाला वहाँ **जा रहे हैं**।

39. क्रिया वृत्ति-संबंधी

 39.1. क्रिया संकेतार्थ / भविष्य निश्चयार्थ

 यदि वे यहाँ हों, तो मैं भी यहाँ रहूँगा / यदि वे यहाँ **होंगे**, तो मैं भी यहाँ हूँगा।

 39.2. क्रिया आज्ञार्थ–0/-ओ

 उसकी रोती हुई आँख और सिर ठंडे पानी से धो / उसकी रोती हुई आँखों और सिर को ठण्डे जल से **धोओ**।

41. परसर्ग-संबंधी

 41.3. के / की

 घोड़े के एक पूँछ होती है / घोड़े **की** एक पूँछ होती है।

बाँगरू-क्षेत्र के हिंदी-भाषियों ने अपनी मानक हिंदी में विभिन्न भाषाई लक्षणों में व्यतिक्रम आगम, आदेश, लोप की शब्दावली में क्रमशः निम्नानुसार दिखाए—

आगम—वर्तनी— अनुस्वार का।
व्याकरण— क्रिया आज्ञार्थ—ओ का।
आदेश—वर्तनी— चंद्रबिंदु, इ, ई, उ, ऊ, क़्, ग़्, ज़्, फ़्
ढ़्, ण्, ब्, स्, एवं व्यंजन से द्वित्व का।
व्याकरण— संज्ञा एकवचन, संज्ञा विकारी, सर्वनाम विकारी कर्म, सर्वनाम विकारी, क्रिया एकवचन, क्रिया संकेतार्थ, एवं 'के' परसर्ग का।
लोप—वर्तनी— चंद्रबिंदु, अनुस्वार, एवं अ का।

सूचकवार व्यतिक्रम-विवरण

व्यतिक्रम-क्रमांक	व्यतिक्रम-स्वरूप	क	ख	ग	क ख ग
1.1.	ँ / ं	हाँ	हाँ	हाँ	हाँ
1.4.	ँ / 0	हाँ	हाँ	हाँ	हाँ
2.1.	0 / ं	—	हाँ	हाँ	—
2.4.	ं / 0	हाँ	हाँ	हाँ	हाँ
5.4.	अ / 0	हाँ	—	हाँ	—
7.2.	इ / ई	हाँ	हाँ	हाँ	हाँ
8.1.	ई / इ	हाँ	हाँ	हाँ	हाँ
9.1.	उ / ऊ	हाँ	हाँ	हाँ	हाँ
10.1.	ऊ / उ	हाँ	—	हाँ	—
15.1.	क़् / क्	हाँ	—	हाँ	—
15.3.	ग़् / ग्	—	हाँ	हाँ	—
15.4.	ज़् / ज्	हाँ	हाँ	हाँ	हाँ
15.5.	फ़् / फ्	हाँ	हाँ	हाँ	हाँ
18.6.	ढ़् / ढ्	—	हाँ	हाँ	—
19.1.	ण् / न्	हाँ	हाँ	हाँ	हाँ
20.1.	ब / व्	—	हाँ	हाँ	—
23.5.	स् / श्	हाँ	हाँ	—	—
26.1.	व्यंजन / द्वित्व	हाँ	—	हाँ	—
28.1.	संज्ञा एकवचन / बहुवचन	हाँ	—	हाँ	—
29.2.	संज्ञा विकारी / मूल	हाँ	—	हाँ	—
31.3.	सर्वनाम विकारी / अधिकर्ता	हाँ	हाँ	हाँ	हाँ

31.4.	सर्वनाम विकारी / संबंधरूपीय विकारी	हाँ	—	हाँ	—
37.1.	क्रिया एकवचन / बहुवचन	हाँ	हाँ	हाँ	हाँ
39.1.	क्रिया संकेतार्थ / भविष्य निश्चयार्थ	हाँ	हाँ	—	—
39.2.	क्रिया आज्ञार्थ—0/—ओ	हाँ	हाँ	हाँ	हाँ
41.3.	के / की	हाँ	—	हाँ	—
योग	19 : 26	17 : 22	13 : 18	18 : 24	10 : 12
वर्तनीगत	13 : 18	11 : 14	10 : 14	12 : 17	7 : 9
व्याकरणगत	6 : 8	6 : 8	3 : 4	6 : 7	3 : 3
अर्थगत	0 : 0	0 : 0	0 : 0	0 : 0	0 : 0

2.4. ब्रज-भाषियों की मानक हिंदी में व्यतिक्रम

ब्रज-क्षेत्रवाले सूचकों की मानक हिंदी में 44 : 111 में से 16 : 22 व्यतिक्रम मिले।

वर्तनी-संबंधी

1. चंद्रबिंदु-संबंधी
   - 1.2. ँ / ं
     - जाँघ / जांघ
   - 1.4. ँ / 0
     - पाँचवाँ / पाँचवा
3. विसर्ग-संबंधी
   - 3.1. : / 0
     - दुःख / दुख
7. ई-संबंधी
   - 7.2. इ / ई
     - टंकियों / टंकीयों
     - पत्तियों / पत्तीयों
     - प्राप्ति / प्राप्ती
     - बिल्डिंग / बिल्डींग
9. उ-संबंधी
   - 9.1. उ / ऊ

करुणा / करूणा
पुरुषों / पुरूषों
साधु / साधू

12. ऐ-संबंधी

12.1. ऐ / ए
मटमैले / मटमेले

14. औ-संबंधी

14.1. औ / ओ
और / ओर
कौआ / कोआ
खिलौने / खिलोने

15. नीचे बिंदी-संबंधी (ड़, ढ़ को छोड़कर)

15.3 ग़् / ग्
ग़रीब / गरीब
बाग़ / बाग

15.4. ज़् / ज्
चीज़ / चीज
दराज़ / दराज
बाज़ार / बाजार
मेज़ / मेज
रिवाज़ / रिवाज

15.5. फ़् / फ्
दफ़्तर / दफ्तर
सफ़ेद / सफेद

18. प्रतिवेष्टन-उत्क्षेपण-संबंधी

18.1. ड् / ड़्
सोडा / सोड़ा

20. ब्-व्-संबंधी

20.1. ब् / व्
धोबिन / धोविन
बड़े / वड़े
बराबर / वरावर
बल्कि / वल्कि
बहुत / वहुत
बिल्डिंग / विल्डींग

बोर्ड / वोर्ड

23. ऊष्म-संबंधी

23.2. श् / स्

शास्त्र / सस्त्र

23.5. स् / श्

विकास / विकाश

व्याकरण-संबंधी

28. संज्ञा वचन-संबंधी

28.2. संज्ञा बहुवचन / एकवचन

क्या चार तोले सोने से बहू खुश हो जाएगी / क्या दुलहिन चार **तोला** सोने से प्रसन्न हो जाएगी ? (आगे 28.3. का उदाहरण भी देखिए—रुपए/रुपया।)

28.3. संज्ञा बहुवचन + ने / एकवचन + 0

हक़ीक़त यह है कि चमारिनों और धोबिनों ने पेड़ों से चौथाई करोड़ रुपए कमाए / यह सत्य है कि **चमारिन** और **धोबिन** पेड़ों से चौथाई करोड़ रुपया कमाया।

28.5. संज्ञा स्त्रीलिंग बहुवचन प्रत्यय -या -एँ / -एँ

वहाँ से कुतिएँ (कुतियाँ), घोड़िएँ (घोड़ियाँ)/और हाथी भाग गए/**कुतियाएँ,** घोड़ियाँ और हाथी वहाँ से भाग गये।

29. संज्ञा कारक रूप-संबंधी

29.3. संज्ञा विकारी + ने / मूल + 0

हक़ीक़त यह है कि चमारिनों और धोबिनों ने पेड़ों से चौथाई करोड़ रुपए कमाए / सही बात यह है कि **चमरनियाँ** और **धोबिन** चौथाई करोड़ रुपये पेड़ों से कमायें। (मूल रूप भी -एँ → -इयाँ तथा -एँ → -0 से ग्रस्त हैं।)

35. विशेषण कारकरूप-संबंधी

35.1. विशेषण विकारी / मूल

भूखे भिखारी को साधु के लिए बाल और पाँच पत्थर इकट्ठे करने पड़ेंगे / भूखा भिखारी को साधु के लिए बाल और पाँच पत्थर इकट्ठे करने पड़ेंगे।

37. क्रिया वचन-संबंधी

37.3. क्रिया पुल्लिंग बहुवचन प्रत्यय -ए / -एँ

हक़ीक़त यह है कि चमारिनों और धोबिनों ने पेड़ों से चौथाई

करोड़ रुपये कमाए / सही बात यह है कि चमरनियाँ और धोबिन चौथाई करोड़ रुपये पेड़ों से **कमायें**।

39. क्रिया वृत्ति-संबंधी

39.2. क्रिया आज्ञार्थ -0 / -ओ

उसकी रोती हुई आँख और सिर ठंडे पानी से धो / उसकी रोती हुई आँखों को और सिर को ठंडे पानी से **धोओ**।

अर्थ-संबंधी

42. संज्ञा अर्थ-संबंधी

42.5. क्रियार्थक संज्ञा / भाववाचक संज्ञा

तुम मुझे अपना यह चिल्लाना मत सुनाओ / अपनी **चिल्लाहट** मुझे सुनाई न पड़ने दो।

ब्रज-क्षेत्र के हिंदी-भाषियों ने अपनी मानक हिंदी में विभिन्न भाषाई लक्षणों में व्यतिक्रम आगम, आदेश, लोप की शब्दावली में क्रमशः निम्नानुसार दिखाए—

आगम—व्याकरण— क्रिया आज्ञार्थ -ओ का।

आदेश—वर्तनी— चंद्रबिंदु, इ, उ, ऐ, औ, ग़, ज़, फ़, ड़, ब़, श़, एवं स़ का।

व्याकरण— संज्ञा बहुवचन, संज्ञा बहुवचन + ने, संज्ञा स्त्रीलिंग बहुवचन प्रत्यय -या → -एँ, संज्ञा विकारी + ने, विशेषण विकारी, एवं क्रिया पुल्लिग बहुवचन प्रत्यय -ए का।

अर्थ— क्रियार्थक संज्ञा का।

लोप— वर्तनी—चंद्रबिंदु एवं विसर्ग का।

सूचकवार व्यतिक्रम-विवरण

व्यतिक्रम-क्रमांक	व्यतिक्रम-स्वरूप	क	ख	ग	क ख ग
1.2.	ँ / ं	हाँ	—	हाँ	—
1.4.	ँ / 0	हाँ	—	हाँ	—
3.1.	: / 0	—	हाँ	हाँ	—
7.2.	इ / ई	हाँ	हाँ	—	—
9.1.	उ / ऊ	हाँ	हाँ	—	—
12.1.	ऐ / ए	हाँ	हाँ	—	—
14.1.	औ / ओ	हाँ	हाँ	हाँ	हाँ

15.3.	ग़् / ग्	हाँ	हाँ	हाँ	हाँ
15.4.	ज़् / ज्	हाँ	हाँ	हाँ	हाँ
15.5.	फ़् / फ्	हाँ	हाँ	हाँ	हाँ
18.1.	ड् / ड़्	हाँ	हाँ	हाँ	हाँ
20.1.	ब् / व्	हाँ	हाँ	हाँ	हाँ
23.2.	श् / स्	–	हाँ	हाँ	–
23.5.	स् / श्	–	हाँ	हाँ	–
28.2.	संज्ञा बहुवचन / एकवचन	–	हाँ	हाँ	–
28.3.	संज्ञा बहुवचन + ने / एकवचन + 0	हाँ	हाँ	–	–
28.5.	संज्ञा स्त्रीलिंग बहुवचन प्रत्यय-या→ -एँ / -एँ	हाँ	हाँ	हाँ	हाँ
29.3.	संज्ञा विकारी + ने / मूल + 0	हाँ	हाँ	–	–
35.1.	विशेषण विकारी / मूल	हाँ	हाँ	–	–
37.3.	क्रिया पुल्लिंग बहुवचन प्रत्यय -ए / -एँ	हाँ	हाँ	–	–
39.2.	क्रिया आज्ञार्थ -0 / -ओ	हाँ	–	हाँ	–
42.5.	क्रियार्थक संज्ञा / भाववाचक संज्ञा	हाँ	हाँ	–	–
योग	16 : 22	14 : 18	14 : 19	9 : 14	5 : 7
वर्तनीगत	10 : 14	8 : 11	9 : 12	7 : 11	4 : 6
व्याकरणगत	5 : 7	5 : 6	4 : 6	2 : 3	1 : 1
अर्थगत	1 : 1	1 : 1	1 : 1	0 : 0	0 : 0

2.5. कन्नौजी-भाषियों की मानक हिंदी में व्यतिक्रम

कन्नौजी-क्षेत्रवाले सूचकों की मानक हिंदी में 44 : 111 में से 17 : 27 व्यतिक्रम मिले।

वर्तनी-संबंधी

1. चंद्रबिंदु-संबंधी

1.1. 0/ ँ

पूछ / पूँछ

1.4. ँ / 0

आँखों / आखों

नाँद / नाद

माँस / मास

हँसते / हसते

2. अनुस्वार-संबंधी

2.1. 0 / ं

ओठ / ओंठ

2.3. ं / म्

संवत् / सम्वत

2..4. ं / 0

कहीं / कही

खींचता / खीचता

झोंपड़ी / झोपड़ी

नहीं / नही

निवासियों / निवासियो

नींव / नीव

मैंने / मैने

बातों / वातो

सींचा / सीचा

4. हल्-संबंधी

4.1. ् / 0

लड्डू / लडडू

संवत् / सम्वत

5. अ-संबंधी

5.3. अ / उ

तनख़्वाह / तनुख्वाह

7. इ-संबंधी

7.2. इ / ई

कीर्ति / कीर्ती

9. उ-संबंधी

9.1.. उ / ऊ

रुपए / रूपए

साधु / साधू

13. ओ-संबंधी

13.1. ओ / औ

अनोखा / अनौखा

दो / दौ

14. औ-संबंधी

14.1. और / ओ

सुडौल / सुडोल

सौ / सो

15. नीचे बिंदी-संबंधी (ड़् , ढ़् को छोड़कर)

15.1. क़् / क

कमीज़ / कमीज

हक़दार / हकदार

15.2. ख़् / ख्

तनख़्वाह / तनुख्वाह

बत्तख़ / बत्तख

15.3. ग़् / ग्

ग़रीब / गरीव

बग़ीचे / बगीचे

15.4. ज़् / ज्

आवाज़ / आवाज

क़मीज़ / कमीज

बाज़ार / बाजार

15.5. फ़् / फ्

दफ़्तर / दफ्तर

18. प्रतिवेष्टन-उत्क्षेपण-संबंधी

18.2. ड़् / ड्

घोड़ियाँ / घोडियाँ

19. ण्-न्-संबंधी

19.1. ण् / न्

प्राण / प्रान

20. ब्-व्-संबंधी

20.1. ब् / व्

कबीर / कवीर

ग़रीब / गरीव

बग़ीचे / वगीचे

बड़ा / वड़ा
बढ़ाएगी / वढ़ाएगी
बत्तख़ / वत्तख
बहुत / वहुत
बातों / वातो
बाप / वाप
बारे / वारे
बाहर / वाहर
बिगाड़ा / विगाड़ा
बुरा / वुरा
बैठाता / वैठाता
बैल / वैल
बोल / वोल
बोस / वोस
संबल / संवल
सबको / सवको

20.2. व् / ब्
कहावत / कहाबत
जीवित / जीबित
पवित्र / पबित्र
बावजूद / बाबजूद
वचन / बचन
वायदे / बायदे
विख्यात / बिख्यात

23. ऊष्म-संबंधी

23.2. श् / स्
आवश्यकता / आवस्यकता
भाग्यवश / भाग्यवस
स्टेशन / स्टेसन

23.5. स् / श्
अनुशासित / अनुशाशित
विकास / विकाश

25. अल्पप्राणीकरण-संबंधी

25.6. ढ़् / ड़्
पढ़ते / पड़ते

सीढ़ियों / सीड़ियों

व्याकरण-संबंधी

27. संज्ञा लिंग-संबंधी

27.1. संज्ञा पुल्लिग / स्त्रीलिंग
जीवन का / की **मूल**
उन्नति का / की **शिखर**

29. संज्ञा कारक रूप-संबंधी

29.2. संज्ञा विकारी / मूल
दादी, साले, और देवर ने नरम कपड़े से अपने नाक-कान साफ़ किए थे / दादी, **साला** और देवर ने अपनी नाकों और कानों को मुलायम कपड़े से धोया।

39. क्रिया वृत्ति-संबंधी

39.1. क्रिया संकेतार्थ / भविष्य निश्चयार्थ
यदि वे यहाँ हों, तो मैं भी यहाँ रहूँगा / अगर वे यहाँ **होंगे**, मैं भी यहाँ हूँगा।

39.2. क्रिया आज्ञार्थ–व / -ओ
उसकी रोती हुई आँख और सिर ठण्डे पानी से धो/ठण्डे पानी से उसकी रोती हुई आँखों को एवं सिर को **धोओ**।

कन्नौजी-क्षेत्र के हिंदी-भाषियों ने अपनी मानक हिंदी में विभिन्न भाषाई लक्षणों में व्यतिक्रम आगम, आदेश, लोप की शब्दावली में क्रमशः निम्नानुसार दिखाए–

आगम–वर्तनी– चंद्रबिंदु एवं अनुस्वार का।
व्याकरण– क्रिया आज्ञार्थ–ओ का।
आदेश–वर्तनी– अनुस्वार, अ, इ, उ, ओ, औ, क़्, ख़्, ग़्, ज़्, फ़्, ड़्, ण्, व्, ब्, श्, स्, एवं द्ध (अल्पप्राणीकरण) का।
व्याकरण– संज्ञा पुल्लिग, संज्ञा विकारी एवं क्रिया संकेतार्थ का।
लोप–वर्तनी– चंद्रबिंदु, अनुस्वार एवं हल् का।

सूचकवार व्यतिक्रम-विवरण

व्यतिक्रम-क्रमांक	व्यतिक्रम-स्वरूप	क	ख	ग	क ख ग
1.1.	0 / ँ	हाँ	–	हाँ	–
1.4.	ँ / 0	हाँ	–	हाँ	–

2.1.	0 / ं	हाँ	हाँ	—	—
2.3.	ं / म्	हाँ	—	हाँ	—
2.4.	ं / 0	हाँ	हाँ	हाँ	हाँ
4.1.	ॅ / 0	हाँ	—	हाँ	—
5.3.	अ / उ	—	हाँ	हाँ	—
7.2.	इ / ई	हाँ	हाँ	—	—
9.1.	उ / ऊ	हाँ	हाँ	हाँ	हाँ
13.1.	ओ / औ	हाँ	—	हाँ	—
14.1.	औ / ओ	हाँ	—	हाँ	—
15.1.	क़ / क्	हाँ	—	हाँ	—
15.2.	ख़् / ख्	हाँ	हाँ	हाँ	हाँ
15.3.	ग़् / ग्	हाँ	हाँ	हाँ	हाँ
15.4.	ज़् / ज्	हाँ	हाँ	हाँ	हाँ
15.5.	फ़् / फ्	—	हाँ	हाँ	—
18.2.	ड़् / ड्	—	हाँ	हाँ	—
19.1.	ण् / न्	—	हाँ	हाँ	—
20.1.	ब् / व्	हाँ	हाँ	हाँ	हाँ
20.2.	व् / ब्	—	हाँ	हाँ	—
23.2.	श् / स्	हाँ	—	हाँ	—
23.5.	स् / श्	—	हाँ	हाँ	—
25.6.	ढ़् / ड्	हाँ	हाँ	—	—
27.1.	संज्ञा पुल्लिंग / स्त्रीलिंग	—	हाँ	हाँ	—
29.2.	संज्ञा विकारी / मूल	हाँ	—	हाँ	—
39.1.	क्रिया संकेतार्थ / भविष्य निश्चयार्थ	हाँ	हाँ	हाँ	हाँ
39.2.	क्रिया आज्ञार्थ-0 /-ओ	हाँ	हाँ	हाँ	हाँ
योग	17 : 27	13 : 20	12 : 18	15 : 24	5 : 8
वर्तनीगत	14 : 23	11 : 17	10 : 15	12 : 20	4 : 6
व्याकरणगत	3 : 4	2 : 3	2 : 3	3 : 4	1 : 2
अर्थगत	0 : 0	0 : 0	0 : 0	0 : 0	0 : 0

2.6. बुंदेली-भाषियों की मानक हिंदी में व्यतिक्रम

बुँदेली-क्षेत्रवाले सूचकों की मानक हिंदी में 44 : 111 में से 19 : 29 व्यतिक्रम मिले।

वर्तनी-संबंधी

1. चंद्रबिंदु-संबंधी

1.1. 0 / ँ

पूछ / पूँछ

1.2. ँ / ं

अँधेरे / अंधेरे

आँसू / आंसू

पाँच / पांच

पाँचवाँ / पांचवा

यहाँ / यहां

लड़कियाँ / लड़कियां

हँसाया / हंसाया

1.4. ँ / 0

आऊँगा / आऊगा

ऊँच / ऊच

गाँवों / गावों

चूँकि / चूकि

पहुँचेगा / पहुचेगा

पाँचवा / पांचवा

बँटा / वटा

2. अनुस्वार-संबंधी

2.1. ं 0 /

होठ / होंठ

2.4. / 0

अध्यापकों / अध्यापको

आँखों / आँखो

उन्हें / उन्हे

क्यों / क्यो

ग़रीबों / गरीवो

देंगे / देगे

नहीं / नही

पेड़ों / पेडो

भौंरे / भौरे

यहीं / यही

7. इ-संबंधी

7.2. इ / ई

इष्ट / ईष्ट

पूर्ति / पूर्ती

विद्यार्थियों / विद्यार्थीयों

8. ई-संबंधी

8.1. ई / इ

क्रीड़ाएँ / क्रिडायें

महीने / महिने

9. उ-संबंधी

9.1. उ / ऊ

डाकुओं / डाकूओं

साधु / साधू

10. ऊ-संबंधी

10.1. ऊ / उ

ऊपर / उपर

निरूपण / निरुपण

रूप / रुप

11. ए-संबंधी

11.1. ए / ऐ

ऐसे / ऐसे (वर्ण-स्वरूप दर्शनीय !)

क्रीड़ाएँ / क्रिडाऐं

नेता / नैता

प्रत्येक / प्रत्यैक

फ़ेल / फैल

12. ऐ-संबंधी

12.1. ऐ / ए

मैनेजर / मेनेजर

14. औ-संबंधी

14.1. औ / ओ

अक्षौहिणी / अक्षोहिणी

औरतों / ओरतों

कसौटी / कसोटी

दौड़ता / दोड़ता

बौने / बोने

सौंपी / सोंपी

15. नीचे बिंदी-संबंधी (ड़, ढ़ को छोड़कर)

15.1. क़् / क्

क़मीज़ / कमीज

हक़दार / हकदार, (हक्कदार (देखिये आगे 26.1)

15.2. ख़् / ख्

ख़ुश / खुश

बत्तख़ / बत्तख

15.3. ग़् / ग्

ग़रीबों / गरीवो

बाग़ / वाग

15.4. ज़् / ज्

आवाज़ / आवाज

क़मीज़ / कमीज

दराज़ / दराज

बाज़ार / बाजार

मेज़ / मेज

15.5. फ़ / फ्

फ़ेल / फेल

सफ़ेद / सफेद

साफ़ / साफ

18. प्रतिवेष्टन-उत्क्षेपण-संबंधी

18.1. ड् / ड़्

सोडा / सोड़ा

18.2. ड़् / ड्

क्रीड़ाएँ / क्रिडाऐं

घोड़ियाँ / घोडियाँ

घोड़ों / घोडों

पड़ौसिन / पडोसिन

पड़ौसी / पडोसी

पेड़ों / पेडो

बड़ी / वडी

बड़े / वडे

20. ब्-व्-संबंधी

20.1. ब् / व्

अब / अव
ग़रीबों / गरीवो
जब / जव
जलेबी / जलेवी
बँटा / वटा
बजाता / वजाता
बड़ी / वडी
बड़े / वडे
बहुत / वहुत
बाग़ / वाग
बात / वात
बाद / वाद
बादलों / वादलों
बालक / वालक
बिछाना / विछाना
बुरे / वुरे
बैल / वैल
बोली / वोली
ब्रह्मचर्य / वृह्मचर्य
ब्रह्मा / वृह्मा
सब / सव
साहब / साहव

22. र्-संबंधी

22.1. र / ऋ
ब्रह्मचर्य / वृह्मचर्य
ब्रह्मा / वृह्मा
वानप्रस्थ / वानपृस्थ

23. ऊष्म-संबंधी

23.2. श् / स्
अनुशासन / अनुसाषन
त्रिशूल / त्रिसूल

23.4. ष् / स्
नष्ट / नस्ट
महिषासुर / महिसासुर

23.6. स् / ष्

अनुशासन / अनुसाषन

25. अल्पप्राणीकरण-संबंधी

25.6. ढ़् / ड़्

चढ़ने / चड़ने

पढ़ाई / पड़ाई

बढ़ाएगी / बड़ाएगी

बुढ़िया / बुड़िया

बूढ़ी / बूड़ी

26. द्वित्व-संबंधी

26.1. व्यंजन / द्वित्व

उनतालीस / उन्नतालीस

हक़दार / हक्कदार, हकदार (देखिए ऊपर 15.1.)

व्यंजन-संबंधी

27. संज्ञा लिंग-संबंधी

27.2. संज्ञा स्त्रीलिंग / पुल्लिंग

उन्होंने घोड़ों को हाथ से घास दी / वे घोडों को हाथ से घास दिया।

31. सर्वनाम कारकरूप-संबंधी

31.2. सर्वनाम विकारी + ने / मूल + 0

उन्होंने घोड़ों को हाथ से घास दी / वे घोडों को हाथ से घास दिया।

39. क्रियावृत्ति-संबंधी

39.4. क्रिया सामान्य / आदरार्थ

तुम लोग स्वयं अपने सामान के साथ चलो / चलें।

बुंदेली-क्षेत्र के हिंदी-भाषियों ने अपनी मानक हिंदी में विभिन्न भाषाई लक्षणों में व्यतिक्रम आगम, आदेश, लोप की शब्दावली में क्रमशः निम्नानुसार दिखाए–

आगम–वर्तनी– चंद्रबिंदु एवं अनुस्वार का।

आदेश–वर्तनी– चंद्रबिंदु, इ, ई, उ, ऊ, ए, ऐ, औ, क़्, ख़्, ग़्, ज़्, फ़्, ड़्, ड़्, ब्, र, श्, ष्, स्, ढ़् (अल्पप्राणीकरण), एवं व्यंजन से द्वित्व का।

व्याकरण– संज्ञा स्त्रीलिंग, सर्वनाम विकारी + ने, एवं क्रिया सामान्य का।

लोप–वर्तनी– चंद्रबिंदु एवं अनुस्वार का।

सूचकवार व्यतिक्रम-विवरण

व्यतिक्रम-क्रमांक	व्यतिक्रम-स्वरूप	क	ख	ग	क ख ग
1.1.	0 / ँ	हाँ	हाँ	हाँ	हाँ
1.2.	ँ / ं	—	हाँ	हाँ	—
1.4.	ँ / 0	हाँ	हाँ	हाँ	हाँ
2.1.	0 / ं	—	हाँ	हाँ	—
2.4.	ं / 0	हाँ	हाँ	हाँ	हाँ
7.2.	इ / ई	—	हाँ	हाँ	—
8.1.	ई / इ	—	हाँ	हाँ	—
9.1.	उ / ऊ	—	हाँ	हाँ	—
10.1.	ऊ / उ	—	हाँ	हाँ	—
11.1.	ए / ऐ	—	हाँ	हाँ	—
12.1.	ऐ / ए	हाँ	हाँ	—	—
14.1.	औ / ओ	हाँ	हाँ	हाँ	हाँ
15.1.	क़् / क्	हाँ	—	हाँ	—
15.2.	ख़् / ख्	हाँ	हाँ	हाँ	हाँ
15.3.	ग़् / ग्	—	हाँ	हाँ	—
15.4.	ज़् / ज्	हाँ	हाँ	हाँ	हाँ
15.5.	फ़् / फ्	हाँ	हाँ	हाँ	हाँ
18.1.	ड् / ड़्	—	हाँ	हाँ	—
18.2.	ड़् / ड्	हाँ	हाँ	हाँ	हाँ
20.1.	ब् / व्	हाँ	हाँ	हाँ	हाँ
22.1.	र / ऋ	हाँ	हाँ	—	—
23.2.	श् / स्	हाँ	हाँ	—	—
23.4.	ष् / स्	हाँ	हाँ	—	—
23.6.	स् / ष्	—	हाँ	हाँ	—
25.6.	ढ़् / ड़्	हाँ	हाँ	हाँ	हाँ
26.1.	व्यंजन / द्वित्व	हाँ	हाँ	—	—
27.2.	संज्ञा स्त्रीलिंग / पुल्लिंग	हाँ	हाँ	हाँ	हाँ
31.2.	सर्वनाम विकारी + ने / मूल + 0	हाँ	हाँ	हाँ	हाँ
39.4.	क्रिया सामान्य / आदरार्थ	हाँ	हाँ	—	—
योग	19 : 29	14 : 19	19 : 28	15 : 23	9 : 12
वर्तनीगत	16 : 26	11 : 16	16 : 25	13 : 21	7 : 10

व्याकरणगत	3 : 3		3 : 3	3 : 3	2 : 2	2 : 2
अर्थगत	0 : 0		0 : 0	0 : 0	0 : 0	0 : 0

2.7. निमाड़ी-भाषियों की मानक हिंदी में व्यतिक्रम

निमाड़ी-क्षेत्रवाले सूचकों की मानक हिंदी में 44 : 111 में से 16 : 21 व्यतिक्रम मिले।

वर्तनी-संबंधी

1. चंद्रबिंदु-संबंधी

   1.2. ँ / ं

   अँधेरे / अंधेरे
   आँखों / आंखों
   आँसू / आंसू
   आऊँगा / आऊंगा
   गाँधीजी / गांधीजी
   गाँव / गांव
   जाँघ / जांघ
   ताँगा / तांगा
   पाँच / पांच
   पाँचवाँ / पांचवाँ
   पूँछ / पूंछ
   फाँसी / फांसी
   माँग / मांग
   मुँह / मुंह
   यहाँ / यहां
   वस्तुएँ / वस्तुएं
   वहाँ / वहां
   साड़ियाँ / साड़ियां
   हँसाया / हंसाया
   होऊँगा / होउंगा

2. अनुस्वार-संबंधी

   2.1. 0 / ं

   चावल / चांवल
   होठ / होंठ

2.4. / 0

कहीं / कही

झोंपड़ी / झोपड़ी

मैंने / मैने

7. इ-संबंधी

7.2. इ / ई

चिड़िया / चिड़ीया

जीविकोपार्जन / जीवीकोपार्जन

नाविक / नावीक

व्यवसायियों / व्यवसायीयों

8. ई-संबंधी

8.1. ई / इ

नीचे / निचे

प्रतीक्षा / प्रतिक्षा

मिनी / मिनि

10. ऊ-संबंधी

10.1. ऊ / उ

ऊपर / उपर

ऊब / उब

रूपी / रुपी

सुनाऊँ / सुनाउं

होऊँगा / होउंगा

15. नीचे बिंदी-संबंधी (ड़, ढ़ को छोड़कर)

15.1. क़् / क्

क़मीज़ / कमीज

क़रीब / करीब

क़ीमत / कीमत

बाक़ी / बाकी

15.3. ग़् / ग्

ग़रीब / गरीब

ग़लती / गलती

15.4. ज़् / ज्

आवाज़ / आवाज

क़मीज़ / कमीज

चीज़ / चीज

ज़रूरत / जरूरत
दराज़ / दराज
नाराज़ / नाराज
बाज़ार / बाजार
रोज़गार / रोजगार
सज़ा / सजा

17. ज् संबंधी (ज्ञ् सम्मिलित)
    17.1. ज्ञ् / ग्य्
    ज्ञान / ग्यान

23. ऊष्म-संबंधी
    23.1. श् / ष्
    दृश्य / दृष्य

व्याकरण-संबंधी

27. संज्ञा लिंग-संबंधी
    27.2. संज्ञा स्त्रीलिंग / पुल्लिग
    भैंस हरी घास और आटा खा चुकी होगी / भैंस हरे **घास** और आटे को खायेगी।

29. संज्ञा कारकरूप-संबंधी
    29.4. संज्ञा संबोधनार्थक -ओ / संबोधनार्थक -ओं
    भाइयो ! गधे को जीभ क्यों दिखाते हो / **भाइयों** ! गधे को जीभ क्यों दिखाते हो ?

31. सर्वनाम कारकरूप-संबंधी
    31.1. सर्वनाम विकारी / मूल
    इस / **यह** (बाजार) में साड़ियां बिकती हैं।

32. सर्वनाम निजवाचकता-संबंधी
    32.1. सर्वनाम संबंधकारकीय निजवाचक / पुरुषवाचक
    तुम मुझे अपना यह चिल्लाना मत सुनाओ / **तुम्हारा** चिल्लाना मुझे मत सुनाओ।

35. विशेषण कारकरूप-संबंधी
    35.1. विशेषण विकारी / मूल
    इन / **ये** लड़कियों ने बाजार से अच्छी साड़ियां ख़रीदीं।

39. क्रिया वृत्ति-संबंधी
    39.2. क्रिया आज्ञार्थ -0 / -ओ

उसकी रोती हुई आँख और सिर ठंडे पानी से धो / उसकी रोती हुयी आंख और सिर ठंडे पानी से **धोओ**।

41. परसर्ग-संबंधी

41.3. के / की

घोड़े के एक पूँछ होती है / घोड़े **की** एक पूंछ होती है।

अर्थ-संबंधी

42. संज्ञा अर्थ-संबंधी

42.1. संज्ञा जातिवाचक / जातिवाचक

सफल लड़की के माथे पर घाव है / सफल लड़की के **कपाल** पर एक घाव है।

42.3. संज्ञा जातिवाचक / जातिवाचक वाक्यांश

गरमी की ऋतु में लू चलती है / गरमी की ऋतु में **गरम लहर** बहती है।

42.4. संज्ञा भाववाचक / विशेषण

बस मेरे चेहरे की उदासी / **उदास** एकदम हट गई।

सत्यवादिता / **सत्यवादी** का गुण आपके चरित्र में 'हरिश्चंद्र' नामक नाटक कई बार देखने पर आया।

निमाड़ी-क्षेत्र के हिंदी-भाषियों ने अपनी मानक हिंदी में विभिन्न भाषाई लक्षणों में व्यतिक्रम आगम, आदेश, लोप की शब्दावली में क्रमशः निम्नानुसार दिखाए—

आगम— वर्तनी— अनुस्वार का।

व्याकरण— क्रिया आज्ञार्थ -ओ का।

आदेश—वर्तनी— चंद्रबिंदु, इ, ई, ऊ, क़, ग़, ज़, ज्ञ, एवं, श, का।

व्याकरण— संज्ञा स्त्रीलिंग, संज्ञा संबोधनार्थ -ओ, सर्वनाम विकारी, सर्वनाम संबंधकारकीय निजवाचक, विशेषण विकारी, एवं 'के' परसर्ग का।

अर्थ— संज्ञा जातिवाचक (दो दिशाओं में) तथा संज्ञा भाववाचक का।

लोप— वर्तनी—अनुस्वार का।

सूचकवार व्यतिक्रम-विवरण

व्यतिक्रम-क्रमांक	व्यतिक्रम-स्वरूप	क	ख	ग	क ख ग
1.2.		हाँ	हाँ	हाँ	हाँ
2.1.	0 /	हाँ	हाँ	हाँ	हाँ

2.4.	ॱ / 0	हाँ	हाँ	हाँ	हाँ
7.2.	इ / ई	हाँ	–	हाँ	–
8.1.	ई / इ	हाँ	हाँ	–	–
10.1.	ऊ / उ	हाँ	हाँ	हाँ	हाँ
15.1.	क़ / क्	हाँ	हाँ	हाँ	हाँ
15.3.	ग़् / ग्	हाँ	हाँ	हाँ	हाँ
15.4.	ज़् / ज्	हाँ	हाँ	हाँ	हाँ
17.1.	ज्ञ् / ग्य	हाँ	हाँ	–	–
23.1.	श् / ष्	हाँ	हाँ	–	–
27.2.	संज्ञा स्त्रीलिंग / पुल्लिग	हाँ	हाँ	हाँ	हाँ
29.4.	संज्ञा संबोधनार्थक -ओं / संबोधनार्थक-ओ	हाँ	हाँ	हाँ	हाँ
31.1.	सर्वनाम विकारी / मूल	हाँ	–	हाँ	–
32.1.	सर्वनाम संबंधकारकीय निजवाचक / पुरुषवाचक	हाँ	हाँ	–	–
35.1.	विशेषण विकारी / मूल	हाँ	हाँ	–	–
39.2.	क्रिया आज्ञार्थ -0 / -ओ	हाँ	–	हाँ	–
41.3.	के / की	हाँ	–	हाँ	–
42.1.	संज्ञा जातिवाचक / जातिवाचक	हाँ	हाँ	हाँ	हाँ
42.3.	संज्ञा जातिवाचक / जातिवाचक वाक्यांश	–	हाँ	हाँ	–
42.4.	संज्ञा भाववाचक / विशेषण	हाँ	हाँ	–	–
योग	16 : 21	16 : 20	12 : 17	11 : 15	7 : 10
वर्तनीगत	8 : 11	8 : 11	7 : 10	5 : 8	4 : 7
व्याकरणगत	7 : 7	7 : 7	4 : 4	5 : 5	2 : 2
अर्थगत	1 : 3	1 : 2	1 : 3	1 : 2	1 : 1

2.8. दक्खिनी-भाषियों की मानक हिंदी में व्यतिक्रम

दक्खिनी-क्षेत्रवाले सूचकों की मानक हिंदी में 44 : 111 में से 28 : 46 व्यतिक्रम मिले।

वर्तनी-संबंधी

1. चंद्रबिंदु-संबंधी

1.1. 0 / ँ

साइंस / साँईस

1.2. ँ / ं

अँधेरे / अंधेरे

गाँधीजी / गांधीजी

1.4. ँ / 0

आँखों / आखों

पूँछ / पुछ

माँ / मा

सुविधाएँ / सुविधाए

2. अनुस्वार-संबंधी

2.1. 0 / ं

छाछ / छांच

सोच / सोंच

2.3. ं / म्

संवत् / साम्वत

2.4. ं / 0

जिसमें / जिसमे

दोनों / दोनो

नहीं / नही

भौंरे / भोरे

मैं / मे

साइंस / साँईस

4. हल्-संबंधी

4.1. ् / 0

संवत् / साम्वत

5. अ-संबंधी

5.1. 0 / अ

उर्दू / उरदू

कीर्ति / किरती

कुम्हार / कुमहार

क्यों / कयों

चिल्लाना / चीललाना

जल्दी / जलदी

ज़्यादा / ज़यादा

दोस्त / दोसत

प्रकार / परकार

प्राण / परान

मनीआर्डर / मनीआरडर

मुल्क / मुलक

श्याम / शयाम

सिर्फ़ / सिरफ

स्कूल / इसकूल

हर्षवर्धन / हरशवर्धन

हेड मास्टर / हेड मासटर

5.2. अ / आ

कन्नड़ / कन्नडा

कहाँ / काहाँ

बादशाहों / बादाशाहों

लीडरों / लिडारौं

संवत् / साम्वत

5.3. अ / उ

ज़रूरत / ज़ुरूरत

सफ़ेद / सुफेद

5.4. अ / 0

इनकी / इन्की

इसके / इस्के

उसका / उस्का

कमरे / कम्रे

बनने/ बन्ने

शासकीय / शास्कीय

सामने / साम्ने

सुनकर / सुन्कर

7. इ-संबंधी

7.1. 0 / इ

क्यों / कियों

ख़्याल / खियाल

ज़्यादा / ज़ियादा

ड्राइंग / डिराइंग

प्यासा / पियासा

श्रीचंद / शिरीचंद
स्कूल / इसकूल

7.2. इ / ई

अधिक / अधीक
आदि / आदी
इँगलिश / ईंगलिश
इस / ईस
कापियों / कापीयों
कि / की
किताबों / कीताबौं
कीर्ति / किरती
ख़ैरियत / खेरीयत
चिल्लाना / चीललाना
ज़रिए / ज़रीये
प्रतिवर्ष / प्रतीवर्ष
लिखना / लीखना
साइंग / साँईस

8. ई-संबंधी

8.1. ई / इ

क़मीज़ / खमिज़
क़रीब / करिब
कीर्ति / किरती
ग़रीब / ग़रिब
चीज़ें / चिज़ें
टीचर / टिचर
तकरीर / तकरिर
तारीख़ / तारिख
नतीजा / नतिजा
नीचे / निचे
महीने / महिने
लीडरों / लिडारौं
वकील / वकिल

10. ऊ-संबंधी

10.1. ऊ / उ

आँसू / आँसु

ज़रूरत / ज़ुरुरत
जून / जुन
दूसरे / दुसरे
पालतू / पालतु
पूँछ / पुछ
पूज्य / पुज्य
पूरी / पुरी
फूल / फुल
भूखा / भुका
हूँ / हुँ

12. ऐ-संबंधी

12.1. ऐ / ए
ख़ैरियत / खेरीयत
मैं / में
मैनेजर / मेनेजर

13. ओ-संबंधी

13.1. ओ / औ
किताबों / कीताबौं
लीडरों / लिडारौं
लोगों / लोगौं
हिंदुओं / हिन्दुऔं

14. औ-संबंधी

14.1. औ / ओ
दौड़ता / दोड़ता
भौंरे / भोरे

15. नीचे बिंदी-संबंधी (ड़, ढ़ को छोड़कर)

15.1. क़् / क्
क़रीब / करिब
तक़रीर / तकरिर
हक़दार / हकदार
हक़ीक़त / हकीखत

15.2. ख़् / ख्
ख़ैरियत / खेरीयत
ख़्याल / खियाल
तारीख़ / तारिख

बत्तख़ / बत्तख

15.5. फ़् / फ्

सफ़ेद / सुफेद

साफ़ / साफ

सिर्फ़ / सिरफ

16. क़्-संबंधी (क़्, क्ष् सम्मिलित)

16.1. क़् / ख्

क़मीज़ / खमिज़

बाक़ी / बाखी

मुक़ाम / मुखाम

मौक़े / मौखे

हक़ीक़त / हकीखत

17. ज्-संबंधी (ज्ञ् सम्मिलित)

17.2. ज्ञ् / ग्य्, गिय्

ज्ञान / गयान, गियान

18. प्रतिवेष्टन-उत्क्षेपण-संबंधी

18.2. ड़् / ड्

कन्नड़ / कन्नडा

कपड़े / कपडे

करोड़ / करोड़

घोड़ियाँ / घोडियाँ

घोड़े / घोडे

झाड़ों / झाडों

झोंपड़ी / झोंपडी

दौड़ता / दौडता

पड़ोसन / पडोसन

बड़े / बडे

सड़क / सडक

19. ण्-न्-संबंधी

19.1. ण् / न्

प्राण / परान

रावण / रावन

21. य्-संबंधी

21.2. य् / 0

श्याम / शाम

23. ऊष्म-संबंधी

23.3. ष् / श्

हर्षवर्धन / हरशवर्धन

24. ह्-संबंधी

24.1. ह् / 0; ह / 0

कुम्हार / कुमार

जगह / जग

दरगाह / दरगा

बादशाह / बादशा

मुँह / मुँ

24.4. अह् / 0

जगहों / जगों

25. अल्पप्राणीकरण-संबंधी

25.1. ख् / क्

धोखा / धोका

भूखा / भुका

25.2. घ् / ग्

मेघनाथ / मेगनाथ

25.3. छ् / च्

छाछ / छांच

25.5. ढ् / ड्

मेंढक / मेंडक

25.7. थ् / त्

हाथ / हात

व्याकरण-संबंधी

27. संज्ञा लिंग-संबंधी

27.2. संज्ञा स्त्रीलिंग / पुल्लिंग

बड़ी ईंट इस तरह रखो कि वह गिरे नहीं / बड़ा **ईंट** ईस तरह रखो कि वह गिरे नहीं।

उसकी रोती हुई आँख और सिर ठंडे पानी से धो / उसके रोते हुए **आंख** और सिर को ठंडे पानी से धो।

29. संज्ञा कारकरूप-संबंधी

29.2. संज्ञा विकारी / मूल

दादी, साले, और देवर ने नरम कपड़े से अपने नाक-कान साफ़ किए थे / दादी, **साला**, देवर ने अपने नाक और कान मुलायम कपड़े से साफ किये थे।

29.3. संज्ञा विकारी + ने / मूल + 0

हक़ीक़त यह है कि चमारिनों और धोबिनों ने पेड़ों से चौथाई करोड़ रुपए कमाए / यह हकीखत है कि **चमारिनें** और **धोबिनें** चौथाई करोड रुपये इन झाडों से कमाईं।

31. संज्ञा कारकरूप-संबंधी

31.1. सर्वनाम विकारी / मूल

इस / **यह** (स्कूल) में चार सौ से ज़ियादा बच्चे पढ़ते हैं।

31.2. सर्वनाम विकारी + ने / मूल + 0

उन्होंने घोड़ों को हाथ से घास दी / **वे** अपने हातों के घोडों को घास दिये।

32. सर्वनाम निजवाचकता-संबंधी

32.1. सर्वनाम संबंधकारकीय निजवाचक / पुरुषवाचक

हम यह सोच-समझ सकते हैं कि हम अपने / **हमारे** देश में भी उन्नति कर सकते हैं।

36. क्रिया लिंग-संबंधी

36.1. क्रिया स्त्रीलिंग / पुल्लिग

ये लड़कियाँ बाज़ार से अच्छी साड़ियाँ लाईं / ये छोकरियाँ मारकेट से अच्छी साड़ियाँ **लायें**।

हम उसके कंधे, पीठ, और जाँघ में दर्द देखेंगी / हम (स्त्रीलिंग) उसके कंधे, पीठ, हथेली (?) के दर्द को **देखेंगे**।

37. क्रिया वचन-संबंधी

37.3. क्रिया पुल्लिग बहुवचन प्रत्यय -ए / -एँ

ये लड़कियाँ बाज़ार से अच्छी साड़ियाँ लाईं। ये छोकरियाँ मारकेट से अच्छी साड़ियाँ **लायें**।

41. परसर्ग-संबंधी

41.1. ने / 0

मैंने एक महीने बाद ठाकुर साहब को उनतालीस पैसे दिए / **मैं** ठाकुर साहब को उनतालीस पैसे एक महीने के बाद दिये।

अर्थ-संबंधी

42. संज्ञा अर्थ-संबंधी

42.1. संज्ञा जातिवाचक / जातिवाचक

सफल लड़की के माथे पर घाव है / कामयाब लड़की की **पेशानी** पर घाव है।

42.2. संज्ञा जातिवाचक / व्यक्तिवाचक

कीचड़ के लड्डू का ख़्याल होली के त्यौहार पर आना ही है / होली की **ईद** को कीचड़ के लड्डू का खियाल आया।

44. मुहावरा-संबंधी

44.1. संज्ञा-क्रिया / संज्ञा-क्रिया

नुमायश में पंद्रह दिन तक दुकानें लगीं / **दुकानें पड़ी** रहती हैं।

दक्खिनी-क्षेत्र के हिंदी-भाषियों ने अपनी मानक हिंदी में विभिन्न भाषाई लक्षणों में व्यतिक्रम आगम, आदेश, लोप की शब्दावली में क्रमशः निम्नानुसार दिखाए—

आगम—वर्तनी— चंद्रबिंदु, अनुस्वार, अ एवं इ का।

आदेश—वर्तनी— चद्रबिंदु, अनुस्वार, अ (दो दिशाओं में), इ, ई, ऊ, ऐ, ओ, औ, क़्, ख़्, फ़्, क्, ज्ञ्, ड़्, ण्, ष्, ख्, घ्, छ्, ढ्, एवं थ् का।

व्याकरण— संज्ञा स्त्रीलिंग, संज्ञा विकारी, संज्ञा विकारी + ने, सर्वनाम विकारी, सर्वनाम विकारी + ने, सर्वनाम संबंधकारकीय निजवाचक, क्रिया स्त्रीलिंग, एवं क्रिया पुल्लिंग बहुवचन प्रत्यय -ए का।

अर्थ— संज्ञा जातिवाचक (दो दिशाओं में) एवं संज्ञा-क्रिया मुहावरे का।

लोप—वर्तनी— चंद्रबिंदु, अनुस्वार, हल, अ, य्, ह्, ह, एवं अह् का।

व्याकरण— 'ने' परसर्ग का।

सूचकवार व्यतिक्रम-विवरण

व्यतिक्रम-क्रमांक	व्यतिक्रम-स्वरूप	क	ख	ग	क ख ग
1.1.	0 / ँ	—	हाँ	हाँ	—
1.2.	ँ / ं	हाँ	हाँ	हाँ	हाँ
1.4.	ँ / 0	हाँ	हाँ	हाँ	हाँ
2.1.	0 / ं	हाँ	हाँ	—	—
2.3.	ं / म्	हाँ	—	हाँ	—
2.4.	ं / 0	हाँ	—	हाँ	—
4.1.	् / 0	—	हाँ	हाँ	—
5.1.	0 / अ	हाँ	हाँ	हाँ	हाँ

5.2.	अ / आ	—	हाँ	हाँ	—
5.3.	अ / उ	हाँ	हाँ	—	—
5.4.	अ / 0	हाँ	हाँ	हाँ	हाँ
7.1.	0 / इ	हाँ	हाँ	—	—
7.2.	इ / ई	हाँ	हाँ	हाँ	हाँ
8.1.	ई / इ	हाँ	हाँ	हाँ	हाँ
10.1.	ऊ / उ	हाँ	हाँ	हाँ	हाँ
12.1.	ए / ऐ	हाँ	—	हाँ	—
13.1.	ओ / औ	हाँ	हाँ	हाँ	हाँ
14.1.	औ / ओ	हाँ	हाँ	—	—
15.1.	क़् / क्	हाँ	हाँ	हाँ	हाँ
15.2.	ख़् / ख्	हाँ	—	हाँ	—
15.5.	फ़् / फ	हाँ	हाँ	हाँ	हाँ
16.1.	क़् / ख़्	हाँ	—	हाँ	—
17.2.	ज्ञ् / गय् गिय्	हाँ	हाँ	हाँ	हाँ
18.2.	ड़् / ड्	हाँ	हाँ	हाँ	हाँ
19.1.	ण् / न	हाँ	हाँ	हाँ	हाँ
21.2.	य् / 0	हाँ	—	हाँ	—
23.3.	ष् / श्	हाँ	हाँ	हाँ	हाँ
24.1.	ह् / 0; ह / 0	हाँ	हाँ	हाँ	हाँ
24.4.	अह् /0	हाँ	हाँ	—	—
25.1.	ख् / क्	हाँ	हाँ	हाँ	हाँ
25.2.	घ् / ग्	हाँ	हाँ	हाँ	हाँ
25.3.	छ् / च्	हाँ	हाँ	हाँ	हाँ
25.5.	ढ् / ड्	हाँ	हाँ	हाँ	हाँ
25.7.	थ् / त्	—	हाँ	हाँ	—
27.2.	संज्ञा स्त्रीलिंग / पुल्लिग	हाँ	हाँ	—	—
29.2.	संज्ञा विकारी / मूल	—	हाँ	हाँ	—
29.3.	संज्ञा विकारी + ने / मूल + 0	हाँ	हाँ	—	—
31.1.	सर्वनाम विकारी / मूल	हाँ	हाँ	—	—
31.2.	सर्वनाम विकारी + ने / मूल + 0	हाँ	हाँ	हाँ	हाँ
32.1.	सर्वनाम संबंधकारकीय				
	निजवाचक / पुरुषवाचक	—	हाँ	हाँ	—
36.1.	क्रिया स्त्रीलिंग / पुल्लिग	हाँ	—	हाँ	—
37.3.	क्रिया पुल्लिग बहुवचन				

	प्रत्यय -ए / -एँ	हाँ	हाँ	—	—
41.1.	ने / 0	हाँ	—	हाँ	—
42.1.	संज्ञा जातिवाचक / जातिवाचक	हाँ	हाँ	हाँ	हाँ
42.2.	संज्ञा जातिवाचक / व्यक्तिवाचक	हाँ	हाँ	हाँ	हाँ
44.1.	संज्ञा क्रिया / संज्ञा क्रिया	हाँ	—	हाँ	—
योग	28 : 46	26 : 40	22 : 37	25 : 37	15 : 22
वर्तनीगत	19 : 34	18 : 30	16 : 28	18 : 29	13 : 19
व्याकरणगत	7 : 9	6 : 7	5 : 7	5 : 5	1 : 1
अर्थगत	2 : 3	2 : 3	1 : 2	2 : 3	1 : 2

2.9. अवधी-भाषियों की मानक हिंदी में व्यतिक्रम

अवधी-क्षेत्रवाले सूचकों की मानक हिंदी में 44 : 111 में से 20 : 31 व्यतिक्रम मिले।

वर्तनी-संबंधी

1. चंद्रबिंदु-संबंधी

1.2. ँ / ं

जाँघ / जांघ
पाँच / पांच
पाँचवाँ / पांचवां
बाँधती / बांधती
मुँह / मुंह
रोटियाँ / रोटियां
शैलियाँ / शैलियां
साँस / सांस
हँसाया / हंसाया
हुमायूँ / हुमायूं

1.4. ँ / 0

आँखों / आखों
आऊँगा / आऊगा, आंऊगा, आऊगां
ऋतुएँ / ऋतुए
गूँजे / गूजे
झाँसी / झासी
यहाँ / यहा

रचनाएँ / रचनाए

2. अनुस्वार-संबंधी

2.1. 0 / ं

आऊँगा / आंऊगा, आऊगां

पूछ / पूंछ

होंगे / होंगें

2.4. ं / 0

उन्हें / उन्हे

ऋतुओं / ऋतुओ

क्यों / क्यो

झोंपड़ी / झोपड़ी

दोनों / दोनो

मेंढक / मेढक

3. विसर्ग-संबंधी

3.1. : / 0

दुःख / दुख

4. हल्-संबंधी

4.1. ् / 0

संवत् / संबत

7. इ-संबंधी

7.2. इ / ई

कीर्ति / किर्ती

प्रीति / प्रीती

8. ई-संबंधी

8.1. ई / इ

कीर्ति / किर्ती

चौथाई / चौथाइ

परीक्षा / परिक्षा

9. उ-संबंधी

9.1. उ / ऊ

साधु / साधू

15. नीचे बिंदी-संबंधी (ड़, ढ़ को छोड़कर)

15.1. क़ / क्

क़मीज़ / कमीज

बाक़ी / बाकी

हक़दार / हकदार

15.2. ख़् / ख्

बत्तख़ / बत्तख

15.4. ज़् / ज्

आवाज़ / आवाज

क़मीज़ / कमीज

बाज़ार / बाजार

मेज़ / मेज

15.5 फ़् / फ्

सफ़ेद / सफेद

साफ़ / साफ

16. क्-संबंधी (क़्, क्ष् सम्मिलित)

16.2. क्ष् / छ्

क्षण / छण

क्षति / छति

18. प्रतिवेष्टन-उत्क्षेपण-संबंधी

18.2. ड़् / ड्

टुकड़े / टुकडे

पड़ते / पडते

पड़ी / पडी

18.3. ड़् / ण्

गरूड़ / गरूण

19. ण्-न्-संबंधी

19.1. ण् / न्

प्राण / प्रान

20. ब्-व्-संबंधी

20.1 ब् / व्

तब / तव

धोबिनों / धोविनों

बगुलों / वगुलों

बच्चे / वच्चे

बलिदान / वलिदान

ब्राह्मणों / व्राह्मणों

संबंधियों / सम्वन्धियों

सब / सव

20.2. व् / ब

कवि / कबि

काव्य / काब्य

व्यवस्था / ब्यवस्था

संवत् / संबत

सरोवर / सरोबर

व्याकरण-संबंधी

27. संज्ञा लिंग-संबंधी

27.1. संज्ञा पुल्लिंग / स्त्रीलिंग

वहाँ से कुतियाँ, घोड़ियाँ, और हाथी भाग गये / कुतियाँ, घोड़ियाँ और **हाथियाँ** वहाँ से भाग गयी।

हक़ीक़त यह है कि चमारिनों और धोबिनों ने पेड़ों से चौथाई करोड़ रुपए कमाए / वास्तव में चमारिनों और धोबिनों ने पेड़ों से एक चौथाइ करोड़ **रुपये** कमाई हैं।

27.2. संज्ञा स्त्रीलिंग / पुल्लिंग

उन्होंने घोड़ों को हाथ से घास दी / उन्होंने हाथ से घोड़ों को **घास** दिया।

28. संज्ञा वचन-संबंधी

28.2. संज्ञा बहुवचन / एकवचन

गरुड़ ने बादलों में उड़ते समय लड़ाकू वायुयान 'प्राण' को नष्ट कर दिया / गरुड़ ने **बादल** में उड़ते हुए लड़ाकू वायुयान प्रान को नष्ट कर दिया।

29. संज्ञा कारकरूप-संबंधी

29.2. संज्ञा विकारी / मूल

दादी, साले, और देवर ने नरम कपड़े से अपने नाक-कान साफ़ किए थे / अइया, **साला** और देवर अपने नाक और कान को एक मुलायम ,कपड़े से साफ कर लिया।

29.3. संज्ञा विकारी + ने / मूल + 0

दादी, साले, और देवर ने नरम कपड़े से अपने नाक-कान साफ़ किए थे / दादी, **साला**, देवर अपनी नाक और कान को मुलायम कपड़े से साफ किया।

31. सर्वनाम कारकरूप-संबंधी

31.2. सर्वनाम विकारी + ने / मूल + 0

उन्होंने घोड़ों को हाथ से घास दी / **वे घोड़ों को हाथ से घास दिये।**

34. विशेषण वचन-संबंधी

34.1. विशेषण एकवचन / बहुवचन

मकान-मालिक को आधा घंटा नहीं लगेगा / **मकान-मालिक आधे घंटे** नहीं लेगा।

37. क्रिया वचन-संबंधी

37.1. क्रिया एकवचन / बहुवचन

मेज़ की दराज़ में क़मीज़ और गेंद रखी है / **मेज की अलमारी** में एक और गेंद **रखे** हैं। (लिंगांतर भी।)

37.2. क्रिया बहुवचन / एकवचन

वहाँ से कुतियाँ, घोड़ियाँ, और हाथी भाग गए / कुतियाँ, घोड़ियाँ और हाथियाँ वहाँ से भाग **गयी**।

39. क्रिया वृत्ति-संबंधी

39.1. क्रिया संकेतार्थ / भविष्य निश्चयार्थ

यदि वे यहाँ हों, तो मैं भी यहाँ रहूँगा / यदि वे यहाँ **होंगे**, तो मैं भी यहाँ हूँगा।

39.2. क्रिया आज्ञार्थ -0 / -ओ

उसकी रोती हुई आँख और **सिर** ठंडे पानी से धो / उसकी रोती हुई आँख और सिर को ठंडे पानी से **धोओ**।

41. परसर्ग-संबंधी

41.1. ने / 0

हक़ीक़त यह है कि चमारिनों और धोबिनों ने पेड़ों से चौथाई करोड़ रुपए कमाए / सत्य यह है कि **चमारिन** और **धोबिन** पेड़ों से चौथाइ करोड़ रुपये कमाये। (ऊपर 28.2. भी देखिए।)

अवधी-क्षेत्र के हिंदी-भाषियों ने अपनी मानक हिंदी में विभिन्न भाषाई लक्षणों में व्यतिक्रम आगम, आदेश, लोप की शब्दावली में क्रमशः निम्नानुसार दिखाए—

आगम—वर्तनी— अनुस्वार का।
व्याकरण—क्रिया आज्ञार्थ -ओ का।

आदेश—वर्तनी— चंद्रबिंदु इ, ई, उ, क़, ख़, ज़, फ़् क्ष, ड़, (दो दिशाओं में) ण्, ब्, एवं व् का।
व्याकरण— संज्ञा पुल्लिंग, संज्ञा स्त्रीलिंग, संज्ञा बहुवचन, संज्ञा विकारी, संज्ञा विकारी + ने, सर्वनाम विकारी + ने, विशेषण एकवचन, क्रिया एकवचन, क्रिया बहुवचन

एवं क्रिया संकेतार्थ का।
लोप—वर्तनी— चंद्रबिंदु, अनुस्वार, विसर्ग, एवं हल् का।
व्याकरण— 'ने' परसर्ग का।

सूचकवार व्यतिक्रम-विवरण

व्यतिक्रम-क्रमांक	व्यतिक्रम-स्वरूप	क	ख	ग	क ख ग
1.2.	ँ / ं	हाँ	हाँ	हाँ	हाँ
1.4.	ँ / 0	हाँ	हाँ	हाँ	हाँ
2.1.	0 / ं	हाँ	हाँ	हाँ	हाँ
2.4.	ं / 0	हाँ	हाँ	हाँ	हाँ
3.1.	: / 0	—	हाँ	हाँ	—
4.1.	् / 0	हाँ	हाँ	हाँ	हाँ
7.2.	इ / ई	हाँ	हाँ	—	—
8.1.	ई / इ	हाँ	हाँ	—	—
9.1.	उ / ऊ	हाँ	हाँ	हाँ	हाँ
15.1.	क़् / क्	हाँ	—	हाँ	—
15.2.	ख़् / ख्	हाँ	हाँ	हाँ	हाँ
15.4.	ज़् / ज्	हाँ	हाँ	हाँ	हाँ
15.5.	फ़् / फ्	हाँ	हाँ	हाँ	हाँ
16.2.	क्ष् / छ्	हाँ	हाँ	—	—
18.2.	ड़् / ड्	हाँ	हाँ	—	—
18.3.	ड़् / ण्	—	हाँ	हाँ	—
19.1.	ण् / न्	हाँ	हाँ	हाँ	हाँ
20.1.	ब् / व्	हाँ	हाँ	हाँ	हाँ
20.2.	व् / ब्	हाँ	—	हाँ	—
27.1.	संज्ञा पुल्लिंग / स्त्रीलिंग	हाँ	हाँ	हाँ	हाँ
27.2.	संज्ञा स्त्रीलिंग / पुल्लिंग	हाँ	हाँ	हाँ	हाँ
28.2.	संज्ञा बहुवचन / एकवचन	हाँ	हाँ	—	—
29.2.	संज्ञा विकारी / मूल	—	हाँ	हाँ	—
29.3.	संज्ञा विकारी + ने / मूल + 0	हाँ	हाँ	—	—
31.2.	सर्वनाम विकारी + ने / मूल + 0	हाँ	—	हाँ	—
34.1.	विशेषण एकवचन / बहुवचन	हाँ	हाँ	—	—
37.1.	क्रिया एकवचन / बहुवचन	हाँ	हाँ	—	—
37.2.	क्रिया बहुवचन / एकवचन	हाँ	हाँ	—	—

39.1.	क्रिया संकेतार्थ भविष्य निश्चयार्थ	हाँ	—	हाँ	—
29.2.	क्रिया आज्ञार्थ-0 / -ओ	हाँ	हाँ	हाँ	हाँ
41.1.	ने / 0	हाँ	हाँ	—	—
योग	20 : 31	29 : 28	19 : 27	13 : 21	9 : 14
वर्तनीगत	12 : 19	11 : 17	12 : 17	9 : 15	7 : 11
व्याकरणगत	8 : 12	8 : 11	7 : 10	4 : 6	2 : 3
अर्थगत	0 : 0	0 : 0	0 : 0	0 : 0	0 : 0

2.10. बघेली-भाषियों की मानक हिंदी में व्यतिक्रम

बघेली-क्षेत्रवाले सूचकों की मानक हिंदी में 44 : 111 में से 13 : 22 व्यतिक्रम मिले।

वर्तनी-संबंधी

1. चंद्रबिंदु-संबंधी
   1.1. 0 / ँ
   आधे / आँधे
   पूछ / पूँछ
   1.4. ँ / 0
   आऊँगा / आऊगा
   जाँघ / जाघ
   दवाइयाँ / दवाइया
   बँटाना / वटाना
   लड़कियाँ / लड़किया
   सँभालती / सभालती
2. अनुस्वार-संबंधी
   2.1. 0 / ं
   होठ / होंठ
   2.4. ं / 0
   इंजीनियरिंग / इजीनियरिंग
   ईंधन / ईधन
   कार्यों / कार्यो
   क्यों / क्यो
   खानों / खानो

घरों / घरो
झोंपड़ी / झोपड़ी
दोनों / दोनो
नहीं / नही
बातों / बातो
में / मे
मेंढक / मेढक
लड़कों / लड़को
समुद्रों / समुद्रो
सिंचाई / सिचाई
सुखों / सुखो

5. अ-संबंधी

5.2. अ / आ
स्वभाव / स्वाभाव

5.4. अ / 0
बरसात / बर्सात

9. उ-संबंधी

9.1. उ / ऊ
छुरा / छूरा
साधु / साधू

15. नीचे बिंदी-संबंधी (ड़, ढ़ को छोड़कर)

15.1. क़् / क्
क़मीज़ / कमीज
हक़ीक़त / हकीकत

15.2. ख़् / ख्
तनख़्वाह / तनख्वाह

15.3. ग़् / ग्
ग़रीब / गरीब

15.4. ज़् / ज्
आवाज़ / आवाज
क़मीज़् / कमीज
बाज़ार / बाजार
मेज़ / मेज

15.5. फ़् / फ्
सफ़ेद / सफेद

साफ़ / साफ

20. ब्-व्-संबंधी

20.1. ब् / व्

अबला / अवला

किताबों / कितावों

क्षुब्ध / क्षुव्ध

गड़बड़ / गड़वड़

बँटाना / वटाना

बच्चे / वच्चे

बजे / वजे

बढ़ते / वढ़ते

बलिदान / वलिदान

बारह / वारह

बिना / विना

बीज / वीज

बुद्धि / वुद्धि

बुरे / वुरे

बैलगाड़ी / वैलगाड़ी

संबंध / सम्वंध

सब / सव

20.2. व् / ब्

वलिवेदी / बलिबेदी

भव्य / भब्य

वनस्पति / बनस्पति

विश्व / बिस्व

व्यक्ति / ब्यक्ति

23. ऊष्म-संबंधी

23.2. श् / स्

प्रशस्त / प्रसस्त

प्रेमवश / प्रेमवस

विश्व / विस्व

विश्वास / विस्वास

शुभ / सुभ

श्यामल / स्यामल

26. द्वित्व-संबंधी

26.1. व्यंजन / द्वित्व

कुतियाँ / कुत्तियाँ

व्याकरण-संबंधी

27. संज्ञा लिंग-संबंधी

27.1. संज्ञा पुल्लिंग / स्त्रीलिंग

संदूक शाम को मेरे द्वारा भेजा गया है / शाम को मेरे द्वारा **संदूक** भेजी गई है।

27.2. संज्ञा स्त्रीलिंग / पुल्लिंग

मैदान में **घास** लगी थी / लगा था।

31. सर्वनाम कारक रूप-संबंधी

31.2. सर्वनाम विकारी + ने / मूल + 0

उन्होंने घोड़ों को हाथ से घास दी / **वे** हाथ से घोड़ों को घास दिये।

34. विशेषण वचन-संबंधी

34.1. विशेषण एकवचन / बहुवचन

मकान-मालिक को आधा घंटा नहीं लगेगा / घर का मालिक **आँधे** घंटे नहीं लगाएगा।

39. क्रिया वृत्ति-संबंधी

39.2. क्रिया आज्ञार्थ -0 / -ओ

उसकी रोती हुई आँख और सिर ठंडे पानी से धो / उसकी रोती हुई आँख और सिर को ठंडे पानी से **धोओ**।

41. परसर्ग-संबंधी

41.5. में / पर

चंद्रमा आकाश में नहीं चमक रहा है और घोड़ा राह में है / चन्द्रमा आकाश में नहीं चमक रहा है और घोड़ा रास्ते पर है।

बघेली-क्षेत्र के हिंदी-भाषियों ने अपनी मानक हिंदी में विभिन्न भाषाई लक्षणों में व्यतिक्रम आगम, आदेश, लोप की शब्दावली में क्रमशः निम्नानुसार दिखाए—

आगम—वर्तनी— चंद्रबिंदु एवं अनुस्वार का।

व्याकरण— क्रिया आज्ञार्थ -ओ का।

आदेश—वर्तनी— अ, उ, क़, ख़, ग़, ज़, फ़, ब़, व़, श़, एवं व्यंजन से द्वित्व का।

व्याकरण– संज्ञा पुल्लिग, संज्ञा स्त्रीलिंग, सर्वनाम विकारी + ने,
विशेषण एकवचन, एवं 'में' परसर्ग का।
लोप–वर्तनी– चंद्रबिंदु, अनुस्वार, एवं अ का।

सूचकवार व्यतिक्रम-विवरण

व्यतिक्रम-क्रमांक	व्यतिक्रम-स्वरूप	क	ख	ग	क ख ग
1.1.	0 / ँ	हाँ	हाँ	हाँ	हाँ
1.4.	ँ / 0	–	हाँ	हाँ	–
2.1.	0 / ं	हाँ	–	हाँ	–
2.4.	ं / 0	हाँ	हाँ	हाँ	हाँ
5.2.	अ / आ	–	हाँ	हाँ	–
5.4.	अ / 0	हाँ	हाँ	–	–
9.1.	उ / ऊ	हाँ	हाँ	हाँ	हाँ
15.1.	क़् / क्	हाँ	हाँ	हाँ	हाँ
15.2.	ख़् / ख्	हाँ	–	हाँ	–
15.3.	ग़् / ग्	हाँ	हाँ	हाँ	हाँ
15.4.	ज़् / ज्	हाँ	हाँ	हाँ	हाँ
15.5.	फ़् / फ्	हाँ	हाँ	हाँ	हाँ
20.1.	ब / व्	–	हाँ	हाँ	–
20.2.	व् / ब्	हाँ	हाँ	–	–
23.2.	श् / स्	हाँ	–	हाँ	–
26.1.	व्यंजन / द्वित्व	हाँ	हाँ	हाँ	हाँ
27.1.	संज्ञा पुल्लिग / स्त्रीलिंग	–	हाँ	हाँ	–
27.2.	संज्ञा स्त्रीलिंग / पुल्लिग	हाँ	हाँ	–	–
31.2.	सर्वनाम विकारी + ने / मूल + 0	हाँ	–	हाँ	–
34.1.	विशेषण एकवचन / बहुवचन	हाँ	हाँ	–	–
39.2.	क्रिया आज्ञार्थ -0 / -ओ	हाँ	–	हाँ	–
41.5.	में / पर	हाँ	हाँ	हाँ	हाँ
योग	13 : 22	13 : 18	10 : 17	12 : 18	6 : 9
वर्तनीगत	8 : 16	8 : 13	7 : 13	8 : 14	5 : 8
व्याकरणगत	5 : 6	5 : 5	3 : 4	4 : 4	1 : 1
अर्थगत	0 : 0	0 : 0	0 : 0	0 : 0	0 : 0

2.11. छत्तीसगढ़ी-भाषियों की मानक हिंदी में व्यतिक्रम

छत्तीसगढ़ी-क्षेत्रवाले सूचकों की मानक हिंदी में 44 : 111 में से 23 : 29 व्यतिक्रम मिले।

वर्तनी-संबंधी

1. चंद्रबिंदु-संबंधी

1.1. 0 / ँ

घास / घाँस
चावल / चाँवल
नाक / नाँक
हाथ / हाँथ
हाथी / हाँथी

1.2. ँ / ं

अँधेरे / अंधेरे
जाऊँगी / जाऊंगी
दूँगी / दूंगी
पहुँचा / पहुंचा

2. अनुस्वार-संबंधी

2.1. 0 / ं

सोचेगा / सोंचेगा

2.4. ं / 0

इन्हीं / इन्ही
उन्हें / उन्हे
क्यों / क्यो
खेतों / खेतो
तुम्हीं / तुम्ही
देखें / देखे
दोनों / दोनो
नहीं / नही
पैरों / पैरो
बंदूकें / बंदूके
बातों / बातो
में / मे

मेंढक / मेढक
मैं / मै
संतुष्ट / सतुष्ट
सकें / सके
हमें / हमे

3. विसर्ग-संबंधी

3.1. : / 0

दुःख / दुख

4. हलू-संबंधी

4.1. ् / 0

संवत् / संवत

6. आ-संबंधी

6.1. आ / अ

आवाज़ / अवाज
कारनामों / करनामों
लकड़हारा / लकड़हरा

7. इ-संबंधी

7.2. इ / ई

कार्यविधि / कार्यविधी
कि / की
क्रांतिकारियों / क्रान्तिकारीयों
जाति / जाती
तितर-बितर / तीतर-बीतर
बल्कि / बल्की
बेड़ियाँ / बेड़ीयाँ
भगतसिंह / भगतसींह
लड़ाइयाँ / लड़ाईयाँ
लेकिन / लेकीन

8. ई-संबंधी

8.1. ई / इ

तीर्थयात्रा / तिर्थ यात्रा
नीचे / निचे
परीक्षण / परिक्षण
यही / यहि

9. उ-संबंधी

9.1. उ / ऊ

अभिरुचि / अभिरूचि

तुम्हीं / तूम्ही

महापुरुषों / महापुरूषों

रुपए / रूपए

विरुद्ध / विरूद्ध

साधु / साधू

10. ऊ-संबंधी

10.1. ऊ / उ

ऊपर / उपर

बहू / बहु

सरलतापूर्वक / सरलतापुर्वक

15. नीचे बिंदी-संबंधी (ड़, ढ़ को छोड़कर)

15.1. क़ / क्

हक़दार / हकदार

15.2. ख़् / ख्

ख़त्म / खत्म

ख़ुश / खुश

15.4. ज़् / ज्

आवाज़ / अवाज

इंतज़ार / इन्तजार

ज़ेवर / जेवर

ज़्यादा / ज्यादा

बाज़ार / बाजार

20. ब्-व्-संबंधी

20.2. व् / ब्

देव / देब

व्यय / ब्यय

व्यवस्था / ब्यवस्था

व्याकरण-संबंधी

27. संज्ञा लिंग-संबंधी

27.1. संज्ञा पुल्लिंग / स्त्रीलिंग

वहाँ से कुतियाँ, घोड़ियाँ, और हाथी भाग गए / घोड़ियाँ, **हाथियाँ** और कुतियाँ वहाँ से भाग गईं।

देश की सीमाओं की सुरक्षा का / की **दायित्व** इंग्लैण्ड की शाही सरकार पर था / थी।

27.2. संज्ञा स्त्रीलिंग / पुल्लिग

इसमें उदास होने क़ी / का क्या **बात** है ?

हरिदास ने रामदास को मुखिया की बताई हुई / के बताये हुए **बात** को बोला।

उसने रुपयों को निकाल लिया और उनसे / उससे अपनी / अपने **पत्नी** के लिए जेवर बनवाया / बनाया।

आज **विज्ञान** के द्वारा खेतों की / का जुताई ट्रैक्टर के द्वारा सरलतापुर्वक होती / होता है।

उन्होंने घोड़ों को हाथ से घास दी / वे घोड़ों को हाथ से **घाँस** दिया।

उसकी / उसका **कुल्हाड़ी** नदी में गिर गई / गया।

आज विज्ञान इतनी / इतना **उन्नति** कर चुका है कि चन्द्रलोक पर आदमी पहुँच चुका है।

उसने / वह यह **शिकायत** मुखिया को बताई / बताया।

जहाँ हर जाति, हर धर्म के व्यक्ति को रहने की / का **जगह** मिलती / मिलता।

पुस्तकें / पुस्तक छप रही / रहे हैं।

28. संज्ञा वचन-संबंधी

28.2. संज्ञा बहुवचन / एकवचन

यदि वाप ने वेटे से कई गाने गाने को कहा होता, तो उसने उन्हें गा दिया होता / अगर पिता अपने पुत्र से बहुत से **गाना** गाने को कहते, वह गा दिया होता।

29. संज्ञा कारकरूप-संबंधी

29.2. संज्ञा विकारी / मूल

दादी, साले, और देवर ने नरम कपड़े से अपने नाक-कान साफ़ किए थे / दादी, **साला** और देवर ने कोमल कपड़े से अपने नाक और कान पोंछ लिए।

29.4. संज्ञा संबोधनार्थक -ओ / संबोधनार्थक -ओं

भाइयो ! गधे को जीभ क्यों दिखाते हो / **भाइयों** ! तुम गधे को जीभ क्यों दिखाते हो ?

30. सर्वनाम वचन-संबंधी

30.1. सर्वनाम बहुवचन / एकवचन
उसने रुपयों को निकाल लिया और उनसे / **उससे** अपनी / अपने पत्नी के लिए ज़ेवर बनवाया / बनाया।

31. सर्वनाम कारकरूप-संबंधी

31.2. सर्वनाम विकारी + ने / मूल + 0
यदि बाप ने बेटे से कई गाने गाने को कहा होता, तो उसने उन्हें गा दिया होता / अगर पिता अपने पुत्र से बहुत से गाना गाने को कहते, **वह** गा दिया होता।
उन्होंने घोड़ों को हाथ से घास दी / **वे** घोड़ों को हाथ से घाँस दिया।
उसने / **वह** यह शिकायत मुखिया को बताई / बताया।

34. विशेषण वचन-संबंधी

34.1. विशेषण एकवचन / बहुवचन
रामदास यह / **ये** बात सुनकर उदास हुआ।

35. विशेषण कारकरूप-संबंधी

35.1. विशेषण विकारी / मूल
भूखे भिखारी को साधु के लिए बाल और पाँच पत्थर इकट्ठे करने पड़ेंगे / **भूखा** भिखारी को बाल और पाँच पत्थर साधू के लिए जमा करना पड़ेगा।

36. क्रिया लिंग-संबंधी

36.1. क्रिया स्त्रीलिंग / पुल्लिग
ओह ! सहाय की उस दिन छह रोटियाँ सड़ गई थीं / आह ! सहाय की छः रोटियाँ उस दिन सड़ गये थे।

37. क्रिया वचन-संबंधी

37.2. क्रिया बहुवचन / एकवचन
भूखे भिखारी को साधु के लिए बाल और पाँच पत्थर इकट्ठे करने पड़ेंगे / भूखा भिखारी को बाल और पाँच पत्थर साधू के लिए जमा **करना पड़ेगा**।
आज हम सोते-जागते, उठते-बैठते, खाते-पीते विज्ञान का सहारा ले रहे हैं / **रहा है**।

40. क्रिया धातुरूप-संबंधी

40.1. क्रिया द्वितीय प्रेरणार्थक / प्रथम प्रेरणार्थक (या सामान्य सकर्मक) वह हरिदास की मुद्राओं को गड़वाने / गड़ाने के लिए गया था। मैं एक सेठ के पास जाऊंगी और इन गहनों को 300 मुद्राओं में गिरवीं रखवा / **रखा** दूँगी।

उसने रुपयों को निकाल लिया और उनसे / उससे अपनी / अपने पत्नी के लिए जेवर बनवाया / **बनाया**।

41. परसर्ग-संबंधी

41.5. में / पर

चंद्रमा आकाश में नहीं चमक रहा है और घोड़ा राह में है / चन्द्रमा आकाश में नहीं चमक रहा है और घोड़ा रास्ते **पर** है।

अर्थ-संबंधी

42. संज्ञा अर्थ-संबंधी

42.1. संज्ञा जातिवाचक / जातिवाचक

संदूक शाम को मेरे द्वारा भेजा गया है / एक **पेटी** शाम को मेरे द्वारा भेजा गया है।

हलवाई / मिस्त्री मिठाई बना रहा है।

छत्तीसगढ़ी-क्षेत्र के हिंदी-भाषियों ने अपनी मानक हिंदी में विभिन्न भाषाई लक्षणों में व्यतिक्रम आगम, आदेश, लोप की शब्दावली में क्रमशः निम्नानुसार दिखाए :

आगम—वर्तनी— चंद्रबिंदु एवं अनुस्वार का।

आदेश—वर्तनी— चंद्रबिंदु, आ, इ, ई, उ, ऊ, क़्, ख़्, ज़्, एवं व् का।

व्याकरण— संज्ञा पुल्लिग, संज्ञा स्त्रीलिंग, संज्ञा बहुवचन, संज्ञा विकारी, संज्ञा संबोधनार्थक-ओ, सर्वनाम बहुवचन, सर्वनाम विकारी + ने, विशेषण एकवचन, विशेषण विकारी, क्रिया स्त्रीलिंग, क्रिया बहुवचन, क्रिया द्वितीय प्रेरणार्थक, एवं 'में' परसर्ग का।

अर्थ— संज्ञा जातिवाचक का।

लोप— वर्तनी—अनुस्वार, विसर्ग, एवं हल् का।

सूचकवार व्यतिक्रम-विवरण

व्यतिक्रम-क्रमांक	व्यतिक्रम-स्वरूप	क	ख	ग	क ख ग
1.1.	ँ / 0	हाँ	हाँ	हाँ	हाँ
1.2.	ँ / ं	हाँ	हाँ	हाँ	हाँ
2.1.	0 / ं	हाँ	–	हाँ	–
2.4.	ं / 0	हाँ	हाँ	हाँ	हाँ
3.1.	: / 0	हाँ	हाँ	हाँ	हाँ

4.1.	् / 0	हाँ	हाँ	—	—
6.1.	आ / अ	हाँ	हाँ	—	—
7.2.	इ / ई	हाँ	हाँ	हाँ	हाँ
8.1.	ई / इ	हाँ	—	हाँ	—
9.1.	उ / ऊ	हाँ	हाँ	हाँ	हाँ
10.1.	ऊ / उ	हाँ	हाँ	हाँ	हाँ
15.1.	क़् / क्	हाँ	हाँ	हाँ	हाँ
15.2.	ख़् / ख्	हाँ	हाँ	—	—
15.4.	ज़् / ज्	हाँ	हाँ	हाँ	हाँ
20.2.	व् / ब्	हाँ	—	हाँ	—
27.1.	संज्ञा पुल्लिंग / स्त्रीलिंग	हाँ	—	हाँ	—
27.2.	संज्ञा स्त्रीलिंग / पुल्लिंग	हाँ	हाँ	हाँ	हाँ
28.2.	संज्ञा बहुवचन / एकवचन	हाँ	—	हाँ	—
29.2.	संज्ञा विकारी / मूल	—	हाँ	हाँ	—
29.4.	संज्ञा संबोधनार्थक -ओ / सबोधनार्थक -ओं	हाँ	हाँ	हाँ	हाँ
30.1.	सर्वनाम बहुवचन / एकवचन	हाँ	हाँ	—	—
31.2.	सर्वनाम विकारी + ने / मूल + 0	हाँ	हाँ	हाँ	हाँ
34.1.	विशेषण एकवचन / बहुवचन	हाँ	हाँ	—	—
35.1.	विशेषण विकारी / मूल	—	हाँ	हाँ	—
36.1.	क्रिया स्त्रीलिंग / पुल्लिंग	हाँ	हाँ	हाँ	हाँ
37.2.	क्रिया बहुवचन / एकवचन	हाँ	हाँ	हाँ	हाँ
40.1.	क्रिया द्वितीय प्रेरणार्थक / प्रथम प्रेरणार्थक	हाँ	हाँ	—	—
41.5.	में / पर	हाँ	हाँ	हाँ	हाँ
42.1.	संज्ञा जातिवाचक / जातिवाचक	हाँ	हाँ	—	—
योग	23 : 29	22 : 27	20 : 24	17 : 22	13 : 15
वर्तनीगत	11 : 15	11 : 15	9 : 12	9 : 12	7 : 9
व्याकरणगत	11 : 13	10 : 11	10 : 11	8 : 10	6 : 6
अर्थगत	1 : 1	1 : 1	1 : 1	0 : 0	0 : 0

2.12. कुमाउँनी-भाषियों की मानक हिंदी में व्यतिक्रम

कुमाउँनी-क्षेत्रवाले सूचकों की मानक हिंदी में 44 : 111 में से 18 : 28 व्यतिक्रम मिले।

वर्तनी-संबंधी

1. चंद्रबिंदु-संबंधी

1.2. ँ / ं

अँधेरे / अंधेरे

कुतियाँ / कुतियां

घोड़ियाँ / घोड़ियांए

रहूँगा / रहूंगा

1.4. ँ / 0

ऊँचे / उचे

बाँहों / बाहो

यहाँ / यहा

2. अनुस्वार-संबंधी

2.1. 0 / ं

नीचे / नींचे

महीने / महिनें

होठ / होंठ

ं / 0

2.4. ईंट / ईट

उन्हें / उन्हे

उन्होंने / उन्होने

नहीं / नही

बाँहों / बाहो

मेंढक / मेढक

मैं / मै

होंगे / होगे

6. आ-संबंधी

6.1. आ / अ

जापान / जपान

8. ई-संबंधी

8.1. ई / इ

ग्रामीणों / ग्रामिणों

बुद्धिजीवी/ वुद्धिजीवि

महीने / महिनें

सिपाही / सिपाहि

10. ऊ-संबंधी

10.1. ऊ / उ

ऊँची / उँची

ऊँचे / उचे

13. ओ-संबंधी

13.1. ओ / औ

ओर / और

कोने-कोने / कौने-कौने

15. नीचे बिंदी-संबंधी (ड़, ढ़ को छोड़कर)

15.1. क़् / क्

क़मीज़ / कमीज

हक़दार / हकदार

15.2. ख़् / ख्

ख़ुश / खुश

ज़ख़्मी / जख्मी

बत्तख़ / बत्तख

15.3. ग़् / ग्

ग़रीब / गरीब

15.4. ज़् / ज्

आवाज़ / आवाज

क़मीज़ / कमीज

ज़ख़्मी / जख्मी

ज़्यादा / ज्यादा

दराज़ / दराज

नज़र / नजर

बाज़ार / बाजार

बेरोज़गारी / वेरोजगारी

मेज़ / मेज

15.5. फ़् / फ्

तरफ़ / तरफ

बर्फ़ / वर्फ

सफ़ेद / सफेद

साफ़ / साफ

20. ब्-व्-संबंधी

20.1. ब् / व्

तब / तव
बड़ा / वड़ा
बर्फ़ / वर्फ
बहन / वहन
बुद्धिजीवी / वुद्धिजीवि
बेरोज़गारी / वेरोजगारी

23. ऊष्म-संबंधी

23.2. श् / स
अधिकांश / अधिकांस
कारणवश / कारणवस
ख़ुश / ख़ुस
निशान / निसान
शायद / सायद

25. अल्पप्राणीकरण-संबंधी

25.6. ढ़् / ड़्
चढ़ / चड़
पढ़ा / पड़ा
बढ़ाया / बड़ाया
सीढ़ी / सीड़ी

व्याकरण-संबंधी

27. संज्ञा लिंग-संबंधी

27.1. संज्ञा पुल्लिंग ! स्त्रीलिंग
कुछ देर में **गर्जन** हुआ / हुई।
उस रात उन्होंने फिर खट-खट की आवाज और हल्ला-गुल्ला सुना, तो उन्हें बड़ा / बड़ी **डर** लगा / लगी।

27.2. संज्ञा स्त्रीलिंग / पुल्लिंग
उसकी रोती हुई आँख और सिर ठंडे पानी से धो / ठंडे पानी के साथ अपने सिर और रोते **आँख** को धोओ।
जैसे ही राक्षस आया, तो वह उसकी / उसके **पीठ** पर / में चड़ गया।
उसने मदनसिंह को अपनी / अपने **बाहों** में पकड़ा।
वह अपनी / अपने **जगह** पर खड़ा हो गया।

28. संज्ञा वचन-संबंधी

28.2. संज्ञा बहुवचन / एकवचन

क्या चार तोले सोने से बहू खुश हो जाएगी / क्या वधू चार तोला सोना से खुस हो जाएगी ?

28.5. संज्ञा स्त्रीलिंग बहुवचन प्रत्यय-ई → -इयाँ / -इयाएँ

वहाँ से कुतियाँ, घोड़ियाँ और हाथी भाग गए / कुतियाँ, घोड़ियाँए और हाथी वहाँ से भाग गये।

29. संज्ञा कारकरूप-संबंधी

29.2. संज्ञा विकारी / मूल

क्या चार तोले सोने से बहू खुश हो जाएगी / क्या बहू चार तोला सोना से खुस हो जाएगी ?

30. सर्वनाम वचन-संबंधी

30.1. सर्वनाम बहुवचन / एकवचन

ग्रामों में ग्रामीणों / ग्रामिणों की उतनी अधिक उन्नति नहीं हो पाती है, अतः उन्हें / उसे शहरों में पलायन की आवश्यकता होती है।

31. सर्वनाम कारकरूप-संबंधी

31.3. सर्वनाम विकारी कर्म / अभिकर्ता

मुझे तुझे चार या छह रुपए व्याकरण की पुस्तक के देने थे / मैंने तुमको व्याकरण की पुस्तक के लिए 4 या 6 रुपए देने थे।

37. क्रिया वचन-संबंधी

37.2. क्रिया बहुवचन / एकवचन

ओह ! सहाय की उस दिन छह रोटियाँ सड़ गई थीं / अरे ! उस दिन सहाय की छः रोटियाँ सड़ चुकी थी। (ऊपर 2.4. भी देखिए।)

39. क्रिया वृत्ति-संबंधी

39.1. क्रिया संकेतार्थ / भविष्य निश्चयार्थ

यदि वे यहाँ हों, तो मैं भी यहाँ रहूँगा / यदि वे यहा होगे तो मैं भी यहा रहूंगा।

39.2. क्रिया आज्ञार्थ -0 / -ओ

उसकी रोती हुई आँख और सिर ठंडे पानी से धो / ठंडे पानी के साथ अपने सिर और रोते आँख को धोओ।

41. परसर्ग-संबंधी

41.4. पर / में

जैसे ही राक्षस आया, तो वह उसकी / उसके पीठ पर / में

चढ़ गया।

41.5. में / पर

चंद्रमा आकाश में नहीं चमक रहा है और घोड़ा राह में है / चन्द्रमा आकाश में नहीं चमक रहा है और घोड़ा मार्ग **पर** है।

हमारा लड़का कृषि-कार्य करे और गाँव में / **पर** रहे।

कुमाउँनी-क्षेत्र के हिंदी-भाषियों ने अपनी मानक हिंदी में विभिन्न भाषाई लक्षणों के व्यतिक्रम आगम, आदेश, लोप की शब्दावली में क्रमशः निम्नानुसार दिखाए–

आगम–वर्तनी– अनुस्वार का।

व्याकरण– क्रिया आज्ञार्थ -ओ का।

आदेश–वर्तनी– चंद्रबिंदु, आ ई, ऊ, ओ, क़्, ख़्, ग़्, ज़्, फ़्, ब्, श्, एवं ढ़्, (अल्पप्राणीकरण) का।

व्याकरण– संज्ञा पुल्लिग, संज्ञा स्त्रीलिंग, संज्ञा बहुवचन, संज्ञा स्त्रीलिंग बहुवचन प्रत्यय -ई→ -इयाँ / इयाएँ, संज्ञा विकारी, सर्वनाम बहुवचन, सर्वनाम विकारी कर्म, क्रिया बहुवचन, क्रिया संकेतार्थ, 'पर' एवं 'में' परसर्गों का।

लोप–वर्तनी– चंद्रबिंदु एवं अनुस्वार का।

सूचकवार व्यतिक्रम-विवरण

व्यतिक्रम-क्रमांक	व्यतिक्रम-स्वरूप	क	ख	ग	क ख ग
1.2.	ँ / ं	हाँ	हाँ	हाँ	हाँ
1.4.	ँ / 0	हाँ	हाँ	—	—
2.1.	0 / ं	हाँ	हाँ	हाँ	हाँ
2.4.	ं / 0	हाँ	हाँ	हाँ	हाँ
6.1.	आ / अ	हाँ	हाँ	—	—
8.1.	ई / इ	हाँ	—	हाँ	—
10.1.	ऊ / उ	हाँ	—	हाँ	—
13.1.	ओ / औ	हाँ	हाँ	—	—
15.1.	क़् / क्	हाँ	हाँ	हाँ	हाँ
15.2.	ख़् / ख्	हाँ	हाँ	हाँ	हाँ
15.3.	ग़् / ग्	हाँ	हाँ	हाँ	हाँ
15.4.	ज़् / ज्	हाँ	हाँ	हाँ	हाँ
15.5.	फ़् / फ्	हाँ	हाँ	हाँ	हाँ

20.1.	ब् / व्	हाँ	हाँ	हाँ	हाँ
23.2.	श् / स्	हाँ	—	हाँ	—
25.6.	ढ् / ड्	हाँ	हाँ	हाँ	हाँ
27.1.	संज्ञा पुल्लिग / स्त्रीलिंग	हाँ	हाँ	—	—
27.2.	संज्ञा स्त्रीलिंग / पुल्लिग	हाँ	हाँ	—	—
28.2.	संज्ञा बहुवचन / एकवचन	—	हाँ	हाँ	—
28.5.	संज्ञा स्त्रीलिंग बहुवचन प्रत्यय. -ई→ -इयाँ / इयाएँ	हाँ	हाँ	—	—
29.2.	संज्ञा विकारी / मूल	हाँ	—	हाँ	—
30.1.	सर्वनाम बहुवचन / एकवचन	हाँ	—	हाँ	—
31.3.	सर्वनाम विकारी कर्म / अभिकर्ता	हाँ	हाँ	हाँ	हाँ
37.2.	क्रिया बहुवचन / एकवचन	हाँ	हाँ	हाँ	हाँ
39.1.	क्रिया संकेतार्थ / भविष्य निश्चयार्थ	हाँ	हाँ	—	—
39.2.	क्रिया आज्ञार्थ -0 / -ओ	हाँ	हाँ	हाँ	हाँ
41.4.	पर / में	हाँ	हाँ	—	—
41.5.	में / पर	हाँ	हाँ	हाँ	हाँ
योग	18 : 28	18 : 27	13 : 23	15 : 20	9 : 14
वर्तनीगत	10 : 16	10 : 16	7 : 13	8 : 13	5 : 10
व्याकरणगत	8 : 12	8 : 11	6 : 10	7 : 7	4 : 4
अर्थगत	0 : 0	0 : 0	0 : 0	0 : 0	0 : 0

2.13. गढ़वाली-भाषियों की मानक हिंदी में व्यतिक्रम

गढ़वाली-क्षेत्रवाले सूचकों की मानक हिंदी में 44 : 111 में से 15 : 21 व्यतिक्रम मिले।

वर्तनी-संबंधी

1. चंद्रबिंदु-संबंधी

1.2. ँ / ं

अँधेरे / अंधेरे

आऊँगा / आऊंगा

कथाएँ / कथाएं

गाँव / गांव

पहुँचा / पहुंचा
बँटाने / बंटाने
माँगते / मांगते
मिठाइयाँ / मिठाइयां
यहाँ / यहां

2. अनुस्वार-संबंधी

2.4. ं / 0

जिसमें / जिसमे
झोंपड़ी / झोपड़ी
दोनों / दोनो
नहीं / नही
पन्नों / पन्नो

3. विसर्ग-संबंधी

3.1. : / 0

दुःख / दुख

5. अ-संबंधी

5.2. अ / आ

अध्यात्म / आध्यात्म
रमज़ान / रामजान

7. इ-संबंधी

7.2. इ / ई

घोड़ियाँ / घोड़ीयाँ
दृष्टि / दृष्टी
बलि / बली
रात्रि / रात्री

8. ई-संबंधी

8.1. ई / इ

महीने / महिने

9. उ-संबंधी

9.1. उ / ऊ

मुँह / मूँह
साधु / साधू

15. नीचे बिंदी-संबंधी (ड़, ढ़ को छोड़कर)

15.1. क़ / क

क़मीज़ / कमीज

बाक़ी / बाकी

हक़दार / हकदार

15.2. ख़् / ख्

ख़ुश / खुश

बत्तख़ / बत्तख

15.3. ग़् / ग्

बाग़ीचा / बागीचा

15.4. ज़् / ज्

आवाज़ / आवाज

क़मीज़ / कमीज

दराज़ / दराज

बाज़ार / बाजार

मेज़ / मेज

रमज़ान / रामजान

15.5. फ़् / फ्

काफ़ी / काफी

सफ़ेद / सफेद

साफ़ / साफ

20. ब्-व्-संबंधी

20.1. ब् / व्

बताते / वताते

बाँधना / वाँधना

बाद / वाद

बुराई / वुराई

बूढ़े / वूढ़े

बेकार / वेकार

मजबूर / मजवूर

20.2. व् / ब्

विध / बिध

वैद्य / बैद्य

23. ऊष्म-संबंधी

23.5. स् / श्

दिवस / दिवश

साहू / शाहू

26. द्वित्व-संबंधी

26.1. व्यंजन / द्वित्व
कुतिया / कुत्तिया

व्याकरण-संबंधी

27. संज्ञा लिंग-संबंधी

27.2. संज्ञा स्त्रीलिंग / पुल्लिग
बैल की / का शीघ्र **मृत्यु** हो गई / गया।

37. क्रिया वचन-संबंधी

37.1. क्रिया एकवचन / बहुवचन
मेज़ की दराज़ में क़मीज़ और गेंद रखी है / एक कमीज और एक गेंद मेज की दराज में **रखे हैं**। (लिंगांतर भी।)

41. परसर्ग-संबंधी

41.3. के / की
घोड़े के एक पूँछ होती है / घोड़े **की** एक पूँछ होती है।

41.4. पर / में
चक्की पर छाछ गिरना बुरा है / छाछ का चक्की **में** गिरना बुरा है।

अर्थ-संबंधी

42. संज्ञा अर्थ-संबंधी

42.1. संज्ञा जातिवाचक / जातिवाचक
दोपहर / **दिन** के बाद खेल शुरू होते हैं।

गढ़वाली-क्षेत्र के हिंदी-भाषियों ने अपनी मानक हिंदी में विभिन्न भाषाई लक्षणों के व्यतिक्रम आगम, आदेश, लोप की शब्दावली में क्रमशः निम्नानुसार किए :–

आदेश–वर्तनी– चंद्रबिंदु, अ, इ, ई, उ, क़, ख़, ग़, ज़, फ़, ब़, व़, स़, एवं व्यंजन से द्वित्व का।
व्याकरण– संज्ञा स्त्रीलिंग, क्रिया एकवचन, 'के' एवं 'पर' परसर्गों का।
अर्थ– संज्ञा जातिवाचक का।
लोप–वर्तनी– अनुस्वार एवं विसर्ग का।

सूचकवार व्यतिक्रम-विवरण

व्यतिक्रम-क्रमांक	व्यतिक्रम स्वरूप	क	ख	ग	क ख ग
1.2.	ँ / ं	हाँ	हाँ	हाँ	हाँ
2.4.	ं / 0	हाँ	हाँ	हाँ	हाँ
3.1.	: / 0	हाँ	हाँ	—	—
5.2.	अ / आ	हाँ	हाँ	हाँ	हाँ
7.2.	इ / ई	हाँ	हाँ	हाँ	हाँ
8.1.	ई / इ	हाँ	—	हाँ	—
9.1.	उ / ऊ	हाँ	हाँ	हाँ	हाँ
15.1.	क़् / क्	हाँ	हाँ	हाँ	हाँ
15.2.	ख़् / ख्	हाँ	हाँ	हाँ	हाँ
15.3.	ग़् / ग्	—	हाँ	हाँ	—
15.4.	ज़् / ज्	हाँ	हाँ	हाँ	हाँ
15.5.	फ़् / फ्	हाँ	हाँ	हाँ	हाँ
20.1.	ब् / व्	हाँ	हाँ	हाँ	हाँ
20.2.	व् / ब्	हाँ	हाँ	—	—
23.5.	स् / श्	हाँ	हाँ	—	—
26.1.	व्यंजन / द्वित्व	—	हाँ	हाँ	—
27.2.	संज्ञा स्त्रीलिंग / पुल्लिग	हाँ	हाँ	—	—
37.1.	क्रिया एकवचन / बहुवचन	हाँ	हाँ	हाँ	हाँ
41.3.	के / की	हाँ	—	हाँ	—
41.4.	पर / में	हाँ	हाँ	हाँ	हाँ
42.1.	संज्ञा जातिवाचक / जातिवाचक	—	हाँ	हाँ	—
योग	15 : 21	13 : 18	14 : 19	12 : 17	9 : 12
वर्तनीगत	11 : 16	10 : 14	10 : 15	9 : 13	7 : 10
व्याकरणगत	3 : 4	3 : 4	3 : 3	2 : 3	2 : 2
अर्थगत	1 : 1	0 : 0	1 : 1	1 : 1	0 : 0

2.14. मंडेआली-भाषियों की मानक हिंदी में व्यतिक्रम

मंडेआली-क्षेत्रवाले सूचकों की मानक हिंदी में 44 : 111 में से 21 : 29 व्यतिक्रम मिले।

वर्तनी-संबंधी

1. चंद्रबिंदु-संबंधी

1.2.

आऊँगा / आऊंगा
गाँव / गांव
पाँच / पांच
साड़ियाँ / साड़ीयां

1.4. ँ / 0

करूँगा / करूगा
गाँधी / गाधी
चाँद / चाद
जाँघ / जाघ
दूँगी / दुगी
पहुँच / पहुच
पाँचवाँ / पाँचवा
पिएँगे / पीएगे
लाऊँ / लाऊ
लूँगी / लुगी

2. अनुस्वार-संबंधी

2.1. 0 / ं

ओठ / ओंठ

2.4. ं / 0

आँखों / आँखो
इन्होंने / इन्होने
उन्होंने / उन्होने
कमरों / कमरो
किताबें / कितावे
क्लासें / क्लासे, कलासे
झोंपड़ी / झोपड़ी
दूरबीनें / दूरबीन
दोनों / दोनो
नवीं / नवी
परसों / परसो
भाइयों / भाईयो
में / मे
मेंढक / मेढक
मैं / मै

लोगों / लोगो

स्टैंड / स्टैड

स्पेलिंग / स्पेलिग

4. हल्-संबंधी

4.1. ् / 0

संवत् / संवत

5. अ-संबंधी

5.1. 0 / अ

क्यों / कयों

क्लासें / कलासे

वक़्त / वकत

सामर्थ्य / सामर्थय

5.4. अ / 0

सफ़ेद / स्फेद

स्टेशन / स्टेश्न

7. इ-संबंधी

7.2. इ / ई

आदि/ आदी

उपाधि / उपाधी

कि / की

तिथि / तिथी

दिया / दीया

निकल / नीकल

पिएँगे / पीएगे

प्रसिद्ध / प्रसीद्ध

भक्ति / भक्ती

भाइयों / भाईयो

भूमि / भुमी

लाइब्रेरी / लाईब्रेरी

शांति / शांती

साड़ियाँ / साड़ीयां

हानि / हानी

8. ई-संबंधी

8.1. ई / इ

उत्तीर्ण / उतिर्ण

नीचे / निचे
परीक्षा / परिक्षा
पहाड़ी / पहाड़ि
पीटेगा / पिटेगा
पीते / पिते
सर्दी / सर्दि
हनीमून / हनिमून

10. ऊ-संबंधी

10.1. ऊ / उ
कस्तूरबा / कस्तुरबा
ख़ूब / खुब
झूठ / झुठ
टूट / टुट
दूँगी / दुगी
दूध / दुध
दूर / दुर
दूसरे / दुसरे
पूरा / पुरा
भूखा / भुखा
भूमि / भुमी
लूँगी / लुगी
संदूक / संदुक
सूती / सुती
स्कूल / स्कुल

12. ऐ-संबंधी

12.1. ऐ / ए
बैठती / वेठती
बैरिस्टर / वेरिस्टर
मैं / मे
स्टैंड / स्टेड
है / हे

14. औ-संबंधी

14.1. औ / ओ
कचौड़ी / कचोड़ी
नौलखा / नोलखा

लौटेंगे / लोटेंगे

सौभाग्य / सोभाग्य

हौसला / होसला

15. नीचे बिंदी-संबंधी (ड़, ढ़ को छोड़कर)

15.1. क़् / क्

क़मीज़ / कमीज

वक़्त / वकत

हक़दार / हकदार

15.2. ख़् / ख

ख़ूब / खुव

तनख़्वाह / तनख्वाह

बत्तख़ / वतख

15.3. ग़् / ग्

ग़रीब / गरीब

15.4. ज़् / ज्

आवाज़ / आवाज

क़मीज़ / कमीज

बाज़ार / वाजार

15.5. फ़् / फ्

सफ़ेद / स्फेद

साफ़ / साफ

18. प्रतिवेष्टन-उत्क्षेपण-संबंधी

18.1. ड् / ड़्

सोडा / सोड़ा

18.2. ड़् / ड्

गाड़ियों / गाडियों

घोड़ियाँ / घोडियाँ

छोड़ता / छोडता

बड़ी / वडी

भीड़ / भीड

लड़के / लडके

19. ण्-न्-संबंधी

19.1. ण् / न्

बैण्ड / वैन्ड

20. ब्-व्-संबंधी

20.1. ब् / व्

किताबें / कितावे

ख़ूब / खुव

बंदर / वन्दर

बचपन / वचपन

बड़ी / वडी

बत्तख़ / वतख

बनाते / वनाते

बहादुर / वहादुर

बाज़ार / वाजार

बात / वात

बारे / वारे

बाल / वाल

बिठाता / विठाता

बिल्लियों / विल्लियों

बैठती / वेठती

बैण्ड / वैन्ड

बैरिस्टर / वेरिस्टर

बोझ / वोझ

लाइब्रेरी / लाईव्रेरी

साहब / साहव

25. अल्पप्राणीकरण-संबंधी

25.6. ढ़् / ड़्

चढ़ाई / चड़ाई

पढ़ने / पड़ने

26. द्वित्व-संबंधी

26.2. द्वित्व / व्यंजन

उत्तर / उतर

उत्तीर्ण / उतिर्ण

छुट्टियाँ / छुटियाँ

छुट्टियों / छुटियों

छुट्टी / छुटी

व्याकरण-संबंधी

27. संज्ञा लिंग-संबंधी

    27.2. संज्ञा स्त्रीलिंग / पुल्लिग

    उन्होंने घोड़ों को हाथ से घास दी / उन्होंने अपने हाथ से घोड़ों को **घास** दिया।

35. विशेषण कारकरूप-संबंधी

    35.1. विशेषण विकारी / मूल

    भूखे भिखारी को साधु के लिए बाल और पाँच पत्थर इकट्ठे करने पड़ेंगे / **भुखा** भिखारी को साधु के लिए वाल और पाँच पत्थर इकट्ठे करने होंगे।

41. परसर्ग-संबंधी

    41.1. के / की

    घोड़े के एक पूँछ होती है / घोड़े **की** एक पूँछ होती है।

अर्थ-संबंधी

42. संज्ञा अर्थ-संबंधी

    42.1. संज्ञा जातिवाचक / जातिवाचक

    इसमें दो पानी के नल / **नलके** हैं।

43. विशेषण अर्थ-संबंधी

    43.1. विशेषण / विशेषण

    कम / **छोटी** उमर में इनका विवाह कस्तुरबा से हो गया।

44. मुहावरा-संबंधी

    44.1. संज्ञा-क्रिया / संज्ञा-क्रिया

    मेरे स्कूल में ग्यारह क्लासें लगती / **क्लासे वेठती** हैं।

मंडेआली-क्षेत्र के हिंदी-भाषियों ने अपनी मानक हिंदी में विभिन्न भाषाई लक्षणों के व्यतिक्रम आगम, आदेश, लोप की शब्दावली में क्रमशः निम्नानुसार दिखाए–

आगम–वर्तनी– अनुस्वार एवं अ का।

आदेश–वर्तनी– चंद्रबिंदु, इ, ई, ऊ, ऐ, औ, क़, ख़, ग़, ज़, फ़, ड़, ड़, ण, ब, द्ध (अल्पप्राणीकरण), एवं द्वित्व से व्यंजन का।

व्याकरण– संज्ञा स्त्रीलिंग, विशेषण विकारी, एवं 'के' परसर्ग का।

अर्थ—संज्ञा जातिवाचक, विशेषण, एवं संज्ञा-क्रिया का।
लोप—वर्तनी—चंद्रबिंदु, अनुस्वार, हल् एवं अ का।

सूचकवार व्यतिक्रम-विवरण

व्यतिक्रम-क्रमांक	व्यतिक्रम-स्वरूप	क	ख	ग	क ख ग
1.2.	ँ / ं	हाँ	हाँ	हाँ	हाँ
1.4.	ँ / 0	हाँ	हाँ	—	—
2.1.	0 / ं	हाँ	—	हाँ	—
2.4.	ं / 0	हाँ	हाँ	हाँ	हाँ
4.1.	् / 0	हाँ	हाँ	हाँ	हाँ
5.1.	0 / अ	हाँ	हाँ	हाँ	हाँ
5.4.	अ / 0	हाँ	—	हाँ	—
7.2.	इ / ई	हाँ	हाँ	हाँ	हाँ
8.1.	ई / इ	हाँ	हाँ	हाँ	हाँ
10.1.	ऊ / उ	हाँ	हाँ	—	—
12.1.	ऐ / ए	हाँ	हाँ	—	—
14.1.	औ / ओ	हाँ	हाँ	हाँ	हाँ
15.1.	क़् / क्	हाँ	हाँ	—	—
15.2.	ख़् / ख्	हाँ	हाँ	हाँ	हाँ
15.3.	ग़् / ग्	हाँ	हाँ	हाँ	हाँ
15.4.	ज़् / ज्	हाँ	हाँ	हाँ	हाँ
15.5.	फ़् / फ्	हाँ	हाँ	हाँ	हाँ
18.1.	ड् / ड़्	हाँ	हाँ	हाँ	हाँ
18.2.	ड़् / ड्	हाँ	हाँ	हाँ	हाँ
19.1.	ण् / न्	हाँ	हाँ	—	—
20.1.	ब् / व्	हाँ	हाँ	हाँ	हाँ
25.6.	ढ़् / ड़्	हाँ	—	हाँ	—
26.2.	द्वित्व / व्यंजन	हाँ	हाँ	हाँ	हाँ
27.2.	संज्ञा स्त्रीलिंग / पुल्लिंग	हाँ	हाँ	हाँ	हाँ
35.1.	विशेषण / विकारी / मूल	हाँ	हाँ	—	—
41.3.	के / की	हाँ	—	हाँ	—
42.1.	संज्ञा जातिवाचक / जातिवाचक	हाँ	हाँ	—	—
43.1.	विशेषण / विशेषण	हाँ	हाँ	—	—
44.1.	संज्ञा-क्रिया / संज्ञा-क्रिया	हाँ	हाँ	—	—

योग	21 : 29	21 : 29	19 : 25	14 : 20	12 : 16
वर्तनीगत	15 : 23	15 : 23	14 : 20	12 : 18	11 : 15
व्याकरणगत	3 : 3	3 : 3	2 : 2	2 : 2	1 : 1
अर्थगत	3 : 3	3 : 3	3 : 3	0 : 0	0 : 0

2.15. मेवाती-भाषियों की मानक हिंदी में व्यतिक्रम

मेवाती-क्षेत्रवाले सूचकों की मानक हिंदी में 44 : 111 में से 23 : 37 व्यतिक्रम मिले।

वर्तनी-संबंधी

1. चंद्रबिंदु-संबंधी

1.2. ँ / ं

आँखों / आंखो
गाँधी जी / गांधी जी
गाँव / गांव
माँ / मां
माँग / मांग
यहाँ / यहां
लड़कियाँ / लड़कियां
साड़ियाँ / साड़ियां
सीढ़ियाँ / सीढियां
स्मृतियाँ / स्मृतियां

1.4. ँ / 0

आंकड़ों / आकड़ो
ढूँढा / ढूढा
योजनाएँ / योजनाए
रहूँगा / रहूगा
लड़कियाँ / लड़किया

2. अनुस्वार-संबंधी

2.1. 0 / ं

इंसान / इन्सांन
कोनों / कोंनो
ने / नें
नेहरू / नेंहरू

सामने / सामनें

स्नेह / स्नेंह

2.2. ं / न्

इंसान / इन्सांन

मुंशी / मुन्सी

2.4. ं / 0

आंदोलन / आदोलन

उन्होंने / उन्होने

कोनों / कोंनो

क्योंकि / क्योकि

खानों / खानो

घोड़ों / घोडो

चारों / चारो

नहीं / नहि

परसों / परसो

पेड़ों / पेडो

बंदरगाहों / वंदरगाहो

मिलेंगे / मिलेगे

में / मे

लड़कों / लड़को

वालों / वालो

संवत् / सवत

सिंचाई / सिचाइ

3. विसर्ग-संबंधी

3.1. : / 0

दुःख / दुख

4. हल्-संबंधी

4.1. ् / 0

संवत् / सवत

5. अ-संबंधी

5.1. 0 / अ

विश्वास / बिशवास

5.2. अ / आ

चाहते / चहाते

संसार / सांसार

सामने / समाने

हालत / हलात

6. आ-संबंधी

6.1. आ / अ

चाहते / चहाते

बाज़ार / बजार

साधु / सधु

हालत / हलात

7. इ-संबंधी

7.2. इ / ई

कि / की

भूमि / भूमी

वासियों / वासीयों

8. ई-संबंधी

8.1. ई / इ

अद्वितीय / अद्वितिय

चौथाई / चौथाइ

नहीं / नहि

सिंचाई / सिचाइ

12. ऐ-संबंधी

12.1. ऐ / ए

फैलना / फेलना

बैठना / बेठना

मैं / में

शनैः शनैः / शनेः शने

14. ओ-संबंधी

14.1. औ / ओ

और / ओर

औसत / ओसत

नौबत / नोबत

मौजूदा / मोजूदा

लौट / लोट

सौंदर्य / सोन्दर्य

15. नीचे बिंदी-संबंधी (ड़, ढ़ को छोड़कर)

15.1. क़ / क

क़मीज़ / कमीज

क़ीमत / कीमत

15.3. ग़् / ग्

ग़रीब / गरीब

बाग़ / बाग

15.4. ज़् / ज्

आवाज़ / आवाज

क़मीज़ / कमीज

दराज़ / दराज

बाज़ार / वाजार

मेज़ / मेज

15.5. फ़् / फ्

दफ़्तर / दफ्तर

सफ़ेद / सफेद

साफ़ / साफ

18. प्रतिवेष्टन-उत्क्षेपण-संबंधी

18.2. ड़् / ड्

उड़ / उड

करोड़ / करोड

घोड़ों / घोडो

पड़ा / पडा

पेड़ों / पेडो

बड़ी / बडी

बिगड़ने / बिगडने

लड़की / लडकी

18.6. ढ़् / ढ्

पढ़ / पढ

बढ़ावा / बढावा

सीढ़ियाँ / सीढियां

20. ब्-व्-संबंधी

20.1. ब् / व्

आबादी / आवादी

कामयाबी / कामयावी

जब / जव

धोबिनों / धोविनों

नंबर / नम्वर
बंदरगाहों / वंदरगाहो
बजे / वजे
बड़े / वड़े
बढ़ने / वढ़ने
बनाई / वनाई
बराबर / वरावर
बलवती / वलवती
बाज़ार / वजार
बात / वात
बिक / विक
बुराइयों / वुराइयों
बैठना / वेठना
बोलना / वोलना
सब / सव

20.2. व् / ब्
ईश्वर / ईश्बर
विश्वास / बिशबास
विषयों / बिषयों

21. य्-संबंधी

21.1. 0 / य्
शाम / श्याम

21.2. य् / 0
स्वास्थ्य / स्वास्थ

23. ऊष्म-संबंधी

23.2. श् / स्
मुंशी / मुन्सी
शाम / साम
शिपिंग / सिपिंग

23.5. स् / श्
दिवस / दिवश
संत / शन्त

25. अल्पप्राणीकरण-संबंधी

25.4. ठ् / ट्
होठ / होट

व्याकरण-संबंधी

27. संज्ञा लिंग-संबंधी

27.1. संज्ञा पुल्लिग / स्त्रीलिंग

संदूक शाम को मेरे द्वारा भेजा गया है / साम को मेरे द्वारा **संदूक** भेजी जा चुकी है।

32. सर्वनाम निजवाचकता-संबंधी

32.1. सर्वनाम संबंधकारकीय निजवाचक / पुरुषवाचक

तुम मुझे अपना यह चिल्लाना मत सुनाओ / मुझे **तुम्हारे** चिल्लाने की आवाज मत सुनाओ।

35. विशेषण कारकरूप-संबंधी

35.1. विशेषण विकारी / मूल

भूखे भिखारी को साधु के लिए बाल और पाँच पत्थर इकट्ठे करने पड़ेंगे / **भूखा** भिखारी को सधु के लिये बाल और पाँच पत्थर इकट्ठे करने होंगे।

37. क्रिया वचन-संबंधी

37.2. क्रिया बहुवचन / एकवचन

यदि वे यहाँ हों, तो मैं भी यहाँ रहूँगा / यदि वे यहाँ **हो**, मैं / में भी यहाँ होऊँगा। (ऊपर 2.4. भी देखिए)।

37.3. क्रिया पुल्लिग बहुवचन प्रत्यय -ए / -एँ

हक़ीक़त यह है कि चमारिनों और धोबिनों ने पेड़ों से चौथाई करोड़ रुपए कमाए / यह सही है कि चमारियों और धोविनों ने चौथाइ करोड रु. पेडो से **कमाएँ**।

39. क्रिया वृत्ति-संबंधी

39.1. क्रिया संकेतार्थ / भविष्य निश्चयार्थ

यदि आप आए / **आएंगे,** तो रहूगां।

39.2. क्रिया आज्ञार्थ -0 / -ओ

उसकी रोती हुई आँख और सिर ठंडे पानी से धो / उसकी रोती हुई आंख और सिर को ठंडे पानी से **धोओ**।

39.3. क्रिया आदरार्थ / सामान्य

आप इस दफ्तर के मैनेजर हैं, आपके साथ मैं टहलता हूँ / आप इस दफ्तर के मैनेजर **हो** और मैं आपके साथ घूमता हूँ।

41. परसर्ग-संबंधी

41.1. ने / 0

दीवान ने / दीवान सौ रुपये घर से भेजे।

अर्थ-संबंधी

42. संज्ञा अर्थ-संबंधी

42.1. संज्ञा जातिवाचक / जातिवाचक

उसने हमारे सबसे तगड़े घोड़े को लात लगवाई / उसने हमारे सबसे बलवान घोड़े को ऐड़ लगवाई।

मेवाती-क्षेत्र के हिंदी-भाषियों ने अपनी मानक हिंदी में विभिन्न भाषाई लक्षणों के व्यतिक्रम आगम, आदेश, लोप की शब्दावली में क्रमशः निम्नानुसार दिखाए—

आगम—वर्तनी— अनुस्वार, अ, एवं य् का।
व्याकरण— क्रिया आज्ञार्थ -ओ का।

आदेश—वर्तनी— चंद्रबिंदु, अनुस्वार, अ, आ, इ, ई, ऐ, औ, क़्, ग़्, ज़्, फ़्, ड़्, ढ़्, ब्, व्, श्, स्, एवं ठ् (अल्पप्राणीकरण) का।
व्याकरण— संज्ञा पुल्लिंग, सर्वनाम संबंधकारकीय निजवाचक, विशेषण विकारी, क्रिया बहुवचन, क्रिया पुल्लिंग बहुवचन प्रत्यय -ए, क्रिया संकेतार्थ, एवं क्रिया आदरार्थ का।
अर्थ— संज्ञा जातिवाचक का।

लोप—वर्तनी— चंद्रबिंदु, अनुस्वार, विसर्ग, हल् एवं य् का।
व्याकरण— 'ने' परसर्ग का।

सूचकवार व्यतिक्रम-विवरण

व्यतिक्रम-क्रमांक	व्यतिक्रम-स्वरूप	क	ख	ग	क ख ग
1.2.	ँ / ं	हाँ	हाँ	हाँ	हाँ
1.4.	ँ / 0	हाँ	—	हाँ	—
2.1.	0 / ं	हाँ	हाँ	—	—
2.2.	ं / न्	हाँ	हाँ	—	—
2.4.	ं / 0	हाँ	हाँ	हाँ	हाँ
3.1.	ः / 0	हाँ	हाँ	—	—
4.1.	् / 0	हाँ	हाँ	—	—
5.1.	0 / अ	हाँ	हाँ	हाँ	हाँ
5.2.	अ / आ	हाँ	हाँ	हाँ	हाँ
6.1.	आ / अ	हाँ	—	हाँ	—

7.2.	इ / ई	हाँ	हाँ	—	—
8.1.	ई / इ	हाँ	हाँ	—	—
12.1.	ऐ / ए	हाँ	हाँ	—	—
14.1.	औ / ओ	हाँ	हाँ	हाँ	हाँ
15.1.	क़् / क्	हाँ	हाँ	हाँ	हाँ
15.3.	ग़् / ग्	हाँ	हाँ	हाँ	हाँ
15.4.	ज़् / ज्	हाँ	हाँ	हाँ	हाँ
15.5.	फ़् / फ्	हाँ	हाँ	हाँ	हाँ
18.2.	ड़् / ड्	हाँ	—	हाँ	—
18.6.	ढ़् / ढ्	हाँ	हाँ	हाँ	हाँ
20.1.	ब् / व्	हाँ	—	हाँ	—
20.2.	व् / ब्	हाँ	—	हाँ	—
21.1.	0 / य्	हाँ	हाँ	—	—
21.2.	य् / 0	हाँ	हाँ	हाँ	हाँ
23.2.	श् / स्	हाँ	हाँ	हाँ	हाँ
23.5.	स् / श्	हाँ	हाँ	—	—
25.4.	ठ् / ट्	हाँ	—	हाँ	—
27.1.	संज्ञा पुल्लिंग / स्त्रीलिंग	हाँ	हाँ	हाँ	हाँ
32.1.	सर्वनाम संबंधकारकीय निजवाचक / पुरुषवाचक	हाँ	हाँ	हाँ	हाँ
35.1.	विशेषण विकारी / मूल	हाँ	हाँ	—	—
37.2.	क्रिया बहुवचन / एकवचन	हाँ	—	हाँ	—
37.3.	क्रिया पुल्लिंग बहुवचन प्रत्यय -ए / -एँ	हाँ	—	हाँ	—
39.1.	क्रिया संकेतार्थ / भविष्य निश्चयार्थ	हाँ	—	हाँ	—
39.2.	क्रिया आज्ञार्थ -0 / -ओ	—	हाँ	हाँ	—
39.3.	क्रिया आदरार्थ / सामान्य	हाँ	—	हाँ	—
41.1.	ने / 0	हाँ	हाँ	—	—
42.1.	संज्ञा जातिवाचक / जातिवाचक	हाँ	—	हाँ	—
योग	23 : 37	23 : 36	18 : 26	16 : 26	10 : 14
वर्तनीगत	16 : 27	16 : 27	13 : 21	11 : 18	8 : 12
व्याकरणगत	6 : 9	6 : 8	5 : 5	4 : 7	2 : 2
अर्थगत	1 : 1	1 : 1	0 : 0	1 : 1	0 : 0

2.16. ढूँढाड़ी-भाषियों की मानक हिंदी में व्यतिक्रम

ढूँढाड़ी-क्षेत्रवाले सूचकों की मानक हिंदी में 44 : 111 में से 24 : 33 व्यतिक्रम मिले।

वर्तनी-संबंधी

1. चंद्रबिंदु-संबंधी

1.2. ँ / ं

अँधेरे / अंधेरे
कविताएँ / कविताएं
तितलियाँ / तितलियां
दूँ / दूं
पाँच / पांच
वहाँ / वहां
हाँ / हां

1.4. ँ / 0

करूँ / करू
क्रीड़ाएँ / क्रीड़ाए
गाँव / गाव
जाऊँगा / जाउगा
बनूँ / बनू
भंगिमाएँ / भंगिमाए
मुँह / मुह
लूँगा / लूगा
सकूँ / सकू

2. अनुस्वार-संबंधी

2.1. 0 / ं

उनको / उनकों
खोमचे / खोमचें
तो / तों
पड़ेंगे / पडेगें
पहले / पहलें
मारो / मारों

2.4. ं / 0

इन्होंने / इन्होने

ईंधन / ईधन

करेंगे / करेगे

चोंच / चोच

झोंपड़ी / झोपड़ी

दोनों / दोनो

द्वारपालों / द्वारपालो

नहीं / नही

पड़ेंगे / पडेगें

परसों / परसो

पुस्तकें / पुस्तके

पेड़ों / पेड़ो

बातों / बातो

मैं / मै

संवत् / सवत

हाथों / हाथो

3. विसर्ग-संबंधी

3.1. : / 0

दुःख / दुख

4. हल्-संबंधी

4.1. संवत् / सवत

6. आ-संबंधी

6.1. आ / अ

आवाज़ / अवाज

बाज़ार / बजार

7. इ-संबंधी

7.2. इ / ई

उन्नति / उन्नती

कठिनाई / कठीनाई

कि / की

कीर्ति / कीर्ती

निवासियों / निवासीयों

पिया / पीया

प्राणियों / प्राणीयों

फिर / फीर

यदि / यदी
लेकिन / लेकीन
व्यक्तियों / व्यक्तीयों

8. ई-संबंधी

8.1. ई / इ
की / कि
ग़रीब / गरिब
दी / दि
पीछा / पिछा
पीटेगा / पिटेगा
बीमार / बिमार
मंत्री / मंत्रि
मीठा / मिठा
सच्चाई / सच्चाइ

9. उ-संबंधी

9.1. उ / ऊ
खुद / खूद
गरुड़ / गरूड़
चतुर / चतूर
जामुन / जामून
तुम / तूम
पहुँच / पहूँच
मृत्यु / मृत्यू
रुक / रूक
रुपया / रूपया
साधु / साधू
सुख / सूख
सुचारु / सुचारू
सुधार / सूधार
सुना / सूना
युग / यूग

10. ऊ-संबंधी

10.1. ऊ / उ
अंगूर / अंगुर
घूमता / घुमता

जाऊँगा / जाउगा
दूँगा / दुँगा
दूसरे / दुसरे
धूल / धुल
पूरा / पुरा
भूखा / भुखा
शून्य / शुन्य

12. ऐ-संबंधी

12.1. ऐ / ए
मैं / मे

14. औ-संबंधी

14.1. औ / ओ
और / ओर
दौड़ा / दोड़ा
मौत / मोत
सौ / सो

15. नीचे बिंदी-संबंधी (ड़, ढ़ को छोड़कर)

15.1. क़ / क्
क़मीज़ / कमीज
क़ीमत / कीमत

15.2. ख़ / ख्
ख़ुद / खूद
बत्तख़ / बतख

15.3. ग़ / ग्
ग़रीब / गरिब
बाग़ / बाग

15.4. ज़ / ज्
आवाज़ / अवाज
क़मीज़ / कमीज
ज़रूर / जरूर
दराज़ / दराज
नज़दीक / नजदीक
बाज़ार / बजार
मेज़ / मेज

15.5. फ़ / फ्

सफ़ेद / सफेद

साफ़ / साफ

18. प्रतिवेष्टन-उत्क्षेपण-संबंधी

18.1. ड़् / ड्

सोडा / सोड़ा

18.2. ड़् / ड्

कपड़े / कपडे

कोड़े / कोडे

घड़े / घडे

घोड़ों / घोडों

पड़ेंगे / पडेगें

पड़ोसी / पडोसी

साड़ियाँ / साडियाँ

21. यू-संबंधी

21.1. 0 / य्

शाम / श्याम

25. अल्पप्राणीकरण-संबंधी

25.4. ठ् / ट

होठ / होट

व्याकरण-संबंधी

27. संज्ञा लिंग-संबंधी

27.2. संज्ञा स्त्रीलिंग / पुल्लिंग

उन्होंने घोड़ों को हाथ से घास दी / **वे** घोडों को हाथ **से घास** दिया।

इसका अर्थ मेरी / मेरे **समझ** में नहीं आ रहा था।

28. संज्ञा वचन-संबंधी

28.5. संज्ञा स्त्रीलिंग बहुवचन प्रत्यय -एँ / -इयाँ

चमारिनें / चमारनियाँ

धोबिनें / धोबनियाँ

(नीचे 29.2. भी देखिए।)

29. संज्ञा कारकरूप-संबंधी

29.2. संज्ञा विकारी / मूल

हक़ीक़त यह है कि चमारिनों और धोबिनों ने पेड़ों से चौथाई

करोड़ रुपए कमाए / सच्चाइ यह है कि **चमारनियाँ** और **धोबनियाँ** ने चौथाई करोड़ रुपए पेड़ों से कमाये।

31. सर्वनाम कारकरूप-संबंधी

31.2. सर्वनाम विकारी + ने / मूल + 0

उन्होंने घोड़ों को हाथ से घास दी / **वे** घोड़ों को हाथ से घास दिया।

उन्होंने / **वे** दोनों कमरे साफ़ किए / किया।

32. सर्वनाम निजवाचकता-संबंधी

32.1. सर्वनाम संबंधकारकीय निजवाचक / पुरुषवाचक

तुम मुझे अपना यह चिल्लाना मत सुनाओ / **तुम्हारे** रोने की अवाज मुझे मत सुनाओ।

35. विशेषण कारकरूप-संबंधी

35.1. विशेषण विकारी / मूल

भूखे भिखारी को साधु के लिए बाल और पाँच पत्थर इकट्ठे करने पड़ेंगे / **भुखा** भिखारी को साधू के लिए बाल और पांच पत्थर इकट्ठे करने पडेगें।

37. क्रिया वचन-संबंधी

37.2. क्रिया बहुवचन / एकवचन

क्यों ? ज्ञान की बहनें लंबी थीं क्या / क्यों ? ज्ञान कि बहनें लम्बी **थी** क्या ? (ऊपर 2.4. भी देखिए।)

वे दोनों कमरे साफ किए / **किया**।

39. क्रिया वृत्ति-संबंधी

39.2. क्रिया आज्ञार्थ -0 / -ओ

उसकी रोती हुई आँख और सिर ठंडे पानी से धो / उसकी रोती हुई आँखों को और सिर को ठंडे पानी से **धोओ**।

39.3. क्रिया आदरार्थ / सामान्य

आप चलें / **चलो,** मैं आता हूँ।

39.4. क्रिया सामान्य / आदरार्थ

जाइए; वह स्टेशन ठीक वक़्त पर पहुँचेगा / जाओ ! वह स्टेशन सही समय पर पहुँच **जाएँगें**।

यह कल आएगी / **आएँगी**।

41. परसर्ग-संबंधी

41.1. ने / 0

दादा ने / **दादा** कपड़े को साबुन से साफ किया।

ढूँढाड़ी-क्षेत्र के हिंदी-भाषियों ने अपनी मानक हिंदी में विभिन्न भाषाई

लक्षणों के व्यतिक्रम आगम, आदेश, लोप की शब्दावली में क्रमशः निम्नानुसार दिखाए—

आगम—वर्तनी— अनुस्वार एवं य् का।
व्याकरण— क्रिया आज्ञार्थ -ओ का।

आदेश—वर्तनी— चंद्रबिंदु, आ, इ, ई, उ, ऊ, ऐ, औ, क़्, ख़्, ग़्, ज़्, फ़्, ड़्, ढ़्, एवं ठ् का।
व्याकरण— संज्ञा स्त्रीलिंग, संज्ञा स्त्रीलिंग बहुवचन प्रत्यय -एँ, संज्ञा विकारी, सर्वनाम विकारी + ने, सर्वनाम संबंधकारकीय निजवाचक, विशेषण विकारी, क्रिया बहुवचन, क्रिया आदरार्थ, एवं क्रिया सामान्य का।

लोप—वर्तनी— चंद्रबिंदु, अनुस्वार, विसर्ग, एवं हल् का।
व्याकरण— 'ने' परसर्ग का।

सूचकवार व्यतिक्रम-विवरण

व्यतिक्रम-क्रमांक	व्यतिक्रम-स्वरूप	क	ख	ग	क ख ग
1.2.	ँ / ं	हाँ	हाँ	हाँ	हाँ
1.4.	ँ / 0	हाँ	हाँ	हाँ	हाँ
2.1.	0 / ं	—	हाँ	हाँ	—
2.4.	ं / 0	हाँ	हाँ	हाँ	हाँ
3.1.	: / 0	हाँ	हाँ	—	—
4.1.	् / 0	हाँ	हाँ	—	—
6.1.	आ / अ	हाँ	हाँ	हाँ	हाँ
7.2.	इ / ई	हाँ	हाँ	हाँ	हाँ
8.1.	ई / इ	हाँ	हाँ	हाँ	हाँ
9.1.	उ / ऊ	हाँ	हाँ	हाँ	हाँ
10.1.	ऊ / उ	हाँ	हाँ	—	—
12.1.	ऐ / ए	हाँ	हाँ	—	—
14.1.	औ / ओ	हाँ	हाँ	हाँ	हाँ
15.1.	क़् / क्	हाँ	हाँ	हाँ	हाँ
15.2.	ख़् / ख्	हाँ	—	हाँ	—
15.3.	ग़् / ग्	हाँ	हाँ	हाँ	हाँ
15.4.	ज़् / ज्	हाँ	हाँ	हाँ	हाँ
15.5.	फ़् / फ्	हाँ	हाँ	हाँ	हाँ

18.1.	इ् / इ्	—	हाँ	हाँ	—
18.2.	इ् / इ्	हाँ	हाँ	—	—
21.1.	0 / य्	हाँ	हाँ	हाँ	हाँ
25.4.	ठ् / ट्	हाँ	हाँ	—	—
27.2.	संज्ञा स्त्रीलिंग / पुल्लिग	हाँ	हाँ	हाँ	हाँ
28.5.	संज्ञा स्त्रीलिंग बहुवचन प्रत्यय -एँ / -इयाँ	हाँ	हाँ	—	—
29.2.	संज्ञा विकारी / मूल	हाँ	हाँ	—	—
31.2.	सर्वनाम विकारी + ने / मूल+0	हाँ	हाँ	—	—
32.1.	सर्वनाम संबंधकारकीय निजवाचक / पुरुषवाचक	हाँ	हाँ	हाँ	हाँ
35.1.	विशेषण विकारी / मूल	हाँ	हाँ	—	—
37.2.	क्रिया बहुवचन / एकवचन	हाँ	हाँ	हाँ	हाँ
39.2.	क्रिया आज्ञार्थ -0 / -ओ	हाँ	हाँ	हाँ	हाँ
39.3.	क्रिया आदरार्थ / सामान्य	हाँ	—	हाँ	—
39.4.	क्रिया सामान्य / आदरार्थ	हाँ	—	हाँ	—
41.1.	ने / 0	हाँ	हाँ	—	—
योग	24 : 33	24 : 31	24 : 30	14 : 22	13 : 17
वर्तनीगत	15 : 22	15 : 20	15 : 21	10 : 16	9 : 13
व्याकरणगत	9 : 11	9 : 11	9 : 9	4 : 6	4 : 4
अर्थगत	0 : 0	0 : 0	0 : 0	0 : 0	0 : 0

2.17. मारवाड़ी-भाषियों की मानक हिंदी में व्यतिक्रम

मारवाड़ी-क्षेत्रवाले सूचकों की मानक हिंदी में 44 : 111 में से 22 : 32 व्यतिक्रम मिले।

वर्तनी-संबंधी

1. चंद्रबिंदु-संबंधी

1.2. ँ / ं

कहानियाँ / कहानियां
गतिविधियाँ / गतिविधियां
जाँच / जांच
रोटियाँ / रोटियां
लड़कियाँ / लड़कियां

1.4. ँ / 0

ऊँचे / उचे
कहाँ / कहा
घोड़ियाँ / घोडिया
पाँचवाँ / पाचवाँ
पूँछ / पूछ
भाषाएँ / भाषाए
वहाँ / वहा
साड़ियाँ / साडिया

2. अनुस्वार-संबंधी

2.1. 0 / ं

कान / कांन
चाहिए / चाहियें

2.4. ं / 0

आंदोलन / आदोलन
ईंधन / ईधन
एवं / एव
करेंगे / करेगे
कार्यों / कार्यो
झोंपड़ी / झोपड़ी
दोनों / दोनो
नहीं / नही
पेड़ों / पेड़ो
मित्रों / मित्रो
में / मे
मैंने / मैने
संचालन / सचालन
संविधान / सविधान
सीटें / सीटे

3. विसर्ग-संबंधी

3.1. : / 0

दुःख / दुख

7. इ-संबंधी

7.2. इ / ई

कइयों / कईयों

टाइम / टाईम
भाइयों / भाईयों
साइकिल / साईकिल

8. ई-संबंधी

8.1. ई / इ
की / कि
नीचे / निचे
परीक्षा / परिक्षा
फीका / फिका
महीने / महिने
राजनीतिज्ञ / राजनितिज्ञ
श्रीमती / श्रीमति

9. उ-संबंधी

9.1. उ / ऊ
अनुसूचित / अनूसूचित
गरुड़ / गरूड़
रुका / रूका
रुपए / रूपये

10. ऊ-संबंधी

10.1. ऊ / उ
ऊँचे / उचे
दूर / दुर
दूसरे / दुसरे
पूछा / पुछा
भूखा / भुखा
लड्डू / लड्डु
हूँ / हुँ

13. ओ-संबंधी

13.1. ओ / औ
लोहार / लौहार

15. नीचे बिंदी-संबंधी (ड़, ढ़ को छोड़कर)

15.1. क़ / क्
क़मीज / कमीज
हक़दार / हकदार

15.2. ख़ / ख्

खुद / खुद
ख़ुश / खुश
बत्तख़ / बतख

15.3. ग़् / ग्
ग़रीब / गरीब
ग़लती / गलती

15.4. ज़् / ज्
आवाज़ / आवाज
इंतज़ार / इंतजार
कमज़ोरी / कमजोरी
क़मीज़ / कमीज
ज़मीन / जमीन
ज़्यादा / ज्यादा
नज़दीक / नजदीक
बाज़ार / बाजार
मेज़ / मेज

15.5. फ़् / फ्
सफ़ेद / सफेद
साफ़ / साफ

18. प्रतिवेष्टन-उत्क्षेपण-संबंधी

18.2. ड़् / ड्
घोड़ियाँ / घोडिया
पड़ोसी / पडोसी
साड़ियाँ / साडिया

18.6. ढ़् / ढ
चढ़ाया / चढाया
पढ़ / पढ
पढ़ाई / पढाई
बढ़ता / बढता

19. ण्-न्-संबंधी

19.2. न् / ण्
ननद / नणद
मन / मण

20. ब्-व् -संबंधी

20.2. व् / ब्

जवाब / जबाब

विगत / बिगत

23. ऊष्म-संबंधी

23.2. श् / स्

नाश्ते / नास्ते

23.3. ष् / श्

विषय / विशय

25. अल्पप्राणीकरण-संबंधी

25.8. भ् / ब्

जीभ / जीब

26. द्वित्व-संबंधी

26.1. व्यंजन / द्वित्व

कुतिया / कुत्तिया

व्याकरण-संबंधी

29. संज्ञा कारकरूप-संबंधी

29.2. संज्ञा विकारी / मूल

दादी, साले, और देवर ने नरम कपड़े से अपने नाक-कान साफ़ किये थे / दादीजी, **सालाजी** व देवरजी ने एक नरम कपड़े से अपनी नाकों और कानों को साफ किया।

29.4. संज्ञा संबोधनार्थक -ओ / संबोधनार्थक -ओं

भाइयो ! गधे को जीभ क्यों दिखाते हो / **भाईयों** ! तुम एक गधे को जीभ क्यों दिखाते हो ?

31. सर्वनाम कारकरूप-संबंधी

31.3. सर्वनाम विकारी कर्म / अभिकर्ता

इस दिन हमको / **हमने** राजस्थान के एक देशभक्त एवं कर्मठ व्यक्ति से बिछुड़ना पड़ा।

31.4. सर्वनाम विकारी / संबंधरूपीय विकारी

उतना काम करो, जितनी तुम में शक्ति हो / **तुम्हारे** में जितनी शक्ति हो उतना काम करो।

अगर मुझ से / **मेरे** से कोई ग़लती हुई हो, तो क्षमा करना।

32. सर्वनाम निजवाचकता-संबंधी

32.1. सर्वनाम संबंधकारकीय निजवाचक / पुरुषवाचक

मैं अपनी / **मेरी** कमजोरी को दूर करने के लिए ट्यूशन चाहता हूँ।

35. विशेषण कारकरूप-संबंधी

35.1. विशेषण विकारी / मूल

मोटे / **मोटा** आदमी को दौड़ा दो।

37. क्रिया वचन-संबंधी

37.2. क्रिया बहुवचन / एकवचन

ये लड़कियाँ बाज़ार से अच्छी साड़ियाँ लाईं / ये लड़कियां बाजार से अच्छी साडिया **लायी**।

थोड़े टाईम में साईकिलें नहीं आईं / **आई**।

शराब के टब डबाडब भर गये एवं बोतलें जोशी भवन में राजनैतिक नृत्य खेलने लगीं / **लगी**।

(ऊपर 2.4. भी देखिए)

39. क्रिया वृत्ति-संबंधी

39.3. क्रिया आदरार्थ / सामान्य

जाइए; वह स्टेशन ठीक वक़्त पर पहुँचेगा / आप **जाओ** वह सही समय पर स्टेशन पहुँच जायगा।

अर्थ-संबंधी

42. संज्ञा अर्थ-संबंधी

42.1. संज्ञा जातिवाचक / जातिवाचक

संदूक शाम को मेरे द्वारा भेजा गया है / यह **पेटी** मेरे साथ शाम क़ो भेजी जा चुकी है।

मारवाड़ी-क्षेत्र के हिंदी-भाषियों ने अपनी मानक हिंदी में विभिन्न भाषाई लक्षणों के व्यतिक्रम आगम, आदेश, लोप की शब्दावली में क्रमशः निम्नानुसार दिखाए—

आगम—वर्तनी—अनुस्वार का।

आदेश—वर्तनी—चंद्रबिंदु, इ, ई, उ, ऊ, ओ, क़्, ख़्, ग़्, ज़्, फ़्, ड़्, ढ़्, ऩ्, व़्, श़्, ष़्, भ़्, एवं व्यंजन से द्वित्व का।

व्याकरण—संज्ञा विकारी, संज्ञा संबोधनार्थक -ओ, सर्वनाम विकारी कर्म, सर्वनाम विकारी, सर्वनाम संबंधकारकीय निजवाचक, विशेषण विकारी, क्रिया बहुवचन, एवं क्रिया आदरार्थ का।

अर्थ—संज्ञा जातिवाचक का।

लोप—वर्तनी—चंद्रबिंदु, अनुस्वार, एवं विसर्ग का।

सूचकवार व्यतिक्रम-विवरण

व्यतिक्रम-क्रमांक	व्यतिक्रम-स्वरूप	क	ख	ग	क ख ग
1.2.	ँ / ं	—	हाँ	हाँ	—
1.4.	ँ / 0	हाँ	हाँ	हाँ	हाँ
2.1.	0 / ं	हाँ	हाँ	—	—
2.4.	ं / 0	हाँ	हाँ	हाँ	हाँ
3.1.	: / 0	हाँ	हाँ	—	—
7.2.	इ / ई	हाँ	हाँ	हाँ	हाँ
8.1.	ई / इ	हाँ	हाँ	हाँ	हाँ
9.1.	उ / ऊ	हाँ	हाँ	हाँ	हाँ
10.1.	ऊ / उ	हाँ	हाँ	—	—
13.1.	ओ / औ	—	हाँ	हाँ	—
15.1.	क़् / क्	हाँ	हाँ	—	—
15.2.	ख़् / ख्	हाँ	हाँ	हाँ	हाँ
15.3.	ग़् / ग्	हाँ	—	हाँ	—
15.4.	ज़् / ज्	हाँ	हाँ	हाँ	हाँ
15.5.	फ़् / फ्	हाँ	हाँ	हाँ	हाँ
18.2.	ड़् / ड्	हाँ	हाँ	—	—
18.6.	ढ़् / ढ्	हाँ	हाँ	—	—
19.2.	न् / ण्	हाँ	हाँ	हाँ	हाँ
20.2.	व् / ब्	हाँ	हाँ	—	—
23.2.	श् / स्	हाँ	हाँ	—	—
23.3.	ष् / श्	—	हाँ	हाँ	—
25.8.	भ् / ब्	हाँ	हाँ	—	—
26.1.	व्यंजन / द्वित्व	हाँ	हाँ	हाँ	हाँ
29.2.	संज्ञा विकारी / मूल	हाँ	—	हाँ	—
29.4.	संज्ञा संबोधनार्थक -ओ / संबोधनार्थक -ओं	हाँ	—	हाँ	—
31.3.	सर्वनाम विकारी कर्म / अभिकर्ता	हाँ	—	हाँ	—
31.4.	सर्वनाम विकारी / संबंधरूपीय विकारी	हाँ	हाँ	हाँ	हाँ
32.1.	सर्वनाम संबंधकारकीय निजवाचक / पुरुषवाचक	हाँ	हाँ	—	—

35.1.	विशेषण विकारी / मूल		—	हाँ	हाँ	—
37.2.	क्रिया बहुवचन / एकवचन		हाँ	हाँ	हाँ	हाँ
39.3.	क्रिया आदरार्थ / सामान्य		—	हाँ	हाँ	—
42.1.	संज्ञा जातिवाचक / जातिवाचक		हाँ	हाँ	—	—
योग		22 : 32	19 : 27	21 : 28	15 : 21	10 : 12
वर्तनीगत		15 : 23	14 : 20	15 : 22	10 : 14	8 : 10
व्याकरणगत		6 : 8	4 : 6	5 : 5	5 : 7	2 : 2
अर्थगत		1 : 1	1 : 1	1 : 1	0 : 0	0 : 0

2.18. हाड़ौती-भाषियों की मानक हिंदी में व्यतिक्रम

हाड़ौती-क्षेत्रवाले सूचकों की मानक हिंदी में 44 : 111 में से 17 : 28 व्यतिक्रम मिले।

वर्तनी-संबंधी

1. चंद्रबिंदु-संबंधी

1.2. ँ / ं

आँका / आंका
आँखों / आंखो
आँसू / आंसू
खाइयाँ / खाइयां
जाँघ / जांघ
पूँछ / पूंछ
फँसे / फंसे
रेखाएँ / रेखाएं
वहाँ / वहां
हँसाया / हंसाया

1.3. ँ / न्

अँधेरे / अन्धेरे

1.4. ँ / 0

आऊँगा / आऊगा
औषधियाँ / औषधिया
गाँवों / गावो
जहाँ / जहा

पहुँचेगा / पहुचेगा
पाँच / पाच
बिजलियाँ / बिजलिया
माँग / माग
लीलाएँ / लीलाऐ
हँसी / हसी

2. अनुस्वार-संबंधी

2.1. 0 / ˙

मनाई / मंनायी
राग / रांग
रेडियो / रेडियों
होठ / होंठ

2.4. / 0

आँखों / आंखो
आवश्यकताओं / आवश्यकताओ
उन्होंने / उन्होने
कहीं / कही
क्यों / क्यो
गाँवों / गावो
गाड़ियों / गाड़ियो
झोंपड़ी / झोपड़ी
नहीं / नही
पड़ेंगे / पड़ेगे
परछाईं / परछाई
बहनें / बहिने
भैंस / भेस
भौंकने / भौकने
मनुष्यों / मनुष्यो
मेंढक / मेड़क
मैं / मे
यहीं / यही
शहरों / शहरो
संचार / सचार
सड़कों / सडको
स्थानों / स्थानो

हमें / हमे

3. विसर्ग-संबंधी

3.1. : / 0

दुःख / दुख

9. उ-संबंधी

9.1. उ / ऊ

चुके / चूके

टुकड़ा / टूकड़ा

11. ए-संबंधी

11.1. ए / ऐ

इसलिए / इसलिऐ

उन्हें / उन्हैं

कौए / कौऐ

लिए / लिऐ

लीलाएँ / लीलाऐ

12. ऐ-संबंधी

12.1. ऐ / ए

बैल / बेल

भैंस / भेस

मैं / मे

मैनेजर / मेनेजर

14. औ-संबंधी

14.1. औ / ओ

चौदह / चोदह

लौटे / लोटे

15. नीचे बिंदी-संबंधी (ड़, ढ़, को छोड़कर)

15.1. क़ / क्

क़मीज़ / कमीज

हक़दार / हकदार

15.2. ख़् / ख्

ख़त्म / खत्म

ख़ुश / खुश

बत्तख़ / बतख

15.3. ग़् / ग्

ग़रीब / गरीब

15.4. ज़् / ज्

आवाज़ / आवाज

क़मीज़ / कमीज

बाज़ार / बाजार

मेज़ / मेज

15.5. फ़् / फ्

दफ़्तर / दफ्तर

सफ़ेद / सफेद

18. प्रतिवेष्टन-उत्क्षेपण-संबंधी

18.2. ड़् / ड्

जुड़े / जुडे

तोड़ / तोड

पकौड़ी / पकौडी

पेड़ों / पेडों

बड़ी / बडी

सड़कों / सडको

18.4. ढ़् / ड़्

मेंढक / मेड़क

19. ण्-न्-संबंधी

19.1. ण् / न्

प्राण / प्रान

19.2. न् / ण्

ननद / नणद

व्याकरण-संबंधी

27. संज्ञा लिंग-संबंधी

27.1. संज्ञा पुल्लिंग / स्त्रीलिंग

संदूक शाम को मेरे द्वारा भेजा गया है / **सन्दूक** शाम को मेरे द्वारा भेजी गई है।

प्रत्येक क्षण हम विज्ञान की **प्रभाव का** अनुभव करते हैं / है।

27.2. संज्ञा स्त्रीलिंग / पुल्लिंग

उन्होंने घोड़ों को हाथ से घास दी / उन्होंने हाथ से घोड़ों को **घास** दिया।

28. संज्ञा वचन-संबंधी

28.2. संज्ञा बहुवचन / एकवचन

क्या चार तोले सोने से बहू खुश हो जाएगी / क्या दुल्हन चार **तोला** सोना से खुश होगी ?

29. संज्ञा कारकरूप-संबंधी

29.2. संज्ञा विकारी / मूल

क्या चार तोले सोने से बहू खुश हो जाएगी / क्या दुल्हन चार तोला **सोना** से खुश होगी ?

29.4. संज्ञा संबोधनार्थक -ओ / संबोधनार्थक -ओं

भाइयो / गधे को जीभ क्यों दिखाते हो / **भाइयों** ! गधे को जीभ क्यों दिखाते हो?

32. सर्वनाम निजवाचकता-संबंधी

32.1. सर्वनाम संबंधकारकीय निजवाचक / पुरुषवाचक

तुम मुझे अपना यह चिल्लाना मत सुनाओ / मुझे **तुम्हारे** चिल्लाने की आवाज को मत सुनाओ।

तुम स्वयं अपने असबाब के लिए गए / तुम स्वयं **तुम्हारे** लगेज के लिये गये।

अपनी / **तुम्हारी** बोली हमको सुना दो।

35. विशेषण कारकरूप-संबंधी

35.1. विशेषण विकारी / मूल

भूखे भिखारी को साधु के लिए बाल और पाँच पत्थर इकट्ठे करने पड़ेंगे / **भूखा** भिखारी को बाल और पाच पत्थर साधु के लिए इकट्ठे करने पड़ेगे।

37. क्रिया वचन-संबंधी

37.2. क्रिया बहुवचन / एकवचन

क्यों ? ज्ञान की बहनें लंबी थीं क्या / क्यों ? ज्ञान की बहिने **लम्बी** थी ?

दशहरे पर नाच-गान एवं लीलाऐ होती हैं / **है**।

प्रत्येक क्षण हम विज्ञान की प्रभाव का अनुभव करते हैं / **है**।

(ऊपर 2.4. भी देखिए।)

39. क्रिया वृत्ति-संबंधी

39.3. क्रिया आदरार्थ / सामान्य

आप इस दफ़्तर के मैनेजर हैं, आपके साथ मैं टहलता हूँ / आप इस दफ़्तर के मेनेजर **हो**, मैं आपके साथ टहलता हूँ।

हाड़ौती-क्षेत्र के हिंदी-भाषियों ने अपनी मानक हिंदी में विभिन्न भाषाई लक्षणों के व्यतिक्रम आगम, आदेश, लोप की शब्दावली में क्रमशः निम्नानुसार

दिखाए—

आगम—वर्तनी—अनुस्वार का।

आदेश—वर्तनी—चंद्रबिंदु, (दो दिशाओं में), उ, ए, ऐ, औ, क़, ख़, ग़, ज़, फ़, ड़, ढ़, ण्, एवं न् का।

व्याकरण—संज्ञा पुल्लिग, संज्ञा स्त्रीलिंग, संज्ञा बहुवचन, संज्ञा विकारी, संज्ञा संबोधनार्थक -ओ, सर्वनाम संबंधकारकीय निजवाचक, विशेषण विकारी, क्रिया बहुवचन, एवं क्रिया आदरार्थ का।

लोप—वर्तनी—चंद्रबिंदु एवं अनुस्वार, एवं विसर्ग का।

सूचकवार व्यतिक्रम-विवरण

व्यतिक्रम-क्रमांक	व्यतिक्रम-स्वरूप	क	ख	ग	क ख ग
1.2.	ँ / ं	हाँ	हाँ	हाँ	हाँ
1.3.	ँ / न्	—	हाँ	हाँ	—
1.4.	ँ / 0	हाँ	हाँ	हाँ	हाँ
2.1.	0 / ं	हाँ	हाँ	हाँ	हाँ
2.4.	ं / 0	हाँ	हाँ	हाँ	हाँ
3.1.	: / 0	हाँ	हाँ	हाँ	हाँ
9.1.	उ / ऊ	हाँ	हाँ	हाँ	हाँ
11.1.	ए / ऐ	हाँ	—	हाँ	—
12.1.	ऐ / ए	हाँ	हाँ	हाँ	हाँ
14.1.	औ / ओ	हाँ	हाँ	—	—
15.1.	क़् / क्	हाँ	—	हाँ	—
15.2.	ख़् / ख्	हाँ	हाँ	हाँ	हाँ
15.3.	ग़् / ग्	हाँ	हाँ	—	—
15.4.	ज़् / ज्	हाँ	हाँ	हाँ	हाँ
15.5.	फ़् / फ्	हाँ	हाँ	हाँ	हाँ
18.2.	ड़् / ड्	हाँ	हाँ	—	—
18.4.	ढ़् / ड़्	हाँ	हाँ	—	—
19.1.	ण् / न्	—	हाँ	हाँ	—
19.2.	न् / ण्	हाँ	हाँ	—	—
27.1.	संज्ञा पुल्लिंग / स्त्रीलिंग	हाँ	—	हाँ	—
27.2.	संज्ञा स्त्रीलिंग / पुल्लिंग	हाँ	हाँ	—	—
28.2.	संज्ञा बहुवचन / एकवचन	हाँ	—	हाँ	—

29.2.	संज्ञा विकारी / मूल		हाँ	हाँ	—	—
29.4.	संज्ञा संबोधनार्थक -ओ / संबोधनार्थक -ओं		हाँ	—	हाँ	—
32.1.	सर्वनाम संबंधकारकीय निजवाचक / पुरुषवाचक		हाँ	हाँ	हाँ	हाँ
35.1.	विशेषण विकारी / मूल		हाँ	हाँ	—	—
37.2.	क्रिया बहुवचन / एकवचन		हाँ	हाँ	हाँ	हाँ
39.3.	क्रिया आदरार्थ / सामान्य		हाँ	हाँ	हाँ	हाँ
योग		17 : 28	17 : 26	15 : 23	14 : 20	9 : 13
वर्तनीगत		10 : 19	10 : 17	9 : 17	8 : 14	6 : 10
व्याकरणगत		7 : 9	7 : 9	6 : 6	6 : 6	3 : 3
अर्थगत		0 : 0	0 : 0	0 : 0	0 : 0	0 : 0

2.19. मालवी-भाषियों की मानक हिंदी में व्यतिक्रम

मालवी-क्षेत्रवाले सूचकों की मानक हिंदी में 44 : 111 में से 24 : 30 व्यतिक्रम मिले।

वर्तनी-संबंधी

1. चंद्रबिंदु-संबंधी

1.1. 0 / ँ

चावल / चाँवल
भाप / भाँप
माताएँ / माँताए

1.2. ँ / ं

अँधेरे / अंधेरे
चलाएँ / चलाएं
दवाइयाँ / दवाइयां
मूँग / मूंग
साँकल / सांकल

1.4. ँ / 0

आँखों / आखो
ऊँट / ऊट
पाँचवाँ / पाँचवा

माँगने / मागने

माताएँ / माँताए

मुँह / मुह

वहाँ / वहा

2. अनुस्वार-संबंधी

2.1. 0 / ं

तो / तों

सेव / सेंव

2.4. ं / 0

आँखों / आखो

उन्होंने / उन्होने

क्यों / क्यो

चारों / चारो

नहीं / नही

बड़ों / बड़ो

बहनें / बहने

भेंट / भेट

मिलेंगे / मिलेगे

मैं / मे

मेंढक / मेढक

मैंने / मेने

लें / ले

हमें / हमे

3. विसर्ग-संबंधी

3.1. : / 0

दुःख / दुख

4. हल्-संबंधी

4.1. ् / 0

संवत् / संवत

5. अ-संबंधी

5.1. 0 / अ

उज्ज्वल / उज्जवल

7. इ-संबंधी

7.2. इ / ई

आदि / आदी

कीर्ति / किर्ती
दवाइयाँ / दवाईयाँ
दिन / दीन
दिया / दीया
पड़ोसियों / पड़ोसीयों
परिवर्तित / परिवर्तीत
माध्यमिक / माध्यमीक
लाइट / लाईट
स्वादिष्ट / स्वादीष्ट
हानि / हानी

8. ई-संबंधी

8.1. ई / इ
ईंट / इंट
कहानी / कहानि
कीचड़ / किचड़
कीर्ति / किर्ती
नीचे / निचे
पीकर / पिकर
बातचीत / बातचित
बीरबल / बिरबल
महीने / महिने
सीनियर / सिनियर

9. उ-संबंधी

9.1. उ / ऊ
पुरुष / पुरूष
बहुत / बहूत
भीरुता / भीरूता
रुपए / रूपये

10. ऊ-संबंधी

10.1. ऊ / उ
ऊँचा / उँचा
ऊपर / उपर
चूना / चुना
पूजा / पुजा
फूला / फुला

भूल / भुल

12. ऐ-संबंधी

12.1. ऐ / ए

ऐसा / एसा

कैसे / केसे

पैर / पेर

पैसे / पेसे

मैं / मे

मैंने / मेने

मैनेजर / मेनेजर

13. ओ-संबंधी

13.1. ओ / औ

ओर / और

तोला / तौला

14. औ-संबंधी

14.1. औ / ओ

इंदौर / इंदोर

और / ओर

औरत / ओरत

कौन / कोन

दौलत / दोलत

नौ / नो

सौ / सो

15. नीचे बिंदी-संबंधी (ड़, ढ़ को छोड़कर)

15.2. ख़् / ख्

ख़ुश / खुश

15.3. ग़् / ग्

ग़रीब / गरीब

15.4. ज़् / ज्

आवाज़ / आवाज

बाज़ार / बाजार

15.5. फ़् / फ्

फ़ालतू / फालतू

साफ़ / साफ

18. प्रतिवेष्टन-उत्क्षेपण-संबंधी

18.1. ड् / ड़्
सोडा / सोड़ा

19. ण्-न्-संबंधी

19.1. ण् / न्
प्राण / प्रान

20. व्-व्-संबंधी

20.2. व् / ब्
जवाब / जबाब
वातावरण / बातावरण

21. य्-संबंधी

21.2. य् / 0
स्वास्थ्य / स्वास्थ

25. अल्पप्राणीकरण-संबंधी

25.1. ख् / क्
धोखा / धोका

व्याकरण-संबंधी

28. संज्ञा वचन-संबंधी

28.2. संज्ञा बहुवचन / एकवचन
क्या चार तोले सोने से बहू खुश हो जाएगी / क्या दुल्हन चार **तोला** सोना लेकर खुश होगी ?

32. सर्वनाम निजवाचकता-संबंधी

32.1. सर्वनाम संबंधकारकीय निजवाचक / पुरुषवाचक
तुम मुझे अपना यह चिल्लाना मत सुनाओ / **तुम्हारा** रोना मुझे मत सुनाओ।

35. विशेषण कारकरूप-संबंधी

35.1. विशेषण विकारी / मूल
भूखे भिखारी को साधु के लिए बाल और पाँच पत्थर इकट्ठे करने पड़ेंगे / **भूखा** भिखारी को साधु के लिए बाल और पाँच पत्थर एकत्र करने होंगे।

41. परसर्ग-संबंधी

41.3. के / की
घोड़े के पूँछ होती है / घोड़े **की** एक पूँछ होती है।

अर्थ-संबंधी

43. विशेषण अर्थ-संबंधी

43.1. विशेषण / विशेषण

गंदी / **मैली** दुकानों में जमी कई दिनों की गन्दगी इस बहाने साफ हो जाती है।

44. मुहावरा-संबंधी

44.1. संज्ञा-क्रिया / संज्ञा-क्रिया

जब वे कालेज के स्वतंत्र वातावरण की मनोरंजक बातें सुनाते थे, तो मुँह में पानी भर जाता / **फिर आता** था।

मालवी-क्षेत्र के हिंदी-भाषियों ने अपनी मानक हिंदी में विभिन्न भाषाई लक्षणों के व्यतिक्रम आगम, आदेश, लोप की शब्दावली में क्रमशः निम्नानुसार दिखाए–

आगम–वर्तनी– चंद्रबिंदु, अनुस्वार, एवं अ का।

आदेश–वर्तनी– चंद्रबिंदु, इ ई, उ, ऊ, ऐ, ओ, औ, ख़, ग़, ज़, फ़, ड़, ण्, व्, एवं ख् का।

व्याकरण– संज्ञा बहुवचन, सर्वनाम संबंधकारकीय निजवाचक, विशेषण विकारी, एवं 'के' परसर्ग का।

अर्थ– विशेषण एवं संज्ञा-क्रिया का।

लोप–वर्तनी– चंद्रबिंदु, अनुस्वार, विसर्ग, हलृ, एवं य् का।

सूचकवार व्यतिक्रम-विवरण

व्यतिक्रम-क्रमांक	व्यतिक्रम-स्वरूप	क	ख	ग	क ख ग
1.1.	0 / ँ	हाँ	हाँ	हाँ	हाँ
1.2.	ँ / ं	–	हाँ	हाँ	–
1.4.	ँ / 0	हाँ	हाँ	हाँ	हाँ
2.1.	0 / ं	–	हाँ	हाँ	–
2.4.	ं / 0	हाँ	हाँ	हाँ	हाँ
3.1.	: / 0	हाँ	–	हाँ	–
4.1.	् / 0	हाँ	हाँ	–	–
5.1.	0 / अ	हाँ	–	हाँ	–
7.2.	इ / ई	हाँ	हाँ	हाँ	हाँ
8.1.	ई / इ	हाँ	हाँ	हाँ	हाँ
9.1.	उ / ऊ	हाँ	हाँ	हाँ	हाँ

10.1.	ऊ / उ	हाँ	हाँ	हाँ	हाँ
12.1.	ऐ / ए	हाँ	हाँ	हाँ	हाँ
13.1.	ओ / औ	—	हाँ	हाँ	—
14.1.	औ / ओ	हाँ	हाँ	हाँ	हाँ
15.2.	ख़् / ख्	हाँ	हाँ	हाँ	हाँ
15.3.	ग़् / ग्	हाँ	हाँ	हाँ	हाँ
15.4.	ज़् / ज्	हाँ	हाँ	हाँ	हाँ
15.5.	फ़् / फ्	—	हाँ	हाँ	—
18.1.	ड़् / ड्	—	हाँ	हाँ	—
19.1.	ण् / न्	हाँ	—	हाँ	—
20.2.	व् / ब्	हाँ	—	हाँ	—
21.2.	य् / 0	हाँ	—	हाँ	—
25.1.	ख् / क्	हाँ	—	हाँ	—
28.2.	संज्ञा बहुवचन / एकवचन	हाँ	हाँ	—	—
32.1.	सर्वनाम संबंधी-				
	कारकीय निजवाचक / पुरुषवाचक	हाँ	हाँ	—	—
35.1.	विशेषण विकारी / मूल	हाँ	हाँ	—	—
41.3.	के / की	हाँ	हाँ	—	—
43.1.	विशेषण / विशेषण	—	हाँ	हाँ	—
44.1.	संज्ञा-क्रिया / संज्ञा-क्रिया	हाँ	—	हाँ	—
योग	24 : 30	21 : 24	17 : 23	19 : 25	9 : 12
वर्तनीगत	18 : 24	16 : 19	12 : 18	17 : 23	9 : 12
व्याकरणगत	4 : 4	4 : 4	4 : 4	0 : 0	0 : 0
अर्थगत	2 : 2	1 : 1	1 : 1	2 : 2	0 : 0

2.20. भोजपुरी-भाषियों की मानक हिंदी में व्यतिक्रम

भोजपुरी-क्षेत्रवाले सूचकों की मानक हिंदी में 44 : 111 में से 20 : 25 व्यतिक्रम मिले।

वर्तनी-संबंधी

1. चंद्रबिंदु-संबंधी

   1.4. ँ / 0

   आऊँगा / आऊगा

ऋतुएँ / ऋतुए
पाँचवाँ / पाचवाँ
पूँछ / पूछ
भाँति / भाति
मिठाइयाँ / मिठाइयां
मुँह / मूह
यहाँ / यहा
लड़कियाँ / लडकिया
वस्तुएँ / वस्तुए
वहाँ / वहा
साँड़ / साड
हँसाया / हसाया
हूँ / हु

2. अनुस्वार-संबंधी

2.2. ं / न्

ईंधन / इन्धन

2.4. ं / 0

ईंट / ईट
उन्हीं / उन्ही
कथाओं / कथाओ
क्यों / क्यो
घोड़ों / घोडो
चारों / चारो
जुड़ेंगे / जुड़ेगे
झोंपड़ी / झोपड़ी
डंडों / डण्डो
तुम्हें / तुम्हे
दिनों / दिनो
दूसरों / दुसरो
नहीं / नही
भावों / भावो
भैंस / भैस
मैं / मै
यहीं / यही
शासकों / शासको

सड़कों / सड़को
हमें / हमे
हाथों / हाथो

3. विसर्ग-संबंधी

3.1. : / 0

दुःख / दुख

8. ई-संबंधी

8.1. ई / इ

ईंधन / इन्धन
ईश्वर / इश्वर
जीवन / जिवन
ठीक / ठिक
यही / यहि

9. उ-संबंधी

9.1. उ / ऊ

भुला / भूला
मुँह / मूह

10. ऊ-संबंधी

10.1. ऊ / उ

ऊपर / उपर
क्रूर / क्रुर
झाड़ू / झाड़ु
दूध / दुध
दूसरों / दुसरो
पूछा / पुछा
पूज्य / पुज्य
फूल / फुल
बूढ़ा / बुढ़ा
रूम / रुम
हिंदू / हिंदु
हूँ / हु

15. नीचे बिंदी-संबंधी (ड़, ढ़ को छोड़कर)

15.4. ज़् / ज्

आवाज़ / आवाज
बाज़ार / वाजार

मेज़ / मेज

15.5. फ़् / फ्

दफ़्तर / दफ्तर

सफ़ेद / सफेद

साफ़ / साफ

18. प्रतिवेष्टन-उत्क्षेपण-संबंधी

18.2. ड़् / ड्

घोड़ियाँ / घोडियाँ

घोड़ों / घोडो

झाड़ू / झाडु

बड़े / वडे

लड़कियाँ / लडकिया

18.3. ड़् / ण्

गरुड़ / गरुण

19. ण्-न्-संबंधी

19.1. ण् / न्

प्राण / प्रान

20. ब्-व्-संबंधी

20.1. ब् / व्

अब / अव

किताब / किताव

जब / जव

नंबर / नम्वर

निबंध / निवंध

बंधु / वन्धु

बँधे / वँधे

बकवास / वकवास

बचते / वचते

बड़े / वडे

बढ़ / वढ़

बनाया / वनाया

बम / वम

बलिदान / वलिदान

बहन / वहन

बाज़ार / वाजार

बात / वात
बाद / वाद
बार / वार
बारह / वारह
बिताते / विताते
बिहार / विहार
बुरा / वुरा
बेटा / वेटा
बौछार / वौछार
सब / सव

व्याकरण-संबंधी

27. संज्ञा लिंग-संबंधी

27.1. संज्ञा पुल्लिंग / स्त्रीलिंग
वह मेरे पानी से अपना मुँह, हाथ, और जीभ साफ़ कर रही थी / वह मेरे पानी से अपनी **मूह**, हाथ और जीभ साफ कर रही थी।

27.2. संज्ञा-स्त्रीलिंग / पुल्लिंग
उतना काम करो, जितनी तुममें शक्ति हो / उतना काम करो जितना तुममें **शक्ति** हो।
बड़ी ईंट इस तरह रखो कि वह गिरे नहीं / बड़े **ईट** को इस प्रकार रखो कि वह न गिर सके।
उसकी रोती हुई आँख और सिर ठंडे पानी से धो / ठंडे पानी से उसके रोते हुए **आँख** और सर को धो।
उन्होंने घोड़ों को हाथ से घास दी / वे घोडो को हाथ से **घास** दिया।

27.3. संज्ञा स्त्रीलिंग प्रत्यय -अन, -इन / -इनी
दुल्हन मालिन के साथ बड़े बाज़ार भेजी जाएगी / **दुल्हिनी मालिनी** के साथ वडे वाजार को भेजी गयी होगी।

28. संज्ञा वचन-संबंधी

28.2. संज्ञा बहुवचन / एकवचन
क्या चार तोले सोने से बहू खुश हो जाएगी / क्या दुल्हिनी चार **तोला** सोना से प्रसन्न होगी ?

29. संज्ञा कारकरूप-संबंधी

29.2. संज्ञा विकारी / मूल

क्या चार तोले सोने से बहू खुश हो जाएगी / क्या दुल्हिनी चार तोला **सोना** से प्रसन्न होगी ?

31. सर्वनाम कारकरूप-संबंधी

31.2. सर्वनाम विकारी + ने / मूल + 0

उसने मुझसे पूछा, 'क्या तुम्हीं सुख के हक़दार हो' / **वह** मुझसे पूछा 'क्या केवल आप लोग प्रसन्नता के अधिकारी हैं ? '

उन्होंने घोड़ों को हाथ से घास दी / **वे** घोडो को हाथ से घास दिया।

37. क्रिया वचन-संबंधी

37.2. क्रिया बहुवचन / एकवचन

मुझे तुझे चार या छह रुपए व्याकरण की पुस्तक के देने थे / मैं तुम्हें 4 या 6 रु. व्याकरण की किताव के लिये **दिया**। (अनुवाद-दोषं भी।)

यदि वे यहाँ हों, तो मैं भी यहाँ रहूँगा / यदि वे यहाँ **होगा,** तो मैं भी होऊँगा। (आगे 39.1. भी देखिए।)

हमारे विद्यालय में लड़के भी समयानुसार काम करते हैं / **है**।

आधुनिक युग में अनेक आविष्कार हुए हैं / **है**।

(ऊपर 2.4. भी देखिए।)

38. क्रिया काल-प्रत्यय-संबंधी

38.1. क्रिया पुल्लिंग मध्यम पुरुष भविष्य-प्रत्यय -ओगे / -ओगो

तुम गोविंद की स्तुति से संतोष पाओगे / तुम गोविन्द की प्रार्थना से सन्तोष **पाओगे**।

39. क्रिया वृत्ति-संबंधी

39.1. क्रिया संकेतार्थ / भविष्य निश्चयार्थ

यदि वे यहाँ हों, तो मैं भी यहाँ रहूँगा / यदि वे यहाँ **होगा,** तो मैं भी होऊँगा।

41. परसर्ग-संबंधी

41.1. ने /0

मुझे तुझे चार या छह रुपए व्याकरण की पुस्तक के देने थे / मैं तुम्हें 4 या 6 रु. व्याकरण की किताव के लिये दिया। (ऊपर 31.2. तथा 37.2. भी देखिए।)

अर्थ-संबंधी

42. संज्ञा अर्थ-संबंधी

42.1. संज्ञा जातिवाचक / जातिवाचक
हल्का काला बैल प्यासा होगा / हल्का काला साड़ प्यासेगा।
(क्रिया-रूप भी द्रष्टव्य।)

44. मुहावरा-संबंधी

44.1. संज्ञा-क्रिया / संज्ञा-क्रिया
मशीन के आटे से पकी रोटी से भूख मिटाकर / **भूख पूरा कर** मोटरसाइकिल पर चढ़कर दफ्तर चल दिए।

भोजपुरी-क्षेत्र के हिंदी-भाषियों ने अपनी मानक हिंदी में विभिन्न भाषाई लक्षणों के व्यतिक्रम आगम, आदेश लोप की शब्दावली में क्रमशः निम्नानुसार दिखाए :

आदेश—वर्तनी—अनुस्वार, ई, उ, ऊ, ज़्, फ़्, ड़् (दो दिशाओं में), ण् एवं ब् का।
व्याकरण—संज्ञा पुल्लिंग, संज्ञा स्त्रीलिंग, संज्ञा स्त्रीलिंग प्रत्यय -अन, -इन, संज्ञा बहुवचन, संज्ञा विकारी, सर्वनाम विकारी + ने, क्रिया बहुवचन, क्रिया पुल्लिंग मध्यम पुरुष भविष्य प्रत्यय -ओगे, एवं क्रिया संकेतार्थ का।
अर्थ—संज्ञा जातिवाचक एवं संज्ञा-क्रिया का।
लोप—वर्तनी—चंद्रबिंदु, अनुस्वार, एवं विसर्ग का।
व्याकरण—'ने' परसर्ग का।

सूचकवार त्रुटि-विवरण

त्रुटि-क्रमांक	त्रुटि-स्वरूप	क	ख	ग	क ख ग
1.4.	ँ / 0	हाँ	हाँ	हाँ	हाँ
2.2.	ं / न्	हाँ	हाँ	—	—
2.4.	ं / 0	हाँ	हाँ	हाँ	हाँ
3.1.	: / 0	हाँ	—	हाँ	—
8.1.	ई / इ	हाँ	हाँ	—	—
9.1.	उ / ऊ	हाँ	हाँ	—	—
10.1.	ऊ / उ	हाँ	हाँ	हाँ	हाँ
15.4.	ज़् / ज्	हाँ	हाँ	हाँ	हाँ
15.5.	फ़् / फ्	हाँ	हाँ	हाँ	हाँ
18.2.	ड़् / ड्	हाँ	हाँ	हाँ	हाँ
18.3.	ड़् / ण्	हाँ	हाँ	—	—
19.1.	ण् / न्	हाँ	हाँ	—	—

20.1.	ब / व्	हाँ	हाँ	हाँ	हाँ
27.1.	संज्ञा पुल्लिग / स्त्रीलिंग	—	हाँ	हाँ	—
27.2.	संज्ञा स्त्रीलिंग / पुल्लिग	हाँ	हाँ	हाँ	हाँ
27.3.	संज्ञा स्त्रीलिंग प्रत्यय -अन, -इन / -इनी	—	हाँ	हाँ	—
28.2.	संज्ञा बहुवचन / एकवचन	हाँ	हाँ	हाँ	हाँ
29.2.	संज्ञा विकारी / मूल	हाँ	—	हाँ	—
31.2.	सर्वनाम विकारी + ने / मूल + 0	—	हाँ	हाँ	—
37.2.	क्रिया बहुवचन / एकवचन	हाँ	हाँ	हाँ	हाँ
38.1.	क्रिया पुल्लिग मध्यम पुरुष भविष्य प्रत्यय -आगे / -ओगो	हाँ	हाँ	—	—
39.1.	क्रिया संकेतार्थ / भविष्य निश्चयार्थ	—	हाँ	हाँ	—
41.1.	ने / 0	हाँ	हाँ	—	—
42.1.	संज्ञा जातिवाचक / जातिवाचक	हाँ	हाँ	हाँ	हाँ
44.1.	संज्ञा-क्रिया / संज्ञा-क्रिया	हाँ	हाँ	—	—
योग	20 : 25	18 : 21	18 : 23	14 : 17	10 : 11
वर्तनीगत	10 : 13	10 : 13	9 : 12	7 : 8	6 : 7
व्याकरणगत	8 : 10	6 : 6	7 : 9	6 : 8	3 : 3
अर्थगत	2 : 2	2 : 2	2 : 2	1 : 1	1 : 1

2.21. मगही-भाषियों की मानक हिंदी में व्यतिक्रम

मगही-क्षेत्रवाले सूचकों की मानक हिंदी में 44 : 111 में से 22 : 35 व्यतिक्रम मिले।

वर्तनी-संबंधी

1. चंद्रबिंदु-संबंधी

1.1. 0 / ँ

आटा / आँटा

1.4. ँ / 0

पाँचवाँ / पाँचवा

मुँह / मुह

2. अनुस्वार-संबंधी

2.1. 0 / ं

घास / घांस

मेज / मेंज

लोग / लोंग

2.4. ं / 0

आँखों / आँखो

ईंट / ईट्ट

खेतों / खेतो

ग़रीबों / गरीवो

घरों / घरो

चीज़ें / चिजे

झोंपड़ी / झोपड़ी

दुकानें / दुकाने

नहीं / नही

लोगों / लोगो

संख्या / सख्या

हमें / हमे

5. अ-संबंधी

5.1. 0 / अ

स्वास्थ्य / स्वास्थय, स्वास्थ (आगे 21.2. भी देखिए।)

7. इ-संबंधी

7.2. इ / ई

आदि / आदी

इत्यादि / इत्यादी

इस / ईश

उपस्थिति / उपस्थिती

कीर्ति / कृती

गाड़ियाँ / गाड़ीयाँ

घोड़ियाँ / घोड़ीयाँ

धोबिनों / धोवीनों

मंदिर / मंदीर

मिले / मीले
रोटियाँ / रोटीयाँ
विकसित / विकसीत
हरिजनों / हरीजनों
हानि / हानी

8. ई-संबंधी

8.1. ई / इ
कीचड़ / किचड़
चमकीला / चमकिला
चीज़ें / चिजे
जीभ / जिभ
दुर्गा जी / दुर्गा जि
पानी / पानि
पी / पि
पीठ / पिठ
फीका / फिका
भी / भि
लीपते / लिपते
श्रीमान् / श्रिमान्
सींग / सिंग
सीता / सिता

9. उ-संबंधी

9.1. उ / ऊ
गरुड़ / गरूड़
दुर्गा जी / दुर्गा जि
मिलजुल / मिलजूल
रुपए / रूपये
हिंदुओं / हिंदूओं

10. ऊ-संबंधी

10.1. ऊ / उ
घूमते / घुमते
जूते / जुते
दूध / दुध
दूरी / दुरी
दूसरे / दुसरे

धूमधाग / धुमधाम

पालतू / पालतु

पूछ / पुछ

पूर्ग / पुर्ण

फूस / फुस

15. नीचे बिंदी-संबंधी (ड़, ढ़ को छोड़कर)

15.1. क़ / क्

क़मीज़ / कमीज

बाक़ी / बाकी

हक़दार / हकदार

15.2. ख़ / ख्

ख़ुश / खुश

15.3. ग़ / ग्

ग़रीब / गरीब

15.4. ज़ / ज्

आवाज़ / आवाज

क़मीज़ / कमीज

चीज़ें / चिजे

ज़्यादा / ज्यादा

बाज़ार / बाजार

मेज़ / मेज

15.5. फ़ / फ्

साफ़ / साफ

19. ण्-न्-संबंधी

19.1. ण् / न्

रावण / रावन

20. ब्-व्-संबंधी

20.1. ब् / व्

गोबर / गोवर

धोबिनों / धोवीनों

बच्चे / वच्चे

बड़े / वड़े

बस्ती / वस्ती

बहुत / वहुत

बाक़ी / वाकी

बाद / वाद

21. य्-संबंधी

21.2. य् / 0

स्वास्थ्य / स्वास्थ, स्वास्थय (ऊपर 5.1. भी देखिए।)

22. र्-संबंधी

22.2. ईर् / ऋ

कीर्ति / कृती

23. ऊष्म-संबंधी

23.2. श् / स्

शराब / सराब

शहर / सहर

शांत / सान्त

शाम / साम

शिकायत / सिकायत

23.5. स् / श्

इस / ईश

क्लास / क्लाश

26. द्वित्व-संबंधी

26.1. व्यंजन / द्वित्व

ईंट / ईट्ट

कुतिया / कुत्तिया

छत / छत्त

व्याकरण-संबंधी

27. संज्ञा लिंग-संबंधी

27.1. संज्ञा पुल्लिंग / स्त्रीलिंग

अपना / अपनी मुह देखो।

27.2. संज्ञा स्त्रीलिंग / पुल्लिग

हमने इससे ऊँची ईंट और गुच्छा भेजा / हमने इससे ज्यादा ऊँचा **ईट्ट** और गुच्छा भेजा।

मुझे तुझे चार या छह रुपए व्याकरण की पुस्तक के देने थे / मैं तुम्हें चार या छः रुपये ग्रामर के **किताब** के लिये दिया।

जगमगाती शराब व्यक्ति की उम्र बढ़ाएगी / चमकिला **शराब** एक की उम्र बढ़ायेगा।

28. संज्ञा वचन-संबंधी

28.2. संज्ञा बहुवचन / एकवचन

क्या चार तोले सोने से बहू खुश हो जाएगी / क्या चार **तोला** सोना से दुल्हन खुश होगी ?

28.4. संज्ञा पुल्लिंग बहुवचन प्रत्यय -0 / -ए

एक सौ उन्नीस मेंढक और हिरन इस अँधेरे कमरे में रहे हैं / इस अँधेरे घर में एक सौ उन्नीस **मेंढके** और **हरिने** है। भूखे भिखारी को साधु के लिए बाल और पाँच पत्थर इकट्ठे करने पड़ेंगे / भूखे भिखारी को साधु के लिए बाल और पाँच **पत्थरे** जमा करना होगा।

29. संज्ञा कारकरूप-संबंधी

29.2. संज्ञा विकारी / मूल

कुत्ते / **कुत्ता** से हमें भी लाभ होता है।

उसके बाद पक्के के मकान में चूने / **चूना** से पोचाड़ा किया जाता है। (43.2. भी देखिए।)

29.4. संज्ञा संबोधनार्थक -ओ / संबोधनार्थक -ओं

भाइयो / गधे को जीभ क्यों दिखाते हो / **भाइयों** ! तुम गदहे को जीभ क्यों दिखाते हो ?

31. सर्वनाम कारकरूप-संबंधी

31.2. सर्वनाम विकारी + ने / मूल + 0

उन्होंने घोड़ों को हाथ से घास दी / **वे** अपने हाथ से घोड़ों को घास दिये।

31.4. सर्वनाम विकारी / संबंधरूपीय विकारी

उतना काम करो, जितनी तुम में शक्ति हो ! उतना काम करो जितनी **तुम्हारे** में शक्ति हो।

37. क्रिया वचन-संबंधी

37.2. क्रिया बहुवचन / एकवचन

भूखे भिखारी को साधु के लिए बाल और पाँच पत्थर इकट्ठे करने पड़ेंगे / भूखे भिखारी को साधु के लिए बाल और पाँच पत्थरे जमा **करना होगा**।

एक सौ उन्नीस मेंढक और हिरन इस अँधेरे कमरे में रहे हैं / इस अँधेरे घर में एक सौ उन्नीस मेंढके और **हरिनें** है। (ऊपर 2.4. देखिए।)

39. क्रिया वृत्ति-संबंधी

39.2. क्रिया आज्ञार्थ -0 / -ओ

उसकी रोती हुई आँख और सिर ठंडे पानी से धो / उसकी रोती हुई आँख और सिर को ठंडे पानी से **धोओ**।

39.3. क्रिया आदरार्थ / सामान्य

गाँधीजी कोई उच्च आदर्शों वाला स्कूल देखना चाहते हैं / गाँधीजी एक उच्च आदर्शों के विद्यालय को देखना **चाहता** है।

41. परसर्ग-संबंधी

41.1. ने / 0

मैंने / मैं तुम्हें चार या छः रुपये ग्रामर के किताब के लिए दिए / दिया।

41.3. के / को

घोड़े के एक पूँछ होती है / घोड़े **को** एक पूँछ होती है।

अर्थ-संबंधी

43. विशेषण अर्थ-संबंधी

43.2. विशेषण / संज्ञा

उसके बाद पक्के / **पक्के** के मकान में चूना से पोचाड़ा किया जाता है।

मगही-क्षेत्र के हिंदी-भाषियों ने अपनी मानक हिंदी में विभिन्न भाषाई लक्षणों के व्यतिक्रम आगम, आदेश, लोप की शब्दावली में क्रमशः निम्नानुसार दिखाए—

आगम—वर्तनी—चंद्रबिंदु, अनुस्वार, एवं अ का।

व्याकरण—संज्ञा पुल्लिंग बहुवचन प्रत्यय -ए का, एवं क्रिया आज्ञार्थ -ओ का।

आदेश—वर्तनी—इ, ई, उ, ऊ, क़्, ख़्, ग़्, ज़्, फ़्, ण्, ब्, ईर्, श्, स्, एवं व्यंजन से द्वित्व का।

व्याकरण—संज्ञा पुल्लिंग, संज्ञा स्त्रीलिंग, संज्ञा बहुवचन, संज्ञा विकारी, संज्ञा संबोधनार्थक -ओ, सर्वनाम विकारी + ने, सर्वनाम विकारी, क्रिया बहुवचन, क्रिया आदरार्थ, एवं 'के' परसर्ग का।

अर्थ—विशेषण का।

लोप—वर्तनी—चंद्रबिंदु, अनुस्वार, एवं य् का।

व्याकरण—'ने' परसर्ग का।

सूचकवार त्रुटि-विवरण

त्रुटि-क्रमांक	त्रुटि-स्वरूप	क	ख	ग	क ख ग
1.1.	0 / ँ	हाँ	—	हाँ	—
1.4.	ँ / 0	हाँ	—	हाँ	—
2.1.	0 / ं	हाँ	हाँ	हाँ	हाँ
2.4.	ं /0	हाँ	हाँ	हाँ	हाँ
5.1.	0 / अ	हाँ	—	हाँ	—
7.2.	इ / ई	हाँ	हाँ	हाँ	हाँ
8.1.	ई / इ	हाँ	हाँ	हाँ	हाँ
9.1.	उ / ऊ	हाँ	हाँ	हाँ	हाँ
10.1.	ऊ / उ	हाँ	हाँ	हाँ	हाँ
15.1.	क़् / क्	हाँ	हाँ	हाँ	हाँ
15.2.	ख़् / ख्	हाँ	हाँ	—	—
15.3.	ग़् / ग्	हाँ	हाँ	हाँ	हाँ
15.4.	ज़् / ज्	हाँ	हाँ	हाँ	हाँ
15.5.	फ़् / फ्	हाँ	हाँ	हाँ	हाँ
19.1.	ण् / न्	हाँ	हाँ	—	—
20.1.	ब् / व्	हाँ	हाँ	हाँ	हाँ
21.2.	य् / 0	हाँ	—	हाँ	—
22.2.	ईर् / ऋ	—	हाँ	हाँ	—
23.2.	श्/ स्	—	हाँ	हाँ	—
23.5.	स् / श्	—	हाँ	हाँ	—
26.1.	व्यंजन / द्वित्व	—	हाँ	हाँ	—
27.1.	संज्ञा पुल्लिग / स्त्रीलिंग	हाँ	—	हाँ	—
27.2.	संज्ञा स्त्रीलिंग / पुल्लिग	हाँ	हाँ	हाँ	हाँ
28.2.	संज्ञा बहुवचन / एकवचन	—	हाँ	हाँ	—
28.4.	संज्ञा पुल्लिग बहुवचन प्रत्यय -0 / -ए	हाँ	हाँ	हाँ	हाँ
29.2.	संज्ञा विकारी / मूल	हाँ	हाँ	—	—
29.4.	संज्ञा संबोधनार्थक -ओ संबोधनार्थक -ओं	हाँ	—	हाँ	—
31.2.	सर्वनाम विकारी + ने / मूल + 0	हाँ	हाँ	—	—
31.4.	सर्वनाम विकारी / संबंधरूपीय विकारी	हाँ	हाँ	हाँ	हाँ

37.2.	क्रिया बहुवचन / एकवचन	हाँ	—	हाँ	—
39.2.	क्रिया आज्ञार्थ -0 / -ओ	हाँ	हाँ	—	—
39.3.	क्रिया आदरार्थ / सामान्य	हाँ	—	हाँ	—
41.1.	ने / 0	हाँ	हाँ	—	—
41.3.	के / को	—	हाँ	हाँ	—
43.2.	विशेषण / संज्ञा	—	हाँ	हाँ	—
योग	22 : 35	18 : 28	18 : 27	21 : 29	10 : 14
वर्तनीगत	14 : 21	11 : 17	11 : 17	13 : 19	7 : 11
व्याकरणगत	7 : 13	7 : 11	6 : 9	7 : 9	3 : 3
अर्थगत	1 : 1	0 : 0	1 : 1	1 : 1	0 : 0

2.22. मैथिली-भाषियों की मानक हिंदी में व्यतिक्रम

मैथिली-क्षेत्रवाले सूचकों की मानक हिंदी में 44 : 111 में से 23 : 31 व्यतिक्रम मिले।

वर्तनी-संबंधी

1. चंद्रबिंदु-संबंधी
   1.1. 0 / ँ
   बाक़ी / वाँकी
2. अनुस्वार-संबंधी
   2.4. ं / 0
   झोंपड़ी / झोपड़ी
   नहीं / नही
   परसों / परसो
4. हल्-संबंधी
   4.1. ् /0
   संवत् / संवत
7. इ-संबंधी
   7.2. इ / ई
   कीर्ति / कृती
   तितली / तीतली
   भाइयों / भाईयों
8. ई-संबंधी

8.1. ई / इ

कीर्तन / किर्तन

जीवात्मा / जिवात्मा

9. उ-संबंधी

9.1. उ / ऊ

रुपए / रूपये

10. ऊ-संबंधी

10.1. ऊ / उ

ऊपर / उपर

ख़ुशबू / ख़ुशबु

प्रतिकूल / प्रतिकुल

14. औ-संबंधी

14.1. औ / ओ

सौंपता / सोंपता

15. नीचे बिंदी-संबंधी (ड़, ढ़ को छोड़कर)

15.1. क़् / क्

क़मीज़ / कमीज

बाक़ी / बाँकी

हक़दार / हकदार

15.2. ख़् / ख्

ख़ुशबू / खुशबु

ख़्याल / ख्याल

15.3. ग़् / ग्

ग़रीब / गरीब

15.4. ज़् / ज्

आवाज़ / आवाज

क़मीज़ / कमीज

दराज़ / दराज

बाज़ार / बाजार

मेज़ / मेज

15.5. फ़् / फ्

कफ़न / कफन

नफ़रत / नफरत

साफ़ / साफ

सिर्फ़ / सिर्फ

18. प्रतिवेष्टन-उत्क्षेपण-संबंधी

18.5. ड् / ढ्

ठंडे / ठंढ़े

20. ब्-व्-संबंधी

20.1. ब् / व्

बाक़ी / वाँकी

बुद्धि / वुद्धि

20.2. व् / ब्

जीवन / जीबन

मानव / मानब

वस्तुतः / बस्तुतः

वाद / बाद

विश्व / विश्ब

व्यक्ति / ब्यक्ति

शिवाजी / शिबाजी

22. र्-संबंधी

22.2. ईर् / ऋ

कीर्ति / कृती

23. ऊष्म-संबंधी

23.5. स् / श्

अनुसरण / अनुशरण

नक्सलपंथी / नक्शलपंथी

विकास / विकाश

26. द्वित्व-संबंधी

26.1. व्यंजन / द्वित्व

कुतियाँ / कुत्तियाँ

व्याकरण-संबंधी

27. संज्ञा लिंग-संबंधी

27.2. संज्ञा स्त्रीलिंग / पुल्लिंग

आप किसकी तनख़्वाह के बारे में पूछ रहे हैं / आप किसके **तनखे** के बारे में पूछ रहे हैं ? (शब्द-रूपांतर भी द्रष्टव्य।) उन्होंने घोड़ों को हाथ से घास दी / उन लोगों ने हाथ से घोड़ों को **घास** दिया।

जगमगाती शराब व्यक्ति की उम्र बढ़ाएगी / चमकीला **शराब** एक का **उम्र** बढ़ाएगा।

28. संज्ञा वचन-संबंधी

28.2. संज्ञा बहुवचन / एकवचन

क्या चार तोले सोने से बहू खुश हो जाएगी / क्या चार **तोला** सोने के साथ दुल्हन प्रसन्न होगी ?

29. संज्ञा कारकरूप-संबंधी

29.1. संज्ञा मूल + 0 / विकारी + ने

वहाँ से कुतियाँ, घोड़ियाँ, और हाथी भाग गए / वहाँ से कुत्तियाँ, घोड़ियाँ और **हाथियों** ने दौड़ा।

29.2. संज्ञा विकारी / मूल

लड़के ने विशेष ताला देखा / लड़के ने विशेष **ताला** को देखा। (ताले को / **ताला** को।)

दादी, साले, और देवर ने नरम कपड़े से अपने नाक-कान साफ़ किये थे / दादी, **साला** और देवर ने अपनी नाक और कान एक मुलायम कपड़े से साफ किये थे।

29.4. संज्ञा संबोधनार्थक -ओ / संबोधनार्थक -ओं

भाइयो ! गधे को जीभ क्यों दिखाते हो / **भाईयों** ! तुम अपनी जीभ एक गदहे को क्यों दिखाते हो ?

33. विशेषण लिंग-संबंधी

33.1. विशेषण स्त्रीलिंग / पुल्लिग

हमारे पूर्वजों के समय सिर्फ एक संस्कृत भाषा थी, जिससे कितनी / **कितने** ही भाषाओं का निर्माण हुआ।

35. विशेषण कारकरूप-संबंधी

35.1. विशेषण विकारी / मूल

भूखे भिखारी को साधु के लिए बाल और पाँच पत्थर इकट्ठे करने पड़ेंगे / **भूखा** भिखारी को साधु के लिए बाल और पाँच पत्थर इकट्ठे करने होंगे।

37. क्रिया वचन-संबंधी

37.1. क्रिया एकवचन / बहुवचन

मेज़ की दराज़ में क़मीज़ और गेंद रखी है / मेज की दराज में एक कमीज और एक गेंद **रखे जाते हैं**। (लिंगांतर भी।)

39. क्रिया वृत्ति-संबंधी

39.2. क्रिया आज्ञार्थ -0 / -ओ

उसकी रोती हुई आँख और सिर ठंडे पानी से धो / उसकी

रोती आँख तथा सिर को ठंढ़े पानी से **धोओ**।

41. परसर्ग-संबंधी

41.2. को / में

संदूक शाम को मेरे द्वारा भेजा गया है / यह बक्सा शाम में मेरे द्वारा भेजा गया है।

41.3. के / को

घोड़े के एक पूँछ होती है / घोड़े **को** एक पूँछ है।

अर्थ-संबंधी

42. संज्ञा अर्थ-संबंधी

42.1. संज्ञा जातिवाचक / जातिवाचक

मैं सोचने लगा कि क्या गंध मोती और पानी से आ रही है / मैं सोचने लगा कि क्या **सुगन्ध** मोती तथा पानी से आ रही है।

मैथिली-क्षेत्र के हिंदी-भाषियों ने अपनी मानक हिंदी में विभिन्न भाषाई लक्षणों के व्यतिक्रम आगम, आदेश, लोप की शब्दावली में क्रमशः निम्नानुसार दिखाए—

आगम—वर्तनी— चंद्रबिंदु का।
व्याकरण— क्रिया आज्ञार्थ -ओ का।
आदेश—वर्तनी— इ, ई, उ, ऊ, औ, क़्, ख़्, ग़्, ज़्, फ़्, ढ़्, ब्, व्, ईर्, स्, एवं व्यंजन से द्वित्व का।
व्याकरण— संज्ञा स्त्रीलिंग, संज्ञा बहुवचन, संज्ञा मूल + 0, संज्ञा विकारी, संज्ञा संबोधनार्थक -ओ, विशेषण स्त्रीलिंग, विशेषण विकारी, क्रिया एकवचन, 'को' एवं 'के' परसर्ग का।
अर्थ— संज्ञा जातिवाचक का।
लोप—वर्तनी— अनुस्वार एवं हल् का।

सूचकवार त्रुटि-विवरण

त्रुटि-क्रमांक	त्रुटि-स्वरूप	क	ख	ग	क ख ग
1.1.	0 / ँ	हाँ	हाँ	—	—
2.4.	ं / 0	हाँ	हाँ	हाँ	हाँ
4.1.	् / 0	हाँ	—	हाँ	—

7.2.	इ / ई	हाँ	—	हाँ	—
8.1.	ई / इ	हाँ	—	हाँ	—
9.1.	उ / ऊ	हाँ	हाँ	—	—
10.1.	ऊ / उ	—	हाँ	हाँ	—
14.1.	औ / ओ	हाँ	—	हाँ	—
15.1.	क़् / क्	हाँ	—	हाँ	—
15.2.	ख़् / ख्	हाँ	हाँ	—	—
15.3.	ग़् / ग्	हाँ	हाँ	—	—
15.4.	ज़् / ज्	हाँ	हाँ	हाँ	हाँ
15.5.	फ़् / फ्	हाँ	हाँ	हाँ	हाँ
18.5.	ढ् / ढ़्	—	हाँ	हाँ	—
20.1.	ब् / व्	हाँ	—	हाँ	—
20.2.	व् / ब्	हाँ	—	हाँ	—
22.2.	ईर् / ऋ	हाँ	—	हाँ	—
23.5.	स् / श्	—	हाँ	हाँ	—
26.1.	व्यंजन / द्वित्व	हाँ	हाँ	हाँ	हाँ
27.2.	संज्ञा स्त्रीलिंग / पुल्लिंग	हाँ	हाँ	हाँ	हाँ
28.2.	संज्ञा बहुवचन / एकवचन	हाँ	—	हाँ	—
29.1.	संज्ञा मूल + 0 / विकारी + ने	हाँ	हाँ	—	—
29.2.	संज्ञा विकारी / मूल	हाँ	हाँ	हाँ	हाँ
29.4.	संज्ञा संबोधनार्थक -ओ / संबोधनार्थक-ओं	—	हाँ	हाँ	—
33.1.	विशेषण स्त्रीलिंग / पुल्लिंग	हाँ	—	हाँ	—
35.1.	विशेषण विकारी / मूल	हाँ	—	हाँ	—
37.1.	क्रिया एकवचन / बहुवचन	—	हाँ	हाँ	—
39.2.	क्रिया आज्ञार्थ -0 / -ओ	—	हाँ	हाँ	—
41.2.	को / में	हाँ	हाँ	हाँ	हाँ
41.3.	के / को	हाँ	हाँ	हाँ	हाँ
42.1.	संज्ञा जातिवाचक / जातिवाचक	हाँ	हाँ	हाँ	हाँ
योग	23 : 31	18 : 25	14 : 20	21 : 26	7 : 9
वर्तनीगत	14 : 19	11 : 16	8 : 11	12 : 15	3 : 4
व्याकरणगत	8 : 11	6 : 8	5 : 8	8 : 10	3 : 4
अर्थगत	1 : 1	1 : 1	1 : 1	1 : 1	1 : 1

2.23. आकलन और औसत

बोली-विशेष का किसी एक स्तर का (क या ख या ग) सूचक किसी दूसरे स्तर के सूचक की तुलना में किसी विशेष प्रकार के व्यतिक्रम नहीं करता, अर्थात् एक ही बोली के तीन स्तरों के सूचक व्यतिक्रमों के 'प्रकार' की दृष्टि से परस्पर तुलनीय नहीं हैं (यद्यपि 'संख्या की दृष्टि से वे किसी हद तक तुलनीय हैं)। किंतु सभी बोलियों के एक स्तर के सूचक सामूहिक रूप से दूसरे स्तर के सूचकों से तुलनात्मक अनुपात दिखाते हैं। इसके लिए एक स्तर के सारे सूचकों के व्यतिक्रमों के योग की तुलना दूसरे स्तर के सारे सूचकों के व्यतिक्रमों के योग से की जा सकती है, और प्रति स्तर के सूचक का औसत के आधार पर यह निष्कर्ष निकाला जा सकता है कि पूरे प्रदेश का, उदाहरणार्थ क-सूचक ख-सूचक से कितने कम या अधिक व्यतिक्रम करता है। सर्वाधिक व्यतिक्रम 11 बोलियों के क-सूचकों ने (ख और ग से अधिक), 5 बोलियों के ख-सूचकों ने (क और ग से अधिक), और 6 बोलियों के ग-सूचकों ने (क और ख से अधिक) किए। औसतन केवल इतना कहा जा सकता है कि क-सूचक अधिक दुर्बल हैं, जबकि ख और ग-सूचकों में दुर्बलता की दृष्टि से विशेष अन्तर नहीं है।

बोलियाँ	क	ख	ग	क ख ग
क्षेत्रीय मानक हिंदी	8 : 10	8 : 10	9 : 12	4 : 6
कौरवी	24 : 32	19 : 30	26 : 35	13 : 18
बाँगरू	17 : 22	13 : 18	18 : 24	10 : 12
ब्रज	14 : 18	14 : 19	9 : 14	5 : 7
कन्नौजी	13 : 20	12 : 18	15 : 24	5 : 8
बुंदेली	14 : 19	19 : 28	15 : 23	9 : 12
निमाड़ी	16 : 20	12 : 17	11 : 15	7 : 10
दक्खिनी	26 : 40	22 : 37	25 : 37	15 : 22
अवधी	19 : 28	19 : 27	13 : 21	9 : 14
बघेली	13 : 18	10 : 17	12 : 18	6 : 9
छत्तीसगढ़ी	22 : 27	20 : 24	17 : 22	13 : 15
कुमाउँनी	18 : 27	13 : 23	15 : 20	9 : 14
गढ़वाली	13 : 18	14 : 19	12 : 17	9 : 12
मंडेआली	21 : 29	19 : 25	14 : 20	12 : 16
मेवाती	23 : 36	18 : 26	16 : 26	10 : 14
ढूँढाड़ी	24 : 31	24 : 30	14 : 22	13 : 17
मारवाड़ी	19 : 27	21 : 28	16 : 21	10 : 12

हाड़ौती	17 : 26	15 : 23	14 : 20	9 : 13
मालवी	21 : 24	17 : 23	19 : 25	9 : 12
भोजपुरी	18 : 21	18 : 23	14 : 17	10 : 11
मगही	18 : 28	18 : 27	12 : 29	10 : 14
मैथिली	18 : 25	14 : 20	21 : 26	7 : 9
योग	396 : 546	357 : 512	345 : 488	204 : 277
औसत	18.0 : 24.8	16.2 : 23.3	15.7 : 22.2	9.3 : 12.6

क-सूचकों ने 44 : 111 में से औसतन 18.0 : 24.8,

ख-सूचकों ने 44 : 111 में से औसतन 16.2 : 23.3, तथा

ग-सूचकों ने 44 : 111 में से औसतन 15.7 : 22.2 व्यतिक्रम किए।

क ख ग तीनों ही सूचकों के द्वारा किये गए, अर्थात् सर्वाधिक प्रचलित, व्यतिक्रमों का औसत 44 : 111 में से 9.3 : 12.6 रहा।

3

व्यतिक्रमवार समाहृत और तुलनात्मक विवरण

मानक हिंदी से व्यतिक्रमित हिंदी-रूपों की निकटता और दूरी

इस अध्याय में व्यतिक्रमों (त्रुटियों : उपत्रुटियों) की संख्या के आधार पर मानक हिंदी से विविध बोली-भाषियों की मानक हिंदी की, अर्थात् विभिन्न मानक हिंदी-रूपों की, निकटता और दूरी स्पष्ट की गई है। इसमें पहले वर्तनी की दृष्टि से, फिर व्याकरण की दृष्टि से; फिर अर्थ की दृष्टि से, और फिर तीनों की संयुक्त दृष्टि से तुलना प्रस्तुत की गई है।

वर्तनी की दृष्टि से

स्थानीय मानक हिंदी-रूप	व्यतिक्रमों की संख्या
क्षेत्रीय मानक हिंदी	7 : 10
कौरवी हिंदी	21 : 31
बाँगरू हिंदी	13 : 18
ब्रज हिंदी	10 : 14
कन्नौजी हिंदी	14 : 23
बुंदेली हिंदी	16 : 26
निमाड़ी हिंदी	8 : 11
दक्खिनी हिंदी	19 : 34
अवधी हिंदी	12 : 19
बघेली हिंदी	8 : 16
छत्तीसगढ़ी हिंदी	11 : 15
कुमाउँनी हिंदी	10 : 16
गढ़वाली हिंदी	11 : 16
मंडेआली हिंदी	15 : 23
मेवाती हिंदी	16 : 27
ढूँढाड़ी हिंदी	15 : 22

मारवाड़ी हिंदी	15 : 23
हाड़ौती हिंदी	10 : 19
मालवी हिंदी	18 : 24
भोजपुरी हिंदी	10 : 13
मगही हिंदी	14 : 21
मैथिली हिंदी	14 : 19

वर्तनी के आधार पर मानक हिंदी से मानक हिंदी के विविध स्थानीय रूपों की 'निकटतम से अधिकतम' दूरी का क्रम नीचे दी गई बोलियों के अनुसार है–

क्षेत्रीय मानक हिंदी	7 : 10
निमाड़ी	8 : 11
बघेली	8 : 16
भोजपुरी	10 : 13
ब्रज	10 : 14
कुमाउँनी	10 : 16
हाड़ौती	10 : 19
छत्तीसगढ़ी	11 : 15
गढ़वाली	11 : 16
अवधी	12 : 19
बाँगरू	13 : 18
मैथिली	14 : 19
मगही	14 : 21
कन्नौजी	14 : 23
ढूँढाड़ी	15 : 22
मंडेआली	15 : 23
मारवाड़ी	15 : 23
बुंदेली	16 : 26
मेवाती	16 : 27
मालवी	18 : 24
दक्खिनी	19 : 34
कौरवी	21 : 31

व्याकरण की दृष्टि से

स्थानीय मानक हिंदी-रूप	**व्यतिक्रमों की संख्या**
क्षेत्रीय मानक हिंदी	2 : 2

कौरवी हिंदी	5 : 7
बाँगरू हिंदी	6 : 8
ब्रज हिंदी	5 : 6
कन्नौजी हिंदी	3 : 4
बुंदेली हिंदी	3 : 3
निमाड़ी हिंदी	7 : 7
दक्खिनी हिंदी	7 : 9
अवधी हिंदी	8 : 12
बघेली हिंदी	5 : 6
छत्तीसगढ़ी हिंदी	11 : 13
कुमाउँनी हिंदी	8 : 12
गढ़वाली हिंदी	3 : 4
मंडेआली हिंदी	3 : 3
मेवाती हिंदी	6 : 9
ढूँढाड़ी हिंदी	9 : 11
मारवाड़ी हिंदी	6 : 8
हाड़ौती हिंदी	7 : 9
मालवी हिंदी	4 : 4
भोजपुरी हिंदी	8 : 10
मगही हिंदी	7 : 13
मैथिली हिंदी	8 : 11

व्याकरण के आधार पर मानक हिंदी से मानक हिंदी के विविध स्थानीय रूपों की 'निकटतम से अधिकतम' दूरी का क्रम नीचे दी गई बोलियों के अनुसार है—

क्षेत्रीय मानक हिंदी	2 : 2
बुंदेली	3 : 3
मंडेआली	3 : 3
कन्नौजी	3 : 4
गढ़वाली	3 : 4
मालवी	4 : 4
ब्रज	5 : 6
बघेली	5 : 6
कौरवी	5 : 7
बाँगरू	6 : 8
मारवाड़ी	6 : 8

मेवाती	6 : 9
निमाड़ी	7 : 7
दक्खिनी	7 : 9
हाड़ौती	7 : 9
मगही	7 : 13
भोजपुरी	8 : 10
मैथिली	8 : 11
अवधी	8 : 12
कुमाउँनी	8 : 12
ढूँढाड़ी	9 : 11
छत्तीसगढ़ी	11 : 13

अर्थ की दृष्टि से

स्थानीय मानक हिंदी-रूप	**व्यतिक्रमों की संख्या**
क्षेत्रीय मानक हिंदी	1 : 1
कौरवी हिंदी	1 : 1
बाँगरू हिंदी	0 : 0
ब्रज हिंदी	1 : 1
कन्नौजी हिंदी	0 : 0
बुंदेली हिंदी	0 : 0
निमाड़ी हिंदी	1 : 3
दक्खिनी हिंदी	2 : 3
अवधी हिंदी	0 : 0
बघेली हिंदी	0 : 0
छत्तीसगढ़ी हिंदी	1 : 1
कुमाउँनी हिंदी	0 : 0
गढ़वाली हिंदी	1 : 1
मंडेआली हिंदी	3 : 3
मेवाती हिंदी	1 : 1
ढूँढाड़ी हिंदी	0 : 0
मारवाड़ी हिंदी	1 : 1
हाड़ौती हिंदी	0 : 0
मालवी हिंदी	2 : 2
भोजपुरी हिंदी	2 : 2

मगही हिंदी	1 : 1
मैथिली हिंदी	1 : 1

अर्थ के आधार पर मानक हिंदी से मानक हिंदी के विविध स्थानीय रूपों की 'निकटतम से अधिकतम' दूरी का क्रम नीचे दी गई बोलियों के अनुसार है—

बाँगरू	0 : 0
कन्नौजी	0 : 0
बुंदेली	0 : 0
अवधी	0 : 0
बघेली	0 : 0
कुमाउँनी	0 : 0
ढूँढाड़ी	0 : 0
हाड़ौती	0 : 0
क्षेत्रीय मानक हिंदी	1 : 1
कौरवी	1 : 1
ब्रज	1 : 1
छत्तीसगढ़ी	1 : 1
गढ़वाली	1 : 1
मेवाती	1 : 1
मारवाड़ी	1 : 1
मगही	1 : 1
मैथिली	1 : 1
निमाड़ी	1 : 3
मालवी	2 : 2
भोजपुरी	2 : 2
दक्खिनी	2 : 3
मंडेआली	3 : 3

संयुक्त दृष्टि से

स्थानीय मानक हिंदी-रूप	**व्यतिक्रमों की संख्या**
क्षेत्रीय मानक हिंदी	10 : 13
कौरवी हिंदी	27 : 39
बाँगरू हिंदी	19 : 26
ब्रज हिंदी	16 : 22

कन्नौजी हिंदी	17 : 27
बुंदेली हिंदी	19 : 29
निमाड़ी हिंदी	16 : 21
दक्खिनी हिंदी	28 : 46
अवधी हिंदी	20 : 31
बघेली हिंदी	13 : 22
छत्तीसगढ़ी हिंदी	23 : 29
कुमाउँनी हिंदी	18 : 28
गढ़वाली हिंदी	15 : 21
मंडेआली हिंदी	21 : 29
मेवाती हिंदी	23 : 37
ढूँढाड़ी हिंदी	24 : 33
मारवाड़ी हिंदी	22 : 32
हाड़ौती हिंदी	17 : 28
मालवी हिंदी	24 : 30
भोजपुरी हिंदी	20 : 25
मगही हिंदी	22 : 35
मैथिली हिंदी	23 : 31

वर्तनी, व्याकरण, और अर्थ के संयुक्त आधार पर मानक हिंदी से मानक हिंदी के विविध स्थानीय रूपों की 'निकटतम से अधिकतम' दूरी का क्रम नीचे दी गई बोलियों के अनुसार है—

क्षेत्रीय मानक हिंदी	10 : 13
बघेली	13 : 22
गढ़वाली	15 : 21
निमाड़ी	16 : 21
ब्रज	16 : 22
कन्नौजी	17 : 17
हाड़ौती	17 : 28
कुमाउँनी	18 : 28
बाँगरू	19 : 26
बुंदेली	19 : 29
भोजपुरी	20 : 25
अवधी	20 : 31
मंडेआली	21 : 29

मारवाड़ी	22 : 32
मगही	22 : 35
छत्तीसगढ़ी	23 : 29
मैथिली	23 : 31
मेवाती	23 : 37
मालवी	24 : 30
ढूँढाड़ी	24 : 33
कौरवी	27 : 39
दक्खिनी	28 : 46

संयुक्त आधार पर तुलना के फलस्वरूप मानक हिंदी से सबसे दूर के स्थानीय मानक रूप दक्खिनी तथा कौरवी के आते हैं। ये दोनों बोलियाँ पश्चिमी हिंदी वर्ग की हैं तथा भाषाई विशेषताओं की दृष्टि से मानक हिंदी के बहुत निकट की बोलियाँ मानी जाती हैं। पहले तो आश्चर्य होता है कि इनके मातृभाषी मानक हिंदी लिखने में इतने अधिक (सबसे अधिक) व्यतिक्रम क्यों करते हैं। लेकिन बाद में इसका कारण समझ में यह आता है कि चूँकि इनके मातृभाषी मानक हिंदी को सरलता से समझ लेते हैं, इसलिए ये उसके शुद्ध रूप को गम्भीरता से सीखने की आवश्यकता का अनुभव नहीं करते, और उनका यह निश्चिन्त भाव उनकी मानक हिंदी पर उनकी मातृबोलियों की अपेक्षाकृत गहरी छाया का बानक बन जाता है।

3.1. त्रुटि-उपत्रुटि और संबंधित बोलियाँ

इस अध्याय में कौन-सी त्रुटि और कौन-सी उपत्रुटि किन-किन बोलियों के मातृभाषियों की मानक हिंदी में प्राप्त होती है, इसका विवरण दिया गया है—

1. चंद्रबिंदु-संबंधी

क्षेत्रीय मानक हिंदी, कौरवी, बाँगरू, ब्रज, कन्नौजी, बुंदेली, निमाड़ी, दक्खिनी, अवधी, बघेली, छत्तीसगढ़ी, कुमाउँनी, गढ़वाली, मंडेआली, मेवाती, ढूँढाड़ी, मारवाड़ी, हाड़ौती, मालवी, भोजपुरी, मगही, और मैथिली (बाईसों बोलियों) के मातृभाषियों की मानक हिंदी में।

1.1. 0 / ँ

कन्नौजी, बुंदेली, दक्खिनी, बघेली, छत्तीसगढ़ी, मालवी, मगही, और मैथिली (कुल आठ बोलियों) के मातृभाषियों की मानक हिंदी में।

1.2.

क्षेत्रीय मानक हिंदी, बाँगरू, ब्रज, बुंदेली, निमाड़ी, दक्खिनी, अवधी, छत्तीसगढ़ी, कुमाउँनी, गढ़वाली, मंडेआली, मेवाती, ढूँढाड़ी, मारवाड़ी, हाड़ौती, और मालवी (कुल सोलह बोलियों) के मातृभाषियों की मानक हिंदी में।

1.3. ँ न्

क्षेत्रीय मानक हिंदी, कौरवी, और हाड़ौती (कुल तीन बोलियों) के मातृभाषियों की मानक हिंदी में।

1.4. ँ / 0

कौरवी, बाँगरू, ब्रज, कन्नौजी, बुंदेली, दक्खिनी, अवधी, बघेली, कुमाउँनी, मंडेआली, मेवाती, ढूँढाड़ी, मारवाड़ी, हाड़ौती, मालवी, भोजपुरी, और मगही (कुल सत्रह बोलियों) के मातृभाषियों की मानक हिंदी में।

2. अनुस्वार-संबंधी

क्षेत्रीय मानक हिंदी, कौरवी, बाँगरू, कन्नौजी, बुंदेली, निमाड़ी, दक्खिनी, अवधी, बघेली, छत्तीसगढ़ी, कुमाउँनी, गढ़वाली, मंडेआली, मेवाती, ढूँढाड़ी, मारवाड़ी, हाड़ौती, मालवी, भोजपुरी, मगही, और मैथिली (कुल इक्कीस बोलियों) के मातृभाषियों की मानक हिंदी में।

2.1. 0 /

क्षेत्रीय मानक हिंदी, बाँगरू, कन्नौजी, बुंदेली, निमाड़ी, दक्खिनी, अवधी, बघेली, छत्तीसगढ़ी, कुमाउँनी, मंडेआली, मेवाती, ढूँढाड़ी, मारवाड़ी, हाड़ौती, मालवी, और मगही (कुल सत्रह बोलियों) के मातृभाषियों की मानक हिंदी में।

2.2. ं / न्

मेवाती और भोजपुरी (कुल दो बोलियों) के मातृभाषियों की मानक हिंदी में।

2.3. ं / म्

कन्नौजी और दक्खिनी (कुल दो बोलियों) के मातृभाषियों की मानक हिंदी में।

2.4. ं / 0

कौरवी, बाँगरू, कन्नौजी, बुंदेली, निमाड़ी, दक्खिनी, अवधी, बघेली, छत्तीसगढ़ी, कुमाउँनी, गढ़वाली, मंडेआली, मेवाती, ढूँढाड़ी, मारवाड़ी, हाड़ौती, मालवी, भोजपुरी, मगही, और मैथिली (कुल बीस बोलियों) के मातृभाषियों की मानक हिंदी में।

3. विसर्ग-संबंधी

3.1. : / 0

क्षेत्रीय मानक हिंदी, कौरवी, ब्रज, अवधी, छत्तीसगढ़ी, गढ़वाली, मेवाती, ढूँढाड़ी, मारवाड़ी, हाड़ौती, मालवी, और भोजपुरी (कुल बारह बोलियों) के मातृभाषियों की मानक हिंदी में।

4. हल्-संबंधी

4.1. ् / 0

कौरवी, कन्नौजी, दक्खिनी, अवधी, छत्तीसगढ़ी, मंडेआली, मेवाती, ढूँढाड़ी, मालवी, और मैथिली (कुल दस बोलियों) के मातृभाषियों की मानक हिंदी में।

5. अ-संबंधी

कौरवी, बाँगरू, कन्नौजी, दक्खिनी, बघेली, गढ़वाली, मंडेआली, मेवाती, मालवी, और मगही (कुल दस बोलियों) के मातृभाषियों की मानक हिंदी में।

5.1. 0 / अ

कौरवी, दक्खिनी, मंडेआली, मेवाती, मालवी, और मगही (कुल छह बोलियों) के मातृभाषियों की मानक हिंदी में।

5.2. अ / आ

दक्खिनी, बघेली, गढ़वाली, और मेवाती (कुल चार बोलियों) के मातृभाषियों की मानक हिंदी में।

5.3. अ / उ

कन्नौजी और दक्खिनी (कुल दो बोलियों) के मातृभाषियों की मानक हिंदी में।

5.4. अ / 0

बाँगरू, दक्खिनी, बघेली, और मंडेआली (कुल चार बोलियों) के मातृभाषियों की मानक हिंदी में।

6. आ-संबंधी

6.1. आ / अ

कौरवी, छत्तीसगढ़ी, कुमाउँनी, मेवाती, और ढूँढाड़ी (कुल पाँच बोलियों) के मातृभाषियों की मानक हिंदी में।

7. इ-संबंधी

कौरवी, बाँगरू, ब्रज, कन्नौजी, बुंदेली, निमाड़ी, दक्खिनी, अवधी, छत्तीसगढ़ी, गढ़वाली, मंडेआली, मेवाती, ढूँढाड़ी, मारवाड़ी, मालवी, मगही, और मैथिली (कुल सत्रह बोलियों) के मातृभाषियों की मानक हिंदी में।

7.1. 0 / इ

केवल दक्खिनी के मातृभाषियों की मानक हिंदी में।

7.2. इ / ई

कौरवी, बाँगरू, ब्रज, कन्नौजी, बुंदेली, निमाड़ी, दक्खिनी, अवधी, छत्तीसगढ़ी, गढ़वाली, मंडेआली, मेवाती, ढूँढाड़ी, मारवाड़ी, मालवी, मगही और मैथिली (कुल सत्रह बोलियों) के मातृभाषियों की मानक हिंदी में।

8. ई-संबंधी

8.1. ई / इ

कौरवी, बाँगरू, बुंदेली, निमाड़ी, दक्खिनी, अवधी, छत्तीसगढ़ी, कुमाउँनी, गढ़वाली, मंडेआली, मेवाती, ढूँढाड़ी, मारवाड़ी, मालवी, भोजपुरी, और मैथिली (कुल सत्रह बोलियों) के मातृभाषियों की मानक हिंदी में।

9. उ-संबंधी

9.1. उ / ऊ

क्षेत्रीय मानक हिंदी, कौरवी, बाँगरू, ब्रज, कन्नौजी,

बुंदेली, अवधी, बघेली, छत्तीसगढ़ी, गढ़वाली, ढूँढाड़ी, मारवाड़ी, हाड़ौती, मालवी, भोजपुरी, मगही, और मैथिली (कुल सत्रह बोलियों) के मातृभाषियों की मानक हिंदी में।

10. ऊ-संबंधी

10.1. ऊ / उ

कौरवी, बाँगरू, बुंदेली, निमाड़ी, दक्खिनी, छत्तीसगढ़ी, कुमाउँनी, मंडेआली, ढूँढाड़ी, मारवाड़ी, मालवी, भोजपुरी, मगही, और मैथिली (कुल चौदह बोलियों) के मातृभाषियों की मानक हिंदी में।

11. ए-संबंधी

11.1. ए / ऐ

क्षेत्रीय मानक हिंदी, कौरवी, बुंदेली, और हाड़ौती (कुल चार बोलियों) के मातृभाषियों की मानक हिंदी में।

12. ऐ-संबंधी

12.1. ऐ / ए

ब्रज, बुंदेली, दक्खिनी, मंडेआली, मेवाती, ढूँढाड़ी, हाड़ौती, और मालवी (कुल आठ बोलियों) के मातृभाषियों की मानक हिंदी में।

13. ओ-संबंधी

13.1. ओ / औ

कन्नौजी, दक्खिनी, कुमाउँनी, मारवाड़ी, और मालवी (कुल पाँच बोलियों) के मातृभाषियों की मानक हिंदी में।

14. औ-संबंधी

14.1. औ / ओ

कौरवी, ब्रज, कन्नौजी, बुंदेली, दक्खिनी, मंडेआली, मेवाती, ढूँढाड़ी, हाड़ौती, मालवी, और मैथिली (कुल ग्यारह बोलियों) के मातृभाषियों की मानक हिंदी में।

15. **नीचे बिंदी-संबंधी (ड़, ढ़ को छोड़कर)**

क्षेत्रीय मानक हिंदी, कौरवी, बाँगरू, ब्रज, कन्नौजी, बुंदेली, निमाड़ी, दक्खिनी, अवधी, बघेली, छत्तीसगढ़ी, कुमाउँनी, गढ़वाली, मंडेआली, मेवाती, ढूँढाड़ी, मारवाड़ी, हाड़ौती, मालवी, भोजपुरी, मगही, और मैथिली (बाईस बोलियों) के मातृभाषियों की मानक हिंदी में।

15.1. क़ / क्

कौरवी, बाँगरू, कन्नौजी, बुंदेली, निमाड़ी, दक्खिनी, अवधी, बघेली, छत्तीसगढ़ी, कुमाउँनी, गढ़वाली, मंडेआली, मेवाती, ढूँढाड़ी, मारवाड़ी, हाड़ौती, मगही, और मैथिली (कुल अठारह बोलियों) के मातृभाषियों की मानक हिंदी में।

15.2. ख़् / ख्

क्षेत्रीय मानक हिंदी, कौरवी, कन्नौजी, बुंदेली, दक्खिनी, अवधी, बघेली, छत्तीसगढ़ी, कुमाउँनी, गढ़वाली, मंडेआली, ढूँढाड़ी, मारवाड़ी, हाड़ौती, मालवी, मगही, और मैथिली (कुल सत्रह बोलियों) के मातृभाषियों की मानक हिंदी में।

15.3. ग़् / ग्

कौरवी, बाँगरू, ब्रज, कन्नौजी, बुंदेली, निमाड़ी, बघेली, कुमाउँनी, गढ़वाली, मंडेआली, मेवाती, ढूँढाड़ी, मारवाड़ी, हाड़ौती, मालवी, मगही, और मैथिली (कुल सत्रह बोलियों) के मातृभाषियों की मानक हिंदी में।

15.4. ज़् / ज्

क्षेत्रीय मानक हिंदी, कौरवी, बाँगरू, ब्रज, कन्नौजी, बुंदेली, निमाड़ी, अवधी, बघेली, छत्तीसगढ़ी, कुमाउँनी, गढ़वाली, मंडेआली, मेवाती, ढूँढाड़ी, मारवाड़ी, हाड़ौती, मालवी, भोजपुरी, मगही, और मैथिली (कुल इक्कीस बोलियों) के मातृभाषियों की मानक हिंदी में।

15.5. फ़् / फ्

क्षेत्रीय मानक हिंदी, कौरवी, बाँगरू, ब्रज, कन्नौजी, बुंदेली, दक्खिनी, अवधी, बघेली, कुमाउँनी, गढ़वाली,

मंडेआली, मेवाती, ढूँढाड़ी, मारवाड़ी, हाड़ौती, मालवी, भोजपुरी, मगही, और मैथिली (कुल बीस बोलियों) के मातृभाषियों की मानक हिंदी में।

16. क़्-संबंधी (क़्, क्ष् सम्मिलित)

दक्खिनी और अवधी (कुल दो बोलियों) के मातृभाषियों की मानक हिंदी में।

16.1. क़् / ख्

केवल दक्खिनी के मातृभाषियों की मानक हिंदी में।

16.2. क्ष् / छ्

केवल अवधी के मातृभाषियों की मानक हिंदी में।

17. ज्-संबंधी (ज्ञ् सम्मिलित)

कौरवी, निमाड़ी, और दक्खिनी (कुल तीन बोलियों) के मातृभाषियों की मानक हिंदी में।

17.1. ज्ञ / ग्य्

कौरवी और निमाड़ी (कुल दो बोलियों) के मातृभाषियों की मानक हिंदी में।

17.2. ज्ञ / गय्, गिय्

केवल दक्खिनी के मातृभाषियों की मानक हिंदी में।

18. प्रतिवेष्टन-उत्क्षेपण-संबंधी

कौरवी, बाँगरू, ब्रज, कन्नौजी, बुंदेली, दक्खिनी, अवधी, मंडेआली, मेवाती, ढूँढाड़ी, मारवाड़ी, हाड़ौती, मालवी, भोजपुरी और मैथिली (कुल पन्द्रह बोलियों) के मातृभाषियों की मानक हिंदी में।

18.1. ड् / ड़्

कौरवी, ब्रज, बुंदेली, मंडेआली, ढूँढाड़ी और मालवी (कुल छह बोलियों) के मातृभाषियों की मानक हिंदी में।

18.2. ड् / द्

कौरवी, कन्नौजी, बुंदेली, दक्खिनी, अवधी, मंडेआली, मेवाती, ढूँढाड़ी, मारवाड़ी, हाड़ौती और भोजपुरी (कुल ग्यारह बोलियों) के मातृभाषियों की मानक हिंदी में।

18.3. ड़् / ण्

अवधी और भोजपुरी (कुल दो बोलियों) के मातृभाषियों की मानक हिंदी में।

18.4. ढ़् / ड़्

केवल हाड़ौती के मातृभाषियों की मानक हिंदी में।

18.5. ढ़् / ढ्

केवल मैथिली के मातृभाषियों की मानक हिंदी में।

18.6. ढ् / ढ़्

कौरवी, बाँगरू, मेवाती और मारवाड़ी (कुल चार बोलियों) के मातृभाषियों की मानक हिंदी में।

19. ण्-न्-संबंधी

कौरवी, बाँगरू, कन्नौजी, दक्खिनी, अवधी, मारवाड़ी, हाड़ौती, मालवी, भोजपुरी और मगही (कुल दस बोलियों) के मातृभाषियों की मानक हिंदी में।

19.1. ण् / न्

कौरवी, बाँगरू, कन्नौजी, दक्खिनी, अवधी, हाड़ौती, मालवी, भोजपुरी, और मगही (कुल नौ बोलियों) के मातृभाषियों की मानक हिंदी में।

19.2. न् / ण्

मारवाड़ी और हाड़ौती (कुल दो बोलियों) के मातृभाषियों की मानक हिंदी में।

20. ब्-व्-संबंधी

क्षेत्रीय मानक हिंदी, कौरवी, बाँगरू, ब्रज, कन्नौजी, बुंदेली, अवधी, बघेली, छत्तीसगढ़ी, कुमाउँनी, गढ़वाली, मंडेआली, मेवाती, मारवाड़ी, मालवी, भोजपुरी, मगही और मैथिली (कुल अठारह बोलियों) के मातृभाषियों की मानक हिंदी में।

20.1. ब् / व्

कौरवी, बाँगरू, ब्रज, कन्नौजी, बुंदेली, अवधी, बघेली, कुमाउँनी, गढ़वाली, मंडेआली, मेवाती, भोजपुरी, मगही और मैथिली (कुल चौदह बोलियों) के मातृभाषियों की मानक हिंदी में।

20.2. व् / ब्

क्षेत्रीय मानक हिंदी, कन्नौजी, अवधी, बघेली, छत्तीसगढ़ी, गढ़वाली, मेवाती, मारवाड़ी, मालवी और मैथिली (कुल दस बोलियों) के मातृभाषियों की मानक हिंदी में।

21. य्-संबंधी

कौरवी, दक्खिनी, मेवाती, ढूँढाड़ी, मालवी और मगही (कुल छह बोलियों) के मातृभाषियों की मानक हिंदी में।

21.1. 0 / य्

मेवाती और ढूँढाड़ी (कुल दो बोलियों) के मातृभाषियों की मानक हिंदी में।

21.2. य् / 0

कौरवी, दक्खिनी, मेवाती, मालवी और मगही (कुल पाँच बोलियों) के मातृभाषियों की मानक हिंदी में।

22. र्-संबंधी

बुंदेली, मगही और मैथिली (कुल तीन बोलियों) के मातृभाषियों की मानक हिंदी में।

22.1. र / ऋ

केवल बुंदेली के मातृभाषियों की मानक हिंदी में।

22.2. ईर् / ऋ

मगही और मैथिली (कुल दो बोलियों) के मातृभाषियों की मानक हिंदी में।

23. ऊष्म-संबंधी

बाँगरू, ब्रज, कन्नौजी, बुंदेली, निमाड़ी, दक्खिनी, बघेली, कुमाउँनी, गढ़वाली, मेवाती, मारवाड़ी, मगही और मैथिली (कुल तेरह बोलियों) के मातृभाषियों की मानक हिंदी में।

23.1. श् / ष्

केवल निमाड़ी के मातृभाषियों की मानक हिंदी में।

23.2. श् / स्

ब्रज, कन्नौजी, बुंदेली, बघेली, कुमाउँनी, मेवाती, मारवाड़ी और मगही (कुल आठ बोलियों) के मातृभाषियों की मानक हिंदी में।

23.3. ष् / श्

दक्खिनी और मारवाड़ी (कुल दो बोलियों) के मातृभाषियों की मानक हिंदी में।

23.4. ष् / स्

केवल बुंदेली के मातृभाषियों की मानक हिंदी में।

23.5. स् / श्

बाँगरू, ब्रज, कन्नौजी, गढ़वाली, मेवाती, मगही और मैथिली (कुल सात बोलियों) के मातृभाषियों की मानक हिंदी में।

23.6. स् / ष्

केवल बुंदेली मातृभाषियों की मानक हिंदी में।

24. ह्-संबंधी

कौरवी और दक्खिनी (कुल दो बोलियों) के मातृभाषियों की मानक हिंदी में।

24.1. ह् / 0; ह / 0

कौरवी और दक्खिनी (कुल दो बोलियों) के मातृभाषियों की मानक हिंदी में।

24.2. अह / आ

केवल कौरवी के मातृभाषियों की मानक हिंदी में।

24.3. अह / ओ

केवल कौरवी के मातृभाषियों की मानक हिंदी में।

24.4. अह / 0

कौरवी और दक्खिनी (कुल दो बोलियों) के मातृभाषियों की मानक हिंदी में।

25. अल्पप्राणीकरण-संबंधी

कौरवी, कन्नौजी, बुंदेली, दक्खिनी, कुमाउँनी, मंडेआली, मेवाती, ढूँढाड़ी, मारवाड़ी और मालवी (कुल दस बोलियों) के मातृभाषियों की मानक हिंदी में।

25.1. ख् / क्

दक्खिनी और मालवी (कुल दो बोलियों) के मातृभाषियों की मानक हिंदी में।

25.2. घ् / ग्

केवल दक्खिनी के मातृभाषियों की मानक हिंदी में।

25.3. छ् / च्

केवल दक्खिनी के मातृभाषियों की मानक हिंदी में।

25.4. ठ् / ट्

मेवाती और ढूँढाड़ी (कुल दो बोलियों) के मातृभाषियों की मानक हिंदी में।

25.5. ढ् / ड्

केवल दक्खिनी के मातृभाषियों की मानक हिंदी में।

25.6. ढ़् / ड़्

कौ.वी, कन्नौजी, बुंदेली, कुमाउँनी और मंडेआली (कुल पाँच बोलियों) के मातृभाषियों की मानक हिंदी में।

25.7. थ् / त्

केवल दक्खिनी के मातृभाषियों की मानक हिंदी में।

25.8. भ् / ब्

केवल मारवाड़ी के मातृभाषियों की मानक हिंदी में।

26. द्वित्व-संबंधी

कौरवी, बाँगरू, बुंदेली, बघेली, गढ़वाली, मंडेआली, मारवाड़ी, मगही और मैथिली (कुल नौ बोलियों) के मातृभाषियों की मानक हिंदी में।

26.1. व्यंजन / द्वित्व

कौरवी, बाँगरू, बुंदेली, बघेली, गढ़वाली, मारवाड़ी, मगही और मैथिली (कुल आठ बोलियों) के मातृभाषियों की मानक हिंदी में।

26.2. द्वित्व / व्यंजन

केवल मंडेआली के मातृभाषियों की मानक हिंदी में।

27. संज्ञा लिंग-संबंधी

कन्नौजी, बुंदेली, निमाड़ी, दक्खिनी, अवधी, बघेली, छत्तीसगढ़ी, कुमाउँनी, गढ़वाली, मंडेआली, मेवाती, ढूँढाड़ी, हाड़ौती, भोजपुरी, मगही और मैथिली (कुल सोलह बोलियों) के मातृभाषियों की मानक हिंदी में।

27.1. संज्ञा पुल्लिंग / स्त्रीलिंग

कन्नौजी, अवधी, बघेली, छत्तीसगढ़ी, कुमाउँनी, मेवाती, हाड़ौती, भोजपुरी और मगही (कुल नौ बोलियों) के मातृभाषियों की मानक हिंदी में।

27.2. संज्ञा स्त्रीलिंग / पुल्लिंग

बुंदेली, निमाड़ी, दक्खिनी, अवधी, बघेली, छत्तीसगढ़ी, कुमाउँनी, गढ़वाली, मंडेआली, ढूँढाड़ी, हाड़ौती, भोजपुरी, मगही और मैथिली (कुल चौदह बोलियों) के मातृभाषियों की मानक हिंदी में।

27.3. संज्ञा स्त्रीलिंग प्रत्यय -अन, -इन / -इनी

केवल भोजपुरी के मातृभाषियों की मानक हिंदी में।

28. संज्ञा वचन-संबंधी

कौरवी, बाँगरू, ब्रज, अवधी, छत्तीसगढ़ी, कुमाउँनी, ढूँढाड़ी, हाड़ौती, मालवी, भोजपुरी, मगही और मैथिली (कुल बारह बोलियों) के मातृभाषियों की मानक हिंदी में।

28.1. संज्ञा एकवचन / बहुवचन

केवल बाँगरू के मातृभाषियों की मानक हिंदी में।

28.2. संज्ञा बहुवचन / एकवचन

कौरवी, ब्रज, अवधी, छत्तीसगढ़ी, कुमाउँनी, हाड़ौती, मालवी, भोजपुरी, मगही, और मैथिली (कुल दस बोलियों) के मातृभाषियों की मानक हिंदी में।

28.3. संज्ञा बहुवचन + ने / एकवचन + 0

केवल ब्रज के मातृभाषियों की मानक हिंदी में।

28.4. संज्ञा पुल्लिंग बहुवचन प्रत्यय -0 / -ए

केवल मगही के मातृभाषियों की मानक हिंदी में।

28.5. संज्ञा स्त्रीलिंग बहुवचन प्रत्यय -एँ / -इयाँ; -या → -एँ / -एँ; -ई → -इयाँ / - इयाँए

कौरवी, ब्रज, कुमाउँनी और ढूँढाड़ी (कुल चार बोलियों) के मातृभाषियों की मानक हिंदी में।

29. संज्ञा कारकरूप-संबंधी

क्षेत्रीय मानक हिंदी, बाँगरू, ब्रज, कन्नौजी, निमाड़ी, दक्खिनी, अवधी, छत्तीसगढ़ी, कुमाउँनी, ढूँढाड़ी, मारवाड़ी, हाड़ौती, भोजपुरी, मगही और मैथिली (कुल पंद्रह बोलियों) के मातृभाषियों की मानक हिंदी में।

29.1. संज्ञा मूल + 0 /विकारी + ने

केवल मैथिली के मातृभाषियों की मानक हिंदी में।

29.2. संज्ञा विकारी / मूल

बाँगरू, कन्नौजी, दक्खिनी, अवधी, छत्तीसगढ़ी, कुमाउँनी, ढूँढाड़ी, मारवाड़ी, हाड़ौती, भोजपुरी, मगही और मैथिली (कुल बारह बोलियों) के मातृभाषियों की मानक हिंदी में।

29.3. संज्ञा विकारी + ने / मूल + 0

ब्रज, दक्खिनी और अवधी (कुल तीन बोलियों) के मातृभाषियों की मानक हिंदी में।

29.4. संज्ञा संबोधनार्थक -ओ / संबोधनार्थक -ओं

क्षेत्रीय मानक हिंदी, निमाड़ी, छत्तीसगढ़ी, मारवाड़ी, हाड़ौती, मगही और मैथिली (कुल सात बोलियों) के मातृभाषियों की मानक हिंदी में।

30. सर्वनाम वचन-संबंधी

30.1. सर्वनाम बहुवचन / एकवचन

छत्तीसगढ़ी और कुमाउँनी (कुल दो बोलियों) के मातृभाषियों की मानक हिंदी में।

31. सर्वनाम कारकरूप-संबंधी

कौरवी, बाँगरू, बुंदेली, निमाड़ी, दक्खिनी, अवधी, बघेली, छत्तीसगढ़ी, कुमाउँनी, ढूँढाड़ी, मारवाड़ी, भोजपुरी और मगही (कुल तेरह बोलियों) के मातृभाषियों की मानक हिंदी में।

31.1. सर्वनाम विकारी / मूल

निमाड़ी और दक्खिनी (कुल दो बोलियों) के मातृभाषियों की मानक हिंदी में।

31.2. सर्वनाम विकारी + ने / मूल + 0

बुंदेली, दक्खिनी, अवधी, बघेली, छत्तीसगढ़ी, ढूँढाड़ी, भोजपुरी और मगही (कुल आठ बोलियों) के मातृभाषियों की मानक हिंदी में।

31.3. सर्वनाम विकारी कर्म / अभिकर्ता

कौरवी, बाँगरू, कुमाउँनी और मारवाड़ी (कुल चार बोलियों के मातृभाषियों की मानक हिंदी में।

31.4. सर्वनाम विकारी / संबंधरूपीय विकारी

बाँगरू, मारवाड़ी और मगही (कुल तीन बोलियों) के मातृभाषियों की मानक हिंदी में।

32. सर्वनाम निजवाचकता-संबंधी

32.1. सर्वनाम संबंधकारकीय निजवाचक / पुरुषवाचक

निमाड़ी, दक्खिनी, मेवाती, ढूँढाड़ी, मारवाड़ी, हाड़ौती और मालवी (कुल सात बोलियों) के मातृभाषियों की मानक हिंदी में।

33. विशेषण लिंग-संबंधी

33.1. विशेषण स्त्रीलिंग / पुल्लिग

केवल मैथिली के मातृभाषियों की मानक हिंदी में।

34. विशेषण वचन-संबंधी

34.1. विशेषण एकवचन / बहुवचन

अवधी, बघेली और छत्तीसगढ़ी (कुल तीन बोलियों) के मातृभाषियों की मानक हिंदी में।

35. विशेषण कारकरूप-संबंधी

35.1. विशेषण विकारी / मूल

ब्रज, निमाड़ी, छत्तीसगढ़ी, मंडेआली, मेवाती, ढूँढाड़ी, मारवाड़ी, हाड़ौती, मालवी और मैथिली (कुल दस बोलियों) के मातृभाषियों की मानक हिंदी में।

36. क्रिया लिंग-संबंधी

36.1. क्रिया स्त्रीलिंग / पुल्लिग

कौरवी, दक्खिनी और छत्तीसगढ़ी (कुल तीन बोलियों) के मातृभाषियों की मानक हिंदी में।

37. क्रिया वचन-संबंधी

कौरवी, बाँगरू, ब्रज, दक्खिनी, अवधी, छत्तीसगढ़ी, कुमाउँनी, गढ़वाली, मेवाती, ढूँढाड़ी, मारवाड़ी, हाड़ौती, भोजपुरी, मगही और मैथिली (कुल पंद्रह बोलियों) के मातृभाषियों की मानक हिंदी में।

37.1. क्रिया एकवचन / बहुवचन

बाँगरू, अवधी, गढ़वाली और मैथिली (कुल चार

बोलियों) के मातृभाषियों की मानक हिंदी में।

37.2. क्रिया बहुवचन / एकवचन

अवधी, छत्तीसगढ़ी, कुमाउँनी, मेवाती, ढूँढाड़ी, मारवाड़ी, हाड़ौती, भोजपुरी और मगही (कुल नौ बोलियों) के मातृभाषियों की मानक हिंदी में।

37.3. क्रिया पुल्लिंग बहुवचन प्रत्यय -ए / -एँ

कौरवी, ब्रज, दक्खिनी और मेवाती (कुल चार बोलियों) के मातृभाषियों की मानक हिंदी में।

38. क्रिया काल प्रत्यय-संबंधी

38.1. क्रिया पुल्लिंग मध्यम पुरुष भविष्य प्रत्यय -ओगे / ओगो

केवल भोजपुरी के मातृभाषियों की मानक हिंदी में।

39. क्रिया वृत्ति-संबंधी

क्षेत्रीय मानक हिंदी, कौरवी, बाँगरू, ब्रज, कन्नौजी, बुंदेली, निमाड़ी, अवधी, बघेली, कुमाउँनी, मेवाती, ढूँढाड़ी, मारवाड़ी, हाड़ौती, भोजपुरी, मगही और मैथिली (कुल सत्रह बोलियों) के मातृभाषियों की मानक हिंदी में।

39.1. क्रिया संकेतार्थ / भविष्य निश्चयार्थ

क्षेत्रीय मानक हिंदी, कौरवी, बाँगरू, कन्नौजी, अवधी, कुमाउँनी, मेवाती और भोजपुरी (कुल आठ बोलियों) के मातृभाषियों की मानक हिंदी में।

39.2. क्रिया आज्ञार्थ -0 / -ओ

बाँगरू, ब्रज, कन्नौजी, निमाड़ी, अवधी, बघेली, कुमाउँनी, मेवाती, ढूँढाड़ी, मगही और मैथिली (कुल ग्यारह बोलियों) के मातृभाषियों की मानक हिंदी में।

39.3. क्रिया आदरार्थ / सामान्य

कौरवी, मेवाती, ढूँढाड़ी, मारवाड़ी, हाड़ौती और मगही (कुल छह बोलियों) के मातृभाषियों की मानक हिंदी में।

39.4. क्रिया सामान्य / आदरार्थ

बुंदेली और ढूँढाड़ी (कुल दो बोलियों) के मातृभाषियों की मानक हिंदी में।

40. क्रिया धातुरूप-संबंधी

40.1. क्रिया द्वितीय प्रेरणार्थक / प्रथम प्रेरणार्थक

केवल छत्तीसगढ़ी के मातृभाषियों की मानक हिंदी में।

41. परसर्ग-संबंधी

बाँगरू, निमाड़ी, दक्खिनी, अवधी, बघेली, छत्तीसगढ़ी, कुमाउँनी, गढ़वाली, मंडेआली, मेवाती, ढूँढाड़ी, मालवी, भोजपुरी, मगही और मैथिली (कुल पंद्रह बोलियों) के मातृभाषियों की मानक हिंदी में।

41.1. ने / 0

दक्खिनी, अवधी, मेवाती, ढूँढाड़ी, भोजपुरी और मगही (कुल छह बोलियों) के मातृभाषियों की मानक हिंदी में।

41.2. को / में

केवल मैथिली के मातृभाषियों की मानक हिंदी में।

41.3. के / की, को

बाँगरू, निमाड़ी, गढ़वाली, मंडेआली, मालवी, मगही और मैथिली (कुल सात बोलियों) के मातृभाषियों की मानक हिंदी में।

42.4. पर / में

कुमाउँनी और गढ़वाली (कुल दो बोलियों) के मातृभाषियों की मानक हिंदी में।

41.5. में / पर

बघेली, छत्तीसगढ़ी और कुमाउँनी (कुल तीन बोलियों) के मातृभाषियों की मानक हिंदी में।

42. संज्ञा अर्थ-संबंधी

क्षेत्रीय मानक हिंदी, कौरवी, ब्रज, निमाड़ी, दक्खिनी, छत्तीसगढ़ी, गढ़वाली, मंडेआली, मेवाती, मारवाड़ी, भोजपुरी और मैथिली (कुल बारह बोलियों) के मातृभाषियों की मानक हिंदी में।

42.1. संज्ञा जातिवाचक / जातिवाचक

कौरवी, निमाड़ी, दक्खिनी, छत्तीसगढ़ी, गढ़वाली, मंडेआली, मेवाती, मारवाड़ी, भोजपुरी और मैथिली (कुल दस बोलियों) के मातृभाषियों की मानक हिंदी में।

42.2. संज्ञा जातिवाचक / व्यक्तिवाचक

केवल दक्खिनी के मातृभाषियों की मानक हिंदी में।

42.3. संज्ञा जातिवाचक / जातिवाचक वाक्यांश

केवल निमाड़ी के मातृभाषियों की मानक हिंदी में।

42.4. संज्ञा भाववाचक / विशेषण

केवल निमाड़ी के मातृभाषियों की मानक हिंदी में।

42.5. क्रियार्थक संज्ञा / भाववाचक संज्ञा

क्षेत्रीय मानक हिंदी, और ब्रज (कुल दो बोलियों) के मातृभाषियों की मानक हिंदी में।

43. विशेषण अर्थ-संबंधी

मंडेआली, मालवी और मगही (कुल तीन बोलियों) के मातृभाषियों की मानक हिंदी में।

43.1. विशेषण / विशेषण

मंडेआली और मालवी (कुल दो बोलियों) के मातृभाषियों की मानक हिंदी में।

43.2. विशेषण / संज्ञा

केवल मगही के मातृभाषियों की मानक हिंदी में।

44. मुहावरा-संबंधी

44.1. संज्ञा-क्रिया / संज्ञा-क्रिया

दक्खिनी, मंडेआली, मालवी और भोजपुरी (कुल चार बोलियों) के मातृभाषियों की मानक हिंदी में।

3.2. बोलियों की संख्या और व्याप्त त्रुटियाँ

इस अध्याय में उपत्रुटियों को सम्मिलित न करके केवल त्रुटियों के आधार पर बोलियों को वर्गबद्ध किया गया है और यह स्पष्ट करना अभीष्ट रहा है कि कितनी और कौन-कौन-सी बोलियों की मातृभाषियों की मानक हिंदी में कितनी और कौन-कौन-सी त्रुटियाँ प्राप्त होती हैं।

बाईसों बोलियों के मातृभाषियों की मानक हिंदी में प्राप्त व्यतिक्रम

1. चंद्रबिंदु-संबंधी
15. नीचे बिंदी-संबंधी (ड़ , ढ़ को छोड़कर)

इक्कीस में प्राप्त व्यतिक्रम

2. अनुस्वार-संवंधी

क्षेत्रीय मानक हिंदी, कौरवी, बाँगरू, कन्नौजी, बुंदेली, निमाड़ी, दक्खिनी, अवधी, बघेली, छत्तीसगढ़ी, कुमाउँनी, गढ़वाली, मंडेआली, मेवाती, ढूँढाड़ी, मारवाड़ी, हाड़ौती, मालवी, भोजपुरी, मगही और मैथिली के मातृभाषियों में।

अट्ठारह में प्राप्त व्यतिक्रम

20. ब्-व्-संबंधी

क्षेत्रीय मानक हिंदी, कौरवी, बाँगरू, ब्रज, कन्नौजी, बुंदेली, अवधी, बघेली, छत्तीसगढ़ी, कुमाउँनी, गढ़वाली, मंडेआली, मेवाती, मारवाड़ी, मालवी, भोजपुरी, मगही और मैथिली के मातृभाषियों में।

सत्तरह में प्राप्त व्यतिक्रम

7. इ-संबंधी

कौरवी, बाँगरू, ब्रज, कन्नौजी, बुंदेली, निमाड़ी, दक्खिनी, अवधी, छत्तीसगढ़ी, गढ़वाली, मंडेआली, मेवाती, ढूँढाड़ी, मारवाड़ी, मालवी, मगही और मैथिली के मातृभाषियों में।

8. ई-संबंधी

कौरवी, बाँगरू, बुंदेली, निमाड़ी, दक्खिनी, अवधी, छत्तीसगढ़ी, कुमाउँनी, गढ़वाली, मंडेआली, मेवाती, ढूँढाड़ी, मारवाड़ी, मालवी, भोजपुरी, मगही और मैथिली के मातृभाषियों में।

9. उ-संबंधी

क्षेत्रीय मानक हिंदी, कौरवी, बाँगरू, ब्रज, कन्नौजी, बुंदेली, अवधी, बघेली, छत्तीसगढ़ी, गढ़वाली, ढूँढाड़ी, मारवाड़ी, हाड़ौती, मालवी, भोजपुरी, मगही और मैथिली के मातृभाषियों में।

39. क्रिया वृत्ति-संबंधी

क्षेत्रीय मानक हिंदी, कौरवी, बाँगरू, ब्रज, कन्नौजी, बुंदेली, निमाड़ी, अवधी, बघेली, कुमाउँनी, मेवाती

ढूँढाड़ी, मारवाड़ी, हाड़ौती, भोजपुरी, मगही और मैथिली के मातृभाषियों में।

सोलह में प्राप्त व्यतिक्रम

27. संज्ञा लिंग-संबंधी

कन्नौजी, बुंदेली, निमाड़ी, दक्खिनी, अवधी, बघेली, छत्तीसगढ़ी, कुमाउँनी, गढ़वाली, मंडेआली, मेवाती, ढूँढाड़ी, हाड़ौती, भोजपुरी, मगही और मैथिली के मातृभाषियों में।

पंद्रह में प्राप्त व्यतिक्रम

18. प्रतिवेष्टन-उत्क्षेपण-संबंधी

कौरवी, बाँगरू, ब्रज, कन्नौजी, बुंदेली, दक्खिनी, अवधी, मंडेआली, मेवाती, ढूँढाड़ी, मारवाड़ी, हाड़ौती, मालवी, भोजपुरी और मैथिली के मातृभाषियों में।

29. संज्ञा कारकरूप-संबंधी

क्षेत्रीय मानक हिंदी, बाँगरू, ब्रज, कन्नौजी, निमाड़ी, दक्खिनी, अवधी, छत्तीसगढ़ी, कुमाउँनी, ढूँढाड़ी, मारवाड़ी, हाड़ौती, भोजपुरी, मगही और मैथिली के मातृभाषियों में।

37. क्रिया वचन-संबंधी

कौरवी, बाँगरू, ब्रज, दक्खिनी, अवधी, छत्तीसगढ़ी, कुमाउँनी, गढ़वाली, मेवाती, ढूँढाड़ी, मारवाड़ी, हाड़ौती, भोजपुरी, मगही और मैथिली के मातृभाषियों में।

41. परसर्ग-संबंधी

बाँगरू, निमाड़ी, दक्खिनी, अवधी, बघेली, छत्तीसगढ़ी, कुमाउँनी, गढ़वाली, मंडेआली, मेवाती, ढूँढाड़ी, मालवी, भोजपुरी, मगही और मैथिली के मातृभाषियों में।

चौदह में प्राप्त व्यतिक्रम

10. ऊ-संबंधी

कौरवी, बाँगरू, बुंदेली, निमाड़ी, दक्खिनी, छत्तीसगढ़ी, कुमाउँनी, मंडेआली, ढूँढाड़ी, मारवाड़ी, मालवी, भोजपुरी, मगही और मैथिली के मातृभाषियों में।

तेरह में प्राप्त व्यतिक्रम

23. ऊष्म-संबंधी

बाँगरू, ब्रज, कन्नौजी, बुंदेली, निमाड़ी, दक्खिनी, बघेली, कुमाउँनी, गढ़वाली, मेवाती, मारवाड़ी, मगही और मैथिली के मातृभाषियों में।

31. सर्वनाम कारकरूप-संबंधी

कौरवी, बाँगरू, बुंदेली, निमाड़ी, दक्खिनी, अवधी, बघेली, छत्तीसगढ़ी, कुमाउँनी, ढूँढाड़ी, मारवाड़ी, भोजपुरी और मगही के मातृभाषियों में।

बारह में प्राप्त व्यतिक्रम

3. विसर्ग-संबंधी

क्षेत्रीय मानक हिंदी, कौरवी, ब्रज, अवधी, छत्तीसगढ़ी, गढ़वाली, मेवाती, ढूँढाड़ी, मारवाड़ी, हाड़ौती, मालवी और भोजपुरी के मातृभाषियों में।

28. संज्ञा वचन-संबंधी

कौरवी, बाँगरू, ब्रज, अवधी, छत्तीसगढ़ी, कुमाउँनी, ढूँढाड़ी, हाड़ौती, मालवी, भोजपुरी, मगही और मैथिली के मातृभाषियों में।

42. संज्ञा अर्थ-संबंधी

क्षेत्रीय मानक हिंदी, कौरवी, ब्रज, निमाड़ी, दक्खिनी, छत्तीसगढ़ी, गढ़वाली, मंडेआली, मेवाती, मारवाड़ी, भोजपुरी और मैथिली के मातृभाषियों में।

ग्यारह में प्राप्त व्यतिक्रम

14. ओ-संबंधी

कौरवी, ब्रज, कन्नौजी, बुंदेली दक्खिनी, मंडेआली, मेवाती, ढूँढाड़ी, हाड़ौती, मालवी और मैथिली के मातृभाषियों में।

दस में प्राप्त व्यतिक्रम

4. हलु-संबंधी

कौरवी, कन्नौजी, दक्खिनी, अवधी, छत्तीसगढ़ी, मंडेआली, मेवाती, ढूँढाड़ी, मालवी और मैथिली के

मातृभाषियों में।

5. अ-संबंधी

कौरवी, बाँगरू, कन्नौजी, दक्खिनी, बघेली, गढ़वाली, मंडेआली, मेवाती, मालवी और मगही के मातृभाषियों में।

19. ण्-न्-संबंधी

कौरवी, बाँगरू, कन्नौजी, दक्खिनी, अवधी, मारवाड़ी, हाड़ौती, मालवी, भोजपुरी और मगही के मातृभाषियों में।

25. अल्पप्राणीकरण-संबंधी

कौरवी, कन्नौजी, बुंदेली, दक्खिनी, कुमाउँनी, मंडेआली, मेवाती, ढूँढाड़ी, मारवाड़ी और मालवी के मातृभाषियों में।

35. विशेषण कारकरूप-संबंधी

ब्रज, निमाड़ी, छत्तीसगढ़ी, मंडेआली, मेवाती, ढूँढाड़ी, मारवाड़ी, हाड़ौती, मालवी, और मैथिली के मातृभाषियों में।

नौ में प्राप्त व्यतिक्रम

26. द्वित्व-संबंधी

कौरवी, बाँगरू, बुंदेली, बघेली, गढ़वाली, मंडेआली, मारवाड़ी, मगही और मैथिली के मातृभाषियों में।

आठ में प्राप्त व्यतिक्रम

12. ऐ-संबंधी

ब्रज, बुंदेली, दक्खिनी, मंडेआली, ढूँढाड़ी, हाड़ौती, और मालवी के मातृभाषियों में।

सात में प्राप्त व्यतिक्रम

32. सर्वनाम निजवाचकता-संबंधी

निमाड़ी, दक्खिनी, मेवाती, ढूँढाड़ी, मारवाड़ी, हाड़ौती, और मालवी के मातृभाषियों में।

छह में प्राप्त व्यतिक्रम

21. य्-संबंधी

कौरवी, दक्खिनी, मेवाती, ढूँढाड़ी, मालवी और

मगही के मातृभाषियों में।

पाँच में प्राप्त व्यतिक्रम

6. आ-संबंधी

कौरवी, छत्तीसगढ़ी, कुमाउँनी, मेवाती और ढूँढाड़ी के मातृभाषियों में।

13. ओ-संबंधी

कन्नौजी, दक्खिनी, कुमाउँनी, मारवाड़ी और मालवी के मातृभाषियों में।

चार में प्राप्त व्यतिक्रम

11. ए-संबंधी

क्षेत्रीय मानक हिंदी, कौरवी, बुंदेली और हाड़ौती के मातृभाषियों में।

44. मुहावरा-संबंधी

दक्खिनी, मंडेआली, मालवी और भोजपुरी के मातृभाषियों में।

तीन में प्राप्त व्यतिक्रम

17. ज्-संबंधी (ज्ञ सम्मिलित)

कौरवी, निमाड़ी और दक्खिनी के मातृभाषियों में।

22. र्-संबंधी

बुंदेली, मगही और मैथिली के मातृभाषियों में।

34. विशेषण वचन-संबंधी

अवधी, बघेली और छत्तीसगढ़ी के मातृभाषियों में।

36. क्रिया लिंग-संबंधी

कौरवी, दक्खिनी और छत्तीसगढ़ी के मातृभाषियों में।

43. विशेषण अर्थ-संबंधी

मंडेआली, मालवी और मगही के मातृभाषियों में।

दो में प्राप्त व्यतिक्रम

16. क्-संबंधी (क़्, क्ष् सम्मिलित)

दक्खिनी और अवधी के मातृभाषियों में।

24. ह्-संबंधी

कौरवी और दक्खिनी के मातृभाषियों में।

30. सर्वनाम वचन-संबंधी

छत्तीसगढ़ी और कुमाउँनी के मातृभाषियों में।

केवल एक में प्राप्त व्यतिक्रम

33. विशेषण लिंग-संबंधी

केवल मैथिली के मातृभाषियों में।

38. क्रिया काल प्रत्यय-संबंधी

केवल भोजपुरी के मातृभाषियों में।

40. क्रिया धातुरूप-संबंधी

केवल छत्तीसगढ़ी के मातृभाषियों में।

3.3. बोली-वर्गों में त्रुटियाँ

शिक्षण की दृष्टि से यह उतना महत्त्वपूर्ण नहीं है कि कौन-कौन-सी बोलियों के मातृभाषियों की मानक हिंदी की त्रुटियों की संख्या समान या लगभग समान है, जितना महत्त्वपूर्ण यह जानना है कि किन-किन बोलियों के मातृभाषी मिलती-जुलती त्रुटियाँ करते हैं। उदाहरण के लिए, छत्तीसगढ़ी, मेवाती और मैथिलीभाषी कुल तेईस-तेईस त्रुटियाँ करते हैं, किंतु यह समानता इन तीन का मानक हिंदी से त्रुटियों की 'गिनती' -मात्र की दृष्टि से समान दूर होना सिद्ध करती है। शिक्षण की दृष्टि से ये परस्पर उतने तुलनीय इसलिए नहीं हैं कि इन तीनों की एक-सी त्रुटियाँ केवल बारह हैं।

यदि त्रुटियाँ दूर करने का शिक्षण हिंदी भाषा के पाँच वर्गों को अलग-अलग करके उनकी अंतर्वर्ती बोलियों के भाषियों की मानक हिंदी में प्राप्त त्रुटियों के संदर्भ में किया जाना हो, तो पाठ्य-बिंदुओं के लिए सामग्री का वर्गीकरण निम्नानुसार होगा—

पश्चिमी हिन्दी

1. चंद्रबिंदु-संबंधी	आठों में प्राप्त
15. नीचे बिंदी-संबंधी (ड़, ढ़ को छोड़कर)	आठों में प्राप्त
2. अनुस्वार-संबंधी	सात में प्राप्त
7. इ-संबंधी	सात में प्राप्त
39. क्रिया वृत्ति-संबंधी	सात में प्राप्त

9. उ-संबंधी	छह में प्राप्त
18. प्रतिवेष्टन-उत्क्षेपण-संबंधी	छह में प्राप्त
20. ब्-व्-संबंधी	छह में प्राप्त
23. ऊष्म-संबंधी	छह में प्राप्त
29. संज्ञा कारकरूप-संबंधी	छह में प्राप्त
8. ई-संबंधी	पाँच में प्राप्त
10. ऊ-संबंधी	पाँच में प्राप्त
14. औ-संबंधी	पाँच में प्राप्त
31. सर्वनाम कारकरूप-संबंधी	पाँच में प्राप्त
42. संज्ञा अर्थ-संबंधी	पाँच में प्राप्त
5. अ-संबंधी	चार में प्राप्त
19. ण्-न्-संबंधी	चार में प्राप्त
25. अल्पप्राणीकरण-संबंधी	चार में प्राप्त
27. संज्ञा लिंग-संबंधी	चार में प्राप्त
37. क्रिया वचन-संबंधी	चार में प्राप्त
3. विसर्ग-संबंधी	तीन में प्राप्त
4. हल्-संबंधी	तीन में प्राप्त
11. ए-संबंधी	तीन में प्राप्त
12. ऐ-संबंधी	तीन में प्राप्त
17. ज्-संबंधी (ज्ञ् सम्मिलित)	तीन में प्राप्त
26. द्वित्व-संबंधी	तीन में प्राप्त
28. संज्ञा वचन-संबंधी	तीन में प्राप्त
41. परसर्ग-संबंधी	तीन में प्राप्त
13. ओ-संबंधी	दो में प्राप्त
21. य्-संबंधी	दो में प्राप्त
24. ह्-संबंधी	दो में प्राप्त
32. सर्वनाम निजवाचकता-संबंधी	दो में प्राप्त
35. विशेषण कारकरूप-संबंधी	दो में प्राप्त
36. क्रिया लिंग-संबंधी	दो में प्राप्त
6. आ-संबंधी	केवल एक में प्राप्त
16. क्-संबंधी (क्ृ, क्ष् सम्मिलित)	केवल एक में प्राप्त
22. र्-संबंधी	केवल एक में प्राप्त
44. मुहावरा-संबंधी	केवल एक में प्राप्त
30. सर्वनाम वचन-संबंधी	किसी में भी प्राप्त नहीं
33. विशेषण लिंग-संबंधी	किसी में भी प्राप्त नहीं

34. विशेषण वचन-संबंधी	किसी में भी प्राप्त नहीं
38. क्रिया काल-प्रत्यय-संबंधी	किसी में भी प्राप्त. नहीं
40. क्रिया धातुरूप-संबंधी	किसी में भी प्राप्त नहीं
43. विशेषण अर्थ-संबंधी	किसी में भी प्राप्त नहीं

पूर्वी हिंदी

1. चंद्रबिंदु-संबंधी	तीनों में प्राप्त
2. अनुस्वार-संबंधी	तीनों में प्राप्त
9. उ-संबंधी	तीनों में प्राप्त
15. नीचे बिंदी-संबंधी (ड़, ढ़, को छोड़कर)	तीनों में प्राप्त
20. ब्-व्-संबंधी	तीनों में प्राप्त
27. संज्ञा लिंग-संबंधी	तीनों में प्राप्त
31. सर्वनाम कारकरूप-संबंधी	तीनों में प्राप्त
34. विशेषण वचन-संबंधी	तीनों में प्राप्त
41. परसर्ग-संबंधी	तीनों में प्राप्त
3. विसर्ग-संबंधी	दो में प्राप्त
4. हल्-संबंधी	दो में प्राप्त
7. इ-संबंधी	दो में प्राप्त
8. ई-संबंधी	दो में प्राप्त
28. संज्ञा वचन-संबंधी	दो में प्राप्त
29. संज्ञा कारकरूप-संबंधी	दो में प्राप्त
37. क्रिया वचन-संबंधी	दो में प्राप्त
39. क्रिया वृत्ति-संबंधी	दो में प्राप्त
5. अ-संबंधी	केवल एक में प्राप्त
6. आ-संबंधी	केवल एक में प्राप्त
10. ऊ-संबंधी	केवल एक में प्राप्त
16. क्-संबंधी (क्र, क्ष् सम्मिलित)	केवल एक में प्राप्त
18. प्रतिवेष्टन-उत्क्षेपण-संबंधी	केवल एक में प्राप्त
19. ण्-न् संबंधी	केवल एक में प्राप्त
23. ऊष्म-संबंधी	केवल एक में प्राप्त
26. द्वित्व-संबंधी	केवल एक में प्राप्त
30. सर्वनाम वचन-संबंधी	केवल एक में प्राप्त
35. विशेषण कारकरूप-संबंधी	केवल एक में प्राप्त
36. क्रिया लिंग-संबंधी	केवल एक में प्राप्त
40. क्रिया धातुरूप-संबंधी	केवल एक में प्राप्त

42. संज्ञा अर्थ-संबंधी	केवल एक में प्राप्त
11. ए-संबंधी	किसी में भी प्राप्त नहीं
12. ऐ-संबंधी	किसी में भी प्राप्त नहीं
13. ओ-संबंधी	किसी में भी प्राप्त नहीं
14. औ-संबंधी	किसी में भी प्राप्त नहीं
17. ज्-संबंधी (ज्ञ् सम्मिलित)	किसी में भी प्राप्त नहीं
21. य्-संबंधी	किसी में भी प्राप्त नहीं
22. र्-संबंधी	किसी में भी प्राप्त नहीं
24. ह्-संबंधी	किसी में भी प्राप्त नहीं
25. अल्पप्राणीकरण-संबंधी	किसी में भी प्राप्त नहीं
32. सर्वनाम निजवाचकता-संबंधी	किसी में भी प्राप्त नहीं
33. विशेषण लिंग-संबंधी	किसी में भी प्राप्त नहीं
38. क्रिया काल प्रत्यय-संबंधी	किसी में भी प्राप्त नहीं
43. विशेषण अर्थ-संबंधी	किसी में भी प्राप्त नहीं
44. मुहावरा-संबंधी	किसी में भी प्राप्त नहीं

पहाड़ी हिंदी

1. चंद्रबिंदु-संबंधी	तीनों में प्राप्त
2. अनुस्वार-संबंधी	तीनों में प्राप्त
8. ई-संबंधी	तीनों में प्राप्त
15. नीचे बिंदी-संबंधी (ड़, ढ़ को छोड़कर)	तीनों में प्राप्त
20. ब्-व्-संबंधी	तीनों में प्राप्त
27. संज्ञा लिंग-संबंधी	तीनों में प्राप्त
41. परसर्ग-संबंधी	तीनों में प्राप्त
5. अ-संबंधी	दो में प्राप्त
7. इ-संबंधी	दो में प्राप्त
10. ऊ-संबंधी	दो में प्राप्त
23. ऊष्म-संबंधी	दो में प्राप्त
25. अल्पप्राणीकरण-संबंधी	दो में प्राप्त
26. द्वित्व-संबंधी	दो में प्राप्त
37. क्रिया वचन-संबंधी	दो में प्राप्त
42. संज्ञा अर्थ-संबंधी	दो में प्राप्त
3. विसर्ग-संबंधी	केवल एक में प्राप्त
4. हल्-संबंधी	केवल एक में प्राप्त
6. आ-संबंधी	केवल एक में प्राप्त

9. उ-संबंधी	केवल एक में प्राप्त
12. ऐ-संबंधी	केवल एक में प्राप्त
13. ओ-संबंधी	केवल एक में प्राप्त
14. औ-संबंधी	केवल एक में प्राप्त
18. प्रतिवेष्टन-उत्क्षेपण-संबंधी	केवल एक में प्राप्त
28. संज्ञा वचन-संबंधी	केवल एक में प्राप्त
29. संज्ञा कारकरूप-संबंधी	केवल एक में प्राप्त
30. सर्वनाम वचन-संबंधी	केवल एक में प्राप्त
31. सर्वनाम कारकरूप-संबंधी	केवल एक में प्राप्त
35. विशेषण कारकरूप-संबंधी	केवल एक में प्राप्त
39. क्रिया वृत्ति-संबंधी	केवल एक में प्राप्त
43. विशेषण अर्थ-संबंधी	केवल एक में प्राप्त
44. मुहावरा-संबंधी	केवल एक में प्राप्त
11. ए-संबंधी	किसी में भी प्राप्त नहीं
16. क्-संबंधी (क़्, क्ष् सम्मिलित)	किसी में भी प्राप्त नहीं
17. ज्-संबंधी (ज्ञ् सम्मिलित)	किसी में भी प्राप्त नहीं
19. ण्-न्-संबंधी	किसी में भी प्राप्त नहीं
21. य्-संबंधी	किसी में भी प्राप्त नहीं
22. र्-संबंधी	किसी में भी प्राप्त नहीं
24. ह्-संबंधी	किसी में भी प्राप्त नहीं
32. सर्वनाम निजवाचकता-संबंधी	किसी में भी प्राप्त नहीं
33. विशेषण लिंग-संबंधी	किसी में भी प्राप्त नहीं
34. विशेषण वचन-संबंधी	किसी में भी प्राप्त नहीं
36. क्रिया लिंग-संबंधी	किसी में भी प्राप्त नहीं
38. क्रिया काल-प्रत्यय-संबंधी	किसी में भी प्राप्त नहीं
40. क्रिया धातुरूप-संबंधी	किसी में भी प्राप्त नहीं

राजस्थानी हिंदी

1. चंद्रबिंदु-संबंधी	पाँचों में प्राप्त
2. अनुस्वार-संबंधी	पाँचों में प्राप्त
3. विसर्ग-संबंधी	पाँचों में प्राप्त
15. नीचे बिंदी-संबंधी (ड़, ढ़, को छोड़कर)	पाँचों में प्राप्त
18. प्रतिवेष्टन-उत्क्षेपण-संबंधी	पाँचों में प्राप्त
32. सर्वनाम निजवाचकता-संबंधी	पाँचों में प्राप्त
35. विशेषण कारकरूप-संबंधी	पाँचों में प्राप्त

7. इ-संबंधी	चार में प्राप्त
8. ई-संबंधी	चार में प्राप्त
9. उ-संबंधी	चार में प्राप्त
12. ऐ-संबंधी	चार में प्राप्त
14. औ-संबंधी	चार में प्राप्त नहीं
25. अल्पप्राणीकरण-संबंधी	चार में प्राप्त नहीं
37. क्रिया वचन-संबंधी	चार में प्राप्त नहीं
39. क्रिया वृत्ति-संबंधी	चार में प्राप्त नहीं
4. हल्-संबंधी	तीन में प्राप्त
10. ऊ-संबंधी	तीन में प्राप्त
19. ण्-न्-संबंधी	तीन में प्राप्त
20. ब्-व्-संबंधी	तीन में प्राप्त
21. य्-संबंधी	तीन में प्राप्त
27. संज्ञा लिंग-संबंधी	तीन में प्राप्त
28. संज्ञा वचन-संबंधी	तीन में प्राप्त
29. संज्ञा कारकरूप-संबंधी	तीन में प्राप्त
41. परसर्ग-संबंधी	तीन में प्राप्त
5. अ-संबंधी	दो में प्राप्त
6. आ-संबंधी	दो में प्राप्त
13. ओ-संबंधी	दो में प्राप्त
23. ऊष्म-संबंधी	दो में प्राप्त
31. सर्वनाम कारकरूप-संबंधी	दो में प्राप्त
42. संज्ञा अर्थ-संबंधी	दो में प्राप्त
11. ए-संबंधी	केवल एक में प्राप्त
26. द्वित्व-संबंधी	केवल एक में प्राप्त
43. विशेषण अर्थ-संबंधी	केवल एक में प्राप्त
44. मुहावरा-संबंधी	केवल एक में प्राप्त
16. क्-संबंधी (क़्, क्ष् सम्मिलित)	किसी में भी प्राप्त नहीं
17. ज्-संबंधी (ज्ञ् सम्मिलित)	किसी में भी प्राप्त नहीं
22. ऱ्-संबंधी	किसी में भी प्राप्त नहीं
24. ह्-संबंधी	किसी में भी प्राप्त नहीं
30. सर्वनाम वचन-संबंधी	किसी में भी प्राप्त नहीं
33. विशेषण लिंग-संबंधी	किसी में भी प्राप्त नहीं
34. विशेषण वचन-संबंधी	किसी में भी प्राप्त नहीं
36. क्रिया लिंग-संबंधी	किसी में भी प्राप्त नहीं

38. क्रिया काल-प्रत्यय-संबंधी — किसी में भी प्राप्त नहीं
40. क्रिया धातुरूप-संबंधी — किसी में भी प्राप्त नहीं

बिहारी हिंदी

1. चंद्रबिंदु-संबंधी — तीनों में प्राप्त
2. अनुस्वार-संबंधी — तीनों में प्राप्त
8. ई-संबंधी — तीनों में प्राप्त
9. उ-संबंधी — तीनों में प्राप्त
10. ऊ-संबंधी — तीनों में प्राप्त
15. नीचे बिंदी-संबंधी (ड़, ढ़, को छोड़कर) — तीनों में प्राप्त
20. ब्-व्-संबंधी — तीनों में प्राप्त
27. संज्ञा लिंग-संबंधी — तीनों में प्राप्त
28. संज्ञा वचन-संबंधी — तीनों में प्राप्त
29. संज्ञा कारकरूप-संबंधी — तीनों में प्राप्त
37. क्रिया वचन-संबंधी — तीनों में प्राप्त
39. क्रिया वृत्ति-संबंधी — तीनों में प्राप्त
41. परसर्ग-संबंधी — तीनों में प्राप्त
7. इ-संबंधी — दो में प्राप्त
18. प्रतिवेष्टन-उत्क्षेपण-संबंधी — दो में प्राप्त
19. ण्-न्-संबंधी — दो में प्राप्त
22. र्-संबंधी — दो में प्राप्त
23. ऊष्म-संबंधी — दो में प्राप्त
26. द्वित्व-संबंधी — दो में प्राप्त
31. सर्वनाम कारकरूप-संबंधी — दो में प्राप्त
42. संज्ञा अर्थ-संबंधी — दो में प्राप्त
3. विसर्ग-संबंधी — केवल एक में प्राप्त
4. हल्-संबंधी — केवल एक में प्राप्त
5. अ-संबंधी — केवल एक में प्राप्त
14. औ-संबंधी — केवल एक में प्राप्त
21. य्-संबंधी — केवल एक में प्राप्त
33. विशेषण लिंग-संबंधी — केवल एक में प्राप्त
35. विशेषण कारकरूप-संबंधी — केवल एक में प्राप्त
38. क्रिया काल-प्रत्यय-संबंधी — केवल एक में प्राप्त
43. विशेषण अर्थ-संबंधी — केवल एक में प्राप्त
44. मुहावरा-संबंधी — केवल एक में प्राप्त

6. आ-संबंधी	किसी में भी प्राप्त नहीं
11. ए-संबंधी	किसी में भी प्राप्त नहीं
12. ऐ-संबंधी	किसी में भी प्राप्त नहीं
13. ओ-संबंधी	किसी में भी प्राप्त नहीं
16. क्-संबंधी (क़्, क्ष् सम्मिलित)	किसी में भी प्राप्त नहीं
17. ज्-संबंधी (ज्ञ् सम्मिलित)	किसी में भी प्राप्त नहीं
24. ह्-संबंधी	किसी में भी प्राप्त नहीं
25. अल्पप्राणीकरण-संबंधी	किसी में भी प्राप्त नहीं
30. सर्वनाम वचन-संबंधी	किसी में भी प्राप्त नहीं
32. सर्वनाम निजवाचकता-संबंधी	किसी में भी प्राप्त नहीं
34. विशेषण वचन-संबंधी	किसी में भी प्राप्त नहीं
36. क्रिया लिंग-संबंधी	किसी में भी प्राप्त नहीं
40. क्रिया धातुरूप-संबंधी	किसी में भी प्राप्त नहीं

कुल 44 त्रुटियों में से विभिन्न वर्गों में की गई और न की गई त्रुटियों की संख्या निम्नानुसार रही–

बोली-वर्ग	की गई त्रुटियों की संख्या	न की गई त्रुटियों की संख्या
पश्चिमी हिंदी	38	6
पूर्वी हिंदी	30	14
पहाड़ी हिंदी	31	13
राजस्थानी हिंदी	34	10
बिहारी हिंदी	31	13

3.4. अधिक ध्यान देने योग्य त्रुटियाँ

मानक हिंदी के राष्ट्रीय स्वरूप की दृष्टि से हिंदी-प्रदेश के हिंदी-भाषियों के लिए सामूहिक रूप में अधिक ध्यान देने योग्य त्रुटियाँ तीन आधारों पर निश्चित की जा सकती हैं–(क) पहले आधार के अनुसार वे, जो अधिक बोलियों के तीनों सूचकों ने कीं; (ख) दूसरे के अनुसार वे, जो अधिक बोली-भाषियों ने कीं, चाहे बोली-विशेष के किन्हीं भी सूचकों ने की हों; तथा (ग) तीसरे के अनुसार वे, जिनके प्राप्त उदाहरणों की आवृत्ति अधिक रही।

(क) तीनों सूचकों द्वारा की गई त्रुटियाँ बोलियों की संख्या के साथ उत्तराधार-क्रम में इस प्रकार हैं–

	त्रुटि-क्रमांक	बोलियों की संख्या
(1)	15	22
(2)	2	19
(3)	1	17
(4)	9	12
(5)	7, 20, 27	10
(6)	8, 37	8
(7)	10, 18, 31, 39	7
(8)	14	6
(9)	5, 26, 41, 42	5
(10)	4, 19, 29	4
(11)	3, 25, 28, 32	3
(12)	12, 13, 17, 21, 23	2
(13)	6, 24, 36	1

(14) त्रुटि-क्रमांक 11, 16, 22, 30, 33, 34, 35, 38, 40, 43, 44 को किसी भी बोली के तीन सूचकों ने नहीं किया।

उपर्युक्त चौदह वर्गों में से प्रथम सात (उच्चतर पचास प्रतिशत) की त्रुटियाँ (क्रमांक 15 ; 2 ; 1 ; 9 ; 7, 20, 27 ; 8, 37 ; 10, 18, 31, 39) अधिक ध्यान देने योग्य मान ली जाएँ।

(ख) किन्हीं भी सूचकों द्वारा की गई त्रुटियाँ बोलियों की संख्या के साथ उत्तराधार-क्रम में इस प्रकार हैं—

	त्रुटि-क्रमांक	बोलियों की संख्या
(1)	1, 15	22
(2)	2	21
(3)	20	18
(4)	7, 8, 9, 39	17
(5)	27	16
(6)	18, 29, 37, 41	15
(7)	10	14
(8)	23, 31	13
(9)	3, 28, 42	12
(10)	14	11
(11)	4, 5, 19, 25, 35	10

(12)	26	9
(13)	12	8
(14)	32	7
(15)	21	6
(16)	6, 13	5
(17)	11, 44	4
(18)	17, 22, 34, 36, 43	3
(19)	16, 24, 30	2
(20)	33, 38, 40	1

ऊपर (क) के अनुसार अधिक ध्यान देने योग्य मानी गई सभी त्रुटियाँ (ख) के अन्तर्गत बीस वर्गों में से प्रथम आठ (चालीस प्रतिशत) में ही आ गई हैं, अतः उनको अधिक ध्यान देने योग्य मानने के लिए दृढ़ आधार मिल जाता है। उनके अलिखित (ख) के प्रथम आठ वर्गों में क्रमांक 29, 41, 23 और सम्मिलित हैं। इन्हें भी अधिक ध्यान देने योग्य मान लिया जाना चाहिए।

(ग) प्राप्त उदाहरणों की अधिक आवृत्ति से भी पुष्ट होता है कि (क) और (ख) के अनुसार समान रूप से निकाली गई तेरह त्रुटियों तथा (ख) के अनुसार निकाली गई तीन अलिखित त्रुटियों पर अधिक ध्यान दिया जाना चाहिए। नमूनों के लिए, कौरवी-भाषियों की मानक हिंदी में त्रुटि-क्रमांक 2, 7, 8, 10, 15, 18, 20 के उदाहरणों के ढेर हैं; छत्तीसगढ़ी-भाषियों की मानक हिंदी में त्रुटि-क्रमांक 1, 2, 7, 9, 15, 27, 29, 31, 37 के उदाहरणों की आवृत्ति अपेक्षाकृत अधिक है; मंडेआली-भाषियों की मानक हिंदी में त्रुटि-क्रमांक 1, 2, 7, 8, 10, 15, 18, 20 के उदाहरण अधिक हैं; ढूँढाड़ी-भाषियों की मानक हिंदी में त्रुटि-क्रमांक 1, 2, 7, 8, 9, 10, 15, 18, 39 के उदाहरणों की भरमार है; और मगही-भाषियों की मानक हिंदी में त्रुटि-क्रमांक 2, 7, 8, 9, 10, 15, 20, 23, 27, 29, 31, 37, 39, 41 के उदाहरण अच्छी संख्या में हैं।

निष्कर्षतः, अधिक ध्यान देने योग्य सोलह त्रुटियों के क्रमांक और नाम इस प्रकार हैं (ये सभी त्रुटियाँ कम से कम तेरह बोलियों के भाषी अवश्य करते हैं।)—

1. चंद्रबिंदु-संबंधी (आगम, आदेश, लोप)
2. अनुस्वार-संबंधी (आगम, आदेश, लोप)
7. इ-संबंधी (आगम, आदेश)
8. ई-संबंधी (आदेश)
9. उ-संबंधी (आदेश)
10. ऊ-संबंधी (आदेश)
15. नीचे बिंदी-संबंधी (ड़, ढ़ को छोड़कर) (आदेश)
18. प्रतिवेष्टन-उत्क्षेपण-संबंधी (आदेश)

20. ब्-व्-संबंधी (आदेश)
23. ऊष्म-संबंधी (आदेश)
27. संज्ञा लिंग-संबंधी (आदेश)
29. संज्ञा कारकरूप-संबंधी (आदेश)
31. सर्वनाम कारकरूप-संबंधी (आदेश)
37. क्रिया वचन-संबंधी (आदेश)
39. क्रिया वृत्ति-संबंधी (आगम, आदेश)
41. परसर्ग-संबंधी (आदेश, लोप)

4

सामूहिक अशुद्धियाँ

(बाईसों बोलियों के मातृभाषियों की सामूहिक अशुद्धियाँ)

1. चंद्रबिंदु-संबंधी

1.1. 0 / ँ

आटा / आँटा
आधे / आँधे
घास / घाँस
चावल / चाँवल
नाक / नाँक
पूछ / पूँछ
बाक़ी / बाँकी
भाप / भाँप
माताएँ / माँताए
साइंस / साँईस
हाथ / हाँथ
हाथी / हाँथी

1.2. ँ / ं

अँधेरे / अंधेरे
आँका / आंका
आँखों / आंखों, आंखो
आँसू / आंसू
आऊँगा / आऊंगा
कथाएँ / कथाएं
कविताएँ / कविताएं
कहानियाँ / कहानियां
कुतियाँ / कुतियां
खाइयाँ / खाइयां

गतिविधियाँ / गतिविधियां
गाँधीजी / गांधीजी
गाँव / गांव
घोड़ियाँ / घोड़ियांए
चलाएँ / चलाएं
जाँघ / जांघ
जाँच / जांच
जाऊँगी / जाऊंगी
ताँगा / तांगा
तितलियाँ / तितलियां
दवाइयाँ / दवाइयां
दूँ / दूं
दूँगी / दूंगी
पहुँचा / पहुंचा
पाँच / पांच
पाँचवाँ / पांचवा, पांचवाँ, पांचवां
पूँछ / पूंछ
फँसे / फंसे
फाँसी / फांसी
बँटाने / बंटाने
बाँधती / बांधती
माँ / मां
माँग / मांग
माँगते / मांगते
मिठाइयाँ / मिठाइयां
मुँह / मुंह
मूँग / मूंग
यहाँ / यहां
रहूँगा / रहूंगा
रेखाएँ / रेखाएं
रोटियाँ / रोटियां
लड़कियाँ / लड़कियां
वस्तुएँ / वस्तुएं
वहाँ / वहां
विधाएँ / विधाएं

शैलियाँ / शैलियां
सँवारने / संवारने
साँकल / सांकल
साँस / सांस
साड़ियाँ / साड़ियां, साड़ीयां
सीढ़ियाँ / सीढ़ियां
स्मृतियाँ / स्मृतियां
हँसाया / हंसाया
हाँ / हां
हुमायूँ / हुमायूँ
होऊँगा / होउंगा

1.3. ँ / न्

अँधेरे / अन्धेरे

1.4. ँ / 0

आँकड़ों / आकड़ो
आँखें / आखे
आँखों / आखों, आखो
आऊँगा / आऊगा, आंऊगा, आऊगां
ऊँच / ऊच
ऊँचे / उचे
ऊँट / ऊट
ऋतुएँ / ऋतुए
औषधियाँ / औषधिया
करूँ / करू
करूँगा / करूगा
कहाँ / कहा
क्रीड़ाएँ / क्रीड़ाए
गाँधी / गाधी
गाँव / गाव
गाँवों / गावों, गावो
गूँजे / गूजे
घोड़ियाँ / घोड़िया
चाँद / चादं
चूँकि / चूकि
जहाँ / जहा

जाँघ / जाघ
जाऊँगा / जाउगा
झाँसी / झासी
ढूँढने / ढुढने
ढूँढा / ढूढा
दवाइयाँ / दवाइया
दूँगा / दूगा
दूँगी / दुगी
पहुँच / पहुच
पहुँचेगा / पहुचेगा
पाँच / पाच
पाँचवाँ / पाँचवा, पाचवा, पांचवा
पिएँगे / पीएगे
पूँछ / पूछ, पुछ
फँसाने / फसाने
बँटा / वटा
बँटाना / वटाना
बनूँ / वनू
बनूँगा / बनुगा
बाँहों / बाहो
बिजलियाँ / बिजलिया
भंगिमाएँ / भंगिमाए
भाँति / भाति
भाषाएँ / भाषाए
माँ / मा
माँग / माग
माँगने / मागने
माताएँ / माँताए
मिठाइयाँ / मिठाइया
मुँह / मुह, मूह
यहाँ / यहा
योजनाएँ / योजनाए
रचनाएँ / रचनाए
रहूँगा / रहूगां
लड़कियाँ / लड़किया

लाऊँ / लाऊ
लीलाएँ / लीलाऐ
लूँगा / लूगा
लूँगी / लुगी
लूएँ / लूए
वस्तुएँ / वस्तुए
वहाँ / वहा
सँभालती / सभालती
सकूँ / सकू
साँड़ / साड़
साड़ियाँ / साड़िया
सुविधाएँ / सुविधाए
हँसाया / हसाया
हँसी / हसी
हूँ / हु

2. अनुस्वार-संबंधी

2.1. 0 /

आऊँगा / आंऊगा, आऊगां
इंसान / इन्सांन
उनको / उनकों
ओठ / ओंठ
कान / कांन
कोनों / कोंनों
खोमचे / खोमचें
घास / घांस
चावल / चांवल
चाहिए / चाहियें
छाछ / छांच
तो / तों
नीचे / नींचे
ने / नें
नेहरू / नेंहरू
पड़ेंगे / पडेगें
पहले / पहलें
पूछ / पूंछ

मेज / मेंज

मनाई / मंनायी

महीने / महिनें

मारो / मारों

मैट्रिक / मैंट्रीक

रहूँगा / रहूगां

राग / रांग

रेडियो / रेडियों

लोग / लोंग

सामने / सामनें

सेव / सेंव

सोच / सोंच

सोचेगा / सोंचेगा

होंगे / होंगें

होठ / होंठ

होठों / होंठों

2.2. / न्

इंसान / इन्सांन

ईंधन / इन्धन

मुंशी / मुन्शी

2.3. / म्

संवत् / सम्वत, साम्वत

2.4. / 0

अध्यापकों / अध्यापको

अनेकों / अनेको

आँकड़ों / आकड़ो

आँखें / आँखे, आखे

आँखों / आँखो, आंखो, आखो

आंदोलन / आदोलन

आवश्यकताओं / आवश्यकताओ

इंजीनियरिंग / इजीनियरिंग

इन्हीं / इन्ही

इन्हें / इन्हे

इन्होंने / इन्होने

ईंट / ईट, ईट्ट

ईंधन / ईधन
उन्हीं / उन्ही
उन्हें / उन्हे
उन्होंने / उन्होने
ऋतुओं / ऋतुओ
एवं / एव
कथाओं / कथाओ
कमरों / कमरो
करेंगे / करेगे
कर्मचारियों / कर्मचारियो
कष्टों / कष्टो
कहीं / कही
कार्यों / कार्यो
किताबें / किताबे
कोनों / कोंनो
क्यों / क्यो
क्योंकि / क्योकि
क्लासें / क्लासे, कलासे
ख़बरें / खबरे
खानों / खानो
खींचता / खीचता
खेतों / खेतो
ग़रीबों / ग़रीबो, गरीबो
गाँवों / गावो
गाड़ियों / गाड़ियो
घरों / घरो
घोड़ों / घोड़ो
चारों / चारो
चीज़ें / चिजे
चोंच / चोच
जिसमें / जिसमे
जुड़ेंगे / जुड़ेगे
झोंपड़ी / झोपड़ी
ट्रेनिंग / ट्रेनिग
डंडों / डण्डो

तुम्हीं / तुम्ही
तुम्हें / तुम्हे
दिनों / दिनो
दुकानें / दुकाने
दूरबीनें / दूरबीने
दूसरों / दुसरो
देंगे / देगे
देखें / देखे
देखेंगे / देखेगे
दोनों / दोनो
द्वारपालों / द्वारपालो
नवीं / नवी
नहीं / नही, नहि
निवासियों / निवासियो
नींद / नीद
नींव / नीव
नौकरों / नौकरो
पड़ेंगे / पड़ेगें, पडेगे
पन्नों / पन्नो
परछाईं / परछाई
परसों / परसो
पुरखों / पुरखो
पुस्तकें / पुस्तके
पेड़ों / पेड़ो, पेडो
पैरों / पैरो
बंदरगाहों / बंदरगाहो
बंदूकें / बंदूके
बड़ों / बड़ो
बहनें / बहने, बहिने
बाँहों / बाहो
बातों / बातो, वातो
बादलों / बादलो
भाइयों / भाईयो
भावों / भावो
भेंट / भेट

भैंस / भैस, भेस
भौंकने / भौकने
भौंरे / भौरे, भोरे
मनुष्यों / मनुष्यो
मित्रों / मित्रो
मिलेंगे / मिलेगे
मूर्खों / मूर्खो
में / मे
मेंढक / मेढक, मेड़क
मैं / मै, मे
मैंने / मैने, मेने
यहीं / यही
लड़कों / लड़को
लाखों / लाखो
लें / ले
लोगों / लोगो
वहीं / वही
वालों / वालो
शब्दों / शब्दो
शहरों / शहरो
शासकों / शासको
संख्या / सख्या
संचार / सचार
संचालन / सचालन
संतुष्ट / सतुष्ट
संवत् / सवत
संविधान / सविधान
सकें / सके
सड़कों / सडको
समुद्रों / समुद्रो
साइंस / सांईस
सिंचाई / सिचाई, सिचाइ
सींचा / सीचा
सीटें / सीटे
सुखों / सुखो

स्टैंड / स्टेड
स्थानों / स्थानो
स्पेलिंग / स्पेलिग
हमें / हमे
हाथों / हाथो
होंगे / होगे

3. विसर्ग-संबंधी

3.1. : / 0

दुःख / दुख

4. हल्-संबंधी

4.1. ् / 0

लड्डू / लडडू
संवत् / संवत, सम्वत, साम्वत, संबत, सवत

5. अ-संबंधी

5.1. 0 / अ

अंतर्गत / अन्तरगत
उज्ज्वल / उज्जवल
उर्दू / उरदू
क़िस्म / किसम
कीर्ति / किरती
कुम्हार / कुमहार
क्यों / कयों
क्लासें / कलासे
खुश्क / खुशक
चिल्लाना / चीललाना
जल्दी / जलदी
ज़्यादा / ज़यादा
दोस्त / दोसत
प्रकार / परकार
प्राण / परान
मनीआर्डर / मनीआरडर
मुल्क / मुलक
वक़्त / वकत
विश्वास / बिशबास
श्याम / शयाम

सामर्थ्य / सामथर्य
सिर्फ़ / सिरफ़
स्कूल / इसकूल
स्वास्थ्य / स्वास्थय, स्वास्थ
हर्षवर्धन / हरशवर्धन
हैडमास्टर / हैडमासटर

5.2. अ / आ
अध्यात्म / आध्यात्म
कन्नड़ / कन्नडा
कहाँ / काहाँ
चाहते / चहाते
बादशाहों / बादाशाहों
रमज़ान / रामजान
लीडरों / लीडारों
संवत् / साम्वत
संसार / सांसार
सामने / समाने
स्वभाव / स्वाभाव
हालत / हलात

5.3. अ / उ
ज़रूरत / जुरुरत
तनख़्वाह / तनुख्वाह
सफ़ेद / सुफेद

5.4. अ / 0
इनकी / इन्की
इसके / इस्के
उसका / उस्का
कमरे / कम्रे
ग़लत / गल्त
नरक / नर्क
बनने / बन्ने
बरसात / बर्सात
शासकीय / शास्कीय
सफ़ेद / स्फेद
सामने / साम्ने

सुनकर / सुन्कर
स्टेशन / स्टेश्न

6. आ-संबंधी

6.1. आ / अ

आवाज़ / अवाज
कारनामों / करनामों
चाहते / चहाते
जापान / जपान
पाज़ामा / पजामा
बाज़ार / बजार, वजार
महाराज / महराज
लकड़हारा / लकड़हरा
साधु / सधु
हालत / हलात

7. इ-संबंधी

7.1. 0 / इ

क्यों / कियों
ख़्याल / खियाल
ज़्यादा / ज़ियादा
ड्राइंग / डिराइंग
प्यासा / पियासा
श्रीचंद / शिरीचंद
स्कूल / इसकूल

7.2. इ / ई

अधिक / अधीक
अधिकारियों / अधिकारीयों
आदि / आदी
आर्थिक / आर्थीक
इँगलिश / ईंगलिश
इत्यादि / इत्यादी
इष्ट / ईष्ट
इस / ईस, ईश
उदित / उदीत
उन्नति / उन्नती
उपस्थिति / उपस्थिती

उपाधि / उपाधी
कइयों / कईयों
कठिनाई / कठीनाई
कापियों / कापीयों
कार्यविधि / कार्यविधी
कि / की
किताबों / कीताबों
कीर्ति / कीर्ती, किर्ती, किरती, कृती
कोहनियों / कोहनीयों
क्योंकि / क्योंकी
क्रांतिकारियों / क्रान्तिकारीयों
खिड़की / खीडकी
ख़ैरियत / खेरीयत
गर्मियों / गर्मीयों
गाड़ियों / गाड़ीयो
घोड़ियाँ / घोड़ीयाँ, घोडीयाँ
चमारिनों / चमारीनों
चिड़िया / चिड़ीया
चिल्लाना / चीललाना
चोरियाँ / चोरीयाँ
छुट्टियाँ / छुट्टीयाँ
ज़रिए / ज़रीये
जाति / जाती
ज़िंदगी / जीन्दगी
जीविकोपार्जन / जीवीकोपार्जन
टंकियों / टंकीयों
टाइम / टाईम
तितर-बितर / तीतर-बीतर
तितली / तीतली
तिथि / तिथी
दवाइयाँ / दवाईयाँ
दिन / दीन
दिया / दीया
दृष्टि / दृष्टी
धोबिन / धोबीन

धोबिनों / धोवीनों
नागरिक / नागरीक
नाविक / नावीक
निकल / नीकल
निवासियों / निवासीयों
पक्षियों / पक्षीयों
पट्टियों / पट्टीयों
पड़ोसियों / पड़ोसीयों
पत्तियों / पत्तीयों
परिवर्तित / परिवर्तीत
पिएँगे / पीएगे
पिया / पीया
पूर्ति / पूर्ती
प्रतिवर्ष / प्रतीवर्ष
प्रसिद्ध / प्रसीद्ध
प्राणियों / प्राणीयों
प्राप्ति / प्राप्ती
प्रीति / प्रीती
फिर / फीर
बलि / बली
बल्कि / बल्की
बिल्डिंग / विल्डींग
बेड़ियाँ / बेड़ीयाँ
भक्ति / भक्ती
भगतसिंह / भगतसींह
भाइयों / भाईयों
भूमि / भूमी, भुमी
मंदिर / मंदीर
माध्यमिक / माध्यमीक
मिले / मीले
मुश्किल / मुश्कील
मैट्रिक / मैंट्रीक
यदि / यदी
रात्रि / रात्री
रोटियाँ / रोटीयाँ

लड़ाइयाँ / लड़ाईयाँ
लाइट / लाईट
लाइब्रेरी / लाईब्रेरी
लिखना / लीखना
लेकिन / लेकीन
वासियों / वासीयों
विकसित / विकसीत
विद्यार्थियों / विद्यार्थीयों
व्यक्तियों / व्यक्तीयों
व्यवसायियों / व्यवसायीयों
शांति / शांती
सहानुभूति / सानुभूती
साइंस / साँईस
साइकिल / साईकिल
साड़ियाँ / साड़ीयां
साथियों / साथीयों
सिविल / सिवील
सीढ़ियों / सीड़ीयों
स्त्रियों / स्त्रीयों
स्वादिष्ट / स्वादीष्ट
हरिजनों / हरीजनों
हानि / हानी

8. ई-संबंधी

8.1. ई / इ
अद्वितीय / अद्वितिय
अधीनता / अधिनता
ईंट / इंट
ईंधन / इन्धन
ईश्वर / इश्वर
उत्तीर्ण / उतिर्ण
कठिनाई / कठिनाइ
क़मीज़ / खमिज़
क़रीब / करिब
कहानी / कहानि
की / कि

कीचड़ / किचड़
कीजिए / किजिए
क़ीमत / किमत
कीर्तन / किर्तन
कीर्ति / किर्ती, किरती
क्रीड़ाएँ / किडाऐं
ग़रीब / ग़रिब, गरिब
ग्रामीणों / ग्रामिणों
चमकीला / चमकिला
चीज़ें / चिजें, चिजे
चौथाई / चौथाइ
जीभ / जिभ
जीवन / जिवन
जीवात्मा / जिवात्मा
टीचर / टिचर
ठीक / ठिक
तक़रीर / तकरिर
तारीख़ / तारिख
तीर्थयात्रा / तिर्थयात्रा
दी / दि
दुर्गा जी / दूर्गा जि
नतीजा / नतिजा
नहीं / नहिं
नीचे / निचे
परीक्षण / परिक्षण
परीक्षा / परिक्षा
पहाड़ी / पहाड़ि
पानी / पानि
पी / पि
पीकर / पिकर
पीछा / पिछा
पीटा / पिटा
पीटेगा / पिटेगा
पीठ / पिठ
पीते / पिते

प्रतीक्षा / प्रतिक्षा
फीका / फिका
बातचीत / बातचित
बीघे / बिघे
बीमार / बिमार
बीरबल / बिरबल
बुद्धिजीवी / बुद्धिजीवि
भी / भि
मंत्री / मंत्रि
महीने / महिने, महिनें
मिनी / मिनि
मीठा / मिठा
यही / यहि
राजनीतिज्ञ / राजनितिज्ञ
लीडरों / लिडारों
लीपते / लिपते
वकील / वकिल
श्रीमती / श्रीमति
श्रीमान् / श्रिमान्
सच्चाई / सच्चाइ
सर्दी / सर्दि
सिंचाई / सिचाइ
सिपाही / सिपाहि
सींग / सिंग
सीता / सिता
सीनियर / सिनियर
हनीमून / हनिमून
ही / हि

9. उ-संबंधी

9.1. उ / ऊ

अनुसूचित / अनूसूचित
अभिरुचि / अभिरूचि
उम्र / ऊम्र
उर्दू / ऊर्दू
करुणा / करूणा

खुद / खूद
गरुड़ / गरूड़
गुरु / गुरू
चतुर / चतूर
चुके / चूके
छुरा / छूरा
जामुन / जामून
टुकड़ा / टूकड़ा
डाकुओं / डाकूओं
तुम / तूम
तुम्हीं / तूम्ही
दुर्गा जी / दूर्गा जि
पहुँच / पहूँच
पुरुष / पुरूष
प्रभु / प्रभू
बहुत / बहूत
भीरुता / भीरूता
भुला / भूला
महापुरुषों / महापुरूषों
मिलजुल / मिलजूल
मुँह / मूँह, मूह
मृत्यु / मृत्यू
युग / यूग
युवकों / यूवकों
रुक / रूक
रुका / रूका
रुकावट / रूकावट
रुपए / रूपए, रूपये
रुपया / रूपया
विरुद्ध / विरूद्ध
साधु / साधू
सुख / सूख
सुचारु / सुचारू
सुधार / सूधार
सुना / सूना

हिंदुओं / हिंदूओं

10. ऊ-संबंधी

10.1. ऊ / उ

अंगूर / अंगुर

आँसू / आंसु

ऊँचा / उँचा

ऊँचे / उँचे, उचे

ऊपर / उपर

ऊब / उब

कस्तूरबा / कस्तुरबा

क्रूर / क्रुर

खुशबू / खुशबु

ख़ूब / खुव

घूमता / घुमता

घूमते / घुमते

घूमने / घुमने

चूना / चुना

जरूरत / ज़ुरुरत

जाऊँगा / जाउगा

जूते / जुते

जून / जुन

झाड़ू / झाडु

झूठ / झुठ

टूट / टुट

ढूँढने / ढुढने

दूँगा / दुँगा

दूध / दुध

दूर / दुर

दूरी / दुरी

दूसरे / दुसरे

धूमधाम / धुमधाम

धूल / धुल

निरूपण / निरुपण

पालतू / पालतु

पूँछ / पुँछ

पूछ / पुछ
पूछा / पुछा
पूजा / पुजा
पूज्य / पुज्य
पूरा / पुरा
पूरी / पुरी
पूरे / पुरे
पूर्ण / पुर्ण
पूर्णिमा / पुर्णिमा
पूर्वी / पुर्वी
प्रतिकूल / प्रतिकुल
फूल / फुल
फूला / फुला
फूस / फुस
बनूँगा / बनुगा
बहू / बहु
बूढ़ा / बुढ़ा
भूखा / भुखा, भुका
भूखी / भुखी
भूमि / भुमी
भूमिका / भुमिका
भूल / भुल
रूप / रुप
रूपरेखा / रुपरेखा
रूपी / रुपी
रूम / रुम
लड़ाकू / लड़ाकु
लड्डू / लड्डु
लागू / लागु
लूँगी / लुगी
शुरू / शुरु
शून्य / शुन्य
संदूक / संदुक
सरलतापूर्वक / सरलतापुर्वक
सूती / सुती

सूत्रपात / सुत्रपात
स्कूल / स्कुल
हिंदू / हिंदु
हूँ / हुँ, हु

11. ए-संबंधी

11.1. ए / ऐ
इसलिएं / इसलिऐ
उन्हें / उन्हैं
ऐसे / ऐसे (!)
कौए / कौऐ
क्रीड़ाएँ / क्रिडाऐं
नेता / नैता
नेपाल / नैपाल
प्रत्येक / प्रत्यैक
प्रेस / प्रैस
प्रोजेक्ट / प्रोजैक्ट
फेंककर / फैंककर
फ़ेल / फैल
भेजे / भैजे
योग्यताएँ / योग्यताऐं
लिए / लिऐ
लीलाएँ / लीलाऐ
सेना / सैना

12. ऐ-संबंधी

12.1. ऐ / ए
ऐसा / एसा
कैसा / केसा
ख़ैरियत / खेरीयत
पैर / पेर
पैसे / पेसे
फैलना / फेलना
बैठती / वेठती
बैठना / वेठना
बैरिस्टर / वेरिस्टर
बैल / बेल

भैंस / भेस
मटमैले / मटमेले
मैं / में, मे
मैंने / मेने
मैनेजर / मेनेजर
शनैः शनैः / शनेः शनेः
स्टैंड / स्टेड
है / हे

13. ओ-संबंधी

13.1. ओ / औ
अनोखा / अनौखा
ओर / और
किताबों / किताबौं
कोने-कोने / कौने-कौने
तोला / तौला
लीडरों / लिडारों
लोगों / लोगौं
लोहार / लौहार
हिंदुओं / हिन्दुऔं

14. औ-संबंधी

14.1. औ / ओ
अक्षौहिणी / अक्षोहिणी
इंदौर / इंदोर
और / ओर
औरत / ओरत
औरतों / ओरतों
औसत / ओसत
कचौड़ी / कचोड़ी
कसौटी / कसोटी
कौआ / कोआ
कौन / कोन
खिलौने / खिलोने
चौदह / चोदह
दौड़ता / दोड़ता, दोडता
दौड़ा / दोड़ा

दौलत / दोलत
नौ / नो
नौबत / नोबत
नौलखा / नोलखा
बौने / बोने
भौरे / भोरे
मौजूदा / मोजूदा
मौत / मोत
लौट / लोट
लौटेंगे / लोटेंगे
लौटे / लोटे
सुडौल / सुडोल
सौंदर्य / सोन्दर्य
सौंपता / सोंपता
सौंपी / सोंपी
सौ / सो
सौभाग्य / सोभाग्य
हौसला / होसला

15. नीचे बिंदी-संबंधी (ड़, ढ़ को छोड़कर)

15.1. क़् / क्
क़मीज़ / कमीज
क़रीब / करीब, करिब
क़ीमत / कीमत, किमत
तक़रीर / तकरिर
बाक़ी / बाकी, वाकी, वाँकी
वक़्त / वकत
हक़दार / हकदार, हक्कदार
हक़ीक़त / हकीकत, हकीखत

15.2. ख़् / ख्
ख़त्म / खत्म
ख़ुद / खुद, खूद
ख़ुश / खुश, खुस
ख़ुशबू / खुशबु
ख़ुशी / खुशी
ख़ूब / खुव

ख़ैरियत / खेरीयत
ख़्याल / ख्याल, खियाल
ज़ख़्मी / जख्मी
तनख़्वाह / तनख्वाह, तनुख्वाह
तारीख़ / तारिख
बत्तख़ / बत्तख, बतख, वत्तख, वतख

15.3. ग़् / ग्
ग़रीब / गरीब, गरिब, गरीव
ग़रीबों / गरीवो
ग़लत / गल्त
ग़लती / गलती
बग़ीचे / बगीचे
बाग़ / बाग, वाग
बाग़ीचा / बागीचा

15.4. ज़् / ज्
आवाज़ / आवाज, अवाज
इंतज़ार / इंतजार
कमज़ोरी / कमजोरी
क़मीज़ / कमीज
चीज़ / चीज
चीज़ें / चिजे
ज़ख़्मी / जख्मी
ज़मीन / जमीन
ज़रूर / जरूर
ज़रूरत / जरूरत
ज़िंदगी / जिन्दगी, जीन्दगी
ज़ेवर / जेवर
ज़्यादा / ज्यादा
दराज़ / दराज
नज़दीक / नजदीक
नज़र / नजर
नाराज़ / नाराज
बाज़ार / बाजार, बजार, वाजार, वजार
बेरोज़गारी / वेरोजगारी
मेज़ / मेज

रमज़ान / रामजान

रिवाज़ / रिवाज

रोज़गार / रोजगार

सज़ा / सजा

15.5. फ़् / फ्

कफ़न / कफन

काफ़ी / काफी

तरफ़ / तरफ

दफ़्तर / दफ्तर

नफ़रत / नफरत

फ़ालतू / फालतू

फ़ेल / फेल

बर्फ़ / वर्फ

सफ़ेद / सफेद, सुफेद, स्फेद

साफ़ / साफ

सिर्फ़ / सिर्फ, सिरफ

16. क़्-संबंधी (क़्, क्ष् सम्मिलित)

16.1. क़् / ख्

क़मीज़ / खमिज़

बाक़ी / बाखी

मुक़ाम / मुखाम

मौक़े / मौखे

हक़ीक़त / हकीखत

16.2. क्ष् / छ्

क्षण / छण

क्षति / छति

17. ज्-संबंधी (ज्ञ सम्मिलित)

17.1. ज्ञ् / ग्य्

ज्ञान / ग्यान

17.2. ज्ञ् / गय्, गिय्

ज्ञान / गयान, गियान

18. प्रतिवेष्टन-उत्क्षेपण-संबंधी

18.1. ड् / ड़्

पंडित जी / पंड़ित जी

सोडा / सोड़ा

18.2. ड़ / ड

उड़ / उड

उड़ाते / उडाते

कन्नड़ / कन्नडा

कपड़े / कपडे

करोड़ / करोड

कोड़े / कोडे

क्रीड़ाएँ / क्रिडाऐं

खिड़की / खिडकी

खोपड़ी / खोपडी

गाड़ियों / गाडियों

गाड़ी / गाडी

गीदड़ / गीदड

घड़े / घडे

घोड़ियाँ / घोडियाँ, घोडिया, घोडीयाँ

घोड़े / घोडे

घोड़ों / घोडों, घोडो

छोड़ता / छोडता

छोड़ूँगा / छोडूँगा

जुड़े / जुडे

झाड़ू / झाडु

झाड़ों / झाडों

झोंपड़ी / झोंपडी, झोपडी

टुकड़े / टुकडे

तोड़ / तोड

दौड़ / दौड

दौड़ता / दौडता

पकौड़ी / पकौडी

पड़ते / पडते

पड़ा / पडा

पड़ी / पडी

पड़ेंगे / पडेगें

पड़ोसन / पडोसन

पड़ोसिन / पडोसिन

पड़ोसी / पडोसी

पहाड़ी / पहाडी

पेड़ / पेड

पेड़ों / पेडो

बड़ी / बडी, वडी

बड़े / बडे, वडे

बिगड़ने / बिगडने

भीड़ / भीड

लड़का / लडका

लड़कियाँ / लडकिया

लड़की / लडकी

लड़के / लडके

लड़ाकू / लडाकु

सड़क / सडक

सड़कों / सडको

साड़ियाँ / साडियाँ, साडिया

हड़ताल / हडताल

18.3. ड़् / ण्

गरुड़ / गरुण

18.4. ढ् / ड़्

मेंढक / मेड़क

18.5. ढ् / ढ़्

ठंढे / ठंढ़े

18.6. ढ़् / ढ्

चढ़ / चढ

चढ़ाया / चढाया

पढ़ / पढ

पढ़ाई / पढाई

पढ़े / पढे

बढ़ता / बढता

बढ़ा / बढा

बढ़ाएगी / बढाएगी

बढ़ावा / बढाबा

बढ़िया / बढिया

बुढ़िया / बुढिया

बूढ़ी / बूढी

सीढ़ियाँ / सीढियां

19. ण्-न्-संबंधी

19.1. ण् / न्

प्राण / प्रान, परान

रावण / रावन

19.2. न् / ण्

ननद / नणद

मन / मण

20. ब्-व्-संबंधी

20.1. ब् / व्

अब / अव

अबला / अवला

आबादी / आवादी

कबीर / कवीर

कामयाबी / कामयावी

किताबें / कितावे

किताबों / कितावों

क्षुब्ध / क्षुव्ध

ख़ूब / खुव

गड़बड़ / गड़वड़

ग़रीब / गरीव

ग़रीबों / गरीवो

गोबर / गोवर

जब / जव

जलेबी / जलेवी

तब / तव

धोबिन / धोविन

धोबिनों / धोविनों, धोवीनों

नंबर / नंवर

बँटा / वँटा

बँटाना / वटाना

बंदर / वन्दर

बंदरगाहों / वंदरगाहो

बग़ीचे / वगीचे

बगुलों / वगुलों

बचपन / वचपन, वचपन्न
बच्चे / वच्चे
बजाता / वजाता
बजे / वजे
बड़ा / वड़ा
बड़ी / वड़ी
बड़े / वड़े, वडे
बढ़ते / वढ़ते
बढ़ने / वढ़ने
बढ़ाएगी / वढ़ाएगी
बताते / वताते
बत्तख़ / वत्तख, वतख
बनाई / वनाई
बनाते / वनाते
बराबर / वरावर
बर्फ़ / वर्फ
बलवती / वलवती
बलिदान / वलिदान
बल्कि / वल्कि
बस्ती / वस्ती
बहन / वहन
बहनोई / वहनोई
बहादुर / वहादुर
बहुत / वहुत
ब्रह्मचर्य / वृह्मचर्य
ब्रह्मा / वृह्मा
बाँधना / वाँधना
बाक़ी / वाकी, वाँकी
बाग़ / वाग
बाज़ार / वाजार, वजार
बात / वात
बातों / वातो
बाद / वाद
बादलों / वादलों
बाप / वाप

बाबा / वावा
बारह / वारह
बारे / वारे
बाल / वाल
बालक / वालक
बाहर / वाहर
ब्राह्मणों / व्राह्मणों
बिक / विक
बिगाड़ा / विगाड़ा
बिछाना / विछाना
बिठाता / विठाता
बिना / विना
बिल्डिंग / विल्डींग
बिल्लियों / विल्लियों
बीचोबीच / वीचोवीच
बीज / वीज
बीता / वीता
बुद्धि / वुद्धि
बुद्धिजीवी / वुद्धिजीवि
बुरा / वुरा
बुराइयों / वुराइयों
बुराई / वुराई
बुरे / वुरे
बूढ़े / वूढ़े
बेकार / वेकार
बेरोज़गारी / वेरोजगारी
बैठती / वेठती
बैठना / वेठना
बैठाता / वैठाता
बैण्ड / वैन्ड
बैरिस्टर / वेरिस्टर
बैल / वैल
बैलगाड़ी / वैलगाड़ी
बोर्ड / वोर्ड
बोल / वोल

बोलना / वोलना
बोली / वोली
बोस / वोस
मजबूर / मजवूर
मुसीबतों / मुसीवतों
लाइब्रेरी / लाईव्रेरी
शब्दों / शव्दों
संबंध / सम्वंध
संबंधियों / सम्वन्धियों
संबल / संवल
सब / सव
सबको / सवको
साहब / साहव

20.2. व् / ब्
ईश्वर / ईश्बर
कवि / कबि
कहावत / कहाबत
काव्य / काब्य
जवाब / जबाब
जीवन / जीबन
जीवित / जीबित
दबाव / दबाब
देव / देब
पवित्र / पबित्र
बलिवेदी / बलिबेदी
बावजूद / बाबजूद
भव्य / भब्य
मानव / मानब
वचन / बचन
वनस्पति / बनस्पति
वस्तुतः / बस्तुतः
वातावरण / बातावरण
वाद / बाद
वायदे / बायदे
विख्यात / बिख्यात

विगत / बिगत
विश्व / विश्ब, बिस्व
विश्वास / बिशबास
विष / बिष
विषयों / बिषयों
वैद्य / बैद्य
शिवाजी / शिबाजी
संवत् / संबत
सरोवर / सरोबर

21. य्-संबंधी

21.1. 0 / य्
शाम / श्याम

21.2. य् / 0
श्याम / शाम
स्वास्थ्य / स्वास्थ, स्वास्थय

22. र्-संबंधी

22.1. र / ऋ
ब्रह्मचर्य / वृह्मचर्य
ब्रह्मा / वृह्मा
वानप्रस्थ / वानपृस्थ

22.2. ईर् / ऋ
कीर्ति / कृती

23. ऊष्म-संबंधी

23.1. श् / ष्
दृश्य / दृष्य

23.2. श् / स्
अधिकांश / अधिकांस
अनुशासन / अनुसाषन
आवश्यकता / आवस्यकता
कारणवश / कारणवस
खुश / खुस
त्रिशूल / त्रिसूल
नाश्ते / नास्ते
निशान / निसान
प्रशस्त / प्रसस्त

प्रेमवश / प्रेमवस
भाग्यवश / भाग्यवस
मुंशी / मुन्सी
विश्व / विस्व
विश्वास / विस्वास
शराब / सराब
शस्त्र / सस्त्र
शहर / सहर
शांत / सान्त
शाम / साम
शायद / सायद
शिकायत / सिकायत
शिपिंग / सिपिंग
शुभ / सुभ
श्यामल / स्यामल
स्टेशन / स्टेसन

23.3. ष् / श्
विषय / विशय
हर्षवर्धन / हरशवर्धन

23.4. ष् / स्
नष्ट / नस्ट
महिषासुर / महिसासुर

23.5. स् / श्
अनुशासित / अनुशाशित
अनुसरण / अनुशरण
इस / ईश
क्लास / क्लाश
दिवस / दिवश
नक्सलपंथी / नक्शलपंथी
विकास / विकाश
सन्त / शन्त
सहाय / शहाय
साहू / शाहू

23.6. स् / ष्
अनुशासन / अनुसाषन

24. ह्-संबंधी

24.1. ह् / 0; ह / 0

उन्हें / उनें

कुम्हार / कुमार

जगह / जग

दरगाह / दरगा

बादशाह / बादशा

मुँह / मुँ

24.2. अह / आ

वगैरह / वगैरा

24.3. अह / ओ

यह / यो

24.4. अह् / 0

जगहों / जगों

सहानुभूति / सानुभूति

सहायक / सायक

25. अल्पप्राणीकरण-संबंधी

25.1. ख् / क्

धोखा / धोका

भूखा / भुका

25.2. घ् / ग्

मेघनाथ / मेगनाथ

25.3. छ् / च्

छाछ / छांच

25.4. ठ् / ट्

होठ / होट

25.5. ढ् / ड्

मेंढक / मेंडक

25.6. ढ़् / ड़्

चढ़ / चड़

चढ़ने / चड़ने

चढ़ाई / चड़ाई

पढ़ / पड़

पढ़ते / पड़ते

पढ़ने / पड़ने

पढ़ाई / पड़ाई
बढ़ाएगी / बड़ाएगी
बढ़ाया / बड़ाया
बुढ़िया / बुड़िया
बूढ़ी / बूड़ी
सीढ़ियों / सीड़ियों, सीड़ीयों
सीढ़ी / सीड़ी

25.7. थ् / त्
हाथ / हात

25.8. भ् / ब्
जीभ / जीब

26. द्वित्व-संबंधी

26.1. व्यंजन / द्वित्व
ईंट / ईंट्ट
उनतालीस / उन्नतालीस
कुतियाँ / कुत्तियाँ, कुत्तिया
कोठों / कोठ्ठों
खुरपे / खुरप्पे
छत / छत्त
बचपन / बचपन्न
हक़दार / हक्कदार (क़् / क् करके)
हथियार / हत्तियार (अल्पप्राणीकरण के बाद)

26.2. द्वित्व / व्यंजन
उत्तर / उतर
उत्तीर्ण / उतिर्ण
छुट्टियाँ / छुटियाँ
छुट्टियों / छुटियों
छुट्टी / छुटी

27. संज्ञा लिंग-संबंधी

27.1. संज्ञा पुल्लिंग / स्त्रीलिंग
गर्जन—गर्जन हुआ / गर्जन हुई।
डर—बड़ा डर लगा / बड़ी डर लगी।
दायित्व—सुरक्षा का दायित्व / सुरक्षा की दायित्व।
प्रभाव—विज्ञान का प्रभाव / विज्ञान की प्रभाव।

मुँह–अपना मुँह / अपनी मुँह।
मूल–जीवन का मूल / जीवन की मूल।
रुपए–रुपए कमाए / रुपए कमाई हैं।
शिखर–उन्नति का शिखर / उन्नति की शिखर।
संदूक–संदूक भेजा गया / संदूक भेजी गई।
हाथी–हाथी भाग गए / हाथियाँ भाग गईं।

27.2. संज्ञा स्त्रीलिंग / पुल्लिग
आँख–उसकी रोती हुई आँख / उसके रोते हुए आँख।
ईंट–बड़ी, ऊँची ईंट / बड़ा, ऊँचा ईंट।
उन्नति–इतनी उन्नति / इतना उन्नति।
उम्र–एक की उम्र / एक का उम्र।
किताब–ग्रामर की किताब / ग्रामर के किताब।
कुल्हाड़ी–उसकी कुल्हाड़ी गिर गई / उसका कुल्हाड़ी गिर गया।
घास–हरी घास दी / हरा घास दिया।
जगह–रहने की अपनी जगह मिलती / रहने का अपना जगह मिलता।
जुताई–खेतों की जुताई होती है / खेतों का जुताई होता है।
तनख्वाह–किसकी तनख्वाह / किसके तनख्वाह
पत्नी–अपनी पत्नी के लिए / अपने पत्नी के लिए
पीठ–उसकी पीठ / उसके पीठ
पुस्तकें–पुस्तकें छप रही हैं / पुस्तकें छप रहे हैं।
बाँहों–अपनी बाँहों / अपने बाँहों
बात–उदास होने की क्या बात है / उदास होने का क्या बात है ?
बताई हुई बात / बताए हुए बात
मृत्यु–बैल की मृत्यु हो गई / बैल का मृत्यु हो गया।
शक्ति–जितनी तुममें शक्ति हो / जितना तुममें शक्ति हो
शराब–चमकीली शराब / चमकीला शराब
शराब उम्र बढ़ाएगी / शराब उम्र बढ़ाएगा
शिकायत–शिकायत मुखिया को बताई / शिकायत मुखिया को बताया।
समझ–मेरी समझ में / मेरे समझ में

27.3. संज्ञा स्त्रीलिंग प्रत्यय -अन, -इन / -इनी
दुल्हन मालिन के साथ / दुल्हिनी मालिनी के साथ

28. संज्ञा वचन-संबंधी

28.1. संज्ञा एकवचन / बहुवचन
लू चलती है / लूएँ चलती हैं।

28.2. संज्ञा बहुवचन / एकवचन
गाने–बहुत से गाने गाने को / बहुत से गाना गाने को।
धोबिनें–धोबिनें कमाती हैं / धोबिन कमाती हैं।
बादलों–बादलों में उड़ते समय / बादल में उड़ते समय
रुपए–चौथाई करोड़ रुपए / चोथाई करोड़ रुपया
तोले–चार तोले सोना / चार तोला सोना

28.3. संज्ञा बहुवचन + ने / एकवचन + 0
चमारिनों और धोबिनों ने कमाया / चमारिन और धोबिन कमाया।

28.4. संज्ञा पुल्लिग बहुवचन प्रत्यय -0 / -ए
पत्थर–पाँच पत्थर / पाँच पत्थरें
मेंढक और हिरन–उन्नीस मेंढक और हिरन / उन्नीस मेंढकें और हरिनें

28.5. संज्ञा स्त्रीलिंग बहुवचन प्रत्यय
(1) -एँ / -इयाँ
चमारिनें और धोबिनें / चमारिनियाँ और धोबिनियाँ
(2) -या→ -एँ / -एँ
कुतिएँ (कुतियाँ) / कुतियाएँ
(3) -ई → -इयाँ / -इयाँए
घोड़ियाँ (घोडिएँ) / घोड़ियाँए

29. संज्ञा कारकरूप-संबंधी

29.1. संज्ञा मूल + 0 / विकारी + ने
हाथी दौड़े / हाथियों ने दौड़ा।

29.2. संज्ञा विकारी / मूल
कुत्ते से / कुत्ता से
चमारिनों और धोबिनों ने / चमारनियाँ और धोबनियाँ ने
चूने से / चूना से
ताले को / ताला को
साले ने / साला ने
सोने से / सोना से

29.3. संज्ञा विकारी + ने / मूल + 0
चमारिनों और धोबिनों ने रुपए कमाए / चमारनियाँ और

धोबिन रुपए कमाएँ; चमारिनें और धोबिनें रुपए कमाईं।
साले ने साफ़ किया / साला साफ़ किया।

29.4. संज्ञा संबोधनार्थक -ओ / संबोधनार्थक -ओं
भाइयो ! क्यों दिखाते हो / भाइयों ! क्यों दिखाते हो ?

30. सर्वनाम वचन-संबंधी

30.1. सर्वनाम बहुवचन / एकवचन
उसने रुपयों को निकाल लिया और उनसे / उससे ज़ेवर बनवाया।
ग्रामीणों की उन्नति नहीं हो पाती, अतः उन्हें / उसे पलायन की आवश्यकता होती है।

31. सर्वनाम कारकरूप-संबंधी

31.1. सर्वनाम विकारी / मूल
इस / यह (बाज़ार) में साड़ियाँ बिकती हैं।
इस / यह (स्कूल) में चार सौ से ज़्यादा बच्चे पढ़ते हैं।

31.2. सर्वनाम विकारी + ने / मूल + 0
उन्होंने घोड़ों को हाथ से घास दी / वे घोड़ों को हाथ से घास दिया; वे घोड़ों को हाथ से घास दिये।
उन्होंने / वे दोनों कमरे साफ़ किए।
उसने / वह मुझसे पूछा।
उसने / वह यह शिकायत मुखिया को बताई।
यदि बाप ने गाने को कहा होता, तो उसने / वह गा दिया होता।

31.3. सर्वनाम विकारी कर्म / अभिकर्ता
इनके पिता ने इनको / इन्होंने रुपए व्यापार करने के लिए दिए।
उनको / उन्होंने यह जाँचना था कि उनमें से कौन बुद्धिमान और शक्तिशाली है।
तुम्हें / तूने अंदर नहीं जाने दूँगा।
मुझे / मैंने किसान के घर जन्म लेने के बाद भी शहर की ज़िंदगी अधिक पसंद आने लगी।
मुझे / मैंने तुझे चार रुपए पुस्तक के देने थे।
हमको / हमने एक देशभक्त व्यक्ति से बिछुड़ना पड़ा।

31.4. सर्वनाम विकारी / संबंधरूपीय विकारी
अगर मुझसे / मेरे से कोई ग़लती हुई हो, तो क्षमा करना।
उतना काम करो, जितनी तुममें / तुम्हारे में शक्ति हो।

मुझको / मेरे को एक कहावत याद आती है।

32. सर्वनाम निजवाचकता-संबंधी

32.1. सर्वनाम संबंधकारकीय निजवाचक / पुरुषवाचक

अपनी / तुम्हारी बोली हमको सुना दो।

अपने / तुम्हारे रोने की आवाज़ मत सुनाओ।

तुम अपना / तुम्हारा चिल्लाना मत सुनाओ।

तुम स्वयं अपने / तुम्हारे असबाब के लिए गए।

मैं अपनी / मेरी कमज़ोरी को दूर करने को

हम अपने / हमारे देश में उन्नति कर सकते हैं।

33. विशेषण लिंग-संबंधी

33.1. विशेषण स्त्रीलिंग / पुल्लिंग

उससे कितनी / कितने ही भाषाओं का निर्माण हुआ।

34. विशेषण वचन-संबंधी

34.1. विशेषण एकवचन / बहुवचन

मकान-मालिक को आधा घंटा / आधे घंटे नहीं लगेगा।

रामदास यह / ये बात सुनकर उदास हुआ।

35. विशेषण कारकरूप-संबंधी

35.1. विशेषण विकारी / मूल

इन लड़कियों ने / ये लड़कियों ने

भूखे भिखारी को / भूखा भिखारी को

मोटे आदमी को / मोटा आदमी को

36. क्रिया लिंग-संबंधी

36.1. क्रिया स्त्रीलिंग / पुल्लिंग

उस दिन रोटियाँ सड़ गई थीं / सड़ गए थे।

चमारिनें और धोबिनें रुपया कमाती हैं / कमाते हैं।

ये लड़कियाँ बाज़ार से साड़ियाँ लाईं / लायें।

हम (स्त्रीलिंग) उसके दर्द को देखेंगी / देखेंगे।

37. क्रिया वचन-संबंधी

37.1. क्रिया एकवचन / बहुवचन

क़मीज़ और गेंद रखी है / रखे हैं। (लिंगांतर भी।)

सड़क और नाला वहाँ जाता है / जा रहे हैं।

37.2. क्रिया बहुवचन / एकवचन

आज हम सहारा ले रहे हैं / ले रहा है।

आधुनिक युग में अनेक आविष्कार हुए हैं / हुए है।

एक सौ उन्नीस हिरन इस कमरे में हैं / है।

घोड़ियाँ वहाँ से भाग गईं / भाग गई।
छह रुपए व्याकरण की पुस्तक के लिए दिए / दिया।
छह रोटियाँ सड़ चुकी थीं / सड़ चुकी थी।
ज्ञान की बहनें लंबी थीं क्या / थी क्या ?
दशहरे पर लीलाएँ होती हैं / है।
बोतलें नृत्य खेलने लगीं / लगी।
भिखारी को पाँच पत्थर जमा करने पड़ेंगे / जमा करना पड़ेगा।
यदि वे यहाँ हों / यदि वे यहाँ हो
ये लड़कियाँ साड़ियाँ लाईं / लाई।
वे दोनों कमरे साफ़ किए / किया।
वे यहाँ होंगे / वे यहाँ होगा।
साइकिलें नहीं आईं / आई।
हम अनुभव करते हैं / है।
हमारे विद्यालय के लड़के भी समयानुसार काम करते हैं / करते हैं।

37.3. क्रिया पुल्लिंग बहुवचन प्रत्यय -ए / -एँ
धोबिनों ने रुपए पेड़ों से कमाए / कमाएँ।
ये मारकेट से अच्छी साड़ियाँ लाए / लाएँ।

38. क्रिया काल प्रत्यय-संबंधी

38.1. क्रिया पुल्लिंग मध्यम पुरुष भविष्य प्रत्यय -ओगे / -ओगो
तुम गोविंद की प्रार्थना से संतोष पाओगे / पाओगो।

39. क्रिया वृत्ति-संबंधी

39.1. क्रिया संकेतार्थ / भविष्य निश्चयार्थ
यदि आप आएँ, तो रहूँगा / यदि आप आएँगे, तो रहूँगा।
यदि वे यहाँ हों, तो मैं भी / यदि वे यहाँ होंगे, तो मैं भी

39.2. क्रिया आज्ञार्थ -0 / -ओ
सिर ठंडे पानी से धो / धोओ।

39.3. क्रिया आदरार्थ / सामान्य
आप इस दफ़्तर के मैनेजर हैं / हो।
आप चलें / आप चलो।
आप जाइए / आप जाओ।
गाँधीजी स्कूल देखना चाहते हैं / चाहता है।

39.4. क्रिया सामान्य / आदरार्थ
तुम लोग स्वयं अपने सामान के साथ चलो / चलें।
यह कल आएगी / आएँगी।

वह स्टेशन ठीक समय पर पहुँच जाएगा / जाएँगे।

40. क्रिया धातुरूप-संबंधी

40.1. क्रिया द्वितीय प्रेरणार्थक / प्रथम प्रेरणार्थक

मैं गहनों को गिरवी रखवा / रखा दूँगी।

वह मुद्राओं को गड़वाने / गड़ाने के लिए गया था।

41. परसर्ग-संबंधी

41.1. ने / 0

दादा ने / दादा कपड़े को साबुन से साफ़ किया।

दीवान ने / दीवान सौ रुपए घर से भेजे।

धोबिन ने / धोबिन पेड़ों से रुपए कमाए।

मैंने / मैं ठाकुर साहब को पैसे दिए।

मैंने / मैं तुम्हें चार रुपए दिए।

41.2. को / में

यह बक्सा शाम को / शाम में मेरे द्वारा भेजा गया है।

41.3. के / की, को

घोड़े के / घोड़े की एक पूँछ होती है।

घोड़े के / घोड़े को एक पूँछ होती है।

41.4. पर / में

छाछ का चक्की पर / चक्की में गिरना बुरा है।

वह उसकी पीठ पर / पीठ में चढ़ गया।

41.5. में / पर

घोड़ा राह में / राह पर है।

हमारा लड़का गाँव में / गाँव पर रहे।

42. संज्ञा अर्थ-संबंधी

42.1. संज्ञा जातिवाचक / जातिवाचक

इसमें दो पानी के नल / नलके हैं।

उसने हमारे घोड़े को लात / ऐड़ लगवाई।

काला बैल / साँड़ प्यासा होगा।

गंध / सुगंध पानी और मोती से आ रही थी।

दोपहर / दिन के बाद खेल शुरू होते हैं।

लड़की के माथे / कपाल पर घाव है।

लड़की के माथे / की पेशानी पर घाव है।

संदूक / पेटी शाम को मेरे द्वारा भेजा गया है।

हलवाई / मिस्त्री मिठाई बना रहा है।

42.2. संज्ञा जातिवाचक / व्यक्तिवाचक
होली के त्योहार / की ईद पर ख़्याल आया।

42.3. संज्ञा जातिवाचक / जातिवाचक वाक्यांश
गरमी की ऋतु में लू / गरम लहर चलती है।

42.4. संज्ञा भाववाचक / विशेषण
मेरे चेहरे की उदासी / उदास एकदम हट गई।
सत्यवादिता / सत्यवादी का गुण आपके चरित्र में है।

42.5. क्रियार्थक संज्ञा / भाववाचक संज्ञा
तुम मुझे अपना चिल्लाना / अपनी चिल्लाहट मत सुनाओ।

43. विशेषण अर्थ-संबंधी

43.1. विशेषण / विशेषण
कम / छोटी उम्र में इनका विवाह कस्तूरबा से हो गया।
गंदी / मैली दुकानों में जमी गंदगी साफ़ हो जाती है।

43.2. विशेषण / संज्ञा
उसके बाद पक्के मकान / पक्के के मकान में चूना

44. मुहावरा-संबंधी

44.1. संज्ञा-क्रिया / संज्ञा-क्रिया
नुमायश में पंद्रह दिन तक दुकानें लगीं / दुकानें पड़ी रहती हैं।
मुँह में पानी भर आता / पानी फिर आता था।
मेरे स्कूल में ग्यारह क्लासें लगतीं / क्लासें बैठती हैं।
रोटी से भूख मिटाकर / भूख पूरा कर दफ़्तर चल दिए।

5

व्यतिक्रमों के कारण

5.1. स्पष्टीकरण और सैद्धांतिक विवेचन

5.1.1. भूमिका और प्रतिष्ठापन

प्रबंध के परिच्छेद 1.1. में मानक हिंदी के अनेक रूप हो जाने के दो सर्वग्राही कारण अत्यंत संक्षेप में इस प्रकार बताए गए हैं—(1) स्थानीय बोलियों का अल्पाधिक अनिवार्य प्रभाव, और (2) मानक हिंदी के राष्ट्रीय स्वरूप की अल्पाधिक दुर्बल शिक्षा। इनमें से प्रथम का संबंध स्पष्टतः मातृबोलियों के व्याघात के कारण हुए व्यतिक्रमों से है तथा द्वितीय का संबंध और भी व्यापक सामाजिक कारण अपूर्ण शिक्षा पर निर्भर व्यतिक्रमों से है। शिक्षा-प्राप्ति एक सामाजिक प्रयोजन है और अच्छी शिक्षा का स्थान सभ्य समाज के लक्ष्यों में बहुत ऊँचाई पर रहता है। हिंदी-समाज में शिक्षालयों और कार्यालयों में व्यतिक्रमरहित भाषा लेखन को उतना महत्त्व नहीं दिया जा रहा है, जितना दिया जाना चाहिए। इस विषय में अच्छी ख़ासी लापरवाही बरती जा रही है। मानक हिंदी के संबंध में दुर्बल शिक्षा को हम परस्पर संबंधित और अनेक मामलों में किसी हद तक पराच्छादित विविध आयामों में प्रभावशील पाते हैं, जैसे—देवनागरी लिपि की प्रकृति में निहित दोषों को न जानना; हिंदी की मुद्रणटंकण-संबंधी कठिनाइयों को न समझना; वर्तनी और उच्चारण के परस्पर संबंधों की जानकारी न होना; वर्णों के आंतरिक सूक्ष्म उच्चारण-भेदों से परिचित न होना; विभिन्न भाषाई नियमों और उपनियमों का ज्ञान न होना; उतने ही ज़रूरी अपवादों के प्रति भी अभिज्ञ न होना; सभी एकवर्गीय रूपों में सादृश्यजनित अतिसामान्यीकरण खोजने और स्थापित करने की मनोवृत्ति का होना; पूर्वाग्रह की भाँति जमी हुई भ्रांत धारणाओं का विद्यमान होना; स्वनिक, स्वनिमिक, और रूपस्वनिमिक लेखन के पारस्परिक अंतरों और संबंधों से अपरिचित होना; रूढ़ लेखन-परंपराओं से तथा उन में हुए विकास और किए गए सुधारों से परिचित न होना; टेलीविज़न आदि के राष्ट्रीय कार्यक्रमों तक में शिक्षकों से लेखन-संबंधी अधूरी जानकारी प्राप्त होना; आँखों के सामने नित्य पड़नेवाले लोकप्रिय एवं अन्य समाचारिक आदि प्रकाशनों में अशुद्धियों का विद्यमान होना; किन्हीं दो तत्त्वों में प्रत्यक्ष व्यतिरेक उपस्थित न होने पर छोटा और सरलीकृत रास्ता अपना लेना; थोड़े में अथवा अपूर्ण से काम चलता

देखकर ज़्यादा के लिए अथवा पूर्णता के लिए अधिक प्रयास न करना और उस दिशा में आवश्यक सावधानी न बरतना; प्रयोगों और अर्थों की जँचाई और पुष्टि के लिए अच्छे व्याकरणों और कोशों से संपर्क न रहना; तथा प्रयोक्ता के व्यापक सामाजिक अनुभव में कमी होना; इत्यादि।

5.1.2. मातृबोलियों का व्याघात

मानक हिंदी लिखते समय अपनी मातृबोलियों में उपलब्ध, लेकिन मानक हिंदी से भिन्न, भाषाई रूपों का प्रयोग कर देने से इस वर्ग के व्यतिक्रम घटित होते हैं। विभिन्न बोलियों के प्रभाव के कारण हुए ऐसे व्यतिक्रमों को अशुद्धि-विश्लेषण में अतिसामान्यीकरणजनित व्यतिक्रमों से अलग रखा जाता है (भोलानाथ तिवारी एवं कैलाशचंद्र भाटिया, 1980 : 91-93)।

छत्तीसगढ़ी में 'घास', 'चावल', 'हाथ', 'हाथी', शब्द अनुनासिक स्वर (चंद्रबिंदु) के साथ 'घाँस', 'चाँवल', 'हाँथ', 'हाँथी' बोले (और लिखे) जाते हैं, जिसके फलस्वरूप उसके सूचकों ने इन शब्दों में शून्य के बदले चंद्रबिंदु के प्रयोग का यह 'चंद्रबिंदु-संबंधी' व्यतिक्रम किया (मातृबोली का यह प्रभाव 'चावल' शब्द पर तो रविशंकर विश्वविद्यालय के भाषा-जागरूक कुलपति तक पर मौजूद निकला)। ऐसी अकारण अनुनासिकता के कुछ अन्य छत्तीसगढ़ी-उदाहरण इस प्रकार हैं—औँतार (अवतार), कँथा (कथा), देँवता (देवता), पिँवरा (पीला) (मालचंद्रराव तैलंग 1966 : 45)। बुंदेली में अनुनासिकीकरण की प्रवृत्ति से 'भूँक' (भूख), 'हाँत' (हाथ), 'डाँकू' (डाकू) (भोलानाथ तिवारी 1966 : 168), 'बेराँ' (बेला) (दीपचंद जैन एवं कैलाशचंद्र तिवारी 1972 : 117) प्रयुक्त होते हैं, जिससे सूचकों का 'पूछ' शब्द तक 'पूँछ' हो गया है।

मेवाती में 'अ' के स्थान पर 'आ' मिलने के 'चातर' (चतुर), 'जादु' (यदु) (महावीर प्रसाद शर्मा 1977 : 85), 'पाडोसी' (पड़ोसी), 'बान्दरा' (बंदर) (दीपचंद जैन एवं कैलाशचंद्र तिवारी 1972 : 140), आदि उदाहरण उपलब्ध हैं, जिस प्रवृत्ति के प्रभाव से सूचकों ने 'सांसार' (संसार), 'हलात' (हालत)—जैसे शब्द-रूप प्रयुक्त कर दिए हैं।

दक्खिनी में 'ख़ियाल' (ख़्याल), 'जिनावर', (जानवर)—जैसे शब्द प्रचलित हैं (श्रीराम शर्मा 1964 : 55)। 'इ' के इस विशिष्ट प्रयोग को दक्खिनी-भाषियों ने अपनी मानक हिंदी में 'कियों' (क्यों), 'ख़ियाल' (ख़्याल), 'ज़ियादा' (ज़्यादा), 'डिराइंग' (ड्राइंग), 'पियासा' (प्यासा), आदि में व्यक्त किया है। 'ज्ञ' को उच्चारण के अनुसार 'ग्य्' में बदलकर 'ज्ञान' को 'गियान' लिखने के पीछे भी यही प्रवृत्ति है।

जिन बोलियों में इ-ई तथा उ-ऊ की स्थिति सर्वत्र स्पष्टतः व्यतिरेकी नहीं है या उनकी शब्दावली में इन स्वर-युग्मों के स्वर कहीं-कहीं अदल-बदलकर विकसित

हो गए हैं, उनके भाषियों से इनसे संबंधित व्यतिक्रम हो जाते हैं। उदाहरण के लिए मालवी में शब्दांत में सदा 'ई' और 'ऊ' प्रयुक्त होते हैं, इसलिए उसके मातृभाषियों को मानक हिंदी के विशेषकर अंतिम, और साधारणतः अन्य स्थितियों के भी, इ-ई तथा उ-ऊ के प्रयोग के बारे में भ्रम हो जाता है (आर. पी. सक्सेना 1977 : 89), जैसे 'आदी' (आदि), 'हानी' (हानि), 'किर्ती (कीर्ति), 'कहानि' (कहानी) तथा 'बहूत' (बहुत), 'भुल' (भूल), आदि में। इसी प्रकार, कौरवी में शब्द या तो दीर्घ स्वरांत होते हैं या व्यंजनांत (दीपचंद जैन एवं कैलाशचंद्र तिवारी 1972 : 81), जिसके कारण सूचकों की कलम से 'कीर्ती' (कीर्ति), 'क्योंकी' (क्योंकि), 'साधू' (साधु)—जैसे व्यतिक्रमयुक्त शब्दों का लिखा जाना अनपेक्षित नहीं है।

मालवी में 'ऐ' की जगह 'ए' तथा 'औ' की जगह 'ओ' कर देना एक सामान्य प्रवृत्ति है, जैसे 'बैठ' का 'बेठ' और 'कौन' का 'कोन' (आर. पी. सक्सेना 1977 : 90); इसी प्रकार, 'पैसा' का 'पेसा' और 'सौ' का 'सो' (दीपचंद जैन एवं कैलाशचंद्र तिवारी 1972 : 139)। प्रस्तुत कार्य में मालवी-भाषियों से प्राप्त हुए इस प्रकार के उदाहरण निम्नानुसार हैं—'एसा' (ऐसा), 'केसे' (कैसे), 'पेर' (पैर) 'पेसे' (पैसे), 'में' (मैं), 'भेंने' (मैंने), 'मेनेजर' (मैनेजर) तथा 'इंदोर' (इंदौर), 'ओर' (और), 'ओरत' (औरत), 'कोन' (कौन), 'दोलत' (दौलत), 'नो' (नौ), 'सो' (सौ)। कन्नौजी में 'ऐ' और 'औ' ध्वनियाँ बहुत ही कम मिलती हैं; इनके स्थान पर उसमें 'ए' और 'ओ' का प्रयोग अधिक होता है (दीपचंद जैन एवं कैलाशचंद्र तिवारी 1972 : 122)। उसके सूचकों ने 'सुडौल' को 'सुडोल' और 'सौ' को 'सो' लिखा है। इसके विपरीत, मातृभाषियों के मन में ओ-औ से संबंधित अनिश्चितता के कारण अतिशोधीकरण के उदाहरण 'अनौखा' (अनोखा) और 'दौ' (दो) भी प्राप्त हुए हैं।

अरबी-फारसी से आगत शब्दों को आवश्यकतानुसार नीचे की बिंदी लगे वर्णों के साथ बहुत ही कम भाषी लिखा करते हैं (क़् को केवल चार बोलियों के भाषियों ने लिखा, ख़् को पाँच बोलियों के, ग़् को भी पाँच के, ज़् को बस एक बोली के, और फ़् को दो बोलियों के), क्योंकि उनकी मातृबोलियों में संबंधित आगत ध्वनियाँ प्रायः अनुकूलन करके प्रयुक्त की जाती हैं। जो लोग इस बिंदी का इस्तेमाल करते हैं, वे या तो दिल्ली के आस-पास की बोलियों या दक्खिनी के (तथाकथित 'उर्दू'-शब्दावली-बहुल क्षेत्र के) भाषी हैं और या नीचे की इस बिंदी से युक्त-शब्दावली के प्रति विशेष सावधान हैं, अन्यथा सामान्यतया मातृबोलियों का प्रभाव इन बिंदी वाले वर्णों से युक्त लेखन को बहुप्रचलित नहीं होने देता। बिंदी न लगानेवाले लेखक अपनी मातृबोली में बोलने से लेकर अपनी मानक हिंदी में लिखने तक 'सरलता', 'एकरूपता', और 'मितव्ययता' (अस्माह हाजी उमर 1975 : 90) का आश्रय लेते हैं।

'क़्' की जगह 'ख्' केवल दक्खिनी-भाषियों ने लिखा, जिसके उदाहरण इस प्रकार हैं—'खमिज़' (क़मीज़), 'बाखी' (बाक़ी), 'मुखाम' (मुक़ाम), 'मौखे' (मौक़े),

'हकीखत' (हक़ीक़त)। यह स्पष्ट ही उनकी मातृबोली का प्रभाव है। इस संबंध में पढ़े-लिखे दक्खिनी-भाषियों द्वारा व्यवहृत उनके शब्द 'सौख़' (शौक़), 'बख़त' (वक़्त) तुलनीय हैं (दीपचंद जैन एवं कैलाशचंद्र तिवारी 1972 : 95) तथा दक्खिनी में 'पलक' से 'पलख' हो जाना भी द्रष्टव्य है (श्रीराम शर्मा 1964 : 82)।

अवधी-भाषी 'क्ष्' के बदले प्रायः 'छ्' का प्रयोग करते हैं, जैसे 'बिरछा' (वृक्ष) में (दीपचंद जैन एवं कैलाशचंद्र तिवारी 1972 : 146) तथा 'छन' (क्षण), 'छार' (क्षार), 'छिमा' (क्षमा), 'छेम' (क्षेम), आदि में (रामाज्ञा द्विवेदी 'समीर' 1955 : 91-94)। इनकी यह प्रवृत्ति शब्दारंभ में अधिक लागू देखी जा सकती है। इस प्रभाववश अवधी-भाषी सूचकों ने अपनी मानक हिंदी में 'क्षण' और 'क्षति' को 'छण' और 'छति' लिखा है।

'ड़्' की जगह 'ड्' तथा 'ढ़्' की जगह 'ढ्' लिखना भी मातृबोली के व्याघात से संभव है। उदाहरण के लिए, मेवाती-भाषियों की बोली में 'जाडो' (जाड़ा), 'बूढो' (बूढ़ा), 'डेढ' (डेढ़) आदि शब्द विद्यमान हैं (महावीर प्रसाद शर्मा 1977 : 110-11)। प्रस्तुत प्रबंध के मेवाती-भाषी सूचकों ने 'पडा' (पड़ा), 'बडी', (बड़ी), 'पढे' (पढ़े), 'बढावा' (बढ़ावा)—जैसे व्यतिक्रमयुक्त शब्द लिखे हैं।

कन्नौजी, अवधी, भोजपुरी, मगही, आदि में 'ण्' नहीं मिलता, उसकी जगह 'न्' प्रयुक्त होता है (दीपचंद जैन एवं कैलाशचंद्र तिवारी 1972 : 122, 145, 172, 178)। मातृबोलियों के इस व्याघात से उपर्युक्त बोलियों के सूचकों ने, उदाहरणार्थ 'प्रान' (प्राण), 'रावन' (रावण) रूप लिखकर दिये।

उपर्युक्त प्रवृत्ति के विरुद्ध मारवाड़ी और हाड़ौती के मातृभाषियों ने निम्नलिखित उदाहरणों में 'न्' के स्थान पर 'ण्' लिखा है—'नणद' (ननद), 'मण' (मन)। यहाँ द्रष्टव्य है कि राजस्थानी हिंदी-वर्ग की अन्य बोली ढूँढाड़ी या जयपुरी में, उदाहरणार्थ 'खाँणी' (कहानी) (भोलानाथ तिवारी 1966 : 299) तथा मेवाती में, उदाहरणार्थ 'कैंणी' (कहानी) और 'अपणों' (अपना) (दीपचंद जैन एवं कैलाशचंद्र तिवारी 1972 : 140) प्राप्त होते हैं। वस्तुतः मेवाती, ढूँढाड़ी, मारवाड़ी, हाड़ौती, मालवी सभी राजस्थानी बोलियों में 'ण्' का प्रचुर प्रयोग होता है (महावीर प्रसाद शर्मा 1977 : 119)।

हिंदी की अनेक बोलियों में 'व्' की जगह 'ब्' प्रयुक्त होता है, जैसे छत्तीसगढ़ी में 'बज्जर' (वज्र), 'बाहन' (वाहन), 'बैद' (वैद्य), (क्रांतिकुमार 1969 : 184, 87), 'बेबस्था' (व्यवस्था) (भालचंद्रराव तैलंग 1966 : 65) तथा बघेली में 'आबाज़' (आवाज़) (दीपचंद जैन एवं कैलाशचंद्र तिवारी 1972 : 152) इत्यादि शब्दों में। यह व्याघात सूचकों के 'ब्यय' (व्यय), 'बलिबेदी' (बलिवेदी) आदि शब्दों में दिखाई पड़ता है। विविध बोलियों का यह प्रभाव कुछ शब्दों पर इतना भारी पड़ा है कि उनके लिए मानक हिंदी में लचीलेपन के साथ दो-दो नॉर्म मानने के लिए मजबूर होना पड़ता है, क्योंकि स्वीकृत बहुल प्रयोग के साथ दोनों ही रूप पर्याप्त प्रतिष्ठित हैं,

उदाहरणार्थ वन-बन, वश-बस, वर्ष-बरस, व्रज-ब्रज। यहाँ तत्सम रूपों को मानक और तद्भव रूपों को अमानक ठहराना संगत नहीं है, क्योंकि मानक हिंदी की जायदाद में, उदाहरणार्थ 'घृत' और 'घी', तथा 'दुग्ध' और 'दूध', आदि न जाने कितने ऐसे युग्म या जोड़े समान रूप से सम्मिलित हैं।

मालवी में शब्द के अंतिम गुच्छ का अंतिम 'य्' प्रयुक्त नहीं होता, जैसे 'पाठ' या 'पाट्ठ' (पाठ्य), 'तत्थ' (तथ्य) में (आर. पी. सक्सेना 1977 : 96)। इस प्रभाव को मालवी-भाषी सूचकों के 'स्वास्थ' (स्वास्थ्य) शब्द में देखा जा सकता है।

ब्रज, बुंदेली, बघेली, मगही, आदि बोलियों के भाषियों द्वारा मानक हिंदी लिखते समय 'श्' के बदले 'स्' लिखा जाना उनकी मातृबोली के व्याघात का ही फल है, क्योंकि उनकी बोली में केवल 'स्' विद्यमान है (दीपचंद जैन एवं कैलाशचंद्र तिवारी 1972 : 104, 113, 142, 178)। सूचकों से प्राप्त सामग्री में से ऐसा एक-एक उदाहरण क्रमशः इस प्रकार है--'सस्त्र' (शस्त्र), 'त्रिसूल' (त्रिशूल), 'सुभ' (शुभ), 'साम' (शाम)।

ह्-संबंधी व्यतिक्रम के चारों प्रकार केवल कौरवी और दक्खिनी के भाषियों ने किए हैं। ये दो बोलियाँ मानक हिंदी के अत्यन्त निकट की मानी जाती हैं (हरदेव बाहरी 1970 : 68; कैलाशचंद्र भाटिया 1975 : 83-85)। मानक हिंदी में भी असावधान होते ही, उदाहरणार्थ 'रही हो', 'रहे हो', 'साहब', 'बारह' का उच्चारण 'रई हो', 'रए हो', 'साब', 'बारा' हो जाता है। कौरवी में 'कहानी' के लिए 'कानी', 'यहाँ' के लिए 'याँ', 'बहू' के लिए 'बऊ', 'पहर' के लिए 'पैर', 'दुल्हन' के लिए 'दुलन', इत्यादि मिलता है। कौरवी के सूचकों की मातृबोली का व्याघात निम्नलिखित उदाहरणों में देखा जा सकता है—'उनें' (उन्हें), 'वगैरा' (वगैरह), 'यो' (यह), 'सानुभूति' (सहानुभूति), 'सायक' (सहायक)।

'दक्खिनी में सभी स्थानों पर 'ह' सुरक्षित नहीं रहता (श्रीराम शर्मा 1964 : 100)।' 'शब्द के मध्य में आनेवाला ह् कहीं-कहीं बिलकुल ग़ायब हो जाता है, जैसे 'ठहरते' से 'ठैरते' (दीपचंद जैन एवं कैलाशचंद्र तिवारी 1972 : 96)।' हकार-उच्चारण से रहित द्रविड़ भाषाओं के समीपस्थ होने और उनसे संपर्कित होने के कारण दक्खिनी की यह प्रवृत्ति द्विगुणित हो गई है। दक्खिनी के सूचकों ने इस प्रवृत्ति के वशीभूत होकर संबंधित व्यतिक्रम निम्नलिखित उदाहरणों में किया है—'कुमार' (कुम्हार), 'जग' (जगह), 'जगों' (जगहों), 'दरगा' (दरगाह), 'बादशा' (बादशाह), 'मुँ' (मुँह)।

यद्यपि अल्पप्राणीकरण की प्रवृत्ति हिंदी की कई अन्य बोलियों में भी मिलती है (विशेषकर शब्दांत में, और शब्द में दो महाप्राण व्यंजन होने पर), जिसका कारण साँस को कम ख़र्च करना है, पर महाप्राण व्यंजनों के उच्चारण-अभाव से संवलित द्रविड़ भाषाओं के (तेलुगु और कन्नड़ के—श्रीराम शर्मा 1964 : 27) संसर्ग से दक्खिनी में यह प्रवृत्ति, उपर्युक्त ह्-संबंधी प्रवृत्ति के समान, और भी विकसित हो

चुकी है। उसमें ऐसे (अल्पप्राणीकृत व्यंजनों से युक्त) शब्दों की भरमार है, उदाहरणार्थ 'सक्याँ' (सखियाँ), 'मुक' (मुख), 'सुक' (सुख), 'धोका' (धोखा), (श्रीराम शर्मा 1964 : 66, तथा 101—'दक्खिनी में शब्दांत में छ, झ, ढ, फ का स्थान अल्पप्राण लेते हैं'), 'देक' (देख), 'मूरक' (मूर्ख), 'रकते' (रखते), 'लाक' (लाख), 'पिगले' (पिघले), 'गुला' (घुला), 'छाच' (छाछ), 'समज' (समझ), 'उट' (उठ), 'अदिक' (अधिक), 'बी' (भी) (दीपचंद जैन एवं कैलाशचंद्र तिवारी 1972 : 95-96)। इस व्याघात के कारण दक्खिनी-भाषी सूचकों ने निम्नलिखित शब्द-रूप व्यवहृत किए हैं—'धोका' (धोखा), 'भुका' (भूखा), 'मेगनाथ' (मेघनाथ), 'छाँच' (छाछ), 'मेंडक' (मेंढक), 'हात' (हाथ)। अल्पप्राणीकरण-संबंधी व्यक्तिक्रम आठ उपत्रुटियों के साथ कुल मिलाकर दस बोलियों के भाषियों ने किया है, पर उनमें से पचास प्रतिशत में दक्खिनी-भाषी भाग ले रहे हैं। अल्पप्राणीकरण के लिए मालवी, ढूँढाड़ी, कौरवी, कन्नौजी, बुंदेली में प्रयुक्त शब्दों के उदाहरण इस प्रकार हैं—'मेग' (मेघ), 'दूद' (दूध), 'शुब' (शुभ), 'साँज' (साँझ) (आर. पी. सक्सेना 1977 : 91, मालवी); 'आदो' (आधा), 'जीब' (जीभ) (दीपचंद जैन एवं कैलाशचंद्र तिवारी 1972 : 137, ढूँढाड़ी); 'भीक' (भीख), 'घूँगट' (घूँघट), 'धूँद' (धुंध), 'समज' (समझ) (वही : 82, कौरवी); 'भूँक', (भूख), 'साँट-गाँट' (साँठ-गाँठ), 'सूदो' (सीधा) (वही : 122, कन्नौजी); 'हाँत' (हाथ), 'जीब' (जीभ), 'दूद' (दूध), 'भूँक' (भूख) (वही : 144, बुंदेली)। सूचकों की मातृबोली के प्रभाव के कारण हुए इस व्यतिक्रम के उदाहरण निम्नलिखित हैं—(मालवी-भाषी) 'धोका' (धोखा); (ढूँढाड़ी-भाषी) 'होट' (होठ); (कौरवी-भाषी) 'पड़' (पढ़), 'सीड़ीओं' (सीढ़ियों); (कन्नौजी-भाषी) 'पड़ते' (पढ़ते), 'सीड़ियों' (सीढ़ियों); (बुंदेली-भाषी), 'बड़ने' (बढ़ने), 'पड़ाई' (पढ़ाई), 'बुड़िया' (बुढ़िया)।

जिन बोलियों में द्वित्वीकरण की प्रवृत्ति मिलती है, उनके भाषी मानक हिंदी लिखते समय किसी-किसी शब्द में वांछित एकाकी व्यंजन की जगह द्वित्व व्यंजन लिख जाते हैं, जैसे कौरवी-भाषियों ने 'कोठ्ठों' (कोठों), 'खुरप्पे' (खुरपे), 'वचपन्न' (बचपन), 'हत्तियार' (हथियार) तथा बाँगरू-भाषियों ने 'कुत्तियाँ' (कुतियाँ) लिखा। इन बोलियों के ऐसे अपने शब्दों के उदाहरण इस प्रकार हैं—कौरवी के 'मोट्टा' (मोटा), 'लोग्गों' (लोगों), 'खान्ना' (खाना), 'पैस्सा' (पैसा) तथा बाँगरू के 'कोट्ठा' (कोठा), 'आट्टा' (आटा), चाद्दर' (चादर), 'गोब्बर' (गोबर) (दीपचंद जैन एवं कैलाशचंद्र तिवारी 1972 : 81 तथा 89-90)।

प्रयोक्तागण अनेक बार अपनी मातृबोली के अनुसार शब्द का अर्थ-संबंधी लिंग-चयन करके मानक हिंदी में उसको व्याकरणिक लिंग के साथ जमाकर प्रयुक्त कर देते हैं, जिससे लिंग-संबंधी अन्विति की अशुद्धि हो जाती है। दक्खिनी के बारे में दीपचंद जैन एवं कैलाशचंद्र तिवारी (1972 : 96) ने लिखा है—'हिंदी के अनेक पुल्लिंग शब्द दक्खिनी में स्त्रीलिंग मिलते हैं और स्त्रीलिंग शब्द पुल्लिंग। पुल्लिंग : शराब, ख़बर, मूरत, दुनिया, आवाज़, दवा, हक़ीक़त। स्त्रीलिंग : इश्क, पलँग।'

दक्खिनी-भाषियों ने मानक हिंदी के 'ईंट' और 'आँख' को पुल्लिग में प्रयुक्त किया है। छत्तीसगढ़ी में, उदाहरणार्थ, 'टूरा-टूरी' (लड़का-लड़की) का लिंगांतर द्योतित करने के लिए सर्वनाम, विशेषण, संबंध-प्रत्यय (किशोरीदास वाजपेयी 1959 : 130), और क्रिया में अँगरेजी की भाँति व्याकरणिक रूप-परिवर्तन नहीं हुआ करता (शंकर शेष 1973 : 154, 169, 185, 226), जबकि मानक हिंदी में हुआ करता है, जैसे—

	छत्तीसगढ़ी	अँगरेजी	मानक हिंदी
सर्वनाम	मोर	my	मेरा, मेरी
विशेषण	करिया	Black	काला, काली
संबंध-प्रत्यय	के	of	का, की
क्रिया (वर्तमान)	जाथे	goes	जाता है, जाती है

परिणामस्वरूप, छत्तीसगढ़ी-भाषियों की मानक हिंदी पर लिंग-संबंधी व्यतिक्रम सर्वत्र छाया हुआ मिलता है। उदाहरण इस प्रकार है—'हाथियाँ भाग गईं' (हाथी भाग गए), 'अपने पत्नी के लिए' (अपनी पत्नी के लिए), 'रोटियाँ सड़ गए थे' (रोटियाँ सड़ गई थीं), 'मुखिया के बताए हुए बात' (मुखिया की बताई हुई बात)। इसी प्रकार भोजपुरी, मगही, मैथिली के भाषियों ने मानक हिंदी के 'मुँह' को स्त्रीलिंग में और 'ईंट', 'घास', 'शराब' को पुल्लिंग में व्यवहृत किया। द्रष्टव्य है—'भोजपुरी, मगही, मैथिलीवाले लिंग-अन्विति की अशुद्धि प्रायः कर जाते हैं। जैसे तकिया, कोट, रूमाल, गिलास, नीम, हाथी आदि का स्त्रीलिंग में प्रयोग और ऊन, गाजर, पैंट, दीमक आदि का पुल्लिंग में प्रयोग (भोलानाथ तिवारी एवं कैलाशचंद्र भाटिया 1980 : 92)।'

एकवचन के ही रूपों को बहुवचन में भी प्रयुक्त करने के पीछे यों तो 'सरलता, एकरूपता, मितव्ययता' (अस्माह हाजी उमर 1975 : 90) का सिद्धांत क्रियाशील रहता है, पर यह व्यतिक्रम तब सरलता से घटित हो जाता है, जब मातृबोली में एकवचन और बहुवचन के लिए विविध वाग्भागों में एक ही रूप चलता हो, जैसे (मानक हिंदी में भी कर्ता कारक से 'घर', 'राजा', 'कौन', 'लाल', आदि विशिष्ट शब्द) भोजपुरी में सहायक क्रिया के वर्तमानकालिक उत्तम पुरुष रूप (शुकदेव सिंह 1967 : 74; दीपचंद जैन एवं कैलाशचंद्र तिवारी 1972 : 175; भोलानाथ तिवारी 1966 : 347) और मगही के विविध क्रिया-रूप (शुकदेव सिंह 1967 : परिशिष्ट-2 झ—'वचन-भेद के कारण मगही-क्रियाओं के रूपांतर पर प्रभाव नहीं पड़ता'; दीपचंद जैन एवं कैलाशचंद्र तिवारी 1972 : 181)। भोजपुरी और मगही के मातृभाषियों द्वारा 'चार तोले' की जगह 'चार तोला', 'छह रुपए दिए' की जगह 'छह रुपए दिया', 'वे यहाँ होंगे' की जगह 'वे यहाँ होगा', 'पाँच पत्थर जमा करने होंगे' की जगह 'पाँच पत्थरे जमा करना होगा' लिखने में वचन-विषयक अन्विति-संबंधी इसी व्याघात से संबंधित व्यतिक्रम मौजूद है।

जिन बोलियों में आकारांत संज्ञा का विकारी रूप नहीं बनता, जैसे कन्नौजी में 'लरिका', अवधी में 'घोड़वा', छत्तीसगढ़ी में 'टूरा' (भोलानाथ तिवारी 1966 : 158, 254, 272) तथा भोजपुरी, मगही, मैथिली में 'घोड़ा' (वही : 344, 354, 363; उदयनारायण तिवारी 1961 : 301), उनके भाषी मानक हिंदी लिखते समय मूल रूप का ही प्रयोग कर देते हैं। उपर्युक्त बोलियों के मातृभाषी सूचकों द्वारा अपनी मानक हिंदी में प्रयुक्त इस प्रकार के व्यतिक्रमित उदाहरण यहाँ उद्धृत हैं–'साला ने', 'सोना से', 'चूना से', 'कुत्ता को', 'ताला को'। (तुलना कीजिए–मराठी-हिंदी में 'तुम्हारे कमरे को' के लिए 'तुम्हारा कमरा कू' (धर्मपाल गाँधी 1976 : 129)।

'उसने' की जगह 'वह' या 'उन्होंने' की जगह 'वे' लिखना, 'ने'-युक्त अन्य पुरुष सर्वनाम के विकारी रूप की जगह उसका मूल रूप प्रयुक्त कर देने की अशुद्धि है। इन उदाहरणों को दक्खिनी-भाषी और छत्तीसगढ़ी-भाषी सूचकों की सामग्री से इकट्ठा किया गया है, जिनकी मातृबोलियों में अन्य पुरुष सर्वनाम के विकारी रूप का 'ने' के साथ प्रयोग अस्पष्ट है अथवा नहीं है। दक्खिनी में 'वे' का प्रयोग 'उस' के बहुवचन के लिए होता है (दीपचंद जैन एवं कैलाशचंद्र तिवारी 1972 : 97) तथा परसर्ग 'ने' का प्रयोग नियमित नहीं है, जैसे 'ख़ुदा के दोस्ताँ ने बोले हैं।' 'ग़ैर ने समजी।' 'बादशाह शराब पिया।' 'हुज़ूर बुलाए।' (वही : 98)। छत्तीसगढ़ी में उपर्युक्त सर्वनामों के विकारी और मूल रूप एक ही हैं, नामशः 'ओ' या 'वो' (वह, उस) तथा 'उन' या 'उन्ह' (वे, उन), एवं 'ने' का प्रयोग नहीं हुआ करता (क्रांतिकुमार 1969 : 111, 108; भोलानाथ तिवारी 1966 : 274, 272)।

बाँगरू के मातृभाषियों ने अपनी मानक हिंदी में 'इनको', 'उनको', 'तुझे' के स्थान पर 'इन्होंने', 'उन्होंने', 'तूने' प्रयुक्त करके इस प्रकार के वाक्य लिखे हैं–'पिता ने इन्होंने रुपए दिए', 'उन्होंने यह जाँचना था', 'तूने अंदर नहीं जाने दूँगा'। उनके इन प्रयोगों के पीछे उनकी मातृभाषा में 'ने' (अभिकर्ता हेतु) और 'को' (कर्म और संप्रदाय हेतु) दोनों के लिए 'ने' (या 'नै') का व्यवहार होना है (जगदेव सिंह 1970 : 69–'नै कर्ता को चिह्नित करता है और कर्म को भी।[1] बळ्का नै तोड़्ये होगे 'बच्चों ने तोड़े होंगे।' घोड़े नै पणि प्य दे 'घोड़े को पानी पिला दे।' (नानकचंद शर्मा 1968 : 195), जैसे 'मैं-ने छोरे-ती मार्‍या' (मैंने लड़के को मारा) (उदयनारायण तिवारी 1962 : 235) एवं 'मन्ने जाणा से' (मुझ को जाना है) (भोलनाथ तिवारी एवं कैलाशचंद्र भाटिया 1980 : 92) और 'राम ने देख' (राम को देख) (भोलानाथ तिवारी 1966 : 169)।

मारवाड़ी में स्थिति कुछ भिन्न है। उसमें 'ने' (या 'नै') का प्रयोग कर्मसंप्रदान के लिए तो होता है, पर अभिकर्ता के लिए नहीं होता (दीपचंद जैन एवं कैलाशचंद्र तिवारी 1972 : 134; भोलानाथ तिवारी 1966 : 292)। मारवाड़ी-भाषियों द्वारा लिखित 'हमने बिछुड़ना पड़ा' में उनकी मातृबोली के व्याघात के कारण ही व्यतिक्रम

1. 'nae' marks the subject and also the object.

हुआ है, क्योंकि वे, उदाहरणार्थ 'हमको' के लिए अपनी बोली में 'ने -युक्त 'मॉने, म्हाने' प्रयुक्त करते हैं।

बाँगरू, मारवाड़ी, मगही के भाषियों ने 'मुझको, 'मुझसे', 'तुममें' की जगह 'मेरे को', 'मेरे से', 'तुम्हारे में' लिखा है। इन बोलियों में विशिष्ट कारकीय (विशेषतः करण अपादान और अधिकरण के) परसर्गों के पूर्व विकारी रूप में 'मेरे, म्हारे, तेरे, थारे (बाँगरू) (भोलानाथ तिवारी 1966 : 180)', 'मारे, म्हारे, थारे, थाँरे (मारवाड़ी) (वही : 293)', 'मोरा, तोरा (मगही) (वही : 355-56)' प्रयुक्त होते हैं, जिनका प्रभाव सामान्य विकारी की जगह इस संबंधरूपीय विकारी के प्रयोग में खोजा जा सकता है। यहाँ मराठी-हिंदी में प्रयुक्त 'मेरे कू, तेरे कू' द्रष्टव्य हैं (धर्मपाल गाँधी 1975 : 96-97)।

सर्वनाम के संबंधकारकीय निजवाचक रूपों की जगह पुरुषवाचक रूपों का प्रयोग करने से संबंधित व्यतिक्रम कुल सात बोलियों के भाषियों ने किया है–पाँचों राजस्थानी वर्ग की, छठी निमाड़ी (जिसको भी ग्रियर्सन ने दक्षिणी राजस्थानी के अंतर्गत रखा है; लेकिन इसके पश्चिमी हिंदी के अंतर्गत होने के लिए देखिए–कृष्णलाल हंस 1960), तथा सातवीं दक्खिनी। इन बोलियों का विस्तार हिंदी-प्रदेश के पश्चिम में उत्तर से धुर दक्षिण तक है तथा गुजराती और मराठी से लगा हुआ है। यद्यपि राजस्थानी की बोलियों में निजवाचक (स्वार्थवाचक) सर्वनाम दिखाई पड़ता है, पर उसका प्रयोग अस्थिर और शिथिल है ('मारवाड़ी, मालवी हिंदी कुल में इसका पता नहीं लगता है–एल.डी. जोशी 1977 : 96'; 'राजस्थानी (डिंगल समाहित) की रूपरेखा में निजवाचक सर्वनाम का उल्लेख नहीं है–भोलानाथ तिवारी 1966 : 282-91')। यों दक्खिनी में 'अपस' आदि ('अपस की जात में ऐसा तूँ यक है'= अपनी जाति में ऐसा तू एक है–श्रीराम शर्मा 1964 : 202) और मराठी में 'आपल्या' आदि ('मी उठुन आपल्या बापा कडे जातों = मैं उठकर अपने बाप के पास जाता हूँ–दीपचंद जैन एवं कैलाशचंद्र तिवारी 1972 : 44) प्रयुक्त होते हैं, पर गुजराती के 'हूँ उठी ने मारा बापनी पासे जाऊँ = मैं उठकर मेरे बाप के पास जाता हूँ (वही : 42) तथा मराठी-हिंदी के 'तू तेरा प्यार तेरे पास रख' (हिंदी में जहाँ निजवाचक सर्वनामों के लिए 'अपना' का प्रयोग किया जाता है, वहाँ मराठी-हिंदी में इसका लोप हो जाता है–धर्मपाल गाँधी 1976 : 129) जैसे, मैं–मेरा, मेरी, मेरे; हम–हमारा, हमारी, हमारे; तुम–तुम्हारा, तुम्हारी, तुम्हारे[1] के पैटर्नवाले प्रयोग इन सातों बोलियों पर छाते जा रहे हैं, जिसके फलस्वरूप इस बोली–सामूहिक व्याघात के उदाहरणों की लाइन-सी लग गई है। (कुछ उदाहरण इस प्रकार हैं–'मैं मेरी कमज़ोरी को दूर करने के लिए ट्यूशन चाहता हूँ।' 'हम हमारे देश में भी उन्नति कर सकते हैं।' 'तुम तुम्हारा चिल्लाना मुझे मत सुनाओ।' 'तुम स्वयं तुम्हारे लगेज के लिए गए।' 'तुम्हारी बोली हमें सुना दो।' (तत्संबंधी व्यतिक्रम रहित प्रयोगों के

1. I-my, we-our, you-your.

लिए देखिए—आर्येंद्र शर्मा 1972 : 57, 168)।

कौरवी, मेवाती, ढूँढाड़ी, मारवाड़ी, हाड़ौती के संबद्ध क्षेत्र में 'आप' के साथ क्रिया के 'हैं' और चलिए'—जैसे आदरार्थी रूप न लगकर 'तुम' के सहचर 'हो' और 'चलो'—जैसे रूप लगे हुए मिले हैं, उदाहरण के लिए—'आप जाओ।' 'आप इस दफ़्तर के मैनेजर हो।' 'आप चलो।' इन बोलियों में आदरार्थ सर्वनाम और उससे संबंधित पृथक् क्रिया-रूपों की स्थिति उतनी स्पष्ट बिल्कुल नहीं है, जितनी मानक हिंदी में है। " 'आप' का प्रयोग परिनिष्ठित हिंदी का प्रभाव है। कौरवी का अपना आदरार्थ भी 'तुम' ही है (भोलानाथ तिवारी 1966 : 190)।" कृष्णकुमार गोस्वामी (1975 : 110) ने लिखा है—'आजकल कुछ आत्मीयता आ जाने के कारण नवयुवकों के मुख से बड़ों के लिए या औपचारिकता का समवयस्कों या समान सामाजिक स्तर या अपने से निचले स्तर के लोगों के लिए (और पंजाबी प्रभाव के कारण भी) 'आप' का प्रयोग 'तुम' के पैटर्न पर होने लगा है—'आप जा रहे हो ?' " लेनिक यह व्यतिक्रम ('आप जाओ', 'आप चलो' की तुलना में 'आप आइए', 'आप चलिए' शुद्ध हैं। यहाँ शुद्ध का अर्थ मानक रूप में स्वीकार्य तथा अशुद्ध का अर्थ मानक रूप में अस्वीकार्य है।—भोलानाथ तिवारी एवं कैलाशचंद्र भाटिया 1980 : 90) उपर्युक्तानुसार ख़ास मातृबोलियों से अधिक शह पाता है।

मानक हिंदी में 'ने' का सही इस्तेमाल कर पाना उन व्यक्तियों के लिए भारी समस्या है, जिनकी मातृबोली में इसका प्रयोग नहीं है। 'राम कहा कि वह जाएगा' अशुद्ध है क्योंकि इसमें बहिस्तलीय स्तर पर हिंदी के 'ने' प्रयोग के नियम का उल्लंघन किया गया है।...बहुतेरी अशुद्धियाँ द्वितीय भाषा या अन्य भाषा में मातृभाषा के नियमों के प्रयोग के कारण होती हैं (शिवेंद्र किशोर वर्मा 1973 : 335)। अवधी, भोजपुरी, मगही के भाषियों ने अपनी-अपनी मातृबोली के प्रभाववश (भोलानाथ तिवारी 1966 : 253, 343, 354; दीपचंद जैन एवं कैलाशचंद्र तिवारी 1972 : 147, 174, 179; शुकदेव सिंह 1967 : 40-41, परिशिष्ट-2 घ) 'ने' का लोप करके निम्नानुसार वाक्य लिखे हैं—'धोबिन पेड़ों से रुपए कमाए।' 'मैं तुम्हें 6 रु. व्याकरण की किताब के लिए दिया।' दक्खिनी-भाषियों के द्वारा किए गए इस व्यतिक्रम (उदाहरण—'मैं ठाकुर साहब को उनतालीस पैसे एक महीने के बाद दिए।') के पीछे दक्खिनी में 'ने' का अनियमित प्रयोग है (दीपचंद जैन एवं कैलाशचंद्र तिवारी 1972 : 98, उदाहरण—'बादशाह शराब पिया')।

कुमाऊँनी-भाषियों ने 'पर' के स्थान पर 'में' का प्रयोग करते हुए इस प्रकार के वाक्य लिखे हैं—'राक्षण उसकी पीठ में चढ़ गया।' उनके लिए 'पर' और 'में' के प्रयोग से संबंधित भ्रम की स्थिति इसलिए रहती है कि उनकी मातृबोली में 'में' का प्रयोग 'पर', 'के ऊपर' अर्थ-द्योतनार्थ भी होता है (भवानीदत्त उप्रेती 1976 : 136)। इसका उल्टा उदाहरण उनकी मानक हिंदी में इस प्रकार है—'हमारा लड़का कृषि-कार्य करे और गाँव पर रहे', जिसमें 'में' के स्थान पर 'पर' प्रयुक्त है। यह

भ्रामक स्थिति छत्तीसगढ़ी-मातृभाषियों के सामने भी रहती है, क्योंकि उनकी बोली में 'मैं' और 'पर' दोनों के लिए 'माँ', 'मँ' (में) का प्रयोग होता है (शंकर शेष 1973 : 136, 153), जिससे वे, उदाहरणार्थ 'घोड़ा रास्ते में है' के लिए 'घोड़ा रास्ते पर है' लिख जाते हैं, तथा 'घोड़े पर सवार' के लिए 'घोड़े में सवार' और 'स्टोव पर खाना बना रही थी' के लिए 'स्टोव में खाना बना रही थी' प्रयुक्त करते हुए मिल जाते हैं (रमेशचंद्र महरोत्रा एवं मन्नू लाल यदु 1980 : 25)।

अभीप्सित अर्थ के लिए मानक हिंदी का शब्द आदि न रखकर उसके बदले उसी अर्थ से युक्त अपनी बोली का शब्द आदि प्रयुक्त कर देना 'अर्थ-संबंधी व्यतिक्रम' नहीं है, यद्यपि वह भी शब्द-स्तर पर प्रभाव या छाया या व्याघात है। 'मानक हिंदी में प्रचलित शब्दों के स्थान पर बोलियों में प्रचलित शब्दों के प्रयोग की ग़लतियाँ भी व्याघात के कारण बहुत मिलती हैं। उदाहरण के लिए भोजपुरीवाले 'पागल' के स्थान पर 'बउरहा', 'सीधा' के स्थान पर 'सोझ' या हरियाणीवाले 'ज़ेवर' या 'आभूषण' के स्थान पर 'टूम' और 'जानवर' के लिए 'डाँगर' आदि का प्रयोग कर जाते हैं (भोलानाथ तिवारी एवं कैलाशचंद्र भाटिया 1980 : 91-92)।' अर्थ-संबंधी व्यतिक्रम की स्थिति तब रहती है, जब मानक हिंदी के ही, लेकिन अभीप्सित अर्थ से भिन्न अर्थ रखे हुए किसी शब्द का प्रयोग कर दिया जाए। उदाहरण के लिए, छत्तीसगढ़ी-क्षेत्र में 'हलवाई' के लिए भी 'मिस्त्री' शब्द चलता है, इसलिए मानक हिंदी की दृष्टि से छत्तीसगढ़ी-भाषियों के 'मिस्त्री मिठाई बना रहा है' वाक्य में उनकी बोली के व्याघात से उत्पन्न अर्थ-संबंधी व्यतिक्रम है। इसी प्रकार, उनके द्वारा 'बक्स' या 'संदूक' के लिए 'पेटी' का तथा दक्खिनी-भाषियों के द्वारा 'त्योहार' के लिए 'ईद' का प्रयोग किया जाना इस व्यतिक्रम के उदाहरण हैं।

5.1.3. समुचित शिक्षा का अभाव और परिवर्तनों का समाजभाषाविज्ञान

चंद्रबिंदु-संबंधी व्यतिक्रम (जिसमें चार उपत्रुटियाँ सम्मिलित हैं) बाईसों बोलियों के भाषी करते हैं तथा अनुस्वार-संबंधी व्यतिक्रम (जिसमें भी चार उपत्रुटियाँ सम्मिलित हैं) इक्कीस बोलियों के भाषी करते हैं। चंद्रबिंदु और अनुस्वार के अंतर की जानकारी बहुत कम प्रयोक्ताओं को रहती है। इन दो लिपि-चिह्नों के उच्चारण में भारी अंतर है। पहला अनुनासिकता के स्वनगुण के लिए है और दूसरा स्वरानुगामी नासिक्य व्यंजन के लिए है तथा ये वैज्ञानिक लेखनदृष्टि से परिवर्तनीय नहीं हैं, जैसे 'हँस-हंस', 'रँग (क्रिया) दिया-रंग (संज्ञा) दिया', इत्यादि में (देखिए—किशोरीदास वाजपेयी 1958 : 90-92; आर्येंद्र शर्मा 1975 : 14-16; रमेश चंद्र महरोत्रा 1959 : 75-84)। लेकिन इनके कुछ प्रयोग व्यावहारिकता के नाम पर परंपराओं से भी जुड़े हुए हैं, जैसे 'सिंचन' में अनुस्वार शुद्ध है, पर 'सिंचाई' में 'चंद्रबिंदु होना चाहिए' के बावजूद अनुस्वार को स्वीकार कर लिया जाता है (तुलना कीजिए—अनंत चौधरी 1973 : 187; भोलानाथ तिवारी एवं कैलाशचंद्र भाटिया 1980 : 120; कामताप्रसाद गुरु

1976 : 29)। कारण यह है कि देवनागरी में ई, ऐ, ओ, औ के ऊपर तथा इ, ई, ए, ऐ, ओ, औ की मात्राओं को लगाने के बाद व्यंजन-वर्णों के ऊपर चंद्रबिंदु के लिए स्थान कम रह जाता है और चंद्रबिंदु का आकार अनुस्वार की तुलना में काफ़ी बड़ा होने से वह आगामी वर्ण के ऊपर तक पहुँच जाता है। फलस्वरूप अ, आ, उ, ऊ की मात्राओं और अ, आ, उ, ऊ, इ, ए स्वर-वर्णों को छोड़कर क्रमशः शेष स्वरों की मात्राओं और स्वर-वर्णों के साथ चंद्रबिंदु (शुद्ध) की जगह अनुस्वार (अशुद्ध) लगाने की छूट-जैसी परम्परा है, जैसे 'नहीं', 'में', 'मैं' में (देखिए—आर्येंद्र शर्मा 1975 : 214), यद्यपि किशोरीदास वाजपेयी और विश्वनाथ प्रसाद मिश्र जैसे कुछ लेखक अधिक सावधानी बनाए रखने के लिए अपनी पुस्तकों में उपर्युक्त स्थितियों में भी चंद्रबिंदु ही आग्रहपूर्वक छपवाते हैं।

हिंदी-समाज की प्रायः सभी स्टैंडर्ड पत्रिकाओं और समाचार-पत्रों में चंद्रबिंदु का प्रयोग किसी भी जगह नहीं मिलता। ('कुछ लोग अनुनासिकता को सूचित करने के लिए सर्वत्र केवल बिंदु का ही प्रयोग करते हैं, जो नितांत अनुचित है; क्योंकि इससे लेखन की वैज्ञानिकता नष्ट होती है।'—अनंत चौधरी 1973 : 187)। चंद्रबिंदु के बदले मात्र बिंदु (अनुस्वार) लगा देना मुद्रण की दृष्टि से सुविधाजनक रहता है, क्योंकि चंद्रबिंदु का चंद्र छपाई के समय ठप्पे से अपेक्षाकृत जल्दी टूट जाता है। हिंदी के टाइपराइटरों के भी कई मेक ऐसे हैं, जिनमें कुंजी-पटल पर चंद्रबिंदु नहीं है। इस प्रकार, सामान्य पाठक मुद्रित एवं टंकित सामग्री में चंद्रबिंदु का अभाव देखकर उसकी आवश्यकता से अपरिचित रह जाता है। हाथ के लिखने में भी चंद्रबिंदु की तुलना में सर्वत्र अनुस्वार लिख देना किफ़ायती रहता है। दिल्ली-दूरदर्शन तक के प्रौढ़-शिक्षा कार्यक्रम के अंतर्गत हिंदी सिखाते समय 'आँख' को 'आंख' तथा 'गेहूँ' को 'गेहूं', एवं अन्य कार्यक्रमों के भी शीर्षकों में 'लँहगा' को 'लंहगा' तथा 'टाँग' को 'टांग' लिखा देखकर पाठक को उचित शिक्षा प्राप्त नहीं हो पाती। वर्णों के ऊपर की मात्रा से संबंधित देवनागरी की प्रकृति (देखिए—वी. रा. जगन्नाथन 1966 : 39-58) के कारण अनुस्वार के प्रयोग की अस्पष्टता से तथा उपर्युक्त अन्य कारणों से सामान्य पाठक ही नहीं, उदाहरणार्थ सागर विश्वविद्यालय के हिंदी-विभाग में कार्यरत एक रीडर तक चंद्रबिंदु और अनुस्वार के अंतर से अनभिज्ञ रहकर ('हैँ' और 'थीँ' को 'हैं' और 'थीं' रूपों में लिखा पाकर) 'कंस' और 'दिनांक' को 'कँस' और 'दिनाँक' लिखते हैं और इनकी शुद्धता का दावा करते हैं ! इस संबंध में आर. पी. सक्सेना (1971 : 91) की निम्नलिखित स्थापना द्रष्टव्य है—'लिखने में, अधिकतर विद्यार्थी और कुछ अध्यापक भी, 'अनुस्वार' और 'चंद्रबिंदु' का अंतर नहीं किया करते, क्योंकि वे उससे सर्वथा अनभिज्ञ रहते हैं।' उदाहरण : 'चँदन (चंदन), चँचल (चंचल); चांद (चाँद), मूंग (मूँग)।' प्रस्तुत अध्ययन में चंद्रबिंदु की जगह अनुस्वार लिखने की उपत्रुटि सोलह बोलियों के भाषियों ने की है (जबकि वर्ण के ऊपर की मात्राओं के साथ के अपेक्षित चंद्रबिंदु के स्थान पर अनुस्वार के प्रयोग

को व्यतिक्रम में शामिल नहीं किया गया है)।

चंद्रबिंदु को न् से बदलकर कभी नहीं लिखा जा सकता (तुलना कीजिए—अनंत चौधरी 1973 : 361)। इसकी जानकारी न होने के कारण तीन बोलियों के सूचकों ने 'अँधेरे' को अन्धेरे लिखा। लेकिन यदि उन्होंने इस शब्द को 'अंधेरे' ही समझकर ऐसा लिखा हो, तो उनकी इस उपत्रुटि के पीछे उनकी भ्रामक धारणा कार्यरत रही। चंद्रबिंदु का अनेक शब्दों में पूरी तरह से लोप सत्तरह बोलियों के भाषियों ने करके यह सिद्ध कर दिया कि हिंदी-समाज में सही लेखन-शिक्षा के विषय में कितनी अधिक लापरवाही है। लोग इस व्यतिक्रम को इसलिए बर्दाश्त कर लेते हैं, कि, उदाहरणार्थ, 'आऊगा', 'ऊच', 'गावों', 'चूकि'—जैसे शब्दों का अर्थ भाषाई छूट अर्थात् समधिकता (redundancy) के कारण नहीं बदलता; दूसरी ओर, अनुनासिक और निरनुनासिक स्वर-मात्र के आधार पर शब्द-स्तर पर व्यतिरेक प्राप्त होने पर भी (जैसे 'पूँछ' बनाम 'पूछ') वाक्य-स्तर पर जोड़-तोड़कर मतलब निकल ही आता है।

हमारी कुछ लेखन-परंपराएँ ऐसी हैं कि चंद्रबिंदु और अनुस्वार के प्रयोग के मामले में शुद्ध वर्तनी के लिए हमें या तो शब्द-विशेष के ऐतिहासिक विकास को समझना (अन्यथा ठोस रटाई और अभ्यास करना) आवश्यक हो जाता है, जैसे 'समाँ' बनाम 'समा' तथा 'में' (या 'मेँ') बनाम 'ने' में, या रूपस्वनिमिक और व्याकरणिक ज्ञान की आवश्यकता पड़ती है, जैसे 'सुनीं' (या 'सुनीँ') बनाम 'सुनी' तथा 'धड़कनें' (या 'धड़कनेँ') बनाम 'धड़कने' में, केवल स्वनिक और स्वनिमिक आधारों पर ऐसे स्पेलिंग स्पष्ट नहीं किए जा सकते। उदाहरण के लिए, उपर्युक्त आठों शब्दों में नासिक्य व्यंजन के बाद का स्वर स्वनिक दृष्टि से एक-सा अनुनासिक है, जबकि लिखा उसे भिन्न-भिन्न प्रकार से गया है। उच्चारण में स्वर पर अनुनासिकता की छाया देखकर 'नींचे' लिखना, बिना सोचे-समझे कि उच्चारण क्या होगा, 'आंऊगा' लिखना, तथा इस अज्ञानवश कि भविष्यत् के -गा, -गे, -गी पर कभी अनुस्वार नहीं लगा करता, 'होंगें' लिखना शिक्षा में कमी के कारण हुई अशुद्धियों के उदाहरण हैं।

अनुस्वार और नासिक्य व्यंजनों के परस्पर संबंध की जानकारी का अभाव तथा उनके प्रयोग की सीमाओं (देखिए—आर्येंद्र शर्मा 1972 : 15; भोलानाथ तिवारी एवं कैलाशचंद्र भाटिया 1980 : 121) को न जानना भी व्यतिक्रम के लिए बानक बन जाता है। उदाहरण के लिए, 'बन्सी' और 'सम्वत्' में इस नियम के न जानने से अशुद्धि हुई है कि अंतस्थ और ऊष्म के पूर्व के अनुस्वार किसी नासिक्य व्यंजन से परिवर्तनीय नहीं हुआ करता (कामताप्रसाद गुरु 1976 : 28)। अनुस्वार का भी चंद्रबिंदु के समान ही लोप बहुत (बीस) बोलियों के भाषियों ने किया है, जिसका भी कारण शिक्षा में कमी और प्रयोग में लापरवाही है, क्योंकि, उदाहरणार्थ 'दुकाने', 'घरो', 'नही', 'सतुष्ट', 'स्पेलिग' आदि (द्रष्टव्य है कि अनुस्वार का लोप अधिकतर

वर्ण के ऊपर की मात्रा पर किया गया है) का अर्थ तो समझने में बाधा नहीं पड़ती, 'कहीं' को 'कही' लिख देने तक से वाक्य में उसका सही अर्थ निकाल लिया जाता है।

वर्ण के ऊपर की ही बिंदी से संबंधित नहीं, उसके नीचे की भी बिंदी से संबंधित व्यतिक्रम भारी संख्या में बोली-भाषी करते हैं। इनका संबंध एक ओर क़, ख़, ग़, ज़, फ़ से है और दूसरी ओर ड़, ढ़ से है। पहले प्रकार का व्यतिक्रम बाईसों बोलियों के भाषियों ने किया है और दूसरे प्रकार का, जिसका समावेश प्रतिवेष्टन-उत्क्षेपण-संबंधी व्यतिक्रम में है, पंद्रह बोलियों के भाषियों ने किया है। अरबी-फ़ारसी से आगत शब्दों से संबंधित उपर्युक्त प्रथम पाँच वर्णों में अंतिम दो अंग्रेज़ी से आगत शब्दों से भी संबंधित हैं। इन पाँच से संबंधित व्यतिक्रम होने के कारणों में प्रमुख है समूचे लेखकों का दो वर्गों में विभक्त होकर एक वर्ग का इनसे व्यक्त स्वनों को हिंदी के लिए स्वीकार ही नहीं करना और इसलिए नीचे बिंदी की ज़रूरत नहीं मानना। नीचे बिंदी लगाने के लिए संबंधित शब्दों के ऐतिहासिक स्रोत (कि वे तथाकथित 'उर्दू' के या अँगरेज़ी के हैं) की अतिरिक्त जानकारी तथा बिंदी-मुक्त के विपरीत बिंदी-युक्त हज़ारों शब्दों की भेदमूलक अतिरिक्त रटाई अपेक्षित है। छापेख़ाने, टाइपराइटर, और हस्तलेखन की दृष्टि से भी नीचे बिंदी का न लगाया जाना अधिक सुकर है। यद्यपि क्-क़्, ख्-ख़्, ग्-ग़्, ज्-ज़्, फ्-फ़् के अल्पांतर युग्म उपलब्ध हैं (जैसे—कलंदर-क़लंदर, कौल-क़ौल, खान-ख़ान, खुदाई-ख़ुदाई; गुल-ग़ुल, गौर-ग़ौर; सजा-सज़ा, नाज-नाज़; फन-फ़न, फलक-फ़लक। अन्य उदाहरणों के लिए देखिए—अनंत चौधरी 1973 : 392), किंतु ये ऐसे और इतने अधिक नहीं हैं कि बिंदी साफ़ कर देने से वाक्य-स्तर पर 'अर्थ-संकट' उपस्थित कर दें। बिंदी न लगने की स्थिति में इन युग्मकों के समस्वनिक भिन्नार्थी शब्द कहलाने में कोई अड़चन नहीं है।) आर्येंद्र शर्मा (1975 : 214) ने भारत सरकार के तत्त्वावधान में लिखा है—'लेकिन जहाँ उनका प्रयोग जन्मसिद्ध रूप में अभीष्ट हो, वहाँ विदेशी उत्पत्ति निर्दिष्ट करने के लिए नुक़्ते अवश्य प्रयुक्त किए जाने चाहिए।'[1] उपर्युक्त वर्ण-युग्मों के उच्चारण में और लेखन में अंतर करना उसी प्रकार सिखाया-पढ़ाया जा सकता है, जिस प्रकार उर्दू लिपि सिखाते समय 'अ, इ, उ' के संकेत-चिह्न 'ज़बर, ज़ेर, पेश' सिखाए जाते हैं, भले ही पर्याप्त अभ्यास के बाद लेखक उन्हें लिखना छोड़ भी देता है (क्योंकि पाठक भी अभ्यास के बाद उनके बिना सही-सही पढ़ लेता है)। लेखन की सही 'जानकारी'—उसकी थ्योरी—पहली चीज़ है; उसका सुविधानुसार व्यवहार—उसका प्रायोगिक पक्ष—उसके बाद की।

ड्-ड़् तथा ढ्-ढ़् के लिए मानक हिंदी में एक-एक भी अल्पांतर युग्म प्राप्त नहीं होता, यद्यपि इनमें व्यतिरेक सिद्ध है (रमेश चंद्र महरोत्रा 1970 : 10-11)।

1. 'But where there use in innate form is desired, dots must be used to denote alien origin.'

इन युग्मों के वर्णों में अनेक स्थितियों में परिपूरक वितरण विद्यमान है, जिसका ज्ञान इस व्यतिक्रम को करनेवालों को नहीं होता, अन्यथा वे, उदाहरणार्थ 'पंड़ित', 'हडताल', 'चढ', 'बुढिया', आदि न लिखते। 'ड्' और 'ढ्' के नीचे चाहे बिंदी लगाएँ, चाहे न लगाएँ, अर्थ कभी नहीं प्रभावित होगा, इसलिए शिक्षार्थी को अधिक सावधान रहने की आवश्यकता नहीं रहती और व्यतिक्रम घटित हो जाता है।

विसर्ग और हलू-संबंधी व्यतिक्रम क्रमशः बारह और दस बोलियों के भाषियों ने किए हैं। हिंदी में 'दुःख' से 'विसर्ग' और 'संवत्' से हल् गिरता जा रहा है। प्रदत्त उदाहरण 'दुःख' में विसर्ग का उच्चारण कभी नहीं किया जाता (यदि कोई कोशिश करता है, तो वह इस शब्द को 'दुक्ख' बोलता है) और यह 'सुख' के सादृश्य पर 'दुख' हो जाता है। शब्दांत का हल् मानक हिंदी के 'जगत्', 'परिषद्', 'पश्चात्' 'पृथक्', 'विराट्', 'श्रीमान्', 'सम्यक्'—जैसे बहुत से शब्दों से लुप्त होता जा रहा है, जिसका मुख्य कारण है कि हल् के बिना भी ऐसे सभी अकारांत लिखे गए शब्दों का उच्चारण व्यंजनांत (हल्-युक्त) ही हुआ करता है (शिवशंकर प्रसाद वर्मा 1972 : 223; अनंत चौधरी 1973 : 388)। इस प्रकार, ऐसा हल् छपाई, टाइपिंग, और हाथ से लिखाई सभी दृष्टियों से व्यर्थ का बोझ है। यह किन शब्दों में लगाया जाएगा और किन में नहीं, दिमाग़ को इस 'उच्चारण-अभेदक दुविधा' के हल को याद रखने के झंझट से भी मुक्ति मिल जाती है। सरलता, एकरूपता, और मितव्ययता (अस्माह हाजी उमर 1975 : 90) के कारण यह हल्-लोप-संबंधी परिवर्तन वर्तनी में तीव्र गति से क्रियाशील है। इस प्रवृत्ति का विस्तार इन्हीं कारणों की उपस्थिति में शब्द के मध्य की ओर भी चल निकला है, जैसे सूचकों से प्राप्त 'वाङमय' और 'लडडू' में।

'अ' दस बोलियों के भाषियों को और 'आ' पाँच बोलियों के भाषियों को व्यतिक्रम करने की दृष्टि से प्रभावित करता है। 'आ' बदलकर 'अ' विशिष्ट अक्षरस्वरूप—यहाँ '(व्यंजन-) आ-व्यंजन-आ-व्यंजन (-आ)'—के शब्दों के उच्चारण में पहले अक्षर पर बलाघात की दुर्बलता (रमेश चंद्र महरोत्रा 1970 : 253, 255) के कारण हो जाता है, जैसे 'आवाज़', 'जापान', 'पाजामा', 'बाज़ार' में, तथा तदनुसार लेखन में भी क्रमशः 'अवाज़', 'जपान', 'पजामा', 'बज़ार' हो जाता है। 'अ'-संबंधी व्यतिक्रम के अंतर्गत उसके आगम और लोप दोनों के पीछे मुख्य कारण देवनागरी में 'अ' का विविध स्थितियों में उच्चारण न होना है। जब अनेक स्थलों पर 'अ'-युक्त वर्ण का भी उच्चारण 'अ'-हीन होना है, तो यह दुविधा होनी स्वाभाविक है कि उसे कहाँ लिखा जाए और कहाँ नहीं। इसी कारण हिंदी में ऐसे अनेक शब्दों के दो-दो स्पेलिंग चल रहे हैं, उदाहरणार्थ 'अँगरेज़ी-अँग्रेज़ी', 'अकसर-अक्सर' 'बरतन-बर्तन', 'गरदन-गर्दन', 'बरदाश्त-बर्दाश्त', 'उलटा-उल्टा', 'बिलकुल-बिल्कुल' (रमेश चंद्र महरोत्रा एवं मन्नू लाल यदु 1980 : 32; अनंत चौधरी 1973 : 393-94)। देवनागरी के 'अ'-युक्त वर्णों की इस प्रकृति से कभी-कभी शिक्षार्थी यह भी निश्चित नहीं कर पाता कि एक बड़े शब्द के दो

मध्यवर्ती 'अ' - युक्त वर्णों में से कौन-सा अर्थ, अर्थात् उसका 'अ' लुप्त करके, बोला जाएगा, जैसे 'अजनबी', 'कसरती', 'चितकबरी', 'नितनवरे' (एक उपजातिनाम), 'मतलबी', 'वनसदा' को वह क्रमशः 'अज्नबी', 'कस्रती', 'चित्कब्री', निल्नवे', 'मत्लबी', 'वन्सदा' की जगह 'अजन्बी', 'कसर्ती', 'चितक्बरी', 'नितन्वरे', 'मतल्बी', 'वनस्दा बोलने लगता है (देखिए–रमेश चंद्र महरोत्रा 1976 अ : 11-13 तथा तुलना कीजिए–शिवशंकर प्रसाद वर्मा 1972 : 223 पर 'आमदनी' बराबर 'आमद्नी' और 'आम्दनी')। सूचकों द्वारा किए गए 'अ' के आगम से शब्द के उच्चारण में, और अर्थ में भी, अंतर न पड़ने के उदाहरण इस प्रकार हैं–उरदू (उर्दू), जलदी (जल्दी), हेडमासटर (हेडमास्टर)। इसके विपरीत, उनके द्वारा किए गए 'अ' के लोप से शब्द के उच्चारण में, और अर्थ में भी, अंतर न पड़ने के उदाहरण इस प्रकार हैं–इन्की ('इनकी' या 'इन की'), उस्का ('उसका' या 'उस का'), कम्रे (कमरे), बर्सात (बरसात), सुन्कर ('सुनकर' या 'सुन कर') (इन उदाहरणों में लिखे गए विश्लिष्ट रूपों के लिए देखिए–अनंत चौधरी 1973 : 411-13)।

'इ, ई, उ, ऊ'–संबंधी व्यतिक्रम 'ए, ऐ, ओ, औ'–संबंधी व्यतिक्रमों की तुलना में अधिक ध्यान देने योग्य हैं, क्योंकि 'इ, ई, उ, ऊ'–संबंधी को क्रमशः सत्तरह, सत्तरह, सत्तरह, चौदह बोलियों के भाषियों ने किया है, जबकि 'ए, ऐ, ओ, औ'– संबंधी को क्रमशः चार, आठ, पाँच, ग्यारह बोलियों के भाषियों ने किया है। हिंदी की अधिकतर बोलियों में 'ऐ' और 'औ' संध्यक्षरात्मक हैं, इसलिए उनका 'ए' और 'ओ' से उच्चारण में पर्याप्त भेद होने के कारण उनसे अंतर कर पाना अपेक्षाकृत सरल है, जबकि इ-ई तथा उ-ऊ में जिह्वा की ऊँचाई का अंतर बहुत कम है। (यद्यपि इन युग्मों में ह्रस्वता-दीर्घता और शिथिलता-दृढ़ता के भी अंतर हैं, पर विभिन्न अक्षरात्मकता स्थितियों और बलाघात की मात्राओं के कारण इनकी ह्रस्वता-दीर्घता में अंतर पड़ता रहता है।) इसीलिए थोड़ा भी असावधान होने पर, उदाहरणार्थ 'उपाधि', 'कालिदास', 'कीर्ति'–जैसे और 'गुरु', 'साधु'–जैसे शब्दों का उच्चारण 'उपाधी', 'कालीदास', 'कीर्ती' और 'गुरू', 'साधू' हो जाता है, तथा सचेत न रहने पर, उदाहरणार्थ 'बाईस', 'चौवालीस'–जैसे और 'जाऊँगा', 'मालपूआ'–जैसे शब्दों का उच्चारण 'बाइस', 'चौवालिस' और 'जाउँगा', 'मालपुआ'–हो ही चला है। उच्चारण का लेखन पर प्रभाव अवश्यंभावी है और ढीली-ढाली शिक्षा में और भी ज़्यादा। इस कारण प्रयोक्ताओं को इ-ई और उ-ऊ के अंतर से संबंधित व्यतिक्रमों से बचने के लिए गहन अभ्यास की ज़रूरत है।

'रोटीयाँ', 'विद्यार्थीयों', 'बहूएँ', 'हिंदूओं', आदि में हुए व्यतिक्रमों के पीछे लिखनेवाले का संबंधित रूपस्वनिमिक नियम का अज्ञान रहता है कि बहुवचन बनाने में '-याँ, -यों, -एँ, -ओं, जोड़ने के पूर्व संज्ञा के अंत्य स्वर 'ई' और 'ऊ' को ह्रस्व कर दिया जाता है (कामताप्रसाद गुरु 1976 : 143)। इस शिक्षण-बिंदु की जानकारी के अभाव में मध्य प्रदेश सरकार के एक शिक्षा-सचिव तक 'बधाईयाँ' लिखकर उसके

शुद्ध होने का तर्कपूर्ण आग्रह करते हैं !

'र्' में लगाई जानेवाली 'उ' और 'ऊ' की मात्राओं का भेद करना बहुत से प्रयोक्ता नहीं जानते (भोलानाथ तिवारी एवं कैलाशचंद्र भाटिया 1980 : 119)। शिक्षण में कमी के अलावा इसका एक महत्त्वपूर्ण कारण यह भी है कि बहुधा टाइपराइटर में 'रू' टाइप करने का प्रावधान नहीं होता और टंकित सामग्री में उसके लिए भी 'रु' देखकर कच्चा शिक्षार्थी गड़बड़ा जाता है। 'निरुपण', 'रुप', 'शुरु' में ऊ-संबंधी व्यतिक्रम की जड़ में यही कारण विद्यमान है कि सूचक देवनागरी लिपि के इस तथ्य को ठीक से सीखे हुए नहीं होता, तथा वह अपने दुर्बल ज्ञान के कारण इसके विपरीत 'रूपया', 'विरूद्ध', 'सुचारू' भी लिख डालता है।

'ज्ञ्' को 'ग्य्' (जैसे 'ग्यान' में) लिख देने के पीछे ये कारण विद्यमान हैं—लेखक का सही शब्द-रूप के प्रति अज्ञान होना, लेखन पर उच्चारण का प्रभाव होना, तथा देवनागरी में इन दो के एक ही प्रकार से उच्चरित होने के दोष का मौजूद होना। इस व्यतिक्रम से बचने के लिए ज्ञ्-युक्त तत्सम रूपों की ('ग्यारह', 'आरोग्य' आदि के विरुद्ध) सजग शिक्षा (अनंत चौधरी 1973 : 203, 236-37) और शब्द कोशों के सहारे रहकर वर्तनी की रटाई के अतिरिक्त कोई रास्ता नहीं है।

य्-संबंधी व्यतिक्रम कुल छह बोलियों के भाषियों ने किया है, जिस में 'य्' के आगम और लोप के 'शाम-श्याम' और 'स्वास्थ्य-स्वास्थ'—जैसे उदाहरण हैं। पहले में तालव्यीकरण से य्-श्रुति का उत्पन्न होना (अथवा मात्र भ्रामक धारणा) कार्यरत है और दूसरे अघोष व्यंजन-गुच्छ के बाद अंतिम य्-श्रुति का अत्यल्पश्रुत या अश्रुत हो जाना कार्यान्वित है।

र्-संबंधी व्यतिक्रम 'ऋ' के साथ भ्रम के कारण हुए हैं, अन्यथा नहीं। देवनागरी में 'ऋ' सचमुच भ्रमोत्पादक है। उदाहरण के लिए, 'ऋषि' को 'रिशि', 'नेतृ' को 'नेत्रि', और 'रिक्शा' को 'ऋक्षा' क्यों नहीं लिखा जा सकता, इसका जवाब देवनागरी के गुणगायकों के पास इसके अलावा कुछ नहीं है कि इसका संबंध हमारी प्रतिष्ठित परंपराओं से है। इन परंपराओं का सख्ती से पालन न करने से सूचकगण, उदाहरणार्थ 'ब्रह्मचर्य' को 'बृह्मचर्य', 'ब्रह्मा' को 'बृह्मा', और 'वानप्रस्थ' को 'वानपृस्थ' लिखने लगते हैं। इन उदाहरणों से पता चलता है कि उन्होंने 'र्' के रूप 'प्र' तथा 'ऋ' की मात्रा 'ृ' के अंतर को नहीं सीखा है। ('इन दोनों में अंतर न जान पाने के कारण कुछ लोग 'कृपा' को 'क्रपा' या 'कृष्ण' को 'क्रष्ण' लिखते हैं—भोलानाथ तिवारी एवं कैलाशचंद्र भाटिया 1980 : 119')।

अल्पप्राणीकरण का आधार उच्चारण में श्वास की मितव्ययता है। शब्दारंभ का महाप्राण व्यंजन सबल होता है। शब्दांत का महाप्राण व्यंजन अपेक्षाकृत अधिक अल्पप्राणोन्मुख रहता है; और यदि शब्द में एक से अधिक महाप्राण व्यंजन हों, तब तो बादवाले का अल्पप्राणीकरण और भी सक्रिय हो जाता है। महाप्राण व्यंजन को उच्चारण के अनुसार अल्पप्राण लिख देने से जन्मे इस व्यतिक्रम के उदाहरण इस

प्रकार हैं—भूका, मेंडक, चड़ाई, बुड़िया, हात, होट। हिंदी की सभी बोलियों में अल्पप्राण-महाप्राण व्यंजनों के मध्य स्पष्ट व्यतिरेक है, अतः इस भेद को बनाए रखने के औचित्य के विषय में दो मत नहीं हो सकते (हरदेव बाहरी 1966; दीपचंद जैन एवं कैलाशचंद्र तिवारी 1972; रमेश चंद्र महरोत्रा 1976 आ)। सूचकों ने आवश्यक सावधानी न बरतने के कारण 'पढ़ते' और 'पढ़ा'—जैसे शब्दों को भी 'पड़ते' और 'पड़ा' लिख दिया है।

यदि शब्द के लिंग-निर्णय में मातृबोली का प्रभाव काम नहीं कर रहा है, तो लिंग से संबंधित व्यतिक्रम का कारण ग़लत चयन-मात्र है। सामान्य प्रयोक्तागण इस के लिए शब्दकोश को देखना इसलिए ज़रूरी नहीं समझते कि शब्द का ग़लत लिंग में प्रयोग भाषाई दृष्टि से उतनी गड़बड़ नहीं करता, जितना सामाजिक उपहास की दृष्टि से करता है, क्योंकि उससे अर्थ में भारी व्याघात नहीं पड़ा करता। यदि इस आलोचना का भय रहे कि 'अच्छी भाषा का लिखना नहीं आता', तो लेखक हर अनजाने शब्द का लिंग उसको प्रयुक्त करने से पहले जान और जाँचकर सावधान रह सकता है। उदाहरण के लिए, 'बड़ी डर लगी' और 'रहने का अपना जगह मिल गया'—जैसे प्रयोग एक-एक शब्द 'डर' और 'जगह' का सही लिंग न जानने से पूरी अन्विति बिगाड़कर उल्टी गंगा बहा रहे हैं और मानक हिंदी के लिए क़तई स्वीकार्य नहीं रह गए हैं। (सुनीतिकुमार चटर्जी का कहना है—'हिंदी का लिंग-भेद अत्यंत जटिल है, क्योंकि इसमें संज्ञा, विशेषण, और क्रिया तक में स्त्रीलिंग-पुल्लिंग रूप होते हैं।'—हरदेव बाहरी 1970 : 282.) वस्तुतः मानक हिंदी में प्राकृतिक लिंग एक सीमा तक ही है। ('अचेतन पदार्थों में लिंग व्याकरणिक होने से विशेष समस्या उत्पन्न करता है और किसी शब्द के लिंग को जाने बिना हिंदी में वाक्य-रचना संभव नहीं।'—महेशचंद्र गर्ग 1978 : 10.) बहुत सारे शब्दों का लिंग सीखना ऐसा ही है कि जैसे उनका शब्दार्थ सीखना। ('शेष शब्दों का लिंग केवल व्यवहार के अनुसार माना जाता है; और इसके लिए व्याकरण से पूर्ण सहायता नहीं मिल सकती।'—कामताप्रसाद गुरु 1976 : 129.) इसके अलावा, कुछ (विशेषकर अँगरेज़ी से आगत) शब्दों का लिंग डाँवाडोल हालत में भी मिलता है; जैसे निम्नलिखित शब्द कभी पुल्लिंग में और कभी स्त्रीलिंग में व्यवहृत हुए दिखाई पड़ते हैं, बल्कि इनमें से अधिकतर के विषय में शब्दकोशों में भी सहमति नहीं मिलती—ऐटलस, गुलाबजामुन, ट्रक, तोलिया, थीसिस, नाप, परात, पिक्चर (सिनेमा), पैंट, फ़ोटो, मैच, मैदा, रबर, राइटिंग (हैंडराइटिंग), रिक्शा, सेंडिल। ('कई एक अँगरेज़ी शब्द दोनों लिंगों में आते हैं; जैसे, स्टेशन, प्लेग, मेल, मोटर, पिस्तौल।' कामताप्रसाद गुरु 1976 : 135.)

मानक हिंदी में वचन की व्याकरणिक धारा क्रिया के प्रमुख रूपों को छोड़कर, जहाँ वह स्पष्टतः चतुष्कोणीय है (जैसे—जाता, जाते, जाती, जातीं; गया, गए, गई, गईं; जाएगा, जाएँगे, जाएगी, जाएँगी), अन्य वाग्भागों में प्रायः कम ही रूप-भेदों में

व्यक्त होती है। फलस्वरूप अनेक रूप और प्रयोग अनिश्चयात्मकता के जनक हो सकते हैं, जैसे 'तुम उस घर में भारी-भरकम पेड़ देखोगे' में 'पेड़' का वचन निश्चित नहीं है। इसी प्रकार, 'लाल पत्थर' स्वयं में एकवचन है या बहुवचन, यह तब तक स्पष्ट नहीं हो सकता, जब तक इसके पूर्व या बाद में, उदाहरणार्थ 'मेरा' या 'मेरे', 'एक' या 'दो', अथवा 'है' या 'हैं' न लगा दिया जाए। शून्य लगाकर बहुवचन बनाने की इस प्रक्रिया (जैसे 'पत्थर', 'राजा', 'हाथी', 'भालू', 'दिन' में) के प्रभाव से सूचकों द्वारा 'गाना' और 'धोबिन' भी बहुवचन में प्रयुक्त किए गए हैं। इसके विपरीत, बहुवचन 'बकरे', 'लड़के', 'टुकड़े', 'छिलके' सादृश्य पर 'पत्थर' और 'मेंढक' के बहुवचन के लिए 'पत्थरे' और 'मेंढके' भी मिले हैं। इसी प्रकार, 'लड़कियाँ' के सादृश्य पर 'धोबिनियाँ' मिला है तथा 'मालाएँ' के सादृश्य पर 'कुतियाएँ' मिला है। (तुलना कीजिए—'कई लोग इन शब्दों का बहुवचन यें वा एँ लगाकर बनाते हैं, जैसे चिड़ियाएँ, कुंडलियायें इत्यादि। ये रूप अशुद्ध हैं।'—कामताप्रसाद गुरु 1976 : 143) वचन अर्थ में बाधा डालने की दृष्टि से लिंग और विकारी रूप की तुलना में आवश्यक धारा और प्रयोग है, अतः सूचकों ने उपर्युक्त मामलों में बहुवचन बनाने की चेष्टा की है, पर नियम दूसरे लगा देने के कारण व्यतिक्रम हो गए हैं।

आकारांत पुल्लिग संज्ञा के विकारी रूप सीखने में बहुत झमेला है, क्योंकि केवल यह समझा देने और कंठस्थ कर लेने से काम नहीं चलता कि किसी विभक्ति (चरम प्रत्यय या परसर्ग) के योग पहले संज्ञाओं का आकारांत से एकारांत में रूपांतर कर दिया जाता है। इस नियम के बहुत से अपवाद भी हैं (देखिए—कामताप्रसाद गुरु 1976 : 155), जैसे—पिता, राजा (तत्सम शब्द); चाचा, मामा, मौसा (प्रायः पुनरुक्त अक्षर से बने रिश्तेवाची शब्द, जिन्हें संबोधन में भी प्रयुक्त किया जाता है); डालडा, डैटा, दरोगा (विशिष्ट देशज और आगत शब्द); भोला, सोना, सुदामा (व्यक्तिवाचक नाम); कलकत्ता, मथुरा (स्थानवाची नाम, जिन्हें कुछ लोग अपवाद न मानकर विकारी बना देते हैं, लेकिन 'रीवाँ', 'अमरीका', आदि को वे भी नहीं बनाते); इत्यादि। द्रष्टव्य है कि इन सभी शब्दों का रूप विभक्तिरहित बहुवचन में भी नहीं बदलता। अपवादों का अस्तित्व स्मरण-शक्ति पर बोझ होता है, विशेषकर कम अभ्यास में। मूल (अविकारी) रूप ही 'सरलतम' रूप होता है, इसलिए उसके विकारी रूप के प्रयोग से बचना 'एकरूपता' की चाह भी है और 'मितव्ययता' भी (अस्माह हाजी उमर 1975 : 90)। यही कारण है कि प्रबंध के लिए इकट्ठी की गई सामग्री में 'कुत्ता से', 'चूना से', 'ताला को', 'साला ने'—जैसे प्रयोग बहुलता से मिलते हैं। यह व्यतिक्रम अर्थ-संकट पैदा नहीं करता, यद्यपि मानक हिंदी के संदर्भ में इसकी सामाजिक मान्यता है। इस व्यतिक्रम से न बच पानेवाले व्यक्ति को ('ने' का सही प्रयोग न कर पाने वाले व्यक्ति की भाँति) 'सम्मान्य हिंदी-भाषी' की संज्ञा नहीं मिल पाती। (तुलना के लिए सुनीतिकुमार चटर्जी का यह कथन देखिए—'संज्ञारूपों में कर्त्ता कारक का (अविकृत) रूप और अन्य कारकों का (तिर्यक् या संबंधकारकीय)

रूप भिन्न-भिन्न होता है, अतः यह भेद हटा देने चाहिए; इसी प्रकार, 'ने' परसर्ग हटा देना चाहिए।'—हरदेव बाहरी 1970 : 282.)

बहुवचन संबोधनार्थक '-ओ' के बदले '-ओं' का व्यवहार पूर्णतः सादृश्यजन्य है। विभिन्न कारकीय विभक्तियों के पूर्व बहुवचन में '-ओं' व्यवहृत होता है, इसलिए प्रयोक्ता संबोधन में भी वही प्रयुक्त कर देता है, जैसे 'भाइयो' के बदले 'भाइयों'। नियम चल रहा है, इसलिए 'कवियो', 'बहुओ', 'माताओ', 'राजाओ' (किशोरीदास वाजपेयी 1959 : 200-201), 'लड़को', 'लड़कियो' (आर्येंद्र शर्मा 1972 : 45) को सही माना जा रहा है, जबकि एकरूपता संबोधन के इन रूपों को 'मुनियों', 'डाकुओं', 'राजाओं', 'शालाओं', 'बालकों' (कामताप्रसाद गुरु 1976 : 157-60) के अनुसार ढालती जा रही है।

संज्ञा, सर्वनाम, और विशेषण से कारक-रूपों के विषय में मानक हिंदी के वैशिष्ट्य ने क्रमशः पंद्रह, तेरह, और दस बोलियों के भाषियों को व्यतिक्रम करने के लिए बाध्य किया है। संज्ञा की बात एक पैरा ऊपर हो चुकी। सर्वनामों के विकारी रूप पर्याप्त जटिल हैं, क्योंकि उनकी शक्ल संबंधित मूल रूपों से बहुत भिन्न हो जाती है, जैसे 'मैं' से 'मुझ', 'यह' से 'इस', 'वे' से 'उन' और 'उन्हों-', इत्यादि। एकरूपता, मितव्ययता, और सरलता के आधार यहाँ भी कारण बन जाते हैं और विकारी की जगह मूल रूप से युक्त 'यह में' (इस में), 'वे दोनों कमरे साफ़ किए' (उन्होंने दोनों कमरे साफ़ किए)-जैसे व्यतिक्रमित प्रयोग सामने आते हैं। इसी प्रकार, 'मुझ से' की जगह 'मेरे से' और 'तुम में' की जगह 'तुम्हारे में'—जैसे संबंधरूपीय विकारी के पीछे भी उत्तम और मध्यम पुरुष सर्वनामों के पृथक् विकारी रूपों को न सीखकर पहले से अन्यत्र प्रयुक्त 'मेरे' और 'तुम्हारे' संबंधवाची रूपों को (विभक्ति के योग के पहले विकारीवत्) प्रयुक्त कर दिया जाना है। (तुलनीय है सुनीतिकुमार चटर्जी की यह खोज—'हिंदी का एक रूप है 'बाज़ारू हिंदी', जो कलकत्ता के बाज़ारों में सुनी जाती है और जिसमें 'मेरे को', 'मेरे से' आदि का प्रयोग प्रचलित है।'—हरदेव बाहरी 1970 : 282.) इस व्यतिक्रम के लिए 'मेरे लिए' और 'तुम्हारे द्वारा' आदि में व्यवहृत 'मेरे' और 'तुम्हारे' शब्द-रूप भी प्रेरक का काम कर सकते हैं। विशेषण में विकारी रूपों का दायरा संज्ञा के समान है, पर सीमित है। व्यतिक्रम का उदाहरण है—'भूखा भिखारी को'। यहाँ 'भूखा' का विकारी 'भूखे' प्रयुक्त होना चाहिए था। हिंदी में आकारांतेतर विशेषणों में विकार नहीं हुआ करता, जैसे 'लाल', 'चालू'। व्यतिक्रम करनेवाला व्यक्ति देखा-देखी आकारांत विशेषण को यथावत् छोड़ देता है।

'सड़क और नाला वहाँ जा रहे हैं'—जैसे प्रयोगों के मूल में इस नियम की जानकारी का अभाव है कि एक से अधिक उद्देश्य होने पर विधेय की क्रिया अंतिम उद्देश्य के अनुसार चलती है, जैसे 'उन्हें आगे पढ़ने के लिए न समय, न धन, न इच्छा होती है (कामताप्रसाद गुरु 1976 : 378)।' 'वह और मैं जाऊँगा। उसने लोटा

और बाल्टी ख़रीदी। एक लड़का और एक लड़की आई है (बदरीनाथ कपूर 1978 : 196)।' यह नियम बेजान उद्देश्यों के होने पर तो आज भी लागू है, पर उनके जानदार होने पर विधेय की क्रिया का रूप पुल्लिग बहुवचन में प्रयुक्त होने लगा है, जैसे 'सीता और राम आ रहे हैं। राम और सीता आ रहे हैं।' यदि संयोजन-सूचक योजक द्वारा संबंध विभिन्न लिंग कर्ता (अथवा कर्म) पद हों, क्रियापद को पुल्लिग बहुवचन रूप में रखने की प्रवृत्ति प्रबल हो रही है (बदरीनाथ कपूर, वही।)

भूतकालिक क्रिया के निश्चयार्थ में पुल्लिंग बहुवचन प्रत्यय '-ए' की जगह '-एँ' लिखना व्याकरण-संबंधी अज्ञान और सादृश्यजनित भ्रांति के कारण होता है, जैसे 'धोबिनों ने रुपए कमाएँ' में। (तुलना कीजिए—'भूतकालिक क्रियाओं के रूप व अर्थ-संबंधी भ्रम' राधाकृष्ण शर्मा, रामदत्त शर्मा, एवं अंबालाल नागोरी 1976 : 168) वर्तमान इच्छार्थक, वर्तमान आज्ञार्थ, तथा संभाव्य वर्तमान के रूप 'कमाएँ' (उदयनारायण तिवारी 1961 : 486-89) के सादृश्य पर यह व्यतिक्रम संभावित है।

'के' संबंध-विभक्ति है, जबकि 'का-की-के' विशेषणीय संबंध-तद्धित-प्रत्यय (किशोरीदास वाजपेयी 1959 : 159-61) अथवा संबंधसूचक विशेषण (महेशचंद्र गर्ग 1978 : 42) हैं। 'घोड़े के एक पूँछ होती है' में 'के' संबंध-विभक्ति है, जो सदा एकरूपता और लिंग-वचन के प्रभाव से अछूती रहती है (जैसे, 'राम के एक लड़का है', 'राम के तीन माताएँ थीं', 'गाय के चार पैर होते हैं' में भी)। इसके विपरीत, 'राम का लड़का', 'गाय की पूँछ', 'घोड़े के पैर', 'राम की लड़कियाँ' में तद्धित-प्रत्यय के रूप में 'का' परिवर्तनशील है। तदनुसार 'राम का लड़का पढ़ता है' में 'का' संबंधकारकीय परसर्ग नहीं है (अंबाप्रसाद 'सुमन' 1978 : 169)। इस व्याकरणिक प्रयोग-भेद को न समझने के कारण कुछ सूचकों ने 'घोड़े की एक पूँछ होती है' लिखा है।

मिलते-जुलते शब्दों के अर्थ में सूक्ष्म अंतर समझने और करने की शिक्षा न होने के कारण कुछ प्रयोक्ता विशिष्ट शब्दों को मानक हिंदी से कुछ हटे हुए अर्थों में प्रयुक्त कर देते हैं, जैसे 'गंध' के लिए 'सुगंध' (रामचंद्र वर्मा 1966 : (दूसरा खंड 54), (पाँचवाँ खंड 390), 'बैल' के लिए 'साँड', 'माथा' के लिए 'कपाल', 'नल' के लिए 'नलका', इत्यादि। इसी प्रकार, उदाहरणार्थ 'दुकान' के साथ 'मैली' विशेषण लगाना ('गंदी' की जगह) दुर्बल शिक्षा के ही कारण हुआ व्यतिक्रम कहा जाएगा।

मुहावरेदार प्रयोगों पर अधिकार प्राप्त करना शब्दार्थ सीखने से अधिक कठिन हुआ करता है और मुहावरों का सही इस्तेमाल कई बार पर्याप्त शब्द-ज्ञान और व्याकरणज्ञान के बाद भी नहीं आ पाता। मुहावरे में निश्चित शब्दों का ही प्रयोग होता है, कोई शब्द बदल देने से उसकी आत्मा में अंतर आ जाता है (देखिए—ओम प्रकाश गुप्त 1960 : 105)। उदाहरण के लिए, 'मुँह में पानी फिर आना' व्यतिक्रमित प्रयोग है, क्योंकि मानक हिंदी में मुहावरा 'मुँह में पानी भर आना होता है' (देखिए—कालिकाप्रसाद, आर. सहाय, एवं एम. श्रीवास्तव, 1952 : 1082; बदरीनाथ

कपूर 1975 : 405)। इसी प्रकार, 'कक्षा' के अर्थ में 'क्लास' शब्द के साथ 'लगना' लगना चाहिए, अर्थात् मुहावरा 'क्लास लगना' है, न कि 'क्लास बैठना' है।

5.2. निष्कर्ष और समापन

यद्यपि इस कार्य का भौगोलिक क्षेत्र-विस्तार बहुत अधिक रहा, पर विश्लेषण के लिए प्रति बोली सामग्री इतनी अधिक नहीं रही कि प्रत्येक बोली के भाषियों की लिखित हिंदी के 'संपूर्ण तथ्य' खुलकर सामने आ जाते। यदि बाईस की जगह काफ़ी कम बोलियों के काफ़ी अधिक भाषी चुने जाते और उनसे ख़ूब सामग्री संकलित की जाती, तो पूरा हिंदी-प्रदेश भले ही 'समेटन' में नहीं आ पाता, पर काम में 'लंबाई-चौड़ाई' की जगह 'गहराई' जरूर बढ़ गई होती। जहाँ तक काम की 'ऊँचाई' का सवाल है, तो बस इतना कहना पर्याप्त है कि यह काम एक ख़ास ऊँचाई तक 'पूरा' हो गया (वरना 'कमियों की दृष्टि से' कोई काम पूरी तरह से कभी पूरा नहीं हुआ करता)।

जो परिणाम सामने आए हैं—त्रुटियों और उपत्रुटियों के प्रकारों के ढेर (क्रमशः चौवालीस और एक सौ ग्यारह) तथा उनके उदाहरणों की भरमार (कई हज़ार)—उनके प्रमाण पर कहा जाएगा कि मानक हिंदी की हालत काफ़ी नाज़ुक है, क्योंकि व्यतिक्रमरहित स्थिति के निकट की भी मानक हिंदी लिख पानेवाले शिक्षार्थी दुर्लभ हैं। हिंदी का 'स्थान' तो समाज में ऊँचा हो रहा है, इसके प्रचार और प्रसार की गंध भी 'कोने-कोने में' पहुँच रही है, पर इसका 'स्तर' ऊँचा तभी उठेगा, जब यह अपना वैविध्य और परिवर्तनशीलता कम दिखाएगी। सामान्य आदमी के लिए 'अच्छी हिंदी' 'शुद्ध हिंदी', 'उच्च हिंदी', 'साधु हिंदी', 'नागरी हिंदी', 'आदर्श हिंदी', 'प्रामाणिक हिंदी', 'शिष्ट हिंदी', 'परिमार्जित हिंदी', 'परिष्कृत हिंदी', 'परिनिष्ठित हिंदी', या 'मानक हिंदी'' लिखना एक समस्या है। उसके लिए ऐसी हिंदी एक 'कठिन भाषा' है (देखिए—सुनीतिकुमार चाटुर्ज्या 1958 : 45-46 तथा 1963 : 258-62)। अतएव प्रयोक्ताओं की मानक हिंदी पर पड़े उनकी मातृबोलियों के व्याघात को दूर करना तथा मानक हिंदी के राष्ट्रीय स्वरूप की ठोस शिक्षा देना भाषा-शिक्षकों का लक्ष्य होना चाहिए। यदि उन्होंने इस दायित्व का निर्वाह नहीं किया—यदि व्यतिक्रमों को चैक नहीं किया गया—तो मानक हिंदी के विषय में क्षेत्रीय तथा प्रभाववाद तथा वैयक्तिक अज्ञानवाद सक्रियता के साथ पनपता रहेगा और मानक हिंदी के स्वरूप को अधिकाधिक चेहरोंवाला बनाता रहेगा।

अशुद्ध और शुद्ध हिंदी

भूमिका और विषय-सूची

समाचारपत्रों, बच्चों और बड़ों की परीक्षा-उत्तर-पुस्तिकाओं और चिट्ठियों तथा अध्यापकों और लेखकों तक के लेखन और उन की रचनाओं में बहुत-सी क्षेत्रीय एवं अन्य अशुद्धियाँ नित्यप्रति देखने को मिलती हैं। ऐसी विविध प्रकार की अशुद्धियों को दूर करने के लिए कभी-कभी संकेत भर दे देने से काम चल जाता है, क्योंकि अशुद्धि करने वाले व्यक्ति को प्रायः पहले कभी किसी ने नहीं बताया होता है कि उस के द्वारा अमुक अशुद्धि की जा रही है। दूसरी ओर, कभी-कभी कुछ अशुद्धियाँ इतनी गहरी जड़ें जमा लेती हैं कि जैसे वे आदमी के ख़ून में समा गई हों और बहुत पुरानी पड़ी हुई आदतों के समान आसानी से छुटाए नहीं छूटतीं। इन अशुद्धियों को सुधारे बिना भी काम तो चल जाता है, लेकिन मानक हिंदी की दृष्टि से इन अशुद्धियों से युक्त हिंदी का स्तर ऊँचा नहीं माना जाता। इस पुस्तिका में केवल उन्हीं अशुद्धियों और उन के उदाहरणों को संकलित और वर्गीकृत किया गया है, जिनका प्रचलन हिंदी-प्रदेश में है (विशेषकर किसी हिंदी-बोली के मातृभाषियों की लिखित मानक हिंदी में)। इन में से अधिकतर अशुद्धियों की तह में बोली-विशेष की छाया मिलेगी। ये अशुद्धियाँ वर्तनी (स्पेलिंग) के विविध पक्षों से संबंधित भी हैं, व्याकरण के भिन्न-भिन्न तत्वों से संबंधित भी हैं, तथा शब्द और शब्दार्थ-प्रयोग से संबंधित भी हैं। इन सब को अलग-अलग वर्गों के अंतर्गत रखते हुए इन्हें उदाहरणों के माध्यम से समझाने का प्रयास किया गया है। विषय को अधिक तकनीकी न बनाते हुए वस्तुतः उपलब्ध अशुद्ध रूपों को यथावत प्रस्तुत कर के उन के साथ ही उन के शुद्ध रूपों को भी लिख देने का आश्रय लिया गया है, क्योंकि इस पुस्तिका का लक्ष्य व्याकरण की पुस्तकों के समान सैद्धांतिक विवेचनों से युक्त न हो कर अनुप्रयुक्त, व्यावहारिक, और अभ्यास-साध्य होना है।

कुल अशुद्धियों को निम्नानुसार वर्गों में विभाजित कर के समझाया गया है :—

1. चंद्रबिंदु का प्रयोग नहीं किया जाना चाहिए
2. अनुस्वार का प्रयोग नहीं किया जाना चाहिए
3. अ के बदले आ होना चाहिए
4. आ के बदले अ होना चाहिए

5. इ के बदले ई होना चाहिए
6. ई के बदले इ होना चाहिए
7. उ के बदले ऊ होना चाहिए
8. ऊ के बदले उ होना चाहिए
9. ब् के बदले व् होना चाहिए
10. श् के बदले स् होना चाहिए
11. स् के बदले श् होना चाहिए
12. उर्दू के शब्दों में आवश्यकतानुसार व्यंजन के नीचे बिंदी लगाई जानी चाहिए
    (क) क् के बदले क़् होना चाहिए
    (ख) ख् के बदले ख़् होना चाहिए
    (ग) ग् के बदले ग़् होना चाहिए
    (घ) ज् के बदले ज़् होना चाहिए
    (ङ) फ् के बदले फ़् होना चाहिए
13. छ् के बदले क्ष् होना चाहिए
14. स्त्रीलिंग के बदले पुल्लिंग होना चाहिए
15. पुल्लिंग के बदले स्त्रीलिंग होना चाहिए
16. बहुवचन के बदले एकवचन होना चाहिए
17. एकवचन के बदले बहुवचन होना चाहिए
18. पुल्लिंग बहुवचन के स्थान पर स्त्रीलिंग एकवचन होना चाहिए
19. पुल्लिंग एकवचन के स्थान पर स्त्रीलिंग बहुवचन होना चाहिए
20. मूल रूप के बदले विकारी रूप होना चाहिए
21. विकारी रूप के बदले मूल रूप होना चाहिए
22. 'इन ने' के बदले 'इन्होंने' होना चाहिए
23. 'ने' का प्रयोग किया जाना चाहिए
24. विकारी रूप-संबंधी भ्रामक प्रयोग नहीं किया जाना चाहिए
    (क) परसर्ग के प्रभाव से
    (ख) कृदंती रूपों में
    (ग) अन्य
25. प्रेरणार्थक के बदले सामान्य प्रयोग होना चाहिए
26. कर्मणि प्रयोग में आकारांत रूप नहीं होना चाहिए
27. संयोगी क्रियाओं के पूर्वकालिक कृदंती रूपों में 'के' जोड़ा जाना चाहिए
28. असंयोगी क्रिया के पूर्वकालिक कृदंती रूप में 'कर' अथवा 'के' लगाया जाना चाहिए
29. भूतकालिक कृदंत के बदले पूर्ण क्रियाद्योतक कृदंत होना चाहिए

30. कालवाची सहायक क्रिया का प्रयोग किया जाना चाहिए
31. सहायक क्रिया-रूपी 'रहा' के बदले 'था' होना चाहिए
32. क्रियाविशेषण के बदले विशेषण होना चाहिए
33. 'निम्नलिखित' के अर्थ में 'निम्न' का प्रयोग नहीं होना चाहिए
34. 'मत' के बदले 'न' या 'नहीं' होना चाहिए
35. 'क्योंकि' के बदले 'कि' होना चाहिए
36. 'कि' का प्रयोग नहीं किया जाना चाहिए
37. 'को' या 'के लिए' का प्रयोग किया जाना चाहिए
38. 'में' के बदले 'पर' होना चाहिए
39. 'में' के बदले 'से' होना चाहिए
40. 'में' के बदले 'को' होना चाहिए
41. 'में' का प्रयोग नहीं किया जाना चाहिए
42. 'बजाय' के पहले 'की' नहीं, 'के' होना चाहिए
43. मूल शब्द-स्वरूप में परिवर्तन नहीं होना चाहिए
44. एक ही अर्थ के दुहरे तत्वों का प्रयोग नहीं होना चाहिए
45. शब्दों के हिंदी में ही प्रचलित अर्थ लिए जाने चाहिए
46. एक शब्द का दूसरे शब्द से संयोग हिंदी-प्रयोग के अनुसार होना चाहिए

पुस्तिका के दूसरे भाग में दो परिशिष्ट दिए गए हैं, जिन में वर्तनी-सुधार के नियमों, विभिन्न विद्वानों की उन पर प्रतिक्रियाओं, तथा उन को भेजे गए समाधानात्मक उत्तरों का निम्नानुसार समावेश है :–

परिशिष्ट 1–हिंदी की वर्तनी में सुधार के दस नियम

परिशिष्ट 2–प्रतिक्रियाएँ और समाधान

(क) डॉ. अंबा प्रसाद 'सुमन'
(ख) डॉ. कैलाश चंद्र भाटिया
(ग) डॉ. कृष्ण मधोक
(घ) संपादक, 'सरिता'
(ङ) डॉ. ब्रज मोहन
(च) डॉ. भानु देव शुक्ल
(छ) श्री ना. प्र. यदु
(ज) डॉ. हरवंश लाल शर्मा
(झ) डॉ. नव रत्न कपूर
(ञ) आचार्य राजेंद्र चौधरी

रमेश चंद्र महरोत्रा

अशुद्धियाँ और निराकरण

1. निम्नलिखित शब्दों में चंद्रबिंदु (अथवा अनुस्वार) का प्रयोग नहीं किया जाना चाहिए :–

अशुद्ध	शुद्ध
आँटा	आटा
घाँस	घास
घुँटाएगा	घुटाएगा
चाँटना	चाटना
चाँवल	चावल
चाहिएँ	चाहिए
चौंक	चौक
ठुँकवाना	ठुकवाना
डाँटना	डाटना
ढँकना	ढकना
थूँक	थूक
नाँक	नाक
भाँप	भाप
भूँसा	भूसा
माँता	माता
हाँथ	हाथ
हाँथी	हाथी

2. अनुस्वार का प्रयोग किया जाना अशुद्ध है :–

अशुद्ध	शुद्ध
ओंठ	ओठ
नींबू	नीबू
भींगना	भीगना

भेंड़	भेड़
महीनें	महीने
सोंचना	सोचना
सोएँगें	सोएँगे

3. नीचे दिए गए शब्दों में अ के बदले आ होना चाहिए :–

अशुद्ध	शुद्ध
अवाज़	आवाज़
करनामा	कारनामा
जगेगा	जागेगा
जमाता	जामाता
तलाब	तालाब
पजामा	पाजामा
बज़ार	बाज़ार
भगती	भागती
भगना	भागना
मँगता	माँगता
मँगना	माँगना
महराज	महाराज
लकड़हरा	लकड़हारा

4. अ के स्थान पर आ लिखने के भी कुछ उदाहरण प्राप्त हुए हैं, लेकिन क्रमांक 3 की तुलना में बहुत कम :–

अशुद्ध	शुद्ध
क़लाई (खोलना)	क़लई (खोलना)
ढाँक	ढँक
बढ़ाई	बढ़ई
बाराती	बराती
माकान	मकान
रामज़ान	रमज़ान

5. इ के बदले ई लिखा जाना चाहिए :–

अशुद्ध	शुद्ध
अद्‌वितिय	अद्‌वितीय
केंद्रिय	केंद्रीय

तिर्थयात्रा	तीर्थयात्रा
दृवितिय	दृवितीय
निचे	नीचे
पत्नि	पत्नी
परिक्षा	परीक्षा
प्रतिक्षा	प्रतीक्षा
रविंद्र	रवींद्र
विनित	विनीत
श्रीमति	श्रीमती

6. ई की जगह इ लिखा जाना शुद्ध होगा :–

अशुद्ध	शुद्ध
अतिथी	अतिथि
इत्यादी	इत्यादि
ईच्छा	इच्छा
कार्यविधी	कार्यविधि
छात्रवृत्ती	छात्रवृत्ति
जाती (पाँति)	जाति (पाँति)
टाईम	टाइम
तीतर-बीतर	तितर-बितर
दंपती	दंपति
निर्मीत	निर्मित
प्राणीयों	प्राणियों
प्रीती	प्रीति
फ़ेलोशीप	फ़ेलोशिप
भगतसींह	भगतसिंह
भाईयों	भाइयों
मंदीर	मंदिर
लेकीन	लेकिन
साईकील	साइकिल

7. उ की जगह ऊ होना चाहिए :–

अशुद्ध	शुद्ध
आँसु	आँसू
उधो	ऊधो

उपर	ऊपर
उब	ऊब
उलजलुल	ऊलजलूल
कलेउ	कलेऊ
जनेउ	जनेऊ
जाउँगा	जाऊँगा
दुरुह	दुरूह
बहु (वधू)	बहू
(मैं ने) भुने	(मैं ने) भूने
रुप	रूप
(मैं ने) लुटे	(मैं ने) लूटे
शुरु	शुरू
सरलतापुर्वक	सरलतापूर्वक

8. ऊ के बदले उ लिखा जाना चाहिए :–

अशुद्ध	**शुद्ध**
अवरूद्ध	अवरुद्ध
ऊँगली	उँगली
गरूड़	गरुड़
गुरू	गुरु
छूंआछूत	छुआछूत
छूरा	छुरा
डाकूओं	डाकुओं
भून (गया)	भुन (गया)
भूना (पापड़)	भुना (पापड़)
(तली) भूनी	(तली) भुनी
भूस (भरा है)	भुस (भरा है)
रूपया	रुपया
साधू	साधु
विरूद्ध	विरुद्ध

9. ब् के स्थान पर व् लिखा जाना चाहिए :–

अशुद्ध	**शुद्ध**
जबाब	जवाब
दबाब	दबाव

देब	देव
बाक्य-बिन्यास	वाक्य-विन्यास
बिकट	विकट
बीरेंद्र	वीरेंद्र
बैद्य	वैद्य
ब्यक्ति	व्यक्ति
ब्यथा	व्यथा
ब्यय	व्यय
ब्यवस्था	व्यवस्था
ब्याकरण	व्याकरण
ब्यापार	व्यापार
ब्यास	व्यास
सरोबर	सरोवर

10. **श् की जगह स् होना चाहिए :–**

अशुद्ध	**शुद्ध**
नक्शलपंथी	नक्सलपंथी
शांत्वना	सांत्वना
शाशन	शासन

11. **स् के बदले श् शुद्ध है :–**

अशुद्ध	**शुद्ध**
अनुसासन	अनुशासन
कुसलता	कुशलता
नास्ता	नाश्ता
बरदास्त	बरदाश्त
मुंसी	मुंशी
सक्कर	शक्कर
सरीफ़	शरीफ़
स्यामल	श्यामल
हमेसा	हमेशा

12. **मानक हिंदी की देशव्यापी स्थिति एवं राष्ट्रीय स्वरूप के उच्च स्तर को दृष्टि में रखते हुए, साथ ही उर्दू और अँगरेज़ी के शब्दों को सही लिख**

सकने की देवनागरी की शक्ति-संपन्नता के लिए, अपेक्षित वर्णों के नीचे भेदकारी बिंदी लगाई जानी चाहिए।

(क) क् की जगह क़् लिखा जाना चाहिए :–

अशुद्ध	शुद्ध
कदम	क़दम
कदर	क़दर
कबाब	क़बाब
कब्ज़	क़ब्ज़
कब्ज़ा	क़ब्ज़ा
करीब	क़रीब
कसाई	क़साई
काबिल	क़ाबिल
काबू	क़ाबू
कायदा	क़ायदा
किला	क़िला
किस्म	क़िस्म
किस्सा	क़िस्सा
कीमत	क़ीमत
कैद	क़ैद
कायम	क़ायम
नकल	नक़ल
हक	हक़

(ख) ख् की जगह ख़् लिखा जाना चाहिए :–

अशुद्ध	शुद्ध
कारखाना	कारख़ाना
खत्म	ख़त्म
खबर	ख़बर
खरगोश	ख़रगोश
खर्च	ख़र्च
खराब	ख़राब
खरीदना	ख़रीदना
खामोश	ख़ामोश
खाली	ख़ाली

खास	ख़ास
खुद	ख़ुद
खुश	ख़ुश
खुशबू	ख़ुशबू
खून	ख़ून
खूब	ख़ूब
खैर	ख़ैर
ख्याल	ख़्याल
तारीख	तारीख़
बत्तख	बत्तख़
सख्त	सख़्त

(ग) ग् के बदले ग़् का प्रयोग शुद्ध है :–

अशुद्ध	शुद्ध
कागज़	काग़ज़
गनीमत	ग़नीमत
गबन	ग़बन
गम	ग़म
गरज़	ग़रज़
गरीब	ग़रीब
गलत	ग़लत
गल्ला	ग़ल्ला
गायब	ग़ायब
गैरहाज़िर	ग़ैरहाज़िर
चुगलख़ोर	चुग़लख़ोर
दिमाग	दिमाग़
नाबालिग	नाबालिग़
बगल	बग़ल
बाग	बाग़
मुगल	मुग़ल

(घ) ज् की जगह ज़् लिखा जाना चाहिए :–

अशुद्ध	शुद्ध
आवाज	आवाज़
इज्जत	इज़्ज़त

औजार	औज़ार
क़मीज	क़मीज़
क़र्ज	क़र्ज़
चीज	चीज़
जबरदस्ती	ज़बरदस्ती
जबान	ज़बान
जमाना (समय)	ज़माना
जमींदार	ज़मींदार
जमीन	ज़मीन
जिंदगी	ज़िंदगी
जिद	ज़िद
जोर	ज़ोर
तीरंदाज	तीरंदाज़
दरवाजा	दरवाज़ा
नजदीक	नज़दीक
नजर	नज़र
नाराज	नाराज़
बाज	बाज़
बाजार	बाज़ार
मंजिल	मंज़िल
मजदूरी	मज़दूरी
मिजाज	मिज़ाज
मेज	मेज़
वजीर	वज़ीर
रजाई	रज़ाई

(ङ) फ् के बदले फ़् लिखा जाना चाहिए :–

अशुद्ध	शुद्ध
आफत	आफ़त
कफन	कफ़न
कॉफी	कॉफ़ी
काफी	काफ़ी
कैफियत	कैफ़ियत
ख़िलाफ	ख़िलाफ़
दफ्तर	दफ़्तर

नफरत	नफ़रत
फन (हुनर)	फ़न
फर्ज़	फ़र्ज़
फर्ज़ी	फ़र्ज़ी
फर्श	फ़र्श
फसल	फ़सल
फायदा	फ़ायदा
फारसी	फ़ारसी
फिज़ूल	फ़िज़ूल
फौज	फ़ौज
फौरन	फ़ौरन
तरफ	तरफ़
बरफी	बरफ़ी
लिफाफा	लिफ़ाफ़ा
सफेद	सफ़ेद
साफ	साफ़
सिर्फ	सिर्फ़

13. क्ष् सही है, छ् का प्रयोग ग़लत है :–

अशुद्ध	**शुद्ध**
छति	क्षति
छमा	क्षमा
छत्रिय	क्षत्रिय
छुब्ध	क्षुब्ध
छेत्र	क्षेत्र

14. आगामी उदाहरण लिंग-संबंधी अशुद्धियों के हैं। इन में स्त्रीलिंग-प्रयोग अशुद्ध है और पुल्लिंग-प्रयोग शुद्ध है :–

अशुद्ध	**शुद्ध**
अधिकार मिल गई	अधिकार मिल गया
अभाव थी	अभाव था
असर पड़ी	असर पड़ा
अहित हुई	अहित हुआ
ऐबें भरी हैं	ऐब भरे हैं
बड़ी कंकड़	बड़ा कंकड़

उस की **कपाल**	उस का कपाल
कार्य हो सकती	कार्य हो सकता
उस की **क्रिया-कलाप**	उस का क्रिया-कलाप
मेरी **गुदा-स्थान**	मेरा गुदा-स्थान
चंदन लगाई	चंदन लगाया
चूतड़ देखी	चूतड़ देखा
जाल फैलाई	जाल फैलाया
टिकट माँगी	टिकट माँगा
ढोंग दिखाई	ढोंग दिखाया
तीतर उड़ी	तीतर उड़ा
उस की **दाइत्व** थी	उस का दाइत्व था
खेत की **धान**	खेत का धान
नाच होगी	नाच होगा
पक्षियाँ उड़ेंगी	पक्षी उड़ेंगे
पशु भागी	पशु भागा
नंगी **पेट**	नंगा पेट
मेरी **पैर**	मेरा पैर
फल मिलती है	फल मिलता है
बजट दिखाई गई थी	बजट दिखाया गया था
अपनी **बड़प्पन**	अपना बड़प्पन
ककड़ी की **बीज**	ककड़ी का बीज
पूँछ-कटी **बैल**	पूँछ-कटा बैल
छोटी **मुँह**	छोटा मुँह
मेहमान आई	मेहमान आया
मोटापा देखी	मोटापा देखा
योग की	योग किया
लक्षण थी	लक्षण था
ताबीज़ की **लालच** में	ताबीज़ के लालच में
उन की **विचार**	उन का विचार
गाड़ी की **वैगनें**	गाड़ी के वैगन
अपनी **शासन**	अपना शासन
मेरी **शौक़**	मेरा शौक़
संदूक भेजी गई	संदूक भेजा गया
सींग घुस गई	सींग घुस गया
सुधार हुई	सुधार हुआ

सोना बेची	सोना बेचा
स्कूल बंद हो गई	स्कूल बंद हो गया
स्वार्थ पूरी हुई	स्वार्थ पूरा हुआ
हाथियाँ हैं	हाथी हैं
अपनी **हित-अहित** समझी	अपना हित-अहित समझा

15. आगामी उदाहरणों में पुल्लिंग के स्थान पर स्त्रीलिंग-प्रयोग होना चाहिए :–

अशुद्ध	**शुद्ध**
असलियत था	असलियत थी
आनाकानी किया	आनाकानी की
आलोचना किए जाने पर	आलोचना की जाने पर
आवाज़ हुआ	आवाज़ हुई
इज़्ज़त लूट लिया	इज़्ज़त लूट ली
उछल-कूद किया	उछल-कूद की
उन्नति हुआ	उन्नति हुई
बड़ा **उलझन** है	बड़ी उलझन है
उस का **क़ीमत**	उस की क़ीमत
बड़ा **कील**	बड़ी कील
कुल्हाड़ी रखा	कुल्हाड़ी रखी
खीर पकाया	खीर पकाई
मेरा **ख़ुशामद**	मेरी ख़ुशामद
बादलों का **गरज**	बादलों की गरज
बहुत-सा **घास-फूस**	बहुत-सी घास-फूस
उस का **चाल**	उस की चाल
मेरा **चीज़**	मेरी चीज़
छाती फूल गया	छाती फूल गई
जगह मिल जाता	जगह मिल जाती
जुताई होता है	जुताई होती है
प्रदेश के **जेलों** में	प्रदेश की जेलों में
झोली ले लिया	झोली ले ली
डाल पकड़ा	डाल पकड़ी
थाह पाया	थाह पाई
दुलहन न देखा हो	दुलहन न देखी हो
धूल फाँका	धूल फाँकी

फटा **धोती**	फटी धोती
नींद आया	नींद आई
परवाह किया	परवाह की
बुरे **परिस्थिति** में	बुरी परिस्थिति में
पहल किया	पहल की
पीक थूका	पीक थूकी
मेरे **पीठ** में	मेरी पीठ में
तीन **पुड़िए**	तीन पुड़ियाँ
पुस्तक पढ़ा	पुस्तक पढ़ी
पूँछ पकड़ा	पूँछ पकड़ी
फ़सल नष्ट हो गया	फ़सल नष्ट हो गई
बड़ा **फ़िज़ूलख़र्ची**	बड़ी फ़िज़ूलख़र्ची
बाट जोहा	बाट जोही
काम का **बात**	काम की बात
बुद्धि था	बुद्धि थी
बुराई किया	बुराई की
फटा **बिवाई**	फटी विवाई
बोली बनता है	बोली बनती है
भीख माँगा	भीख माँगी
आदमियों के **भीड़**	आदमियों की भीड़
माँग भरा	माँग भरी
बहुत **मार** पड़ा	बहुत मार पड़ी
मेंढकी टर्राया	मेंढकी टर्राई
जला हुआ **रस्सी**	जली हुई रस्सी
रामायण पढ़ा	रामायण पढ़ी
रोटियाँ सड़ गए	रोटियाँ सड़ गईं
लड़ाई हुआ	लड़ाई हुई
सड़ा **लाश**	सड़ी लाश
सूखा **लौकी**	सूखी लौकी
वस्तु मिला	वस्तु मिली
थोड़ा **शब्दावली**	थोड़ी शब्दावली
शराब पिया	शराब पी
शिकायत किया	शिकायत की
मेरा **सलाह** माना	मेरी सलाह मानी
सुबह हुआ	सुबह हुई

पैर का **सूजन**	पैर की सूजन
सेम खाया	सेम खाई
पराए **स्त्री** की	पराई स्त्री की
हंडी फूट गई	हंडी फूट गई

16. **आगे दिए गए उदाहरणों को एकवचन में होना चाहिए, जबकि अशुद्ध लिखने वाले व्यक्ति बहुवचन में लिखते हैं :–**

अशुद्ध	शुद्ध
आधे घंटे भी न **बीते थे**	आधा घंटा भी न बीता था
वे उन्हें **इकट्ठे** कर लेते हैं	वे उन्हें इकट्ठा कर लेते हैं
कूड़े-करकट रह **जाते हैं**	कूड़ा-करकट रह जाता है
उसे काफ़ी मात्रा में **चमड़े** मिल **गए**	उसे काफ़ी मात्रा में चमड़ा मिल गया
एक मन तेल ख़र्च हो **गए**	एक मन तेल ख़र्च हो गया
दहेज़ **मिलते**	दहेज़ मिलता
एक बगुला उड़ **गए**	एक बगुला उड़ गया
ये समीकरण समझा जा रहा है	यह समीकरण समझा जा रहा है
कुत्तों के भौंकने से सभा में विघ्न **पड़ते हैं**	कुत्तों के भौंकने से सभा में विघ्न पड़ता है

17. **इस अशुद्धि के अंतर्गत बहुवचन के बदले एकवचन रूप का प्रयोग कर देना है। उदाहरण निम्नानुसार हैं :–**

अशुद्ध	शुद्ध
सात अध्याय पूर्ण कर **लिया है**	सात अध्याय पूर्ण कर लिए हैं
आँखें फूट **जाए**	आँखें फूट जाएँ
इन **लोग** की बात	इन लोगों की बात
नाई सिर **का** बाल काटता है	नाई सिर के बाल काटता है
कई **गाना** गाने को कहा	कई गाने गाने को कहा
दो **घंटा** बीत **गया**	दो घंटे बीत गए
दो **नाव** में	दो नावों में
दो **पत्नी**	दो पत्नियाँ
तीन **परोसा**	तीन परोसे
पाँच पत्थर जमा **करना पड़ेगा**	पाँच पत्थर जमा करने पड़ेंगे
पैसे ख़र्च **होता है**	पैसे ख़र्च होते हैं

प्राण निकल **गया**	प्राण निकल गए
चार **माला** हैं	चार मालाएँ हैं
मेरा पैर पड़ो	मेरे पैर पड़ो
हाथ-पैर फैला **दिया**	हाथ-पैर फैला दिए
बादल में उड़ते समय	बादलों में उड़ते समय

18. लिंग और वचन की एक साथ अशुद्धि के भी नमूने प्राप्त होते हैं। निम्नलिखित उदाहरणों में पुल्लिग बहुवचन के स्थान पर स्त्रीलिंग एकवचन का प्रयोग होना चाहिए :–

अशुद्ध	शुद्ध
धूल **उड़ेंगे**	धूल उड़ेगी
बताए हुए बात	बताई हुई बात

19. आगे दिए गए उदाहरण में क्रिया का पुल्लिग एकवचन रूप प्रयुक्त किया गया है, जबकि उसे होना चाहिए स्त्रीलिंग बहुवचन में :–

अशुद्ध	शुद्ध
अशर्फ़ियाँ **था**	अशर्फ़ियाँ थीं

20. शब्दों का आवश्यकतानुसार विकारी रूप न प्रयुक्त कर के मूल रूप ही प्रयुक्त कर देना पर्याप्त आवृत्त अशुद्धि है। प्राप्त उदाहरण इस प्रकार हैं :–

अशुद्ध	शुद्ध
कुत्ता को	कुत्ते को
कोई को नहीं पता	किसी को नहीं पता
कोई कार्य में असुविधा नहीं होगी	किसी कार्य में असुविधा नहीं होगी
कौन ने दिया	किस ने दिया
गन्ना की खेती	गन्ने की खेती
घोड़ा के पीछे	घोड़े के पीछे
भूखा भिखारी को	भूखे भिखारी को
मेरा साला ने	मेरे साले ने
लोटा में पानी	लोटे में पानी

21. इस अशुद्धि के अंतर्गत शब्द के मूल रूप के बदले उस के विकारी रूप का प्रयोग किया जाना है। उदाहरण केवल सर्वनाम से संबंधित प्राप्त हुए हैं :–

अशुद्ध	**शुद्ध**
इन लोग आ गए	ये लोग आ गए
उन लोग वहाँ पहुँचे	वे लोग वहाँ पहुँचे

22. सर्वनाम के विकारी रूप का अशुद्ध स्वरूप भी देखने को मिलता है। 'ने' के पहले यह अशुद्धि निम्नलिखित प्रकार की होती है :–

अशुद्ध	**शुद्ध**
इन ने	इन्होंने
उन ने	उन्होंने
किन ने	किन्होंने

23. 'ने' का प्रयोग-अप्रयोग रचना में अनेक हेर-फेर कर देता है। व्यापक रूप में इसे सकर्मक क्रिया के भूतकालिक रूप के साथ प्रयुक्त करना होता है। इसे लगाने पर कर्ता कारक बदलकर अभिकर्ता कारक में हो जाता है तथा शब्द को आवश्यकतानुसार विकारी रूप में बदलना पड़ता है। यदि कर्म के बाद 'को' न हो, तो क्रिया की अन्विति कर्म के साथ रहती है, और यदि कर्म के बाद 'को' या '-ए' हो, तो क्रिया पुल्लिंग एकवचन में रहती है। अशुद्धियों के उदाहरण निम्नानुसार हैं :–

अशुद्ध	**शुद्ध**
मैं चिट्ठी **लिखा**	मैं ने चिट्ठी लिखी
बच्चा किताब **उठाया**	बच्चे ने किताब उठाई
हम सिनेमा **देखे**	हम ने सिनेमा देखा
वे (स्त्रीलिंग) कामना **कीं**	उन्होंने कामना की
वे (पुल्लिंग) घास **दिए**	उन्होंने घास दी
तू गाना **गाई**	तू ने गाना गाया
वह आदमी कभी डबल-रोटी नहीं **देखा था**	उस आदमी ने कभी डबल-रोटी नहीं देखी थी
वह बड़ा रूप धारण कर लिया	उस ने बड़ा रूप धारण कर लिया
वह उस को उगल दिया	उस ने उस को उगल दिया
माता जी (किसी को) **बताई**	माता जी ने (किसी को) बताया
यह लड़की मुझे **बताई**	इस लड़की ने मुझे बताया
वह उसे **देखी** (हो)	उस ने उसे देखा (हो)
वह (किसी चीज़ को) खाया	उस ने (किसी चीज़ को) खाया
बाई लाश को फेंक **दी**	बाई ने लाश को फेंक दिया

24. आकारांत को एकारांत कर के हिंदी में कितने ही शब्दों का विकारी रूप बनाया जाता है, जैसे–लड़के, अपने, भूखे, जानने, के, इत्यादि। जहाँ विकारी रूप नहीं बनना चाहिए, वहाँ भी भ्रम से -आ के बदले -ए करने की अशुद्धि कर दी जाती है। (क) कभी यह अशुद्धि आगे कहीं परसर्ग होने के प्रभाव से हो जाती है, (ख) कभी परसर्ग न होने की स्थिति में भी कृदंती रूपों तक में हो जाती है, और (ग) कभी अन्यत्र भी। इन तीनों वर्गों के उदाहरण निम्नानुसार हैं :–

	अशुद्ध	**शुद्ध**
(क)	**अपने** शृंगार करने में	अपना शृंगार करने में
	उस **के** अहित करने की बात	उस का अहित करने की बात
	उस **के** प्रयोग करने से	उस का प्रयोग करने से
	भोजन **परोसे** जाने पर	भोजन परोसा जाने पर
(ख)	वह **कहते** फिरता है	वह कहता फिरता है
	वह **मारे-मारे** फिरता है	वह मारा-मारा फिरता है
	वह इधर-उधर **घूमते** फिरता है	वह इधर-उधर घूमता फिरता है
	वह **देते** रहा है	वह देता रहता है
	इधर-उधर **होते** रहता है	इधर-उधर होता रहता है
	हाथ **मलते** रह जाता है	हाथ मलता रह जाता है

(ग) आकारांत को एकारांत कर देने की प्रवृत्ति के अन्य उदाहरण इस प्रकार हैं :–

अशुद्ध	**शुद्ध**
दग़ेबाज़	दग़ाबाज़
अलावे	अलावा
जैसे करे, **वैसे** भरे	जैसा करे, वैसा भरे

25. कभी-कभी क्रिया के सामान्य रूप के बदले उस के प्रेरणार्थक रूप का अशुद्ध प्रयोग देखने को मिलता है, जैसे :–

अशुद्ध	**शुद्ध**
मुद्राओं को **गड़ाने** के लिए गया	मुद्राओं को गाड़ने के लिए गया
मैं परीक्षा **दिला** रहा हूँ	मैं परीक्षा दे रहा हूँ

26. 'पेड़ कट गया' के वज़न पर हिंदी में कर्मणि प्रयोग के बहुत से उदाहरण

मिलते हैं, जिन्हें क्रिया के अशुद्ध स्वरूप को प्रस्तुत कर के लिख दिया जाता है और बोलते समय इन के अंतिम अक्षर पर बलाघात डाला जाता है। निम्नलिखित उदाहरणों द्वारा स्पष्ट किया गया है कि बाईं ओर के प्रयोगों के बदले दाईं ओर के प्रयोग किए जाने चाहिए :–

अशुद्ध	**शुद्ध**
नाक **घिसा** गई	नाक घिस गई
रस्सी **खिंचा** गई	रस्सी खिंच गई
बच्चा **फिंका** गया	बच्चा फिंक गया
घर **बिका** गया	घर बिक गया
पुस्तक **लिखा** गई	पुस्तक लिख गई
कपड़ा नहीं **सुखाता**	कपड़ा नहीं **सूखता**

27. **'प्रसारित करना', 'इनकार करना' जैसी संयोगी क्रियाओं के पूर्वकालिक कृदंत को बनाने के लिए '-ना' के स्थान पर 'के' जोड़ा जाना शुद्ध है, न कि-'ना' का लोप-मात्र कर देना। 'प्रसारित कर', 'इनकार कर' तो तुकारात्मक आज्ञार्थक रूप हैं, पूर्वकालिक कृदंत नहीं। उदाहरण निम्नानुसार हैं :–**

अशुद्ध	**शुद्ध**
उस ने **प्रसारित कर** कहा	उस ने प्रसारित कर के कहा
वह **इनकार कर** चला गया	वह इनकार कर के चला गया
शिक्षा में आमूल **परिवर्तन कर** नई पद्धति लागू की जाए	शिक्षा में आमूल परिवर्तन कर के नई पद्धति लागू की जाए
बालक का **अपहरण कर** उस की हत्या कर दी	बालक का अपहरण कर के उसकी हत्या कर दी
वह बात **परिवर्तित कर** बोला	वह बात परिवर्तित कर के बोला
वह **काम कर** लौट गया	वह काम कर के लौट गया
कृपा कर यह कर दीजिए	कृपा कर के यह कर दीजिए
राज्य-सरकारों को **भंग कर** नए चुनाव कराए जाएँ	राज्य-सरकारों को भंग कर के नए चुनाव कराए जाएँ
घोषणा कर यह कहो	घोषणा कर के यह कहो

28. **पिछली अशुद्धि की ठीक उल्टी अशुद्धि तब होती है, जब असंयोगी (एकाकी) क्रिया के बाद पूर्वकालिक कृदंत का चिन्हक 'कर' या 'के'**

लगाने की आवश्यकता न होने पर भी 'कर' या 'के' के बदले 'कर के' (दुहरा चिन्ह्क) लगा दिया जाता है, जैसे :–

अशुद्ध	**शुद्ध**
उठा **कर के** देखा	उठा कर देखा
देख **कर के** चलना होगा	देख कर चलना होगा
यह काम **हो कर के** रहेगा	यह काम हो कर रहेगा

29. नीचे दिए गए उदाहरण के अनुसार विशेषणार्थक भूतकालिक कृदंत के स्थान पर क्रियाविशेषणार्थक पूर्णक्रियाद्‌योतक कृदंत का प्रयोग किया जाना चाहिए :–

अशुद्ध	**शुद्ध**
उसे ताबीज़ **पहना** हुआ देखा	उसे ताबीज़ पहने हुए देखा
वह **चलता-चलता** थक गया	वह चलते-चलते थक गया

30. संयुक्त क्रिया से वर्तमानकालिक सहायक क्रिया को हटा देना एक अन्य अशुद्‌धि है, जिस के करने से क्रिया के काल के विषय में अपूर्णता (और अस्पष्टता) रह जाती है। उदाहरण इस प्रकार हैं :–

अशुद्ध	**शुद्ध**
तू जा **रही**	तू जा रही है (थी/होगी)
ऐसे शब्द न हिंदी के समान **होते**, न छत्तीसगढ़ी के समान **होते**, बल्कि दोनों के बीच पाए जाते हैं	ऐसे शब्द न हिंदी के समान होते हैं (थे/होंगे), न छत्तीसगढ़ी के समान होते हैं (थे/होंगे), बल्कि दोनों के बीच पाए जाते हैं

31. 'था' का प्रयोग न कर के उस की जगह 'रहा' का प्रयोग करना मानक हिंदी की दृष्टि से अशुद्‌ध है। उदाहरणार्थ :–

अशुद्ध	**शुद्ध**
मैं पूछा **रहा**	मैं ने पूछा था
तू गया **रहा**	तू गया था

32. विशेषण के स्थान पर क्रियाविशेषण का प्रयोग करने की अशुद्‌धि निम्नलिखित प्रकार के उदाहरणों से सिद्‌ध होती है :–

अशुद्ध	**शुद्ध**
आगे भाग में	अगले भाग में

पीछे हिस्से में	पिछले हिस्से में

33. एक अशुद्धि 'निम्न' और 'निम्नलिखित' का अंतर न समझने से संबंधित देखने को मिलती है। 'निम्न' का अर्थ 'नीचे लिखा' नहीं है, उस का अर्थ 'नीचा' या 'निचला' या 'क्षुद्र' है। उदाहरण निम्नानुसार है :–

अशुद्ध	शुद्ध
निम्न उदाहरण देखिए	निम्नलिखित उदाहरण देखिए

34. 'नहीं' के अर्थ में 'मत' का प्रयोग सीधे आज्ञार्थ में होना चाहिए, जैसे 'मत करो' या 'मत कीजिए'। जहाँ 'न' अथवा 'नहीं' आना चाहिए, वहाँ 'मत' का प्रयोग करना अशुद्ध प्रयोग है, यथा :–

अशुद्ध	शुद्ध
इसलिए कोई **मत** जाए	इसलिए कोई न जाए
सुन के वह कहीं कल छुट्टी **मत** मार दे	सुन के वह कहीं कल छुट्टी न मार दे
अच्छा नहीं लगता है, तो **मत** आएँ यहाँ	अच्छा नहीं लगता है, तो न आएँ यहाँ
वे चाहते हैं कि प्रतिनिधि आएँ **मत**	वे चाहते हैं कि प्रतिनिधि आएँ नहीं
उस से कह दो कि वह **मत** करे	उस से कह दो कि वह न करे
मुझे लग रहा है कि ये लोग आधा काम छोड़ **मत** दें कहीं	मुझे लग रहा है कि ये लोग आधा काम छोड़ न दें कहीं
बस इतना ज़हर खाऊँ कि मरूँ **मत**	बस इतना ज़हर खाऊँ कि मरूँ नहीं
कहीं वह देखे **मत**	कहीं वह देखे न
कहीं तू बुरा **मत** मान जाए	कहीं तू बुरा न मान जाए
कोई जाए, चाहे **मत** जाए	कोई जाए, चाहे न जाए

35. आगामी उदाहरणों में 'कि' के बदले 'क्योंकि' का प्रयोग अशुद्ध है, क्योंकि 'लिए' अथवा 'कारण' (अर्थात 'क्यों) वाक्य के प्रथमार्ध में ही आ चुका है, यथा :–

अशुद्ध	शुद्ध
इसलिए नष्ट कर दिया,	इसलिए नष्ट कर दिया कि

क्योंकि बेकार था	बेकार था
इस कारण चली गई, **क्योंकि** बीमार थी	इस कारण चली गई कि बीमार थी
इसलिए भी ज़रूरी हो गया है, **क्योंकि** देख सकें	इसलिए भी जरूरी हो गया है कि देख सकें

36. यदि पिछली बात से विरोधात्मकता का भाव न हो, तो 'कि' का प्रयोग करना व्यर्थ होता है, उदाहरणार्थ :–

अशुद्ध	शुद्ध
वह तब चमकेगा, जब **कि** उस पर प्रकाश डाला जाएगा	वह तब चमकेगा, जब उस पर प्रकाश डाला जाएगा
पानी बरसा, जिस से **कि** किसान प्रसन्न हो गए	पानी बरसा, जिस से किसान प्रसन्न हो गए
जॉर्ज, जो **कि** अयोग्य था, अनुत्तीर्ण हो गया	जॉर्ज, जो अयोग्य था, अनुत्तीर्ण हो गया

37. अनेक क्रियार्थक संज्ञाओं के विकारी रूप के बाद संप्रदान कारक का आवश्यक चिन्हक 'को' या 'के लिए' न लगाना अख़बारों में नित्य दीखने वाली अशुद्धि है, उदाहरण इस प्रकार हैं :–

अशुद्ध	शुद्ध
समीक्षा **पढ़ने** मिली	समीक्षा पढ़ने को मिली
उस ने अपना मत **देने** कहा	उस ने अपना मत देने को कहा
संकट से **निबटने** सामूहिक प्रयास	संकट से निबटने के लिए सामूहिक प्रयास
उन्हें प्रधानमंत्री **बनने** समर्थन देने से इनकार किया	उन्हें प्रधानमंत्री बनने के लिए समर्थन देने से इनकार किया
उन की पारटी सरकार को समर्थन **देने** तैयार है	उन की पारटी सरकार को समर्थन देने को तैयार है
संबंध सामान्य **बनाने** प्रयास	संबंध सामान्य बनाने के लिए प्रयास
वार्ता जारी **रखने** सहमति	वार्ता जारी रखने के लिए सहमति

38. अधिकरण कारक के चिन्हक 'पर' के बदले 'में' का प्रयोग नहीं होना चाहिए। उदाहरण निम्नानुसार हैं :–

अशुद्ध	शुद्ध
घोड़े **में** सवार	घोड़े पर सवार

सिर में सींग	सिर पर सींग
छाती में बाल	छाती पर बाल
किनारे में	किनारे पर
पुस्तक के पृष्ठ में लिखा है	पुस्तक के पृष्ठ पर लिखा है
स्टोव में खाना बना रही थी	स्टोव पर खाना बना रही थी
घूरे में पड़ी लाश	घूरे पर पड़ी लाश
लिफ़ाफ़े में पता लिखना है	लिफ़ाफ़े पर पता लिखना है
मूँछों में ताव देना	मूँछों पर ताव देना
साइकिल में बैठो	साइकिल पर बैठो

39. निम्नलिखित उदाहरणों में 'में' के स्थान पर 'से' होना चाहिए :–

अशुद्ध	शुद्ध
कार्यों में जी चुराना	कार्यों से जी चुराना
खंभे में बाँधना	खंभे से बाँधना
नौकरी में बँधा रहना	नौकरी से बँधा रहना
सज्जनतापूर्वक पेश आने में काम नहीं चलता	सज्जनतापूर्वक पेश आने से काम नहीं चलता

40. 'में' का अति की सीमा में प्रयोग निम्नलिखित अशुद्धि के लिए भी उत्तरदाई है :–

अशुद्ध	शुद्ध
शाम में चलेंगे	शाम को चलेंगे

41. जहाँ कोई भी परसर्ग नहीं लगाया जाना चाहिए, वहाँ भी 'में' लगा मिलता है, जैसे :–

अशुद्ध	शुद्ध
ऊपर में देखिए	ऊपर देखिए
नीचे में रखी है	नीचे रखी है
भीतर में है वह	भीतर है वह

42. 'बदले' के पूर्व प्रयुक्त होने के समान 'बजाय' के पूर्व भी 'की' नहीं, 'के' का प्रयोग होना चाहिए :–

अशुद्ध	शुद्ध
स्कूल की बजाय	स्कूल के बजाय

43. कुछ शब्दों की रचना और आकार में शुद्‌ध प्रयोग से अंतर प्राप्त होता है, जिससे अर्थ तो समझ में आ जाता है, किंतु शब्द के स्वरूप से संबंधित अशुद्‌धि दिखाई पड़ती है। ऐसे शब्द-प्रयोगों के उदाहरण निम्नानुसार हैं :

अशुद्‌ध	शुद्‌ध
उस का **अनहित** हो गया	उस का अहित हो गया
गरमी में **गरम लहर** चलती है	गरमी में लू चलती है
वह बड़ा **कृतघ्नी** है	वह बड़ा कृतघ्न है
उस की **तलाशी** है	उस की तलाश है
ऐसी **दरिद्री** कहीं देखने को नहीं मिली	ऐसी दरिद्रता कहीं देखने को नहीं मिली
सदोष को दंडित करो	दोषी को दंडित करो
नुकसानी का भय है	नुकसान का भय है
भगवान मुझे **वरदानी** दे	भगवान मुझे वरदान दे
उधारी की समस्या रहेगी	उधार की समस्या रहेगी

44. कुछ शब्दों में अर्थ की दृष्टि से दुहरे तत्वों के प्रयोग की अशुद्‌धि प्राप्त होती है। अनजाने में हुई यह अशुद्‌धि 'गाँधी-कैप-टोपी', 'जमुना-ब्रिज के पुल पर', 'शिवजी जी', और 'बर्थ-डे के दिन' के समान रहती है।

अशुद्‌ध	शुद्‌ध
बावजूद **भी**	बावजूद
दरअसल **में**	दरअसल

('बावजूद' में 'भी' का अर्थ और 'दरअसल' में 'में' का अर्थ पहले से सम्मिलित है।)

45. कुछ शब्दों का व्यवहार उन अर्थों के लिए किया गया मिलता है, जिन अर्थों में वे शब्द हिंदी में प्रयुक्त नहीं होते। उदाहरण इस प्रकार हैं :–

अशुद्‌ध	शुद्‌ध
बाई = महिला	बाई = वेश्या
पेटी = संदूक	पेटी = बंद खोखा
मिस्त्री = हलवाई	मिस्त्री = कारीगर
गज़ट = समाचारपत्र	गज़ट = शासकीय सूचनापत्र
दूसरे का धन और माँगा हुआ सौभाग्य किसी को नहीं	दूसरे का धन और माँगा हुआ सौभाग्य किसी को नहीं पूरा

पूजता	पड़ता
सींचा हुआ पानी और सिखाई हुई बुद्धि कितने दिन **पूजेगी**	सींचा हुआ पानी और सिखाई हुई बुद्धि कितने दिन पूरी पड़ेगी

46. कुछ शब्द-संयोगों का भी प्रयोग हिंदी की दृष्टि से भिन्न मिलता है, जैसे :–

अशुद्ध	**शुद्ध**
मस्त पेड़	अच्छा पेड़ (मस्त आदमी)
बस की **ठोकर**	बस की टक्कर (आदमी की ठोकर)
गेहूँ के **फल**	गेहूँ के दाने
किताब **बुलाना**	किताब मँगाना (आदमी को बुलाना)
कपड़ा **बताना**	कपड़ा दिखाना (आदमी को कोई बात बताना)
मैली दुकान	गंदी दुकान
शुल्क **पटाना**	शुल्क जमा करना
पार बाँधना	बाँध बाँधना
मेला **भरना**	मेला लगना
क्लास **बैठना**	क्लास लगना

परिशिष्ट-1

हिंदी की वर्तनी में सुधार के दस नियम

हिंदी की वर्तनी सुधारिए, इस का स्थिरीकरण कीजिए, इसे एकरूप बनाइए। इस से हिंदी सरल होगी, लोकप्रिय होगी, और सबल होगी।

एकरूपता ही भाषा के मानकीकरण का उच्चतम मानदंड है। रूपों में विविधता हिंदी के राष्ट्रीय स्वरूप के लिए घातक है। अनेकरूपता का मतलब है क्षेत्रीय भेद या व्यक्तिगत भेद। अनेकरूपता के रहते हुए किसी भाषा के मानक रूप का स्तर ऊँचा नहीं जा सकता।

उपलब्ध विकल्पों के कारण हिंदी-वर्तनी पर्याप्त दुविधाजनक और बोझिल है। हमें इसे सुदृढ़ बनाने के लिए इन वैकल्पिक रूपों में से केवल एक-एक को मान्यता देनी होगी; और इस के लिए याद रखने की, मुद्रण की, और टंकण की सुविधा, एवं व्यावहारिकता, मितव्ययिता, और समरूपता, आदि आधारों को ध्यान में रखना पड़ेगा।

उपर्युक्त आधारों पर विविध वर्तनी-रूपों को तोलते हुए, भिन्न-भिन्न संस्थाओं और विद्वानों के मतमतांतरों से लाभ उठाते हुए, तथा उच्चारणानुकूलता, व्याकरण, व्युत्पत्ति, और आधुनिकता, आदि दृष्टियों से इस समस्या पर विचार करते हुए आगे ऐसे दस नियम दिए गए हैं, जिन के अनुसार लिखने से हिंदी-वर्तनी अनेक रूढ़ियाँ तोड़ कर बहुत सीमा तक एकरूप हो जाएगी।

(1) वैकल्पिक श्रुति य् को कभी न लिखा जाए; जैसे :–

(क) संज्ञा

त्याज्य	**ग्राह्य**
रुपये	रुपए
किराये	किराए
अनुयायी	अनुयाई
जग-हँसायी	जग-हँसाई

(ख) विशेषण

त्याज्य	**ग्राह्य**
नये	नए

नयी	नई
उत्तरदायी	उत्तरदाई
स्थायी	स्थाई

(ग) **क्रिया**

त्याज्य	**ग्राह्य**
गये	गए
जायेगी	जाएगी
लीजिये	लीजिए
चाहिये	चाहिए
सोयी	सोई
दिखायी	दिखाई

(घ) **अव्यय**

त्याज्य	**ग्राह्य**
के लिये	के लिए

(2)पंचम वर्ण से अनुस्वार का विकल्प होने पर सदैव अनुस्वार का प्रयोग किया जाए; जैसे :–

त्याज्य	**ग्राह्य**
आकाङ्क्षा	आकांक्षा
चञ्चल	चंचल
दण्ड	दंड
हिन्दी	हिंदी
सम्बन्ध	संबंध
अहम्	अहं

(3)सभी प्रकार के परसर्गीय शब्दों और उन के पूर्व के विभाज्य मुक्त रूप को अलग-अलग लिखा जाए; जैसे :–

त्याज्य	**ग्राह्य**
आपका	आप का
आप सबका	आप सब का
रामभर के साथ	राम भर के साथ
मुझहीको	मुझ ही को
इसतकके लिए	इस तक के लिए
जानेसे भी	जाने से भी
रो-रोकर तो	रो-रो कर तो
गाँधीजी अलगसे काम कर और करवाके	गाँधी जी अलग से काम कर और करवा के

(4)द्वित्व और एकाकी व्यंजन का विकल्प होने पर सदा एकाकी व्यंजन को चुना जाए; जैसे :–

त्याज्य	ग्राह्य
मूर्च्छा	मूर्छा
कर्त्तव्य	कर्तव्य
अद्‍र्ध	अर्ध
वर्म्मा	वर्मा
माधुर्य्य	माधुर्य
तत्त्व	तत्व
महत्त्व	महत्व

(5)जब पूरे और आधे व्यंजन का विकल्प हो, तो पूरा ही लिखा जाए, आधा नहीं; जैसे :–

त्याज्य	ग्राह्य
अँग्रेज़ी	अँगरेज़ी
अक्सर	अकसर
इँग्लिश	इँगलिश
गर्दन	गरदन
पार्टी	पारटी
बर्तन	बरतन
बर्दाश्त	बरदाश्त
उल्टा	उलटा
बिल्कुल	बिलकुल

(6)जहाँ हलंत व्यंजन का स्थान पूर्ण व्यंजन ले रहा है, वहाँ व्यंजन को हलंत न किया जाए; जैसे :–

त्याज्य	ग्राह्य
पृथक्	पृथक
सम्यक्	सम्यक
सम्राट्	सम्राट
अर्थात्	अर्थात
पश्चात्	पश्चात
शब्दवत्	शब्दवत
परिषद्	परिषद
भगवान्	भगवान
महान्	महान
विद्‍वान्	विद्‍वान

(7)यथानुकूल विकल्प होने पर संयुक्त वर्णों को उन के संयोगी वर्णों में तोड़ कर आगे-पीछे लिखा जाए; जैसे :–

त्याज्य	**ग्राह्य**
पद्म	पद्‌म
बाह्य	बाह्‌य
कबड्डी	कबड्‌डी
पत्ता	पत्ता
सिद्धि	सिद्‌धि
विद्या	विद्‌या
छुट्टियाँ	छुट्‌टियाँ
द्वितीय	द्‌वितीय
गन्ना	गन्ना

(8)आवश्यकतानुसार या तो सटा कर या समास-चिन्ह से जोड़ कर संयुक्त शब्दों को एक-एक शब्द के समान लिखा जाए; जैसे :–

त्याज्य	**ग्राह्य**
आत्म हत्या	आत्महत्या
प्रति शत	प्रतिशत
मानव मात्र	मानवमात्र
यथा समय	यथासमय
राज कुमार	राजकुमार
कम से कम	कम-से-कम
कहाँ कहाँ	कहाँ-कहाँ
तुम सा	तुम-सा
देख रेख	देख-रेख
भू तत्व	भू-तत्व
लड़ना झगड़ना	लड़ना-झगड़ना
सीता राम विवाह	सीता-राम-विवाह

निम्नलिखित दो नियम विशेषकर तकनीकी लेखन, कविता और बाल-शिक्षा के लिए अधिक उपयोगी माने जाएँ (भारत सरकार ने भी इन्हें आवश्यकतानुसार सही माना है) :–

(9) चंद्रबिंदु और अनुस्वार का भेद रखा जाए; जैसे :–

हँस	हंस
पाँच	पांचजन्य
सिँचाई	सिंचन
धुँधला	धुंध

पेँच	पेंट
भैँस	पैंट
चोँगा	ओंकार
कौँध	क्रौंच

(10) देवनागरी की भेदकारी शक्ति-संपन्नता के लिए ऑ, क़, ख़, ग़, ज़, फ़ का भी प्रयोग किया जाए; जैसे :–

हॉल	हाल (-चाल)
क़ौल (प्रण)	कौल (एक जाति)
ख़ाना ('चारख़ाना' में)	खाना
ग़ौर (विचार)	गौर (गोरा)
ज़माना	जमाना
फ़न (हुनर)	फन (साँप का)

परिशिष्ट-2

प्रतिक्रियाएँ और समाधान

परिशिष्ट-1 में दिए गए नियमों को देश की विभिन्न संबंधित संस्थाओं और विद्वानों के पास भेजा गया था, जिस पर अनेक ने सहमति-असहमति तथा प्रशस्ति-आपत्ति के साथ अपनी प्रतिक्रिया प्रेषित की थी। प्राप्त पत्रों में से केवल उन के उत्तर भेज कर स्थिति स्पष्ट कर दी गई थी, जिन में कोई तर्कसंगत और संशयात्मक बात उठाई गई थी। उन पत्रों और उन के उत्तरों को उपयोगी समझते हुए आगे के पृष्ठों में स्थान दिया गया है। शेष पत्रों को जिन में केवल सहमति और प्रशस्ति आदि थी, उद्धृत करना आवश्यक नहीं है। ऐसे पत्रों के लेखकों में डॉ. रमा नाथ सहाय, केंद्रीय हिंदी संस्थान, आगरा (19.3.'79), डॉ. के.पी. आचार्य, केंद्रीय भाषा संस्थान, मैसूर (21.3.'79), डॉ. भीम सेन निर्मल, उस्मानिया विश्वविद्यालय, हैदराबाद (24.3.'79), श्री बनवारी लाल साहू, लक्ष्मणेश्वर महाविद्यालय, खरौद (27.3'79), डॉ. राम प्रकाश सक्सेना, नागपुर विश्वविद्यालय, नागपुर (20.4.'79), तथा डॉ. महावीर सरन जैन, जबलपुर विश्वविद्यालय, जबलपुर (11.5.'79), आदि सम्मिलित हैं। इन के प्रति भी मैं आभारी हूँ, यद्यपि आपत्ति भेजने वाले विद्वानों के प्रति मैं अपनी कृतज्ञता विशेष रूप से व्यक्त करना चाहता हूँ, क्योंकि उन की प्रतिक्रियाओं पर मुझे समाधानात्मक उत्तर लिखने का सुअवसर प्राप्त हुआ।

(क) डॉ. अंबा प्रसाद 'सुमन', हिंदी-शोध-संस्थान, हरिनगर, अलीगढ़ (18.3.'79)

प्रतिक्रिया

निर्णय बहुत-कुछ उचित और उपयुक्त हैं। निम्नांकित से मैं सहमत नहीं हूँ–संख्या 1–'य्' श्रुति की बात हिंदी के शब्दों में तो ठीक है। संस्कृत के शब्दों में 'य्' श्रुति का प्रश्न नहीं उठता और न निम्नांकित शब्दों में 'य्' श्रुति माननी चाहिए। व्याकरण और व्युत्पत्ति की दृष्टि से भी इन में गड़बड़ फैल जाएगी। अतः मेरी निजी राय है कि **अनुयायी, स्थायी, उत्तरदायी,** आदि में 'य्' अवश्य रहना चाहिए; दायी = देने वाला। दाई = बच्चे को पालने वाली महिला।

संख्या 6–तत्सम शब्दों में (पृथक् आदि में) हल् अवश्य रहना चाहिए। **कीर्तिमान** और **कीर्तिमान्** में अर्थ-भेद है। व्युत्पत्तिशास्त्र की रक्षा इसी से होगी

अन्यथा झमेला-सा फैल जाएगा।

'दुवितीय' को 'द्विवतीय' के रूप में लिखा जाना उच्चारण की शुद्धता के लिए आवश्यक है।

आप के शेष निर्णयों से मैं सहमत हूँ।

समाधान

'यू' श्रुति के बारे में उत्तर इस प्रकार है कि यदि हिंदी-शब्दों के विषय में आप इसे ठीक मान रहे हैं, तो 'खायी' ('खाया' से) और 'खाई' (ख़ंदक) को आप ने एक-सा 'खाई' लिखना स्वीकार कर लिया। 'अनुयाई', 'स्थाई' केंद्रीय हिंदी निदेशालय लिख रहा है। वस्तुतः कौन-सा शब्द संस्कृत का है और कौन-सा संस्कृत से भी पहले का, यह अंतिम रूप से सदा निर्णीत नहीं हो पाता/पाया है। कितने ही जाने-माने संस्कृत-शब्द द्रविड़ मूल के कहे जाते हैं (बरो इत्यादि के अनुसार)। समध्वनिक शब्द पहले से ही अनेक विदुयमान हैं ('कल'-'कल'-जैसे), अतः 'दाई'-'दाई' आदि के बढ़ जाने में कोई नवीन परिवर्तन नहीं होगा। 'दाई' (देने वाला) को 'तदुभव' कहा जाएगा (कि 'यू' लुप्त हो गया है), 'दायी' को तत्सम।

इसी प्रकार, एक कीर्तिमान < कीर्तिमान होगा तथा दूसरा कीर्तिमान < कीर्तिमान् होगा, जिस से व्युत्पत्तिशास्त्र पर आँच नहीं आएगी। हम कहते रहेंगे—भगवान < भगवान्। व्युत्पत्तिशास्त्र का महत्व सदैव रहेगा, चाहे कोई रूप तदुभव होते-होते कितना ही विकसित-परिवर्तित क्यों न हो जाए। दरअसल, तत्सम-तदुभव का भेद आदि (भाषा का इतिहास) अलग अध्ययन है तथा बच्चों और अहिंदी-भाषियों तक को सम उच्चारण का एकरूप लेखन सिखाना अलग आवश्यकता है।

आप के तर्क 'उच्चारण की शुदुधता' की दृष्टि से भी 'दुवितीय' ही सही है, क्योंकि 'द्' के बाद ही 'वि' बोला जाता है। 'द्विवतीय' लिखने में यह भी गड़बड़ है कि 'द्वि' का उच्चारण क्या होगा ! वस्तुतः 'ि' के भीतर संयुक्त वर्ण ही होना चाहिए, यथा 'द्वि' में, एकाकी हलंत वर्ण नहीं (जैसे 'हड्डियाँ' में)। 'बुद्धि' ठीक है, पर 'द्ध' के टूट कर अलग-अलग 'द्' और 'ध्' होते ही, उस का साम्य 'अद्-धी', 'श्रद्-धा' ('बुद्-धि') से हो जाता है।

(ख) डॉ. कैलाश चंद्र भाटिया, राष्ट्रीय प्रशासन अकादमी, मसूरी (20.3.'79)

प्रतिक्रिया

'वर्तनी' के नियम मिले। संस्कृत के शब्दों की वर्तनी बदलना (जैसे 'अनुयाई') शायद संभव न हो सके। अच्छा प्रयास है। व्यापक प्रसार-प्रचार की आवश्यकता है। आठ-दस प्रतियाँ भेज दें।

समाधान

संस्कृत के शब्दों की वर्तनी बदलने का अर्थ हम लोग उन का तद्‌भव हो जाना लेंगे। 'स्थायी' तो 'स्थाई' रूप में लिखा जाने लगा है (भारत सरकार की 'भाषा' त्रैमासिक आदि में), 'अनुयायी' भी सुधर जाएगा।

(ग) डॉ. कृष्ण मधोक, निदेशक, हरियाणा हिंदी ग्रंथ अकादमी, चंडीगढ़ (22.3.'79)

प्रतिक्रिया

नियम (1) के अंतर्गत शब्द 'लीजिए', 'चाहिए' तो 'ए' से ही लिखे जाने उचित हैं, किंतु 'गए', 'जाएगी', 'सोई', और 'दिखाई' में 'ए' अथवा 'ई' के प्रयोग के औचित्य पर पुनः विचार करना संगत होगा। मेरे विचार में ये शब्द 'य' से ही लिखे जाने उचित हैं, क्योंकि 'गये' को ही 'गया' बनना चाहिए। अव्यय में 'के लिए' ठीक है, लेकिन 'लिये' जहाँ क्रिया के रूप में आयेगा, वहाँ उस का 'य' से लिखा जाना ही उचित है। उस स्थिति में 'गये' को 'ए' से क्यों लिखा जाए ?

समाधान

वर्तनी बच्चों के लिए भी है, अहिंदी-भाषियों के लिए भी है, और उच्चारण से उस का संबंध प्रथम होने के कारण उस का क्रम व्याकरण के पहले भी आता है; इसलिए समान उच्चारण वाली इकाइयों को एक-सा लिखना उचित है, जैसे—'लिए' (क्रिया) और 'लिए' (अव्यय)। लिखना सीखते-सिखाते समय क्रिया और अव्यय आदि के भेद के बोझ से बचना ठीक है। जैसी नगण्य श्रुति 'लीजिए' में है, वैसी ही 'गए' में भी है। उसी प्रकार, खाई (खायी) तथा खाई (ख़ंदक) का भी उच्चारण एक-सा है। इन में 'य्' का न लिखा जाना उच्चारणानुरूपता तथा मितव्ययिता की दृष्टि से उचित है। 'य्' लिख कर उसे क्यों व्यर्थ किया जाए ! समध्वनिक शब्द ('जल' और 'जल'-जैसे) पहले भी बहुत संख्या में हैं ही। एकरूपता की दृष्टि से 'आ-ए-ई-ईं' (चला-चले-चली-चलीं) का अधिक महत्व है, धातु-रूप का कम, अन्यथा 'लिया-लिये-लियी-लियीं' रूप ही बनते। जब 'लियी-लियीं' में श्रुति-लोप और रूप-परिवर्तन संभव है, तो 'गया-गए-गई-गईं' में भी वैसा होने में कोई आश्चर्य की बात नहीं है। (यों पं. किशोरी दास वाजपेयी ने व्युत्पत्ति से भी 'जायेगी' को अशुद्‌ध तथा 'जाएगी' और 'जायगी' को ('जाइ' से) शुद्‌ध सिद्‌ध किया है)। 'सर्वत्र ए' के नियम से 'जाएगी' ही सरल और ठीक है ('चलेगी', 'छुएगी', आदि के आधार पर)। भारत सरकार के शिक्षा-मंत्रालय ने भी हिंदी-वर्तनी के मानकीकरण के संदर्भ में 'जाए', 'नई', आदि की व्यवस्था दी है।

(घ) संपादक, 'सरिता', 'मुक्ता', 'चंपक', 'भूभारती', आदि, दिल्ली प्रेस समाचारपत्र, नई दिल्ली (24.3.'79)

प्रतिक्रिया

आप द्वारा सुझाए 9 और 10 क्रमांक के नियमों से हम सहमत नहीं हैं. आप ने स्वयं भी इन नियमों को केवल बालशिक्षा और तकनीकी लेखन के लिए ही उपयुक्त माना है.

आज हिंदी की वर्तनी में कहीं भी एकरूपता देखने को नहीं मिलती. एक ही शब्द को कईकई रूपों में लिखा जाता है. यह त्रुटि किसी भी भाषा का स्तरनिर्धारण करने में बाधक होती है और इसी लिए राज्यभाषा का पद पाने के तीस वर्ष बाद भी हिंदी अपना स्तर निर्धारित नहीं कर पाई है.

आप को हम अपनी वर्तनी संबंधित नियमावली भेज रहे हैं. इस में से अनेक नियम आप द्वारा पहले ही स्वीकार किए जा चुके हैं. कृपा कर के शेष नियमों पर भी विचार करने का कष्ट करें. अगर भाषा के सुधार के अभियान में इन में से कुछ और नियम काम आ सकें तो हमें बड़ी प्रसन्नता होगी। हम इस संदर्भ में आप से न केवल विचारविमर्श करने को तैयार हैं बल्कि हर तरह का सहयोग भी देने को उद्यत हैं.

नियमावली (वर्तनी)

1. लिए, किए, गए आदि में ये का प्रयोग नहीं होगा. ए का ही प्रयोग होगा. यथा—लिए, दिए आदि.
2. योरुप नहीं यूरोप लिखें.
3. गरम, अंगरेज आदि शब्दों में पूर्ण र का प्रयोग करें.
4. जहाँ पूरा और आधा व्यंजन दोनों का प्रयोग होता हो वहाँ पूरे का ही प्रयोग करें. जैसे—मुशकिल, कशमीर.
5. उर्दू अक्षरों के नीचे बिंदी नहीं जाएगी : जैसे नज़र नहीं नजर.
6. विराम में । के स्थान पर . का प्रयोग किया जाएगा . जैसे वह वहां गया.
7. उद्धरण "   " में दिए जाएंगे. जैसे, लोकमान्य तिलक का कथन—"स्वतंत्रता हमारा जन्मसिद्ध अधिकार है."
8. स्वकथन '   ' में दिए जाएंगे. जैसे, मैं ने मन ही मन में कहा 'तुम इस कार्य के उपयुक्त नहीं थे.'
9. विकल्प वाले शब्दों में वर्गों के अंतिम आधे अक्षरों के स्थान पर अनुस्वार ं का प्रयोग किया जाएगा. जैसे, अनन्त के स्थान पर अनंत. इन्द्र के स्थान पर इंद्र आदि.

10. हलंत का प्रयोग नहीं होगा. जैसे, पश्चात् नहीं पश्चात, भगवान् नहीं भगवान लिखा जाएगा.
11. चंद्रबिंदु का प्रयोग नहीं होगा, उस के स्थान पर बिंदु का प्रयोग होगा. जैसे, चँदोवा के स्थान पर चंदोवा, आँसू के स्थान पर आंसू आदि.
12. तुरत नहीं तुरंत शब्द का प्रयोग करें.
13. संबोधन में अर्धविराम का प्रयोग करें. जैसे, "भाई, राजकुमार, तुम कहां जा रहे हो ?"
14. निर्देश के लिए—के स्थान पर : इस्तेमाल करें. जैसे निम्न सारणी देखें :
15. संधियुक्त शब्दों के स्थान पर उनका संधिविच्छेद कर के प्रयोग करें. जैसे, 'परमानंद की प्राप्ति' नहीं 'परम आनंद की प्राप्ति'
16. समस्त पदों को भी समास हटा कर अलगअलग कर के प्रयोग करें. जैसे रामलक्ष्मण नहीं, राम लक्ष्मण
17. -का प्रयोग नहीं होगा. उस के स्थान पर दोनों शब्द मिला दिए जाएंगे. जैसे, बार-बार नहीं बारबार.
18. संख्याएं एक से नौ तक शब्दों में और उस के बाद अंकों में लिखें. जैसे, एक, दो, 10, 11 आदि.
19. विभक्ति चिह्न अलगअलग लगेंगे. जैसे, उस के, मैं ने, राम के लिए आदि.
20. वाला शब्द अलग लिखा जाएगा (घरवाला और झुनझुनवाला आदि व्यक्तिवाचक नामों को छोड़ कर) जैसे, पास वाला मकान या पीपल वाला भूत आदि.
21. वार्तालाप को "   " द्वारा व्यक्त करें. वार्तालाप के अंदर के उद्धरण '   ' से व्यक्त करें,
22. व्यक्तिवाचक नाम मिला कर लिखें, जैसे, राज कुमार नहीं राजकुमार, अशोक कुमार नहीं अशोककुमार लिखें.

समाधान

आरंभ में मैं ने भी नियमों की संख्या बहुत अधिक रखी थी, क्योंकि आठ-दस नियमों में सभी बातें आनी असंभव हैं, पर प्रथम सोपान में अधिक सामान्य और अधिक आवृत्ति वाले कम से कम नियम स्थापित करने की चेष्टा करना ठीक लगा।

आप का 1 क्रमांक का नियम (लिये/लिए) मेरे 1 क्रमांक में अंतर्भुक्त है।

आप के 3 और 4 क्रमांक के नियम (गर्म/गरम और मुश्किल/मुशकिल) एक साथ रखे जा सकते हैं और मेरे 5 क्रमांक से मेल खाते हैं।

आप के 5 क्रमांक (= मेरा 10) (नजर/नज़र) तथा 11 क्रमांक (= मेरा 9) (आंसू/आँसू) के संबंध में मुद्रण-सुविधा को देखते हुए कहने के लिए अब कोई बात

अस्पष्ट नहीं है।

आप का 9 क्रमांक (अनन्त/अनंत) और मेरा 2 क्रमांक एक ही है।

आप के 10 क्रमांक (पश्चात्/पश्चात) और मेरे 6 क्रमांक में यों कोई अंतर नहीं दीख रहा है, पर शब्द के मध्य में हलंत वर्ण का प्रयोग न करने पर संयुक्त वर्णों की भरमार स्वीकार करनी पड़ेगी, जैसे—द्‌व, द्‌ध, ड्‌ड, द्‌म के स्थान पर द्व, द्ध, ड्ड, द्म।

आप के 17 क्रमांक (बार बार/बार-बार अथवा बारबार) के हिसाब से मेरे 8 क्रमांक के 'सीता-राम-विवाह' और 'कम-से-कम' भी 'सीतारामविवाह' और 'कमसेकम' हो जाएँगे। यह स्वीकार किया जा सकता है, क्योंकि लक्ष्य तो समास-चिन्ह का भी संयुक्त शब्द ही (अर्थात एक शब्दवत) बनाना है।

आप के 19 क्रमांक (उसके/उस के) और मेरे 3 क्रमांक में भी कोई अंतर नहीं है।

आप के 6 (पूर्ण विराम-चिन्ह), 7 (उद्‌धरण-चिन्ह), 8 (स्वकथन-चिन्ह), 13 (संबोधन-चिन्ह), 14 (निर्देश-चिन्ह), 17 (समास-चिन्ह), और 21 क्रमांक (वार्तालाप-चिन्ह) विराम-चिन्हों से संबंधित हैं, इसलिए इन सब को एक ही वर्ग में रख कर उस के उपभेद गिनाए जा सकते हैं।

इसी प्रकार, आप के निम्नांकित क्रमांकों को एक साथ कर के यह समझाया जा सकता है कि किन-किन शब्दों के बीच जगह छोड़ी जाएगी और किन्हें मिला कर लिखा जाएगा, अर्थात—

(अ) 15 क्रमांक—संधि-विच्छेद कर के, जैसे—परम आनंद (पर 'इच्छानुसार' जैसे शब्द अत्यंत प्रचलित हो चुके हैं !)

(आ) 16 क्रमांक—समास तोड़ कर, जैसे—राम लक्ष्मण

(इ) 17 क्रमांक—समास-चिन्ह हटा कर, जैसे—बारबार

(ई) 19 क्रमांक—विभक्ति-चिन्ह अलग कर के, जैसे—उस के

(उ) 20 क्रमांक—'वाला' अलग कर के, जैसे—पास वाला

(ऊ) 22 क्रमांक—व्यक्तिवाचक नाम मिला कर, जैसे—राजकुमार।

इस के विरोध में यह कहना है कि अँगरेज़ी हो या हिंदी, सरनेम के पूर्व के प्रथम और द्‌वितीय नामों से संक्षिप्त हस्ताक्षर आर.के. या रा.कु. ही होते हैं, केवल आर. या र. नहीं; दूसरे, पुकारने में भी 'राज' या 'कुमार' की अलग-अलग शब्द-सत्ता है, इसलिए नामों को भी संस्कृत की संयोगात्मक परिपाटी से दूर हिंदी की वियोगात्मक अवस्था के अनुसार लिखा जाना उचित है।

आप का 18 क्रमांक (संख्याएँ—एक, दो, 10, 11) संभवतः ऐसी अभिव्यक्तियों में अच्छा नहीं लगेगा—"एक रुपया 20 पैसे", "नौ दो 11"। यदि दोनों ओर एकरूपता बरती जाए, तो अधिक उपयुक्त होगा।

आप के 2 (योरुप/यूरोप) और 12 क्रमांक (तुरत/तुरंत) के नियम केवल

एक-एक शब्द-रूप से संबंधित हैं। ऐसे और भी अनेक शब्द हैं, विशेषकर विदेशी भाषाओं से आगत, जिन के एक-एक रूप का चयन करना आवश्यक होगा, उदाहरणार्थ—रेस्टोरेंट या रेस्त्राँ, अमेरिका या अमरीका, बंगाली या बँगला (भाषा), तामिल या तमिल, तेलगू या तेलुगु, स्टालिन या स्तालिन, ख़ान या ख़ाँ, इत्यादि। चयन के आधार बहुप्रयोग, हिंदीपन, अबोलीपन, अविदेशीपन, उच्चारण-सामीप्य, और सुकरता हो सकते हैं।

(ङ) डॉ. ब्रज मोहन, नंद नगर, वाराणसी (24.4.'79)

प्रतिक्रिया

मेरे विचार इन सुझावों से पूरा-पूरा मेल खाते हैं।

इस की 2-3 प्रतियाँ और भेज दें। मैं इस पर अपनी हिंदी गोष्ठी में विचार करना चाहता हूँ।

केवल 7वें सुझाव पर आपत्ति है। उस में दो प्रकार के युक्ताक्षर दिए हैं :—

शक्ति, विघ्न, बुड्ढा, पत्ता

यहाँ तक तो ठीक है। किंतु दूसरे प्रकार के युक्ताक्षर ऐसे हैं :—

सिद्धि, द्‌वितीय

इन में युक्ताक्षर के पहले 'इ' की मात्रा है। मुझे संदेह है कि 'द्‌वितीय' लिखने से भावी पीढ़ी इन का ठीक उच्चारण कर सकेगी। इस मात्रा ने एक तो यों ही हमारी लिपि में बखेड़ा मचा रखा है, एक झंझट और बढ़ जाएगा।

समाधान

'सिद्‌धि' और 'द्‌वितीय' में हस्तलेख (पांडुलिपि) की दृष्टि से 'द्ध' और 'द्व' थे, टंकलेख तथा मुद्रलेख की दृष्टि से ये 'द्‌ध' और 'द्‌व' हैं। 'इ' की मात्रा पूरा युक्ताक्षर एक होने के कारण उस के पूर्व लगती थी (यथा—ि + द्ध, ि + द्व)। युक्ताक्षर टूट जाने के कारण उस मात्रा का संबंध क्रमशः 'ध' और 'व'-मात्र से रह गया है। उच्चारण की दृष्टि से भी, उदाहरणार्थ, 'सिद्‌धि' का अक्षर-विभाजन 'सिद्-धि' है, जिसे 'सद्' के समानांतर निम्नानुसार लिखा जाना चाहिए—

सद्-गुण

सिद्-धि

'द्धि' तथा 'द्वि' ध्वनि-क्रम की दृष्टि से भी 'द्+ध्+इ' तथा 'द्+व्+इ' हैं, जिन में बाद के दोनों वर्ण बारहखड़ी के अनुसार 'धि' तथा 'वि' परंपरा से एकरूपता दिखाते हैं। 'दि्ध' तथा 'दि्व' की भाँति लिखा जाना तो इन की मात्रा को एक नहीं, दो-दो एकाकी वर्णों के पीछे ले जाता है और दोष को द्‌विगुणित कर देता है। हलंत वर्ण पर मात्रा लगाने के बाद वर्ण का स्वरूप, उदाहरणार्थ, 'दि्' हो जाता है, जिस का

उच्चारण परंपरा के अनुसार संभव नहीं है।

(च) डॉ. भानु देव शुक्ल, सागर विश्वविद्यालय, सागर (26.4.'79)

प्रतिक्रिया

वर्तनी के दस-सूत्री कार्यक्रम के प्रायः सभी नियम बड़े व्यावहारिक एवं समझदारी से भरे हैं। तथापि, इन में कहीं-कहीं शंकाएँ आ सकती हैं, जिन के लिए शायद समाधान लोगों को अपने विवेक से ही पाने होंगे। कुछ देखें :–

1. नियम 1 में 'रुपये' अथवा 'रुपए' इत्यादि में 'रुपए' का प्रयोग ठीक है। बहुवचन में 'रुपओं' तो नहीं होगा। उस में रुपयों, किरायों आदि का ही प्रयोग उचित होगा।

2. नियम 4 में अनेक शब्दों पर कलम ऐसी चिपकी है कि छुड़ाना कठिन होगा। 'मूर्च्छा', 'कर्त्तव्य' आदि से छुटकारा पाने के लिए बड़ी मशक्कत करनी होगी। 'तत्व', 'महत्व' आदि तो प्रायः इसी प्रकार लिखे जाने लगे हैं।

3. नियम 5–'पारटी', 'गरदन' आदि भी कठिनाई पैदा करेंगे। बोलने में शब्द 'पार्टी' ही उच्चरित होता है। 'गर्दन' को भी खींचने की प्रवृत्ति शायद कम लोगों की होती है। अन्य शब्दों में भी पुराने अभ्यास की बाधा से अटकते हुए बचने के प्रयास कुछ समय करने होंगे, तभी बताई गई सरल वर्तनी बनेगी।

4. नियम 7 में अनेक शब्द सत्य ही बड़े कष्टकारी सिद्‌ध होंगे। 'द्वितीय' के बजाय 'द्‌वितीय' टंकण के लिए सुविधाजनक भले ही हो, लिखने में कठिन है। ऐसा ही शब्द 'सिद्‌धि' है। उन में 'इ' की मात्रा पहले न लगा कर रुक कर लगाने का अभ्यास कठिनाई पैदा करेगा। वर्षों का अभ्यास यों ही कैसे छूटेगा ? इस नियम में 'शक्‌ति' क्यों 'शक्ति' रखा गया है ? कहीं पर भूल जान पड़ती है।

शेष तो भले-भले नियम हैं। ऊपर बताए में 1, 3 तथा 4 पर कुछ अधिक विचार की आवश्यकता मुझे लगती है।

समाधान

1. आप ठीक हैं। जिस प्रकार 'रुपआ', 'किराआ' सही नहीं हैं, उसी प्रकार 'रुपओं', 'किराओं' भी सही नहीं हैं। 'रुपए', 'किराए' में 'य्' की नगण्य श्रुति है, जबकि 'रुपया', 'किराया', आदि में 'य्' गण्य (व्यतिरेकी) पूर्ण व्यंजन है।
2. नियम 4 के 'मूर्च्छा' आदि के द्‌वित्व को तोड़ना कठिन आदत से सरल आदत की ओर बढ़ना है। इस से समय, काग़ज़, स्याही, और श्रम सभी की बचत होगी।
3. प्रत्येक संशोधन में पिछला लिखा हुआ काटना ही पड़ता है। अधिक काटे जाने के बाद फ़ेयर करने की भी 'मशक्कत' करनी होती है, इसलिए

'कठिनाई' और 'कष्टकारी' शब्दों को सुखद भविष्य की तथा बच्चों की दृष्टि से 'प्रगतिकर' अर्थ में लेना चाहिए। 'रविवार' आदि साप्ताहिक पत्र 'पारटी' आदि लिखने लगे हैं। उच्चारण की दृष्टि से तो 'करना', 'भारती', आदि भी 'कर्ना', 'भार्ती', आदि ही हैं; यहाँ प्रश्न संयुक्त वर्णों को पहले से प्राप्त समकक्ष वर्तनी के अनुरूप असंयुक्त वर्णों में परिणत करने से संबंधित है।

4. लिखने में कठिन (!) न तो 'द्वितीय' है और न 'द्‌वितीय'; इसी प्रकार 'सिद्धि' और 'सिद्‌धि' भी कठिनाई के तराज़ू पर नहीं, पूर्वपरिचितता और अभ्यासग्रस्तता के तराजू पर तोले जाते हैं। जब तक हस्तलेखन प्रमुख था, तब तक 'द्व' तथा 'द्ध'- जैसे संयुक्त वर्णों की भरमार थी, लेकिन जब से टंकलेखन और मुद्रलेखन का ज़ोर बढ़ा है, तब से संयुक्त वर्णों को अल्पातिअल्प करने का निरंतर प्रयास रहा है।

'शक्ति' के विषय में भूल नहीं है, क्योंकि 'शक्ति' कभी 'शक्‌ति' नहीं हो सकता। कारण यह है कि 'क' का आधा (अर्थात 'क') बिना हल्-चिन्ह के बनाया जा सकता है, जबकि 'द' का आधा नहीं। 'क', 'ख', 'ग', आदि यदि शब्द के मध्य में अर्ध वर्ण के रूप में लिखे जाने होते हैं, तो इन में से (कहा जाता है कि) खड़ी पाई निकाल ली जाती है, जिस से इन्हें हलंत नहीं करना पड़ता, एवं जिन वर्णों में खड़ी पाई नहीं होती, जैसे ट, ड, द, ह, इत्यादि, उन्हें ही आधा करने के लिए हलंत करना पड़ता है।

(छ) श्री ना. प्र. यदु, द्‌वारा डॉ. शिव गोविंद शर्मा, डगनिया, रायपुर (30.4.'79)

प्रतिक्रिया

आप के द्‌वारा निर्धारित 'हिंदी की वर्तनी में सुधार के दस नियम' पढ़ने को मिला। आप के इस सराहनीय प्रयास से मुझे हार्दिक प्रसन्नता हुई।

सामान्यतः वैकल्पिक रूप तो साहित्यिक संपन्नता या गरिमा को बढ़ाने वाला होता है; भले ही व्याकरणिक दृष्टि से आपत्तिजनक क्यों न हो। जिस प्रकार साधन-संपन्न लोग एक काम के लिए भिन्न-भिन्न उपकरणों का समयानुकूल प्रयोग करते हैं, उसी प्रकार हिंदी में हम साहित्यिक विधाओं में वैकल्पिक रूपों का प्रयोग किया करते हैं। छंद और अलंकार की दृष्टि से शब्दों का वैकल्पिक रूप कभी-कभी आवश्यक हो जाता है और न मिलने पर कई कवि तो वैकल्पिक रूप का निर्माण तक कर लिया करते हैं। जहाँ एक ओर अनेकार्थी शब्द हैं, वहीं एक अर्थ के लिए भिन्न शब्द भी उपलब्ध हैं, उन्हीं में वैकल्पिक रूपों को संरूपों की भाँति सम्मिलित किया जा सकता है।

जहाँ तक स्थिरीकरण का प्रश्न है, यदि भाषा स्थिर हो जाए, तो उस का ह्रास

होना शुरू हो जाएगा। जिस प्रकार नदी का जल बहते हुए ही स्वच्छ रहता है, उसी प्रकार भाषा में भी नित्य परिवर्तन उस की रमणीयता का प्रतीक है।

निर्धारित नियमों का पालन मैं ने यद्‌यपि शुरू कर दिया है, किंतु मेरे मन में कुछ शंकाएँ हैं, यदि उन का निवारण कर दें, तो मुझे और संतोष मिल सकेगा।

1. क्या संयोजक शब्दों—और, तथा, एवं—के पूर्व शब्द और वाक्य दोनों स्तरों पर विराम लगाया जाए ?
2. नियम 2 के अनुसार व्यावसायिक, अपव्ययी, कायिक, आदि शब्दों को किस प्रकार लिखें (जो यकारांत हों और -ई या -इक प्रत्यय लेते हों) ?
3. यदि अहम् को अहं लिखा जा सकता है, तो क्या पंचम्, षष्ठम्, सप्तम्, आदि शब्दों को पंचं, षष्ठं, सप्तं लिखा जा सकता है ?
4. नियम 3 में निपात का प्रयोग अलग करने को कहा गया है (मुझ ही को), क्या इस का उच्चरित रूप 'मुझी को' नहीं लिख सकते ? यह तो सरल, मितव्ययितापूर्ण और ध्वन्यात्मक नियमों के अनुकूल होगा; 'सब ही को' के लिए तो 'सभी को' लेखन में प्रयुक्त होता ही है।
5. जब गर्दन-गरदन, पार्टी-पारटी, बर्तन-बरतन लिखा जा सकता है, तो क्या वर्तनी-वरतनी, अर्हता-अरहता, कर्ण-करण, मूर्छा-मूरछा, वर्मा-वरमा, अर्थ-अरथ, कर्तव्य-करतव्य, माधुर्य-माधुरय के रूप में लिखे जाने पर आप को कोई आपत्ति होगी ?
6. यदि व्यंजनांत शब्दों को पूरा लिखा जाए, जो अधिकतर तत्सम शब्द हैं, तो ऐसे शब्दों को संधि के समय व्यंजनांत मानें कि स्वरांत ?
7. लेखन के कुछ शब्द उच्चारण में भिन्न मिलते हैं, ऐसी स्थिति में कौन सा रूप स्वीकार करें—जिह्वा-जिव्हा, ब्रह्मा-ब्रम्हा, आह्लाद-आल्हाद, आदि।
8. जब नियम 3 में पृथक करने का प्रयास है, तब नियम 8 में आत्म-हत्या, मानव-मात्र, और यथा-समय को क्योंकर संयुक्त किया जा रहा है ? अवधारण और क्रिया-विशेषणों के द्‌वित्व को तो अलग रखना चाहिए; कहाँ कहाँ, कहीं कहीं। प्रतिशत को अलग लिखा जाना चाहिए, क्योंकि दोनों शब्द पृथक एवं स्वतंत्र हैं। सामासिक चिन्ह न देने से जहाँ अर्थ-भ्रम की आशंका नहीं है, वहाँ मितव्ययिता की दृष्टि से सामासिक चिन्ह नहीं लगाना चाहिए। ध्वन्यात्मक शब्द, अर्थात्मक आवृत्तिमूलक तथा अर्थ-परक शब्दों में सामासिक चिन्ह अवश्य लगाना चाहिए—खाना-पीना, चाय-वाय, लड़ना-झगड़ना, रहन-सहन, आदि।
9. भेदकारी शक्ति-संपन्नता के लिए विदेशी ध्वनियों को लादना उचित नहीं है। हॉल-हाल, ख़ाना-खाना, आदि शब्दों को मितव्ययिता की दृष्टि से एक मान कर अनेकार्थी शब्दों की कोटि में रख सकते हैं। प्रसंगानुसार तो अर्थ समझ ही लिया जाता है, फिर हिंदी में ऐसे अनेकार्थी शब्दों की कमी भी

नहीं है। इस से अँगरेज़ी और उर्दू के प्रति भक्ति या दासता की जो भावना परिलक्षित होती है, वह भी नहीं होगी।

10. लेखन में 'र्' के चार रूप मिलते हैं। क्या इसे भी एक रूप देने के संबंध में नियम बनाए जा सकते हैं; यथा—ऋषि-रिषि, आग्रह-आग्रह, दर्प-दर्प, प्रिय-प्रिय, आदि।
11. 'ष' ध्वनि का उच्चारण तो हिंदी में लगभग समाप्त हो गया है, तब लेखन में ही क्यों रखा जाता है ? इस के स्थान पर 'श' या 'स' ध्वनि का प्रयोग किए जाने के संबंध में आप की क्या राय होगी ?
12. यणिक विकल्पों के कौन से रूप स्वीकार किए जाएँ—धनिआ-धनिया, दुनिआ-दुनिया, उपरोक्त-उपर्युक्त, महुआ-महुवा, बँधुआ-बँधुवा, मनुआ-मनुवा, गेंहुआ-गेंहुवा, कुआँ-कुवाँ, धनुषाकार-धन्वाकार।

समाधान

आप की शंकाओं के विषय में निम्नानुसार उत्तर देना है :

साहित्यिक संपन्नता के लिए वैकल्पिक शब्दों (जैसे पर्यायों) और वाक्यों का प्रयोग तो ठीक है, पर मानक वर्तनी के लिए वैकल्पिक रूपों का प्रयोग ठीक नहीं है, अन्यथा प्रत्येक व्यक्ति अपने-अपने हिसाब से लिखना शुरू कर देगा। हमें वर्तनी अन्य भाषियों और अपने बच्चों के लिए भी स्थिर करने की ज़रूरत है। अँगरेज़ी के स्पेलिंग अपेक्षाकृत अत्यधिक स्थिर हैं, फिर भी उस की अवनति नहीं हो रही है। जब परिवर्तन आवश्यक हों, तब अवश्य 'सुधार' किया जाए, स्पेलिंगों को चारों तरफ न बहने दिया जाए; यही तो हमारा प्रयास है।

1. 'और, तथा, एवं' के पूर्व विराम का लगाया जाना अर्थ और शब्दों-वाक्यों की संख्या पर निर्भर है, उदाहरण के लिए—"राम और श्याम; राम, श्याम, और मोहन; हरामज़ादा, और राम; राम गया और मैं आया; राम गया, श्याम गया, और मैं आया; मैं सोच रहा था, और अचानक लौट जाना पड़ा।" अंतिम वाक्य में अल्पविराम इतना बड़ा है कि लेखक के मन में यदि दोनों उपवाक्यों की दूरी अधिक हो, तो वह उस की जगह अर्धविराम भी लगा सकता है।
2. 'व्यावसायिक', 'अपव्ययी', आदि को 'य्' के साथ ही लिखा जाएगा, क्योंकि हमें उन्हीं रूपों में से एक चुनना है, जिन के विकल्प प्रचलन में हैं। इन के दो रूप प्रचलन में नहीं हैं, लेकिन आशा है कि आगे इन में भी 'इ' और 'ई' प्रवेश करेंगे।
3. 'अहं' ठीक है, क्योंकि उस का अनुस्वार 'म्' के बदले है। 'पंचं', 'सप्तं' अशुद्ध हैं, क्योंकि उन के अंत में 'हलंत म' नहीं, 'पूर्ण म' है, अर्थात ये शब्द 'पंचम', 'सप्तम' हैं। 'षष्ठं' में दुहरी अशुद्धि है, क्योंकि शब्द

वस्तुतः 'षष्ठ' है।

4. 'मुझ' को पूर्ण शब्द सिद्‌ध करने के लिए उस के आगे 'ही' जोड़ कर दिखाया गया है। 'मुझी' लिखना भी शुद्‌ध है और शैली-भेद के अंतर्गत है (जिस प्रकार 'तुम को' तथा 'तुम्हें' दोनों शुद्‌ध हैं)।
5. 'वर्तनी' आदि को 'वरतनी' आदि लिखने में आपत्ति अवश्य होगी, क्योंकि एक तो ऊपर क्रमांक 2 में दिया गया कारण 'विकल्प का प्रचलन में न होना' है; दूसरे, इससे कुछ शब्दों का उच्चारण कुछ-का-कुछ हो जाएगा, जैसे—'वर-तनी', 'अरथ' (जब कि 'गरदन' का उच्चारण 'गर्दन' ही किया जाएगा)।
6. संस्कृत के संधि-नियम उस प्रकार के शब्दों को स्वरांत मान कर ही चलते आ रहे हैं। तत्सम शब्द संधि संपन्न हो जाने के बाद ही गृहीत हैं और वे उच्चारण के द्‌वारा नहीं, लेखन के द्‌वारा संचालित होते हैं, अतः उन्हें स्वरांत मानना पड़ेगा।
7. 'जिह्‌वा-जिव्हा' आदि में भी शैली-भेद है। विद्‌वत्तापूर्ण लेखन में प्रथम रूप ही मानने होंगे, बल्कि 'जिह्‌वा' लिखने वाले को विद्‌वान दीखने के लिए बोलना भी 'जिह्‌वा' पड़ेगा।
8. नियम 3 में परसर्गों की बात है, जब कि नियम 8 में सामासिक पदों की बात है। 'प्रतिशत' शब्द अपने दो शब्दों के अर्थों के योग से भिन्न अर्थ देने लगा है, इसलिए 'आजकल' के समान है।
9. जिस प्रकार आप को बिंदी लगाने में दासता लग रही है, उस प्रकार तो हज़ारों उर्दू-अँगरेज़ी-शब्दों को उधार ले कर भी दासता लगनी चाहिए ! जिस प्रकार कोई भाषा अन्य भाषाओं की शब्दावली ले कर संपन्न बनती है, 'दास' नहीं, उसी प्रकार उस की ध्वनियाँ आदि ले कर भी उस में कुछ वृद्‌धि ही होती है। फिर मानक भाषा तो उच्च वर्ग, पढ़े-लिखे, तथा समूचे क्षेत्र के प्रतिनिधि लेखकों की संपत्ति होती है, जिसे सामान्य से थोड़ा ऊपर उठना ही पड़ेगा। यदि हम अँगरेज़ी-उर्दू से डरते हैं, तो संस्कृत से गृहीत होने वाले शब्दों और उन की वर्तनी से भी डरना पड़ेगा।
10. जिस प्रकार 'र्' के अनेक रूप हैं, उसी प्रकार हमारे स्वरों के भी एकाधिक रूप हैं, जैसे—उ, ु, (रु में)। यदि हम ने वर्तनी के साथ लिपि में भी संशोधन करना शुरू कर दिया, तो हमारे प्रयास की दिशा दूसरी हो जाएगी।
11. 'ष' वास्तव में हिंदी-वर्तनी के लिए आज बोझ है, लेकिन अभी इस को वर्तनी से बाहर निकाल फेंकना हम सब की शक्ति से बाहर की बात है। हम परंपराओं में ऐसे जकड़े हैं कि, उदाहरणार्थ, 'शेष' को 'शेश' लिखने से लोग हम पर दसों दिशाओं से झपट पड़ेंगे। वैसे सचमुच अच्छा होता

कि भाषा-विज्ञानी के स्वनिमों की भाँति हिंदी-लेखन में भी 'ष्' का बहिष्कार कर दिया जाता।

12. ''यदि विकल्प प्रयुक्त हो रहे हों, तो 'य्' और 'व्' की श्रुति वाले रूपों को त्याग दिया जाए और सीधे स्वर वाले रूपों को स्वीकार किया जाए।'' अन्य उदाहरणों में बहुप्रचलन और आधुनिकता (यह मानते हुए कि हिंदी संस्कृत नहीं है, वह संस्कृत से सहस्रों बातों में पहले से ही भिन्न है) के आश्रय से हल निकाला जा सकता है।

(ज) डॉ. हरवंश लाल शर्मा, निदेशक, केंद्रीय हिंदी निदेशालय, नई दिल्ली (3.5.'79)

प्रतिक्रिया

हिंदी की वर्तनी से संबंधित दस नियमों पर निदेशालय में विचार किया गया है। प्रतिक्रिया इस प्रकार है :–

1. आप के नियम संख्या 1,2,6,7,8,9, और 10 सरकार की हिंदी-वर्तनी की नीति के अनुरूप हैं।
2. नियम संख्या 3 के बारे में आप का ध्यान शिक्षा-मंत्रालय द्वारा प्रकाशित ''हिंदी-वर्तनी का मानकीकरण'' के नियम 1 और 4 की ओर दिलाया जाता है, जिस में सर्वनामों को परसर्गों के साथ सटा कर लिखने की सिफ़ारिश की गई है, क्योंकि 'मुझे', 'हमें', आदि सर्वनामों में परसर्ग उन का अविभाज्य अंग बन गए हैं। सर्वनामों के आकार में छोटे होने के कारण उन्हें परसर्गों के साथ मिला कर लिखने से शब्दों का आकार बड़ा नहीं हो जाता। पूर्वकालिक प्रत्यय 'कर' को क्रिया के साथ मिला कर लिखने की सिफ़ारिश को सरकार की मान्यता मिल चुकी है।
3. नियम संख्या 4 में 'तत्व' और 'महत्व' की एकल व्यंजन से लिखने की विधि व्याकरणसम्मत नहीं है। दोनों शब्दों का निर्माण क्रमशः 'तत्' और 'महत्' में 'त्व' के योग से हुआ है। आप के रूपों से व्युत्पत्ति समझने में विद्यार्थियों को असुविधा होगी।
4. आप के नियम संख्या 5 के संदर्भ में आप का ध्यान शिक्षा-मंत्रालय के उपर्युक्त प्रकाशन के नियम संख्या 13 की ओर दिलाया जाता है। अरबी-फ़ारसी के शब्दों को दोनों रूपों में स्वीकार किया गया है। इसी प्रसंग में यह भी उल्लेखनीय है कि कुछ युग्म ऐसे हैं, जिन में प्रयुक्त आधे व्यंजन और पूरे व्यंजन वाले शब्दों में अर्थ-भेद होता है, जैसे—दस तक (up to ten :) दस्तक (knock), बसता (है) (lives) : बस्ता (satchel)।

समाधान

मुझे प्रसन्नता हुई कि निदेशालय में विचार किए जाने के उपरांत मेरे 10 में से 7 नियम सरकार की हिंदी-वर्तनी की नीति के अनुरूप निकले। नियम-संख्या 3, 4, और 5 के विषय में लिखे गए आप के विचारों पर मेरी प्रतिक्रिया इस प्रकार है :–

नियम-संख्या 3–'मुझे', 'हमें'-जैसे सर्वनाम-रूपों में निश्चय ही कारक-चिन्ह अविभाज्य अंग है, किंतु 'मुझ ही को', 'हम तक को', आदि उदाहरणों में विभाजकता का गुण ही 'मुझ' और 'को', आदि को पृथक-पृथक शब्द सिद्‌ध करने के लिए पर्याप्त है। किसी एक व्याकरणिक धारा-उपधारा को द्‌योतित करने के लिए आबद्‌ध और मुक्त दोनों प्रकार के रूपों का प्रयोग बिना किसी आपत्ति के हो सकता है, जैसे–बहुवचन के द्‌योतन के लिए एक ओर '-ए' का तथा दूसरी ओर 'लोग' (जैसे 'तुम लोग' में) का प्रयोग। पूर्वकालिक चिन्ह 'कर' को अलग लिखने के पीछे भी यही धारणा है कि इस के और इस के पूर्ववर्ती शब्द के मध्य अन्य शब्दावली का प्रवेश हो सकता है और इन का 'चिपकाव' खंडित कर सकता है, जैसे–रो कर, रो-धो कर, रो-धो और खा-पी कर; उठवा कर, उठवा और पिटवा कर।

नियम-संख्या 4–व्युत्पत्ति समझने के लिए यों भी सहस्रों शब्दों के संबंध में दुर्गम मार्गों से चलना पड़ता है, जैसे हिंदी के सर्वनामों, संख्यावाचक शब्दों, तथा 'कौड़ी, चमार, गृह, देखना, जाना', इत्यादि के मामले में। उन की तुलना में 'तत्व, महत्व' की व्युत्पत्ति समझना बहुत सरल होगा। 'तत्तव' को तत्सम और 'तत्व' को तद्‌भव मान कर ऐसे सैकड़ों शब्दों की वर्तनी में एकरूपता बनाए रखी जा सकती है।

नियम-संख्या 5–अरबी-फ़ारसी के (या किन्हीं भी) शब्दों को दोनों रूपों में स्वीकार किया जाना मूलतः मानकीकरण के लिए घातक है। विकल्पों को मिटाना ही तो हमारा लक्ष्य होना चाहिए। अहिंदीभाषी हों या हिंदीभाषियों के बच्चे, ऐसी छूट देने से उन के सामने उलझन तो रहती ही है, निर्णय भी वस्तुपरक न हो कर व्यक्तिपरक हो जाता है। फिर वर्तनी सीखते समय अरबी-फ़ारसी आदि की जानकारी होना 'अतिरिक्त ज्ञान' की अपेक्षा है। यदि कुछ युग्म ऐसे हैं, जिन में प्रयुक्त आधे व्यंजन और पूरे व्यंजन वाले शब्दों में अर्थ-भेद होता है, तब तो किसी शब्द की वर्तनी को दोनों रूपों में और भी स्वीकार नहीं किया जाना चाहिए; प्रत्येक शब्द की आदर्श वर्तनी निश्चित रूप से एक ही रूप में होनी चाहिए। अरबी-फ़ारसी के आगत शब्दों के कारण ही नहीं, वैसे भी उस प्रकार के कुछ युग्म हिंदी में उपलब्ध हैं, जैसे–कर्ता-करता, बन्ना-बनना।

(झ) डॉ. नव रत्न कपूर, गवर्नमेंट महेंद्रा कॉलेज, पटियाला (पंजाब) (4.8.'79)

प्रतिक्रिया

'हिंदी की वर्तनी में सुधार के दस नियम' में दिए गए सुझाव मुझे पूर्णतः मान्य हैं और मैं इन का उपयोग भी करता आ रहा हूँ।

हमें इन प्रयोगों को भी हिंदी वालों के गले उतारना ही पड़ेगा—उत्तरदाई ('दायी' नहीं), स्थाई ('यी' नहीं), भाषाई ('यी' नहीं)।

वर्ग 3 के ये प्रयोग मुझे या तो समझ में नहीं आए या ग़लत छपे हैं :—

(i) राम भर के साथ—यह 'भर' क्या है ?

(ii) मुझ ही को—तीन शब्दों के स्थान पर दो ही पर्याप्त हैं; यथा—'मुझे ही'।

वर्ग 7 के संयुक्त वर्णों को तोड़ देने से काफ़ी घपला पड़ जाएगा। आप वर्ग 6 में हलंत व्यंजनों का हलंत चिन्ह उड़ाना चाहते हैं—जो कि अत्योचित है—किंतु इस प्रकार 'सिद्‌धि', 'विद्‌या', 'द्‌वितीय' में सब से बड़ी भूल 'इ' का चिन्ह (ि) लगाने में होगी। फिर धीरे-धीरे लोग विशेषतः बालकगण 'सिद्‌धि' आदि का 'द्' ('द' का हलंत) भी उड़ाते चले जाएँगे, जिस से अर्थ का अनर्थ होने की संभावना है।

वर्ग 10 में अरबी-फ़ारसी की ध्वनियों के सही स्वरूप को अपनाने का सुझाव मुझे मान्य है। किंतु एतदर्थ हमें छपाई के सही टाइप बनवाने पर बल देना होगा।

समाधान

वर्तनी में सुधार के नियमों के बारे में आप की टिप्पणियों के लिए धन्यवाद।

'स्थाई' आदि तो केंद्रीय हिंदी निदेशालय लिखने लगा है। 'राम भर के साथ' में 'भर' का अर्थ 'केवल' है, जैसे—'तू भर चला जा; मुझे रहने दे।' तथा 'तू चला भर जा, जा कर काम भले मत करना।'

'मुझे ही को' के स्थान पर 'मुझे ही' शैली-भेद से निश्चिततः लिखा जा सकता है, पर यहाँ 'मुझ तक को' के समान उदाहरण से यह सिद्‌ध किया गया है कि 'मुझ' और 'को' का नियत संबंध नहीं है, उन के बीच शाब्दिक विभाजकता विद्‌यमान है।

'सिद्‌धि' और 'द्‌वितीय' की 'इ' की मात्रा का साम्य 'अद्‌धी' और 'द्‌वीप' से परख कर देखिए। इन में भी तो 'द्' का हल्-चिन्ह उड़ाते चले जाने की वैसी ही संभावना है, जिस से भी अनर्थ करने वाले कर ही सकते हैं। वस्तुतः जब वर्तनी स्थाई करनी है, तो जहाँ आवश्यक है, वहाँ हल्-चिन्ह भी लगाया ही जाना चाहिए। (लेकिन जब वह भी यदि पूरी तरह उड़ जाएगा, तो वर्तनी के नियमों में परिवर्तन करने पर फिर बुढ़ापे में विचार करेंगे।)

जहाँ से हम ने 'बा-मुश्किल-तमाम' यह परिपत्र छपवाया था, वहाँ

अरबी-फ़ारसी की ध्वनियों के टाइप उपलब्ध नहीं थे (बस एक 'ज़' कहीं से घुसा पड़ा था; और छपैए लोग इन अंतरों को क्या समझेंगे, जब बड़े-बड़े तीसमार ख़ाँ नहीं समझ पाते)।

(ञ) आचार्य राजेंद्र चौधरी, शासकीय दू. श्री वै. संस्कृत महाविद्यालय, रायपुर (21.4.'79)

प्रतिक्रिया

हिंदी की वर्तनी में सुधार के दस नियमों का निर्माण मुद्रण-लेखन आदि की सुविधा की दृष्टि से किया गया है। किंतु केवल सुविधा ही ध्येय नहीं है, अपितु नियमों तथा परंपरा से व्यवहृत अक्षरों के वास्तविक स्वरूपों के तथ्यों तथा शुद्धता पर ध्यान देना भी आवश्यक है, जो कि वैज्ञानिक भी है।

यह सत्य है कि हिंदी भाषागत व्याकरण के स्वतंत्र नियमों के स्थायी न होने के कारण प्रांत या व्यक्ति के भेद से चाहे जो भी लिखा गया हो, किंतु एकरूपता की दृष्टि से स्थायित्व प्रदानार्थ कुछ-न-कुछ नियमों तथा परंपरागत व्यवहारों को मानना ही होगा। अन्यथा व्यक्ति-भेद से भाषागत भेद मानना पड़ेगा। ऐसी स्थिति में भाषा की गरिमा तथा महत्व को विनाशशील मानना होगा। यही कारण है कि संस्कृत व्याकरण का एकरूपता के कारण ही स्थायित्व आज भी सुरक्षित है। तदनुसार हिंदी में भी एकरूपता के कारण ही स्थायित्व प्रदान करना होगा। अतः किसी प्रकार का नूतन परिवर्तन उचित प्रतीत नहीं होता।

परिवर्तित शब्दों पर निम्नलिखित विचार एवं आपत्तियाँ प्रस्तुत हैं :–

1. वैकल्पिक श्रुति य् को कभी न लिखा जाए, जैसे संज्ञाएँ—रुपए, किराए, अनुयाई, जगहँसाई, आदि। विचारणीय विषय यह है कि 'रुपये' के स्थान पर 'रुपए' लिखने से भले ही आपत्ति प्रतीत न हो, किंतु एकवचन में 'रुपया' के स्थान पर 'रुपआ', 'किराया' के स्थान पर 'किराआ', आदि का प्रयोग उच्चारण की दृष्टि से महान विघ्नकारक सिद्ध होगा। विशेषणवाचक 'नया' के स्थान पर 'नआ' प्रयोग करने से कुछ ही दिनों में 'नआ' के स्थान पर 'ना' शब्द का उच्चारण होने लगेगा, जो कि तदर्थवाचक न होने से असत्य हो जाएगा। जहाँ तक 'उत्तरदाई', 'स्थाई', आदि का प्रश्न है, जिज्ञासा यह है कि वहाँ पर य् का लोप-विधायक कौन सूत्र या नियम क्या है। यदि हाँ, तो उल्लेख किया जाए। यदि नहीं, तो किस आधार से परिवर्तन मान्य समझा जाए। मेरी समझ के अनुसार ये दोनों शब्द संस्कृतनिष्ठ हैं, जो कि शुद्ध हैं, क्योंकि आकारांत धातु से यक् (य) प्रत्यय का विधान है, और वे ही शब्द हिंदी में भी प्रयुक्त हैं।

हिंदी की विशेषता इसी में है कि संस्कृतनिष्ठता को ग्रहण करे, तभी उस की गरिमा भी सुरक्षित रहेगी।

2. पंचम वर्ण से अनुस्वार के विकल्प की दशा में यदि केवल अनुस्वार का ही प्रयोग किया जाए, यथा 'आकांक्षा', 'चंचल', 'दंड', 'हिंदी', एवं 'संबंध', आदि शब्दों में, तो केवल अनुस्वार की मान्यता में वैकल्पिक विधान व्यर्थ हो जाएगा, जो कि समुचित नहीं है, क्योंकि इस प्रकार के नियमों के विधायक सूत्र बनाने होंगे।
3. द्वित्व और एकाकी व्यंजन के विकल्प से सदा एकाकी व्यंजन को ही यदि चुना जाए, यथा मूर्छा, कर्तव्य, अर्ध, वर्मा, माधुर्य, तत्व, महत्व, आदि शब्दों में; यदि द्वित्व का स्थान न रखा जाए, तो द्वित्व-युक्त प्रयोग कहाँ पर हो सकेंगे। ऐसी स्थिति में द्वित्व-विधायक सूत्र व्यर्थ हो जाएँगे, जो कि समुचित नहीं, क्योंकि ये शब्द भी संस्कृतनिष्ठ और मान्य हैं। ऐसी स्थिति में यदि शब्द संस्कृतनिष्ठ ग्राह्य है, तो शुद्ध शब्द ग्राह्य होना चाहिए, न कि अशुद्ध शब्द।
4. जहाँ तक पूरे और आधे व्यंजन के विकल्प में पूरा ही लिखा जाए, का प्रश्न है, जैसे अँगरेज़ी, अकसर, इँगलिश, गरदन, बरदाश्त, आदि शब्दों में पूरे वर्ण का प्रयोग किया गया है। यहाँ विचारणीय विषय यह है कि इस प्रकार के सुविधा-प्रदाय नियमों का उल्लेख करना चाहिए। अन्यथा भाषागत शब्दों में उच्छृंखलता आ जाएगी तथा उच्चारण-दोष भी आ जाएगा, एवं जब कि आधे व्यंजन के स्थान पर पूरे व्यंजन का उपयोग कर्तव्य है, तो 'बरदाश्त' शब्द के स्थान पर 'बरदाशत' शब्द का प्रयोग करना चाहिए। फिर अर्थ के स्थान पर अनर्थ की संभावना हो जाएगी। अतः भाषाओं में स्वच्छंदतावाद विहित नहीं है।
5. जहाँ पर अंत में हलंत व्यंजन के स्थान पर पूर्ण व्यंजन का प्रयोग दर्शाया गया है, यथा—पृथक, सम्यक, सम्राट, परिषद, भगवान, विद्वान, आदि; वहाँ यह द्रष्टव्य है कि हलंत व्यंजन के स्थान पर अंत में पूर्ण व्यंजन-विधान करने वाला सूत्र कौन तथा नियम क्या है। मेरी समझ के अनुसार ये सभी शब्द संस्कृतनिष्ठ हैं, जिन का उपयोग हिंदी में भी किया गया है। ऐसी स्थिति में मनमाने तौर पर बिना नियम से स्वच्छंदतावाद का परिचय देना कहाँ तक सह्य एवं क्षम्य है, यह विचारणीय है।
6. संयुक्त वर्णों को उन के संयोगी वर्णों में तोड़ कर आगे-पीछे लिखने का जहाँ तक प्रश्न है, यथा—पत्ता, सिद्धि, विद्या, एवं द्वितीय, आदि का प्रश्न है, इन में आपत्तियाँ ये हैं कि यदि संयोगी वर्णों को आगे-पीछे तोड़ कर लिखा जाए, तो प्रश्न है कि 'पत्ता' के स्थान पर 'पतता', 'सिद्धि' के स्थान पर 'सिधदि', 'विद्या' के स्थान पर 'वियदा', एवं 'द्वितीय' के

स्थान पर 'विदतीय', आदि लिखने से अर्थ का अनर्थ नहीं हो जाएगा, एवं 'द्वितीय' शब्द में प्रथम अक्षर हलंत 'द' में 'व' मिला हुआ छोटी 'इ' की मात्रा ग्राह्य है, तदनुसार 'द्वितीय' शब्द लिखना शुद्ध है तथा प्रयोक्तव्य है, न कि 'द्वितीय', यह शब्द शुद्ध है।

7. सभी प्रकार के परसर्गीय शब्दों एवं उन के पूर्व के विभाज्य मुक्त रूप को अलग-अलग लिखा जाए, जैसे 'आप का', 'आप से', 'सब का' एवं 'राम भर के साथ', इत्यादि शब्दों में लिखा गया है। इस प्रकार का प्रयोग कथमपि उचित नहीं है, क्योंकि का, के, की, आदि संबंधवाचक शब्द हैं, जो कि संबंधी शब्दों के साथ ही प्रयोक्तव्य हैं। अतः अलग-अलग उपर्युक्त शब्द वांछनीय नहीं हैं। नियम नं. 8 में उल्लिखित आत्महत्या, प्रतिशत, मानवमात्र, यथासमय, तथा राजकुमार, आदि शब्दों का समास-चिन्ह से जोड़ कर संयुक्त शब्दों को एक-एक शब्द के समान लिखने का निर्देश किया है, जब कि नं. 3 में आप के द्वारा लिखित समासवाचक शब्दों को पृथक-पृथक लिखने का निर्देश किया गया है। यह नं. 3 एवं नं. 8 में परस्पर विरोध उपस्थित है।
8. चंद्रबिंदु और अनुस्वार का भेद रखने का जो निर्देश किया गया है, यह तो व्याकरणिक नियमानुसार ही है, किंतु यदि मुद्रण और टंकण आदि में सुविधाओं पर ध्यान देना आवश्यक है, तो चंद्रबिंदु और अनुस्वार का भेद ही क्यों, क्योंकि कहीं पर नियमों को मानना और कहीं पर न मानना, यह स्वच्छंदतावाद ही कहा जाएगा, नियम नहीं।
9. इस क्रमांक में दर्शाया गया है कि देवनागरी की भेदकारी शक्ति-संपन्नता के लिए ऑ, क़, ख़, ग़, ज़, फ़ का भी प्रयोग किया जाए; जैसे हॉल, हाल; क़ौल, कौल; ख़ाना, खाना; ग़ौर, गौर; ज़माना, जमाना; फ़न, फन; आदि शब्दों में भेद दर्शाए गए हैं। यद्यपि ये भेद परंपरानुसार प्रचलित हैं, जो कि शुद्ध हैं, किंतु इस से 'एकरूपता भाषा के मानकीकरण का उच्चतम मानदंड है' का विरोध स्पष्ट परिलक्षित होता है, क्योंकि भेद-विधान की स्थिति में एकरूपता कहाँ ! अपितु अनेकरूपता स्पष्ट परिलक्षित है। अतः भाषागत स्वच्छंदतावाद की सफ़ाई देना कहाँ तक मान्य है। यह विचारणीय है। समाधान अपेक्षित है।

समाधान

आप के वर्तनी-आलोचना-विषयक पत्र के लिए धन्यवाद। प्रत्युत्तर इस प्रकार है :–

आप की दृष्टि संस्कृत की ओर से रही है, जब कि रहनी चाहिए हिंदी की ओर से। हमें यह सदा स्मरण रखना होगा कि संस्कृत और हिंदी में पहले से ही सहस्रों अंतर हैं।

1. 'रुपया', 'किराया', 'नया' को 'रुपआ', 'किराआ', 'नआ' लिखने के लिए कभी नहीं कहा गया है, क्योंकि वहाँ 'य्' श्रुति है ही नहीं, वह 'य्' पूर्ण व्यंजनात्मक है। रूप को परिवर्तित करने में रूप-भेद हुआ ही करते हैं, जैसे 'लिया' से स्त्रीलिंग 'लियी' नहीं बना करता है, 'य्' का वहाँ भी लोप हो जाता है; इसी प्रकार, 'रुपया' के 'य्' के लोप में कोई दोष नहीं है।

'उत्तरदाई', 'स्थाई' में 'य्' के लोप का नियम इन आधारों पर निर्मित है—'य्' का वहाँ उच्चारण न होना; अल्पव्यय; स्वनिमिक दृष्टि से उस श्रुति का उस के शून्य से व्यतिरेक न होना। प्राचीन सूत्र मनुष्यों के द्वारा ही बनाए हुए थे और उन में रूढ़िवादिता छोड़ कर आधुनिकता की दृष्टि से परिवर्तन अपेक्षित हैं। 'फ़िलॉलॉजी' और 'लिंग्विस्टिक्स' में अंतर भी करना अनिवार्य है। आज समय चौथी-पाँचवीं शताब्दी के सूत्रों का न हो कर बहुत आगे बढ़ गया है। (हमें संस्कृत लिखते समय 'अनुयायी' ही लिखना चाहिए, लेकिन हिंदी में उस का **तद्भव रूप** 'अनुयाई' चलेगा। ठीक उसी प्रकार, जिस प्रकार 'चिह्न' तत्सम है और संस्कृत का है, जब कि 'चिन्ह' तद्भव है और हिंदी का है)।

2. अनुस्वार के प्रयोग के निर्देशात्मक नियम का विस्तार निश्चित रूप से वैकल्पिक विधान के उल्लेख से युक्त है, जिस के अनुसार यह अस्पष्ट नहीं रह जाता है कि अमुक स्थान के अनुस्वार का उच्चारण अमुक नासिक्य व्यंजन के रूप में किया जाएगा।
3. द्वित्व-विधायक प्राचीन सूत्र संस्कृत पर सही रूप से लागू थे, क्योंकि वे उन शब्दों के उस समय के उच्चारण को देख कर बनाए गए थे; आज उच्चारण भिन्न है, अतः आज के नियम भिन्न हैं और, उदाहरणतः, 'तत्व' (तत्+त्व) और 'द्वित्व' (द्वि-त्व) (व्युत्पत्ति की दृष्टि से भिन्न होने पर भी) एक ही स्वनिमिक नियम से नियंत्रित हैं। (द्वित्व-युक्त प्रयोग 'पत्ता'—जैसे उदाहरणों तक सीमित रहेंगे।)
4. प्रत्येक अर्ध व्यंजन को पूर्ण व्यंजन कदापि नहीं लिखा जा सकता। विकल्पों को वस्तुतः उच्चारण ने ही ढाला है; उदाहरण के लिए, 'गरदन' और 'गर्दन' का एक ही उच्चारण किया जाता है, जब कि 'बरदाश्त' को 'बरदाशत' लिखने का कोई कारण नहीं है, क्योंकि इन दो के उच्चारण में एक स्वर 'स्वन' का ही नहीं, एक पूरे 'अक्षर' का भी अंतर है ('बर-दाश्त' बनाम 'बर-दा-शत')। हिंदी की सभी अग्रगामी पत्रिकाएँ आज संयुक्त वर्णों की तुलना में उन के विश्लेषणात्मक विकल्पों का प्रयोग कर रही हैं। संस्कृत संश्लिष्ट थी; हिंदी अश्लिष्ट हो चली है।
5. शब्द के अंत के 'हल्' चिन्ह को हटाने के लिए सूत्र 'लेखन का उच्चारण के अनुसार होना' है। संस्कृत-काल में अंतिम हलंत व्यंजन और पूर्ण

व्यंजन में उच्चारण-भेद था, जब कि आज, उदाहरणतः, 'अंतर्' और 'अंतर' का उच्चारण एक ही है। अंतिम हल् की विविधपक्षीय निरर्थकता के कारण ही तो प्राकृतिक रूप से उस का लोप होता चला जा रहा है। यहाँ भी आप को यह मानना चाहिए कि, उदाहरणतः, 'पृथक्' (तत्सम) का 'पृथक' तद्भव रूप है।

6. संयोगी वर्णों के संबंध में कृपा कर के हस्तलिखित पोथियों के स्थान पर भारत सरकार के हिंदी निदेशालय के द्वारा लिखवाए गए व्याकरण तथा उसी के द्वारा प्रकाशित परिवर्धित देवनागरी, एवं भाषा (त्रैमासिक) की प्रतियाँ देखिए; साथ ही मुद्रण एवं टंकण के युग में आइए। हाथ से लिखने और मशीनों से लिखने में बहुत अंतर है। आज वर्ण-लेखन पांडुलिपिकारों के घर की वस्तु न रह कर राष्ट्र और संसार भर की वस्तु बन चुका है। 'विद्या' को 'वियदा' और 'द्वितीय' को 'विदतीय' लिखने वाले का निश्चय ही हिंदी से दूर का भी संबंध नहीं होगा। इन शब्दों को तो अहिंदी-भाषी भी 'विद्‌या' आदि सही रूपों में सरलतापूर्वक लिख लेते हैं, क्योंकि वे उच्चारण और वर्तनी का संबंध समझते हैं।

   'इ' की मात्रा के भीतर हस्तलिखित संयुक्त वर्ण रहा करते थे। उस की मात्रा का संबंध वस्तुतः एक ही व्यंजन से रहता है, दो से नहीं, अतः संकेतित शब्दों में जब 'द्' का आगामी 'व्' एवं 'ध्' से पृथकत्व हो चुका है, तब 'इ' की मात्रा का संबंध 'द्' से टूट चुकता है। इसीलिए 'द्‌वितीय' और 'सिद्‌धि' में अशुद्‌धि नहीं है।

7. परसर्गीय शब्दों को कुछ विद्‌वान 'कारक-प्रत्यय' कहते हैं। उन शब्दों का कार्य हिंदी में वैसा ही है, जैसा अँगरेज़ी में 'from, in, at' आदि प्रीपोज़ीशनों (पृथक शब्दों) का है (जो कारक द्‌योतित करते हैं)। हिंदी में भी संस्कृत की संश्लेषात्मकता के विपरीत विश्लेषात्मकता आ चुकी है। का, के, की, आदि का उन के पूर्व के शब्दों से नियत संबंध नहीं है, अर्थात इन के और इन के पूर्व के शब्द के मध्य विभाजकता का गुण विद्‌यमान है; जैसे—आप ही का; राम और श्याम का (न कि 'रामका और श्यामका')।

   क्रमांक 8 और 3 के उदाहरणों से स्पष्ट है कि वे अत्यंत भिन्न रचनाओं से संबंधित हैं; जहाँ 8 में समास की बात है वहाँ 3 में समासवाचकता नहीं, 'कारक-चिन्हकों' के लेखन की समस्या अभीष्ट है।

8. चंद्रबिंदु और अनुस्वार का भेद अनेक पत्र-पत्रिकाओं में नहीं किया जा रहा है, उन में सदा अनुस्वार लिख दिया जाता है। "मुद्रण और टंकण की सुविधाओं पर ध्यान देना आवश्यक है" का अर्थ यह नहीं है कि, उदाहरणार्थ, 'अँ' को 'अं' अर्थात 'अम्' लिख दिया जाए। सुविधा अनेक

आधारों में से एक आधार है नियम बनाने के लिए; नियम बनने के बाद सुविधा का अस्तित्व नहीं है।

9. 'अर्थ भेदकारी' तत्वों को 'एकरूप' नहीं बनाया जाता है। 'एकरूपता' से तात्पर्य है 'विकल्पों' को दूर करते हुए एकरूपता, न कि 'भेदकता' को दूर करना। उदाहरण के लिए, ज और ज़ में परस्पर वैसी ही भेदकता (अर्थात व्यतिरेक या अर्थविरोधोत्पादन-क्षमता) विद्यमान है, जैसी च और स में है (क्रमशः ज और ज़ इन के सघोष प्रतिरूप हैं)। हम लोग च और स के भेद-विधान में एकरूपता कभी नहीं खोजते ! जरा, ज़रा; जमाना, ज़माना; नाज, नाज़; आदि के लेखन में भेद-विधान ही विद्यमान है; एकरूपता की बात नहीं है। सीखने-सिखाने के लिए, यदि बच्चों द्वारा तथा टाइपराइटर से सदा 'रु' ही लिखा जाए, 'रू' कभी नहीं, तो हम एकरूपता (के दुरुपयोग) की दुहाई नहीं दे सकते, इन में भेद-विधान करना ही होगा।

उपयोगी ग्रंथों एवं लेखों की सूची

अंबाप्रसाद 'सुमन', 'हिंदी और उसकी उपभाषाओं का स्वरूप', हिंदी साहित्य सम्मेलन, प्रयाग, 1966।

अनंत चौधरी, 'नागरी लिपि और हिंदी-वर्तनी', बिहार हिंदी ग्रंथ अकादमी, पटना, 1973।

आर्येंद्र शर्मा, 'ए बेसिक ग्रामर ऑफ़ मॉडर्न हिंदी', केंद्रीय हिंदी निदेशालय, शिक्षा-मंत्रालय, भारत सरकार, नई दिल्ली, 1975।

उदयनारायण तिवारी, 'भोजपुरी भाषा और साहित्य', बिहार राष्ट्रभाषा परिषद्, पटना, 1954।

उदयनारायण तिवारी, 'हिंदी भाषा का उद्गम और विकास', भारती भंडार, इलाहाबाद, 1962।

एच. सी. शौलबर्ग, 'कंसाइज़ ग्रामर ऑफ़ दी हिंदी लेंग्वेज', ऑक्सफ़ोर्ड हाउस, मद्रास, 1968।

एम. पी. जायसवाल, 'लिंग्विस्टिक स्टडी ऑफ़ बुंदेली', ओ. आर. टी. बी., लीडन, 1962।

ए. वारन्निकोव, 'मॉडर्न लिट्रेरी हिंदी', बुलेटिन ऑफ़ दी स्कूल ऑफ़ ओरिएंटल एंड ऐफ्रीकन स्टडीज़, वॉल्यूम 8 : 2, 1936।

एस. एच. केलाग, 'ए ग्रामर ऑफ़ दी हिंदी लेंग्वेज', रूटलेज एंड केगन पॉल, लंदन, 1965।

कांतिकुमार, 'छत्तीसगढ़ी : बोली, व्याकरण और कोश', राधाकृष्ण प्रकाशन, दिल्ली, 1969।

कामता कमलेश, 'व्यावहारिक हिंदी : प्रयोग एवं विधि', वाणी प्रकाशन, दिल्ली, 1973।

कामताप्रसाद गुरु, 'हिंदी व्याकरण', नागरी प्रचारिणी सभा, काशी, 1976।

कालिकाप्रसाद, आर. सहाय एवं एम. श्रीवास्तव (सं.), 'बृहत् हिंदी कोश', ज्ञान मंडल, बनारस, 1952।

काशीनाथ सिंह, 'हिंदी में संयुक्त क्रियाएँ', रचना प्रकाशन, इलाहाबाद 1976।

किशोरीदास वाजपेयी, 'ब्रजभाषा का व्याकरण', रामनारायणलाल, प्रयाग, 1948।

किशोरीदास वाजपेयी, 'हिंदी निरुक्त', जनवाणी प्रकाशन, कलकत्ता, 1949।
किशोरीदास वाजपेयी, 'राष्ट्रभाषा का प्रथम व्याकरण', जनवाणी प्रकाशन, कलकत्ता, 1957।
किशोरीदास वाजपेयी, 'हिंदी शब्दानुशासन', नागरी प्रचारिणी सभा, वाराणसी, 1958।
किशोरीदास वाजपेयी, 'अच्छी हिंदी', मीनाक्षी प्रकाशन, मेरठ 1981।
किशोरीदास वाजपेयी, 'हिंदी की वर्तनी तथा विश्लेषण', राजधानी ग्रंथागार, नई दिल्ली, 1968।
किशोरीदास वाजपेयी, 'हिंदी शब्द-मीमांसा', मीनाक्षी प्रकाशन, मेरठ, 1981।
किशोरीदास वाजपेयी, 'हिंदी व्याकरण', मीनाक्षी प्रकाशन, मेरठ, 1981।
कृपाशंकर सिंह, 'भाषाविज्ञान और भोजपुरी', आदर्श साहित्य प्रकाशन, दिल्ली, 1973।
कृष्णलाल हंस, 'निमाड़ी और उसका साहित्य', हिंदुस्तानी एकेडेमी, उत्तर प्रदेश, 1960।
के. पी. आचार्य (संकलन), 'क्लासिफ़ाइड बिब्लियोग्राफ़ी ऑफ़ आर्टिकिल्स इन इंडियन लिंग्विस्टिक्स', सेंट्रल इंस्टीट्यूट ऑफ़ इंडियन लेंग्वेजेज़, मैसूर, 1978।
कैलाशचंद्र अग्रवाल, 'शेखावाटी बोली का वर्णनात्मक अध्ययन', विश्वविद्यालय हिंदी प्रकाशन, लखनऊ, 1964।
कैलाशचंद्र अग्रवाल, 'आधुनिक हिंदी व्याकरण', रंजन प्रकाशन, आगरा, 1972।
कैलाशचंद्र भाटिया, 'ब्रजभाषा और खड़ी बोली का तुलनात्मक अध्ययन', सरस्वती पुस्तक सदन, आगरा, 1962।
गोपीचंद नारंग, 'कारखंदारी डायलेक्ट ऑफ़ देहली उर्दू', मुंशीराम मनोहरलाल, दिल्ली, 1961।
गोविंद चातक, 'मध्य पहाड़ी का भाषाशास्त्रीय अध्ययन', राधाकृष्ण प्रकाशन, दिल्ली, 1966।
गोविन्द मधुसूदन दाभोलकर, 'प्रायोगिक हिंदी व्याकरण-रचना', ओरिएंट लांगमंस, बंबई, 1962।
चंद्रभान रावत, 'मथुरा जिले की बोली', हिंदुस्तानी एकेडेमी, इलाहाबाद, 1967।
चंद्रभान रावत, 'हिंदी भाषा : विकास और विश्लेषण', सरस्वती प्रकाशन मंदिर, आगरा, 1969।
चतुर्भुज सहाय, 'हिंदी के अव्यय वाक्यांश', केंद्रीय हिंदी संस्थान, आगरा, 1970।
चिंतामणि उपाध्याय, 'मालवी—एक भाषाशास्त्रीय अध्ययन', मंगल प्रकाशन, जयपुर, 1960।
ज. स. दीमशित्स, 'हिंदी व्याकरण की रूपरेखा', राजकमल पकाशन, दिल्ली, 1966।
दीपचंद जैन एवं कैलाशचंद्र तिवारी, 'हिंदी और उसकी विविध बोलियाँ', मध्य प्रदेश

हिंदी ग्रंथ अकादमी, भोपाल, 1972।
देवेन्द्रनाथ शर्मा, 'राष्ट्रभाषा हिंदी : समस्याएँ और समाधान', राजकमल प्रकाशन, दिल्ली, 1965।
देवेंद्रनाथ शर्मा तथा रामदेव त्रिपाठी आचार्य, 'हिंदी भाषा का विकास', राधाकृष्ण प्रकाशन, दिल्ली, 1972।
धीरेंद्र वर्मा, 'हिंदी भाषा का इतिहास', हिंदुस्तानी एकेडेमी, इलाहाबाद, 1953।
धीरेंद्र वर्मा, 'ब्रजभाषा', हिंदुस्तानी एकेडेमी, इलाहाबाद, 1954।
नवलजी (सं.) 'नालंदा विशाल शब्दसागर', न्यू इंपीरियल बुक डिपो, दिल्ली, 1950।
न. वी. राजगोपालन, 'हिंदी का भाषावैज्ञानिक व्याकरण' (विपरिवर्तक-निष्पादक व्याकरण), केंद्रीय हिंदी संस्थान, आगरा, 1973।
नानकचंद शर्मा, 'हरियाणवी भाषा का उद्‌गम और विकास', विश्वेश्वरानंद वैदिक शोध संस्थान, होशियारपुर, 1968।
निगमानंद परमहंस, 'राष्ट्रभाषा का शुद्ध रूप', शब्दलोक प्रकाशन, वाराणसी, 1967।
पद्‌मसिंह शर्मा, 'हिंदी, उर्दू और हिंदुस्तानी', हिंदुस्तानी एकेडेमी, इलाहाबाद, 1951।
प्रेमप्रकाश रस्तौगी, 'हिंदी भाषा : उद्‌भव और विकास', वाणी प्रकाशन, दिल्ली, 1975।
बदरीनाथ कपूर, 'परिष्कृत हिंदी व्याकरण', मीनाक्षी प्रकाशन, मेरठ, 1978।
बाबूराम सक्सेना, 'दक्खिनी हिंदी', हिंदुस्तानी एकेडेमी, इलाहाबाद, 1952।
बाबूराम सक्सेना, 'अवधी का विकास', हिंदुस्तानी एकेडेमी, इलाहाबाद, 1972।
बालमुकुंद, 'हिंदी क्रिया : स्वरूप और विश्लेषण', आनंद पुस्तक भवन, वाराणसी, 1970।
भगवतीप्रसाद शुक्ल, 'बघेली भाषा और साहित्य', साहित्य भवन, इलाहाबाद, 1971।
भवानीदत्त उप्रेती, 'कुमाउँनी भाषा का अध्ययन', स्मृति प्रकाशन, इलाहाबाद, 1976।
भालचंद्रराव तेलंग, 'छत्तीसगढ़ी, हलबी, भंतरी बोलियों का भाषावैज्ञानिक अध्ययन', हिंदी ग्रंथ रत्नाकर, बम्बई, 1966।
भोलानाथ तिवारी, 'हिंदी भाषा', किताब महल, इलाहाबाद, 1966।
महावीरसरन जैन, 'बुलंदशहर और खुरजा तहसीलों की बोलियों का संकालिक अध्ययन', हिंदी साहित्य सम्मेलन, प्रयाग, 1964।
माईदयाल जैन, 'हिंदी शब्द-रचना', भारतीय ज्ञानपीठ प्रकाशन, वाराणसी, 1966।
मुंशीराम शर्मा (सं.), 'हिंदी-भाषा सर्वेक्षण', ग्रंथम, कानपुर, 1977।
मुरलीधर श्रीवास्तव, 'दी एलीमेंट्स ऑफ़ हिंदी ग्रामर', मोतीलाल बनारसीदास, वाराणसी, 1969।
मुरारीलाल उप्रेती, 'हिंदी में प्रत्यय-विचार', विनोद पुस्तक मंदिर, आगरा, 1964।
यमुना काचरू, 'इंट्रोडक्शन टु हिंदी सिंटेक्स', अरबाना, इलीनॉय, 1966।
रमेशचंद्र जैन, 'हिंदी में समाज-रचना का विधान', विनोद पुस्तक मंदिर, आगरा, 1964।

राजेंद्रप्रसाद सिंह, 'शुद्ध हिंदी कैसे लिखें', भारती भवन, पटना, 1968।

राधाकृष्ण शर्मा, रामदत्त शर्मा, एवं अंबालाल नागोरी, 'हिंदी भाषातत्त्व एवं उपचारात्मक कार्य', राजस्थान प्रकाशन, जयपुर, 1976।

रामगोपाल शर्मा 'दिनेश' तथा प्रतापचंद्र जैसवाल (सं.), 'भाषाविज्ञान : रूप और तत्त्व', सरस्वती संवाद, आगरा, 1968।

रामचंद्र पुरी, 'हिंदी भाषा', पुस्तक प्रचार, दिल्ली, 1970।

रामचंद्र मिश्र, 'हिंदी की उपभाषाएँ और ध्वनियाँ', विश्वभारती प्रकाशन, नागपुर, 1971।

रामचंद्र वर्म्मा, 'मानक हिंदी व्याकरण', चौखंभा विद्याभवन, वाराणसी, 1961।

रामचंद्र वर्म्मा, 'मानक हिंदी कोश' (पाँच खंड), हिंदी साहित्य सम्मेलन, प्रयाग, 1966।

रामचंद्र वर्म्मा, 'अच्छी हिंदी', लोक भारती प्रकाशन, इलाहाबाद, 1967।

रामचंद्र वर्म्मा, 'हिंदी-प्रयोग', लोक भारती प्रकाशन, इलाहाबाद, 1969।

रामप्रकाश सक्सेना, 'बदायूँ जनपद की बोली का एककालिक अध्ययन', रंजन प्रकाशन, आगरा, 1973।

रामस्वरूप चतुर्वेदी, 'आगरा ज़िले की बोली', हिंदुस्तानी एकेडेमी, इलाहाबाद, 1961।

रामेश्वरप्रसाद अग्रवाल, 'बुंदेली का भाषाशास्त्रीय अध्ययन', विश्वविद्यालय हिंदी प्रकाशन, लखनऊ, 1963।

लक्ष्मीनारायण शर्मा, 'देवनागरी लेखन तथा हिंदी वर्तनी व्यवस्था', केंद्रीय हिंदी संस्थान, आगरा, 1976।

वासुदेवनंदन प्रसाद, 'आधुनिक हिंदी व्याकरण और रचना', भारती भवन, पटना, 1968।

विनयमोहन शर्मा, 'हिंदी का व्यावहारिक रूप', राधाकृष्ण प्रकाशन, दिल्ली, 1968।

विश्वनाथप्रसाद मिश्र एवं विष्णुदत्त 'राकेश' (सं.), 'आचार्य किशोरीदास वाजपेयी और हिंदी शब्दशास्त्र', प्राणिनि प्रकाशन, कनखल, 1978।

शंकर शेष, 'छत्तीसगढ़ी का भाषाशास्त्रीय अध्ययन', मध्य प्रदेश हिंदी ग्रंथ अकादमी, भोपाल, 1973।

शुकदेव सिंह, 'भोजपुरी और हिंदी का तुलनात्मक व्याकरण', नीलम प्रकाशन, इलाहाबाद, 1968।

श्यामसुंदर दास, 'हिंदी भाषा', इंडियन प्रेस, प्रयाग, 1967।

श्यामसुंदर दास (सं.), 'हिंदी शब्दसागर', काशी नागरी प्रचारिणी सभा, वाराणसी, 1975।

श्रवणकुमार गोस्वामी, 'नागपुरी भाषा', बिहार-राष्ट्रभाषा-परिषद्, पटना, 1976।

श्रीराम शर्मा, 'दक्खिनी हिंदी का उद्‌भव और विकास', हिंदी साहित्य सम्मेलन, इलाहाबाद, 1964।

संपत्ति अर्याणी, 'मगही व्याकरण : कोश', किरण प्रकाशन, जहानाबाद (गया), 1965।

सतीशकुमार रोहरा, 'भाषा और हिंदी भाषा', हिंदी प्रचारक संस्थान, वाराणसी, 1972।

सरनामसिंह शर्मा 'अरुण', 'हिंदी भाषा का रूप-विकास', चिन्मय प्रकाशन, जयपुर, 1968।

सिद्धेश्वर वर्मा, जी. ए. ग्रियर्संस, 'लिंग्विस्टिक सर्वे ऑफ़ इंडिया : ए समरी, पार्ट 2', विश्वेश्वरानंद इंस्टीट्यूट, होशियारपुर, 1973।

सुधा कालरा, 'हिंदी वाक्य विन्यास', लोकभारती प्रकाशन, इलाहाबाद, 1971।

सुनीतिकुमार चटर्जी, 'राजस्थानी', राजस्थान विद्यापीठ, उदयपुर, 1949।

सुभद्र झा, 'दी फ़ॉरमेशन ऑफ़ मैथिली लेंग्वेज', ल्यूज़ेक, लंदन, 1958।

हरदेव बाहरी, 'हिंदी सीमेंटिक्स', भारती प्रेस, इलाहाबाद, 1959।

हरदेव बाहरी, 'ग्रामीण हिंदी बोलियाँ', किताब महल, इलाहाबाद, 1966।

हरदेव बाहरी, 'हिंदी : उद्‌भव, विकास और रूप', किताब महल, इलाहाबाद, 1970।

हरदेव बाहरी, 'शुद्ध हिंदी', लोक भारती प्रकाशन, इलाहाबाद, 1977।

अनवर एस. दिल (सं.), 'लैंग्वेज इन सोशल ग्रुप्स' (ऐसेज़ बाई जॉन जे. गंपर्ज़), स्टैनफ़र्ड यूनिवर्सिटी प्रेस, कैलिफ़ोर्निया, 1971।

अशोक आर. केलकर, 'स्टडीज़ इन हिंदी-उर्दू I : इंट्रोडक्शन एंड वर्ड फ़ोनोलॉजी', डकन कॉलेज, पूना, 1968।

आइनर हॉगेन, 'लिंग्विस्टिक्स एंड लैंग्वेज प्लैनिंग', विलियम ब्राइट (सं.), सोशियो-लिंग्विस्टिक्स, मूटन एंड कं., दी हेग, पेरिस, 1962, 1971।

आइनर हॉगेन, 'डायलेक्ट, लैंग्वेज, नेशन', 'अमेरिकन ऐंथ्रोपोलॉजिस्ट', 68 : 4, 1966 तथा जे. बी. प्राइड एंड जैनेट होम्ज़ (सं.), सोशियो-लिंग्विस्टिक्स, पेंग्विन बुक्स लि., मिडिलसेक्स, 1972, 1974, 1976।

आर. ए. हडसन, 'सोशियोलिंग्विस्टिक्स', कैंब्रिज यूनिवर्सिटी प्रेस, कैंब्रिज, 1980।

आर. एस. मेकग्रेगर, 'आउटलाइन ऑफ़ हिंदी ग्रामर', ऑक्सफ़ोर्ड यूनिवर्सिटी प्रेस, लंदन, 1972।

आर. के . एस. मेकॉले, 'वैरिएशन एंड कंसिस्टेंसी इन ग्लासवेजियन इँगलिश', पीटर टूडगिल (सं.) 'सोशियोलिंग्विस्टिक पैटर्न्स इन ब्रिटिश इँगलिश', लंदन, 1978।

आर. डब्लू. फ़ैसोल्ड एंड आर. डब्लू. शूय (सं.), 'ऐनैलाइज़िंग वैरिएशन इन लैंग्वेज', जॉर्जटाउन यूनिवर्सिटी प्रेस, वाशिंगटन डी. सी., 1975।

आर. डब्लू. शूय एंड आर. डब्लू. फ़ैसोल्ड (सं.), 'स्टडीज़ इन लैंग्वेज वैरिएशन',

जॉर्जटाउन यूनिवर्सिटी प्रेस, वाशिंगटन डी. सी., 1977।
आर. पी. सक्सेना, 'दी टीचिंग ऑफ़ स्टैंडर्ड हिंदी टु स्पीकर्स ऑफ़ नॉन-स्टैंडर्ड डायलेक्ट्स ऑफ़ हिंदी', गवेषणा, 15 : 29-30, 1977।
इंटरनेशनल जरनल ऑफ़ दी सोशियोलॉजी ऑफ़ लैंग्वेज, वॉल्यूम 5, 'सोशियो लिंग्विस्टिक्स इन साउथ-ईस्ट एशिया', मूटन, दी हेग, पेरिस, 1975।
एफ़. डी. सस्यूर, कोर डी लिंग्विस्टीक जेनरेल, 1916, पायोत, पेरिस, 1949 (चतुर्थ संस्करण) तथा कोर्स इन जनरल लिंग्विस्टिक्स, पीटर ओवन, लंदन, 1964।
एम. बी. एमेनो, 'इंडिया एज़ ए लिंग्विस्टिक एरिया : रीविज़िटेड', 'आई. जे. डी. एल.', 3 : 1, 1974।
एल. डी. जोशी, 'बागड़ी बोली का स्वरूप और उसका तुलनात्मक अध्ययन', पंचशील प्रकाशन, जयपुर, 1977।
किशोरीदास वाजपेयी, 'भारतीय भाषाविज्ञान', चौखंभा प्रकाशन, वाराणसी, 1959।
'गवेषणा', 4 : 7 (अहिंदी-भाषियों की हिंदी सीखने-सिखाने की समस्याएँ—विभिन्न लेखकों की दो सौ से अधिक पृष्ठों में लेख-माला), केंद्रीय हिंदी संस्थान, आगरा, 1966।
गेराल्ड केली, 'दी स्टेटस ऑफ़ हिंदी ऐज़ ए लिंग्वा फ्रैंका', विलियम ब्राइट (सं.), सोशियोलिंग्विस्टिक्स, मूटन एंड कं., दी हेग, पेरिस, 1966, 1971।
रवींद्रनाथ श्रीवास्तव एवं रमानाथ सहाय (सं.), 'हिंदी का सामाजिक संदर्भ', केंद्रीय हिंदी संस्थान, आगरा, 1976।
जगदेव सिंह, 'ए डेस्क्रिप्टिव ग्रामर ऑफ़ बाँगरू', कुरुक्षेत्र यूनिवर्सिटी प्रेस, कुरुक्षेत्र, 1970।
जॉन जे. गंपर्ज़, 'इंट्रोडक्शन', जॉन जे. गंपर्ज़ एंड डेल हाइम्ज़ (सं.), डायरेक्शंस इन सोशियोलिंग्विस्टिक्स, होल्ट, राइनहार्ट एंड विंसटन, न्यूयॉर्क, 1972।
जॉन जे. गंपर्ज़ एंड डेल हाइम्ज़ (सं.), डायरेक्शंस इन सोशियोलिंग्विस्टिक्स, होल्ट, राइनहार्ट एंड विंस्टन, न्यूयॉर्क, 1972।
जॉन जे. गंपर्ज़ एंड सी. एम. नईम, 'फ़ॉर्मल एंड इनफ़ॉर्मल स्टैंडर्स इन दी हिंदी रीजनल लैंग्वेज एरिया', सी. ए. फ़र्ग्यूसन एंड जॉन जे. गंपर्ज़ (सं.) लिंग्विस्टिक डाइवर्सिटी इन साउथ एशिया, 'आई. जे. ए. एल.' सप्लीमेंट 1960 तथा अनवर एस. दिल (सं.), लैंग्वेज इन सोशल ग्रुप्स, स्टैनफ़र्ड यूनिवर्सिटी प्रेस, कैलिफ़ोर्निया, 1971।
जॉन ल्यंस (सं.), 'न्यू होराइज़ंस इन लिंग्विस्टिक्स', पैंग्विन बुक्स, 1972।
जॉयसी ओ. हर्त्सलर, 'सोशल यूनिफ़िकेशन एंड लैंग्वेज', स्टैनले लीबर्सन (सं.), एक्सप्लोरेशंस इन सोशियोलिंग्विस्टिक्स, इंडियाना यूनिवर्सिटी, ब्लूमिंगटन, मूटन एंड कं., दी हेग, 1966।
जे. आर. फ़र्थ, पेपर्स इन लिंग्विस्टिक्स 1934-1951, ऑक्सफ़ोर्ड यूनिवर्सिटी प्रेस,

लंदन, न्यूयॉर्क, टोरेंटो, 1964।
जे. बी. प्राइड, 'सोशियोलिंग्विस्टिक्स', जॉन ल्यंस (सं.), 'न्यू होराइज़ंस इन लिंग्विस्टिक्स', पेंग्विन बुक्स, 1972।
जे. बी. प्राइड, 'दी सोशल मीनिंग ऑफ़ लैंग्वेज', ऑक्सफ़ोर्ड यूनिवर्सिटी प्रेस, लंदन, 1974।
जे. बी. प्राइड एंड जैनेट होम्ज़ (सं.), 'सोशियोलिंग्विस्टिक्स', पेंग्विन बुक्स लि., मिडिलसेक्स, 1976।
जोशुआ ए. फ़िशमन (सं.), 'रीडिंग्स इन दी सोशियोलॉजी ऑफ़ लैंग्वेज', मूटन, दी हेग, 1970।
जोशुआ ए. फ़िशमन (सं.), ऐडवांसेज़ इन दी सोशियोलॉजी ऑफ़ लैंग्वेज, पार्ट वन : बेसिक कंसेप्ट्स, थ्योरीज़ एंड प्रॉब्लम्स आल्टरनेटिव ऐप्रोचेज़, मूटन, दी हेग, पेरिस, 1976।
जोशुआ ए. फ़िशमन, 'प्रॉब्लम्स एंड प्रॉस्पेक्ट्स ऑफ़ दी सोशियोलॉजी ऑफ़ लैंग्वेज', ईवलिन शेराबन फ़र्चों, कारेन ग्रिम्स्ताद, निल्स हासेल्मो, एंड वेने ए. ओनील (सं.), स्टडीज़ फ़ॉर आइनर हॉगेन, मूटन, दी हेग, पेरिस, 1972 अ।
जोशुआ ए. फ़िशमन (सं.), ऐडवांसेज़ इन दी सोशियोलॉजी ऑफ़ लैंग्वेज, पार्ट टू : सेलेक्टेड स्टडीज़ एंड ऐप्लिकेशंस, मूटन, दी हेग, पेरिस, 1972 आ।
जोशुआ ए. फ़िशमन, सी. ए. फ़र्ग्यूसन, एवं जे. दासगुप्ता (सं.), लैंग्वेज प्रॉब्लम्स ऑफ़ डेवलपिंग नेशंस, विली, न्यूयॉर्क, 1968।
डब्लू. एच. ह्वाइटली (सं.), लैंग्वेज यूस एंड सोशल चेंज, ऑक्सफ़ोर्ड यूनिवर्सिटी प्रेस, लंदन, 1971।
डब्लू. पी. रॉबिंस, 'लैंग्वेज एंड सोशल बिहेवियर', पेंग्विन बुक्स, 1972।
डब्लू ब्रेंडिस एंड डी. हैंडर्सन, 'सोशल क्लास, लैंग्वेज एंड कम्यूनिकेशन', सागे पब्लिकेशंस, वीवरले हिल्स, कैलिफ़ोर्निया, 1970।
डी. लॉटन, सोशल क्लास, लैंग्वेज़ एंड ऐजुकेशन, रूटलेज एंड केगन पाल, लंदन, 1968।
डी. सैंकॉफ़ (सं.), लिंग्विस्टिक वैरिएशन : मॉडेल्स एंड मैथड्स, एकेडेमिक प्रेस, न्यूयॉर्क, 1978।
डी. सैंकॉफ़ एंड एच. जे. सीडरग्रेन, 'दी डायमेंशनैलिटी ऑफ़ ग्रामेटिकल वैरिएशन', लैंग्वेज, 52, 1976।
डेल हाइम्ज़, 'मॉडेल्स ऑफ़ दी इंटरेक्शन ऑफ़ लैंग्वेज़ एंड सोशल लाइफ़', जॉन जे. गंपर्ज़ एंड डेल हाइम्ज़ (सं.), डायरेक्शंस इन सोशियोलिंग्विस्टिक्स, होल्ट, राइनहार्ट एंड विंस्टन, न्यूयॉर्क, 1972।
नोअम चॉम्स्की, सिंटैक्टिक स्ट्रक्चर्ड, मूटन, दी हेग, 1957।
पॉल एल. गारविन, 'दी स्टैंडर्ड लैंग्वेज प्रॉब्लम : कंसेप्ट्स एंड मैथड्स', ऐंथ्रोपोलॉजिकल,

लिंग्विस्टिक्स, 1 : 2, 1959 तथा डी. हाइम्ज़ (सं.), लैंग्वेज इन कल्चर एंड सोसाइटी : ए रीडर इन लिंग्विस्टिक्स एंड ऐंथ्रोपोलॉजी, हारपर एंड रो, 1964।

पी. एस. रे, लैंग्वेज स्टैंडर्डाइज़ेशन : स्टडीज़ इन प्रेस्क्रिप्टिव लिंग्विस्टिक्स, मूटन एंड कं., दी हेग, 1963।

पीटर ट्रडगिल, सोशियोलिंग्विस्टिक्स : एन इंट्रोडक्शन, पेंग्विन बुक्स, 1974 अ।

पीटर ट्रडगिल, दी सोशल डिफ्रेंसिएशन ऑफ़ इँगलिश इन नॉरविच, कैंब्रिज स्टडीज़ इन लिंग्विस्टिक्स, यूनिवर्सिटी प्रेस, कैंब्रिज, 1974 आ।

पी. पी. गिग्लियोली, लैंग्वेज इन सोशल कंटेक्स्ट, पेंग्विन मॉडर्न सोशियोलॉजी रीडिंग्स, पेंग्विन बुक्स, 1972।

पेंसिलवेनिया वर्किंग पेपर्स ऑन लिंग्विस्टिक चेंज एंड वैरिएशन, यू. एस. रीजनल सर्वे, फ़िलाडेलफ़िया, 1975।

बेन जी. ब्लाउंट एंड मैरी सैंचेज़ (सं.), सोशियोकल्चरल डायमेंशंस ऑफ़ लैंग्वेज चेंज, एकेडेमिक प्रेस, न्यूयॉर्क, 1977।

ब्रजमोहन, 'मानक हिंदी', दी मैकमिलन कम्पनी ऑफ़ इंडिया लि., नई दिल्ली, 1979।

भोलानाथ तिवारी एवं कैलाशचंद्र भाटिया, 'हिंदी भाषा-शिक्षण', लिपि प्रकाशन, नई दिल्ली, 1980।

महावीर प्रसाद शर्मा, 'मेवाती का उद्‌भव और विकास', लोकभाषा प्रकाशन, कोटपूतली, 1977।

मॉरिस लेरॉय (अनु. ग्लैनविल प्राइस), दी मेन टेंड्स इन मॉडर्न लिंग्विस्टिक्स, बसिल ब्लैकवेल, ऑक्सफ़ोर्ड, 1967, (फ्रेंच में 1963)।

यू. वाइनराइख़, डब्लू लेबाव, एंड एम आई. हर्ज़ग, 'ऐंपिरिकल फ़ाउंडेशंस फ़ॉर ए थ्योरी ऑफ लैंग्वेज चेंज', डब्लू. पी. लेमन एंड वाई. मलकील (सं.), 'डायरेक्शंस फ़ॉर हिस्टॉरिकल लिंग्विस्टिक्स', यूनिवर्सिटी ऑफ़ टेक्साज़ प्रेस, टेक्साज़, 1968।

रमेश चंद्र महरोत्रा, 'हिंदी ध्वनिकी और ध्वनिमी', मुंशीराम मनोहरलाल, नई दिल्ली, 1970।

रमेश चंद्र महरोत्रा, 'हिंदी में अक्षर-संरचना', 'भारतीय साहित्य' 21 : 1-4 (डॉ. विश्वनाथप्रसाद स्मृति विशेषांक), क. मु. हिंदी एवं भाषाविज्ञान विद्यापीठ, आगरा, 1976 अ।

रमेश चंद्र महरोत्रा, 'डिस्टैंस एमंग ट्वेंटी-टू डायलेक्ट्स ऑफ़ हिंदी डिपेंडिंग ऑन दी पैरेलल फ़ॉर्म्स ऑफ़ दी मोस्ट फ्रीक्वेंट सिक्स्टी-टू वर्ड्स ऑफ़ हिंदी', भाषिका-प्रकाशन, रायपुर, 1976 आ।

रमेश चंद्र महरोत्रा एवं मन्नू लाल यदु, 'अशुद्ध हिंदी, विशेषकर छत्तीसगढ़ के संबंध में', भाषिका-प्रकाशन, रायपुर, 1980।

रमेश चंद्र महरोत्रा, 'हिंदी फ़ोनोलॉजी : ए सिंक्रॉनिक डेस्क्रिप्शन ऑफ़ दी कंटेंप्रेरी स्टैंडर्ड', भाषिका प्रकाशन, रायपुर, 1980।

रवींद्रनाथ श्रीवास्तव (सं.), 'प्रयोजनमूलक हिंदी', केंद्रीय हिंदी संस्थान, आगरा, 1975 अ।

रामाज्ञा द्विवेदी 'समीर', 'अवधी कोश', हिंदुस्तानी ऐकेडेमी, इलाहाबाद, 1955।

विनफ्रेड पी. लेमन, 'डेस्क्रिप्टिव लिंग्विस्टिक्स : इन इंट्रोडक्शन', रेनडम हाउस, न्यूयॉर्क, 1972।

विलियम ब्राइट (सं.), सोशियोलिंग्विस्टिक्स : प्रोसीडिंग्स ऑफ़ दी यू. सी. एल. ए. सोशियोलिंग्विस्टिक्स कॉन्फ्रेंस ऑफ़ 1964, मूटन एंड कं., दी हेग, 1971।

विलियम लेबाव, दी सोशल स्ट्रैटिफ़िकेशन ऑफ़ इँगलिश इन न्यूयॉर्क सिटी, सेंटर फ़ॉर ऐप्लाइड लिंग्विस्टिक्स, वाशिंगटन, डी. सी., 1966।

विलियम लेबाव, सोशियोलिंग्विस्टिक पैटर्न्स, यूनिवर्सिटी ऑफ़ पेंसिलवेनिया प्रेस, फ़िलाडेलफ़िया, 1975।

शिवशंकर प्रसाद वर्मा, 'देवनागरी लिपि', भागलपुर विश्वविद्यालय, भागलपुर, 1972।

शुकदेव सिंह, 'भोजपुरी और हिंदी', भावना प्रकाशन, मुजफ्फरपुर, 1967।

सत्यप्रकाश एवं बलभद्र प्रकाश मिश्र (सं.), 'मानक अंग्रेजी-हिंदी कोश', हिंदी साहित्य सम्मेलन, प्रयाग, 1971।

सी. ए. फ़र्ग्यूसन, 'डायग्लोसिया', 'वर्ड', 15 : 2, 1959 तथा डी. एच. हाइम्ज़ (सं.), लैंग्वेज इन कल्चर एंड सोसाइटी, हारपर एंड रो, न्यूयॉर्क, 1964।

सी. ए. फ़र्ग्यूसन, 'दी लैंग्वेज फ़ैक्टर इन नेशनल डेवलपमेंट', ऐंथ्रोपोलॉजिकल लिंग्विस्टिक्स, 4 : 1, 1962।

सी.-जे. एन. बेली, वैरिएशन एंड लिंग्विस्टिक थ्योरी, सेंटर फ़ॉर ऐप्लाइड लिंग्विस्टिक्स, अर्लिंगटन वा., 1973।

सी.-जे. एन. बेली एंड आर. डब्लू. शूय (सं.), न्यू वेज ऑफ़ ऐनेलाइजिंग वैरिएशन इन इँगलिश, जॉर्जटाउन यूनिवर्सिटी प्रेस, वाशिंगटन, डी. सी. 1973।

सुनीतिकुमार चाटुर्ज्या, 'भारतीय आर्य भाषा और हिंदी', राजकमल प्रकाशन, दिल्ली, पटना, 1963।

हरदेव बाहरी, 'व्यावहारिक हिंदी व्याकरण', लोकभारती, इलाहाबाद, 1972।

●●●